すいかずら

岡本隆明

水曜社

すいかずら

岡本隆明

目次

I　1990〜1997年発表

II

1998〜2006年発表

I

(1990～1997年発表)

石売る店

　ある港町の外人墓地に近い高台に、チエばあさんの「石売る店」が店開きしたのは、連れあいのゲンタロウじいさんが死んで、ちょうど一年目でした。

　洒落た喫茶店やブティックが建ち並ぶ中、昔のままのチエばあさんの家だけが、わきの大ケヤキとともに、そこだけ取り残されたようで、かえってよく目立ちました。

　もっとも、立ち止まってよく見ないことには、店だと気がつきません。看板はほんの申し訳程度だし、店も濡れ縁と硝子戸越しに普通の居間があるだけなので、時たま覗く人がいても、あわてて立ち去っていくのです。

　居間では、チエばあさんが、春は縁側に近い陽だまりで、夏は簾の陰で、秋は虫の音を枕に、冬は炬燵で、猫のようにスヤスヤ眠ってばかりいるので、声をかけるのもはばかれたのでしょう。

　ゲンタロウさんの三回忌のちょうどその日、初めて客が来ました。

　ゲンタロウさんが七つの海を股にかけて船員暮らしをしていたころの親友で、駅二つ向こうの町で今も元気にしているジンロクさんという人です。

　古い洒落たセーラー帽をかぶったジンロクさんは、縁側からズカズカ上り込み、まだ寝呆けまなこのチエばあさん相手に、ゲンタロウさんの思い出話を始めました。ゲンタロウさんが酔っぱらっては、「ワシは金も子種も世界中にまきちらしてしまい、カカアには何一つ残してやれんかった」と漏らした口癖をひとくさり披露してから、位牌に線香をたむけました。

「ところで本題じゃが」と座り直したジンロクさんは、改まった調子で、「どうか、喜望峰を譲って下さらんか」と申し出たのです。

チエばあさんが、「き・ぼ・お・ほ・お・のお」と記憶をたぐるように、おぼつかない口調で答えると、ジンロクさんはあわてて、「ケープタウンの石じゃ。白い蝋石の、これぐらいのやつじゃ」と掌をくぼめて突き出しました。

そんなこといわれてもチエばあさんはすぐにはピンときません。

なにしろ、ゲンタロウさんが船旅から帰るごとに、「土産じゃ」というて、世界中から運んできた石コロは小山のようにあるのです。ゲンタロウさんが手ずから書いて石にはりつけた名札を老眼鏡越しに読まないと、どこの石かもう皆は憶えてません。

一つずつ箱から出しては、「バイカル湖畔の石」「キリマンジャロ山頂――と書いてあります」「ノルウェーのフィヨルド」と読み上げ、「これはなあ……」とまつわる思い出話を始めるので、ジンロクさんは気が気じゃありません。懐中時計を出しては、「最終電車は八時十二分」と、その都度、大声でいい、「あの角のとれたサザエの壺そっくりの喜望峰だけでいいんじゃがなあ」とせかせます。

一つ一つ布で包み直された石コロが、整理箱に二杯にもなったころ、やっと喜望峰が出てきました。

半透明のやや鼠色がかった白い蠟石です。サザエに似た巻き貝がそのままの形で化石化したのでしょうか。ミケランジェロのダビデの巻き髪のようですが、ジンロクさんは、「うずくまったクソのような石じゃが、ゲンと一緒にケープタウンで拾たんじゃ。海岸を歩いておって、ワシが一足早く見つけたんじゃが、ゲンがあまりスネるんで仕方なしに譲った。あんたへの石の定期便の話も聞いておったしな。ワシは間もなく船を下りた。それから妙に金に恵まれて、何でも手に入るようになった。家、車、家具、服、それに女、ワッハッハッ。何でも好きなものを身の廻りに置いて使ったが、今になると何か満たされん。そこでフト思い出したんが、この石じゃ。貧しかったあの頃の思い出が固まったように思え、欲しくてたまらなくなって、ゲンさんに何度も連絡した。具合が悪かったのか返事をくれんうちに、ゲンさん死んじまったんじゃよ」と話しました。語り終わるが早いか、その石をチエばあさんからサッと取り上げ、すぐ懐に入れてしまいました。

その時、店のわきの大ケヤキが、店ごとゆるがすように、「ザーッ」と大きな音をたてました。

その音で、われに還ったようにチエばあさんは顔を上げました。老眼鏡の奥の目が瞬間キラリと光ったようでした。

――貝の形をした石ならここにも一つありますよ。

チエばあさんは、床の間にちょこんと置かれた茶筆筒から、別の布包みを出してきました。包みを開けると、二枚貝そのままの形をした卵ほどの曇り硝子のような石が出てきました。「他のは、どこにでもころがっとる石コロばかりじゃないか」と高を括っていたジンロクさんは手渡されてびっくり。目に近づけてジッと見ると、擦れて傷だらけになった表面の奥から、ボウッと青や赤、オレンジ、白、紫といった彩り鮮やかな色が、浮かんでは消え、また浮かび輝くのです。

チエばあさんが読み上げる「オーストラリア木曜島で」という声を聞きながら、ジンロクさんは、内心、「オパールじゃ。オパールの原石じゃ」と叫びました。

「こ、これじゃ、これじゃ。ゲンさんと海辺を歩いていて拾たんは。ワシが一足先に見つけたんじゃ」というと、引ったくるように奪い取ってしまいました。

チエばあさんが、「みんな大切な石ですから、一人に一つしか譲れません」と悪そうにいうと、ジンロクさんはあわてて懐から巻き貝形の石の包みを投げ出し、二枚貝のほうを懐深くしまいこみました。

——ザザザザーッ。

その時、大ケヤキがまた、前にも増して大きな音を立てました。

「きれいな石なら他にももう一つ」。チエばあさんは箱の底から、紅花色の布包みを出しました。前の石よりも、ずっと地味ですが、目を凝らすと、焦茶色の地に、不透明ながら美しい緑、赤、金、銀、青、いろんな色が小さく象嵌されています。

チエばあさんが、「サハラ砂漠の隕石」と読み上げるが早いか、ジンロクさんは二枚貝の方を放り出し、「これじゃ、これじゃ。ゲンさんと紅海に行ったとき、ワシが一足先に親しくなった土候さんから譲ってもろたんじゃ」と大声をあげ、手早く隕石を布に包み直し、懐に入れました。

「ザーッ」という大ケヤキを渡る風の音が夜の気配を運んできました。

ジンロクさんは懐中時計をみながら、「間もなく八時十二分。最終電車の時間じゃ。一緒に寿司でもくおうかと思とったのに、えらい手間がかかってしもうた。して、いくらで譲って下さるな」と尋ねました。

「どれでも一つ千円です」。チエばあさんが答えると、ジンロクさんは、厚い一万円札の束から一枚引き抜いて、「おつりはゲンタロウさんの供養にでも使って下さい」と神妙に話し、イソイソと帰っていきました。


外人墓地のある町にも、ジンロクさんが、「石売る店」で、とても素敵な買い物をした——という話が風の便りで伝わってきました。

「石売る店」に客がぼちぼち来るようになったのは、それからです。チエばあさんが、「これはパリの石畳のかけら」「マゼラン海峡の石コロ」と読み上げるだけで、「夢が買えました」「二つとないプレゼントになります」と本当にうれしそうに持ち帰っていくのです。

石コロがちょうど売り切れたその日、チエばあさんは炬燵の中で、ひっそり息をひきとりました。ジンロクさんからチエばあさんに宛てた手紙を運んできた郵便配達人が、眠るように安らかに死んでいるのをみつけました。

手紙には、「石を持ち歩いては、友達に自慢して回りました。過日、公園で立ち話し中、ポトリと地面に落としてしまいました。辺りにたくさん石コロがあって、どれがそれだか、わからなくなってしまいました。友人も一緒になって探してくれましたがわからずじまいです。これだ、と思って拾い上げても、すぐ違うような気が起きてきて、とうとうあきらめました。それで、改めて、あの喜望峰の石を千円で譲ってくれますまいか」と書いてありました。

近所の人たちの手で、チエばあさんの柩が家から運び出されました。柩の中でチエばあさんは、しっかりと手に、石を握っていました。ゲンタロウさんが持ち帰った石コロのなかで一番質素で、一番小さな石でした。その石の小さな名札には、ゲンタロウさんの字で、小さく、「近くの墓地で。金婚式に」と書いてありました。

柩を乗せた黒い車が、丘のうねりの向こうに走り去り、見えなくなると、すっかり葉を落とした大ケヤキが、ひとしきり大きな大きな音をたてました。

心なき屍

佐藤が山木圭次を訪ねてきたのは、六月も半ばを過ぎた遅い梅雨入りの日の午後だった。今にも泣き出しそうな雲が朝から全天を覆い、午後にはいってとうとう降り出した。相撲の中継をするテレビのアナウンサーが、取り組みの紹介をする合い間に、「××地方気象台は、きょう正午、××地方の梅雨入りを宣言しました」と告げ、「例年より十日も遅い梅雨入りです」と付け加えた。山木はそれを聞いて、雨模様を確かめようと立ち上がり、窓のガラス越しに前庭に目をやった。そこに男が立っていた。傘の陰で、人懐っこそうな笑顔を浮かべ、大きな声で、「佐藤です」といい、頭を深々と下げた。

古くからの友人に、「話を聞いてやってくれないか。殺人搦《がら》みだっていうんだ」と頼まれ、会うことにした。四十も半ばになってかなり錆ついた山木の新聞記者気質でも、「殺人」という言葉には抗せないものがあった。会う時間を打ち合わすため、佐藤の勤め先に電話すると、「じゃ、今から伺います」と性急な答えが返ってきた。

社宅の仕事部屋に招きいれると、すぐにハンカチをだし眼鏡についた雨粒を拭き、「佐藤です。この度はお世話になります」と、今度は軽く会釈した。五十四歳といったが、その年齢にしては背が高く、均整も取れている。渋い好みの服装をしっくりと着こなし、落ち着いた風情が身についている。声の調子は低めで、言葉遣いもはっきりしている。山木は、「これなら話は早くすみそうだ」と好感した。

佐藤良夫は××市役所に勤めており、この春やっと課長に昇進した。同期の中でも最も遅い方の任命だが、本人は、「課長補佐で終わるより、ずっと退職金がふえますから。好きな道具が余分にかえます」と十分満足気だ。趣味は、四十代の初めに覚えた骨董いじり。とはいっても、高価なものに手を出すわけではない。好みに適うものを小遣いを貯めた範囲で手に入れ、調度品や食器に見立てて使い、楽しんでいる。玲子とは三十二歳の秋に一緒になった。公務員の末娘と知って会う気になった。小柄だが健康的だった。小ざっぱりした服装がよく似合った。子供には恵まれなかったが、気軽さもあって二人でよく旅行をした。最近では、佐藤の感化で古い陶磁の雑器を食卓で使うのを好むようになり、旅先で夫と古道具屋を覗くのを心待ちにするようになっていた。

根が丈夫で、ほとんど床につくことがなかった玲子が、激しい腹痛を訴えたのは、昨年の夏の終わり、佐藤と信州旅行から帰った夜だった。刺し込むような痛さだけで、食当たりではなさそうだ。常備薬の箱から腹痛に効きそうな漢方薬を選び、多めに飲ませると、少し落ち着き、その夜は曲がりなりにも眠った。早朝、激しい痛みで目を醒ました。すぐに、市内で一番大きな私立病院に連れて行った。「信州旅行ですか。夜冷えたから、風邪がお腹に入ったんでしょう。それに疲れも溜まっているはずです。一週間ほど入院して、ゆっくりすれば治りますよ」と、診察に当った若い医者が、金縁眼鏡の縁を少し持ち上げながら話した。

病室は四人の相部屋だった。クリーム色のカーテンが部屋を四つに区切っている。診断結果がよかったのと、投与された薬の効き目もあってか、玲子は少し落ち着いたらしい。「こんなことで入院していいのかしら」と佐藤を伺う目にいつもの光を宿すまでになっていた。「休めってことだ。若いのにしっかりしている、あの医者。夕方また来るから」と佐藤はベッドから腰を上げた。

帰りがけ、佐藤をギクリとさせることがあった。病室の入口に一番近いカーテンの区切りの中から音もなく出てきた入院患者と鉢合わせしそうになった。その男は、背は低いが、がっしりした体つきで浅黒く、病人とも思えぬような精気を漲《みなぎ》らせていたからだ。ちょうど病室に入ってきた看護婦に、思わず、「あの人は」と尋ねていた。かなり重い。看護婦は訝しげな表情を微笑に替えながら、「ああ、病気のことですね。糖尿病なんです、院長の親戚なんですよ」と答えた。振り返ると玲子が仕切りのカーテンから顔だけ出し、覗《のぞ》いている。佐藤が顔のわきで小さく手を振ると、何度も頷いた。先ほどの胸騒ぎはすでに霧散しており、安堵して寝室を後にした。

佐藤は勤め帰りに毎日病院を訪れた。時折軽い痛みがある程度だという玲子は血色もよく、三日目を過ぎると、「退屈だわ。早く帰りたい」と涙を浮かべるようになった。

佐藤はせっせと美術雑誌や、好物を持参しては、時間の限り役所や古道具の話しをして気を紛らさせた。五日目の深夜、佐藤は電話に起こされた。警報発令などの異常事態時以外、夜電話がかかることなど滅多にないことで、腹立たしさより胸騒ぎを覚えた。「突然ですが、奥様が亡くなられました。心臓破裂です。すぐ来て頂けますね」。甲高い特徴のある声で、金縁眼鏡の担当医の顔がすぐ思い浮かんだ。唐突だったが、首肯せざるを得ない条件がそろっている。「そんな馬鹿な。夕方あれだけ元気だったじゃないか」。抗弁が口から迸《ほとばし》っていたが、心は空っぽだった。佐藤の絶叫を聞こえぬげに、「ともあれ、すぐ来て頂けますね」と冷静な声が繰り返した。返事を待たず、少し間を置いて電話は切れた。

病院にかけつけた時には、死後二時間経っていた。ベッドに横たわる玲子は、顔にまだ血色も少し残し、静かに眠っているようだった。思わず差し伸べた手に、玲子はたとえようのない冷たさを伝えるばかりだった。布団に入るといつも、「私の足冷たいでしょう」と摩《す》り寄せてきた華奢な足の肌触りが甦り、佐藤は突然激情に駆られ、泣いた。「お気の毒です。駆けつけたときには、もう亡くなってみえましてね……」。ベッドを挟んだ向こう側から院長が慰め、看護婦ももらい泣きをしている。あの担当医も、「突然のことで手の施しようもありませんでした」と抑揚のない声を搾り出した。

それらを耳にしながら佐藤は、先ほどから微動だにしない玲子を見続けていた。どこをどう見詰めても、ほんのかすかな動きも、その気配さえ感じさせない。玲子らしさが、いつまでも、何も伝わってこない。「これは玲子ではないのではないか」という思いつきが徐々に、広がっていく。たとえ心臓が鼓動し始め、呼吸をし、意識が戻ってもこれは全く違う動きを見せるのではないか。玲子の、あの声音では話さないだろうし、まして、話しながら微妙に媚《こび》を浮かべつつ畏怖に満ちた目で佐藤を見詰める、あの独特の眼差しを取り戻す筈がない。玲子らしい、諸々の微妙な仕種がそっくり再現される筈がない。命が戻っても玲子とは全く違った動きしかしまい。「これは、玲子ではない」。思いは確信に育っていった。院長が、「我々が駆けつけた時にはもう亡くなってみえましてね。苦しんだ様子は少しもありませんでした」と沈黙を破った。茫然自失の態の佐藤に気を取り直してもらおうとしたのかも知れない。

その声につられ院長の方に視線を上げた佐藤は、それまで泣き続けていた看護婦がハッとしたように顔を上げ、院長を一瞥したのを見逃さなかった。同時に、その看護婦が、入院の日に、相部屋のあの男のことを、「院長の親戚なんですよ」と教えてくれたことも思い出していた。次の瞬間、佐藤は、「解剖して頂けますか」と申し出ていた。口調は和らかだが、他言を挿ませない勁が籠もっていた。院長らは驚愕し、困惑の色を隠せなかった。「突然の死ですが、死因ははっきりしています。無惨な痕が残りますよ」という院長の声は震え、諦めが色濃く混じっていた。

玲子の心臓は、シャーレにガーゼを被せられ、置かれていた。解剖所見を述べる担当医は、「検死に間違いはありませんでしたが、非常に特異なケースでした。ここがその個所ですが」といいながら、シャーレを引き寄せ、ガーゼを取った。発色するようなピンク色が美しかった。「意外に小さいものだ」と、その時思ったのを佐藤はよく憶えている。担当医は手慣れた手付きで、その塊の肉壁を指先で分けた。佐藤は鼠蹊部の奥が一瞬緊縮するのを感じた。写真も持ち出し、海峡の俯瞰図そっくりに狭まったところを指差し、「こんな具合に破れているんです。老人にはあることですが、若い人では珍しい。急激な圧迫があったわけではないし、本当に稀なケースです」と説明した。

心臓が佐藤の手元に戻ったのは、冬に入ってからだった。心臓のない屍体が荼毘《だび》にふされて三か月が経っていた。特異な症例として学会で例示されたという。病院から謝辞とともに手渡された包みを家に持ち帰り、すぐに開けた。厳重な包装を解くと、ホルマリン漬けの得体の知れないものが目に飛び込んできた。薄チョコレート色の縞模様を幾筋にも纏った黄色いそのものが、心臓であることを得心するまでかなりの時間を要した。目に焼きついている、あのピンク色のかわいい心臓とは全く異なっていた。「時間も経ったしホルマリン漬けになったからだ」と自ら言い聞かせてみたが、受けつけない。蟠《わだかま》っていた疑惑に火がつき、瞬く間に燃え盛った。

新聞社へ来る以前に、すでに何度も繰り返し同じように訴えてきたのだろう。話しは順を追って整然と進んでいる。山木が途中で詳しい説明を求めることもほとんどない。取材というより聞き取りに近い。テーブルに出された紅茶はもう冷えていた。口の中が冷たく苦い。「熱いのに換えてくれ」と言おうと由美子を見ると、忍び笑っている。その朝、山木が書きなぐった原稿をワープロで清書しながら由美子も佐藤の訴えを聞いていたのだ。ソファに座った佐藤の背中越しに山木を見つめる由美子の目が、「山木さんお得意の『なるほどね。それで』も挿し挟めないほどですね」と揶揄している。山木は煙草を一息深く吸って、溜め息を紛らせながら煙を吐き出した。すかさず佐藤が、「ゴロワーズですね。私も以前愛用していました。玲子に風呂で、こっそり隠して吐いたはずの血痰を見咎められましてね。泣かれて止めたんですが、この匂いを嗅ぐとたまりませんね」と話の矛先を急に変えた。「禁煙中でしたか。気がつかずに済みません。話しをお続け下さい」。山木は慌てて火を消しながら促した。佐藤の後ろで由美子が口を押さえ、体を小刻みにゆるがせて笑っている。

佐藤は冷えた紅茶に手を伸ばし、たて続けに二口飲んだ。「お取り替えします」という由美子を手で制しながら、佐藤は、「こう蒸し暑いとこれもいいもんです」といって、残りを音を立てて飲みほした。山木は、佐藤がそうして一息入れるのを見ながら、「いよいよ終幕だな」と思った。

佐藤は一気に結論を出した。「相部屋の小男が玲子を襲ったんです。肉体の急激な緊張と、ものすごい恐怖。よくいうじゃありませんか、心臓が破れるほどのって。それですよ。看護婦は詰問にも、『院長先生らが駆けつけられたとき、本当はまだかすかに息はあったんです。でももう手遅れでした。それだけです。何故、もう亡くなっていた、と佐藤さんにいったのか今もわからないんです』というのですが、相部屋の他の患者は、玲子は裾を乱し気味に、仰向けになって死んでいた――と証言してくれたんです。山木さん、玲子はいつも左向きに横になってしか寝れないんですよ。大騒ぎの中、カーテンの隙間からはっきり見たって断言していました。あの男も見てニヤついていたそうです。あいつは色情狂です。それで何度も警察の世話になったことも突き止めました。そんな男を、女と相部屋にするなんて。どれだけ糖尿が重くって、院長の親戚だといっても許されることじゃない。病院の大過失だし、男の暴行がはっきりすれば、ダブルミスになる。院長の責任は重大ですよ」

山木は初めて口を挟んだ。「院長らに、男のことは確かめられたんですか」

「もちろんです。そう質すと、院長のやつ、『お気持ちはわかりますが、奥様の場合、何かの具合で心臓の壁が自ら裂けたんです。外圧があればすぐわかります。それだからこそ学会でも発表させて頂いたのです』と平然と説明するんです。学会でバレないように心臓を替えたんです。ホルマリン漬けを遠くからガラス越しに見るんだから専門家でもわかりはしませんし、学会で認められたといえば、強力無二な弁解にもなりますからね。私には、証明できるものならやってみろ、といっているように聞こえました。慇懃無礼とはあのことですよ」

「ガードは堅そうですね」

「ええ。警察にも殺人罪で告発したし、他の病院にも伝を頼って相談したりしたんですが、手が回っていて取り合ってくれません。医者って奴は、相手が医者だとわかると、途端に言を左右して埒があかなくなる。警察も医者には弱い。残りはマスコミしかないと思ってお願いに上がったんです」

山木の戸惑いは大きくなるばかりだった。話しを聞けば聞くほど、疑惑が芽吹くまでの肌理《きめ》細かい話しっぷりと、それ以後の飛躍の多い筋立ての間の落差が広がっていく。「もう少しはっきりした形にならないと、正直、記事にはしにくいですね。告訴したとか」

「裁判所も駄目です。弁護士の意向で傷害致死にして訴えましたし、民事の損害賠償請求もやったんですが、いずれも棄却でした」

「看護婦や相部屋の他の二人の患者から、もっと明確な証言は得られませんかね」

話の継ぎ穂にそうは言ってみたが、山木は新聞記者としての興味をもうすっかり失っていた。反面、話しの運びも含め、先程までの佐藤の一部始終を思い出しながら、「この分別ある紳士を、ここまで駆り立てるものは何なのだろう」と考え始めていた。掛け替えのない妻を失ったための錯乱と、人生で初めて巡り合った究明すべき疑問がもたらす興奮——そればかりではないだろう。関心は人間存在としての佐藤の在り様に向かっていた。

その気持ちが反映していたのだろうか、佐藤は山木が話しに興味を覚えたと勘違いしたらしく、「心臓を見てもらえれば一目瞭然ですよ。明日にでも一度見に来てください。七時には家に居ますから。もってきてもいいんですが、途中で割ったりすると大騒ぎになりますからね」と満足そうに話を納め、由美子にも頭を下げ、そそくさと帰っていった。
ゴロワーズに火を付けながら、山木は問わず語りに由美子に、「病院も警察も、裁判所も、皆んな人の死に馴れすぎているんだな。愛妻を失った佐藤さんの気持ちをわかろうなんて誰もしない。皆んな自分のことだけで精一杯なんだ」と話した。由美子は急に真面目になって、「山木さんは佐藤さんのいうことを妄想だと思ってみえるんですか。私にはよくわかりませんが、ただ、佐藤さんが本当に奥様を好きだったということだけは感じられました」と受け答えた。山木は、もう一度煙草を深く吸い、「ともあれ、明日行ってくるよ」といい、火を灰皿に強く押しつけた。

翌朝から山木は、病院、裁判所、警察を回った。院長も、裁判官も、警察の担当課長までもが、一応は山木の職業に敬意らしきものを表しながら、その実、専門知識を振り回し、にべもなく疑問を打ち消した。そんな態度からすれば、新聞記者という肩書きのない佐藤への応待は、どんなにか薄情なものだったろう。自分を守り、誇示することばかりに汲々として、意図しないまでも結果的に佐藤を卑下する彼らの態度が目に見えるようだった。「もう少し丁寧に矛盾を説明してやれば、佐藤氏もあれほど頑なにならなかったろうに」。そう思う山木の頭には、数年前の医療過誤事件で取材した医者や刑事らが、今回と全く軌を一にした言説を弄し、態度に終始した姿が想い浮かんでいた。

佐藤の家は、山木の事務所から車で二十分ほど行ったところで、山並みに近い閑静な住宅街の一番山寄りの外れにあった。煌めく斜光の中、生け垣の内側から一本すっくと伸びた木の先に何十という合歓《ねむ》の花が薄紅色の繊細な花を開いていた。生け垣の間に続く石畳の中に石臼が一つ嵌《は》めこまれ、樋《とい》の雨が落ちる溜まりには欠けた染付けの大振りの碗が置かれている。通された十畳間の床の間には、水墨の軸が掛けられていた。着物姿の佐藤が早速、抹茶をたててくれた。茶筅の音、茶を飲む音、それ以外何も聞こえてこない。家作や調度品の話をする佐藤はそれなりに自足し悠々としている。年の隔てを感じさせない応対ぶりに、本当の意味での豊かさがにじみ出ていた。

ゆったりとした時間がどれほど流れたのだろう。かすかな香りに気付き、辺りを伺うと鉄釉で描いた奔放な意匠と緑釉を施した歪つな形の香合が古い茶箪笥の翳から、細い煙を立てている。「織部ですか」という山木に、佐藤は、「玲子が△△で掘り出したんです」と答え、「そうそう、そういえば、これですよ。玲子の心臓ってやつは」と、体をクルッと後ろ向け、茶箪笥の引き戸を開けた。大きな壺でも取り出すような力強い動作が背中から伝わってきた。

指先に粘りつく鶏の黄色い生の脂身の感触が、瞬間、胸いっぱいに広がった。ホルマリン液を満たした透明な壜に封じ込められた握り拳ほどの肉塊は、同時に強い嘔吐感を催させる。

「これですよ。玲子の心臓ってやつは」

冷笑でもない。心の在り様がわかりにくい奇妙な笑いを顔にへばりつかせ、佐藤は壜を揺すりながら繰り返した。話し相手の表情を伺うには、佐藤は自分だけの世界にのめりこみすぎていたが、山木は、自らの嘔吐感、嫌悪感を露も感じさせてはならない、と強く自戒した。

「大きくて不様でしょう。玲子のは、こんなじゃなかった。美しいピンク色で、もっと可愛くて綺麗だった。どこの馬の骨のかわからんこんなもの手渡して。ねえ、山木さん、まるでホルモンでしょう」

そういって佐藤は、息を啜るように、「ヒィ、ヒィ」と笑った。

山木の嘔吐感はなかなか治まらない。それを隠すように山木は、拳をかざしながら、「私のこぶしは大きい方なんですが、同じぐらいありますね」と思い浮かんだ感想をそのまま述べた。「そうでしょう。これはきっと男のものですよ。それが証明できれば、病院の鼻も明かしてやれるし、警察だって、殺人じゃなくても動かざるを得ないでしょう。人間の臓器を軽々に扱っている証拠ですよ。このほんの一部でも調べれば、血液型はもちろん、男と女じゃ染色体の数が違うんですからすぐ分かるはずなのに、どこも検査してくれるところがないんです。皆尻込みするんですね」――佐藤は喜々として饒舌っているような様子をあらわした。

月はなく、満天の星が輝く空の下、山木は佐藤の家を辞した。石畳を叩く佐藤の下駄の音が、山木のすぐ後ろに響く。道路に出たところで山木は振り返り、仄かな佐藤に、「佐藤さん、やはり、人間の臓器が普通の家庭にあること自体、異常ですよ。奥さんのにしろ、他人のにしろ尋常じゃない。早く片をつけないといけません。法的にも問題有りですよ、きっと。男のものとわかれば、それだけで大変なことになるんですから」と語りかけた。「わかってます。早急に何とか細胞検査をしてもらって黒白をつけます。それを待って改めて警察に殺人罪で告発しますよ。週刊誌やテレビに売り込んでみてもいい」。そう言う佐藤の闇の中の顔に、山木ははっきり笑いを見たように思った。

山木が車のドアを閉めるのを確かめて佐藤が家に戻っていく。十畳間の真ん中にぽつねんと置かれたホルマリンの壜が想い浮かぶ。屋根を覆う大きな黝々《ゆうゆう》とした山塊のさらに上に、星くずを鏤《ちりば》めた漆黒の空が広がっている。佐藤の人影が周りの闇にすっかり溶けてしまったのを見届けた山木は車のエンジンキーをひねった。車を発進させる直前、車の窓ガラス越しに山木は佐藤の家の屋根の上に広がる星空を一瞥した。車は加速し、山木の体を運ぶ。眼前に次々と漆黒に縁取られた家々が浮かんでは消えていく。ゴロワーズの一服が体の芯をかすかにしびれさせる。一瞥した山の上の星空に、心臓のない裸女の屍が青白く発光し、ぽっかり浮かんでいたのを山木は見たように思い、思わず振り返った。

轢死

雨に煙ったヘッドライトの先で、一対の翡翠色の妖光が底光りした。息を呑む間もなかった。獣は嫋《しな》やかに車の前に躍り出し、すぐボンネットの下に消えた。直後に、細い枯れ枝を折ったような微かな音がした。確かに吉田の躰全体に響くように聞こえた。

「とうとうやってしまった」

大きな溜め息が洩れた。道路脇の山裾に駐車スペースを捜す吉田の頭に、色々な思いが浮かんでは消えていく。

――猫? 犬? いや狐か狸かも知れない。軽い怪我ならいいが……。動けたにしても、高速道路では逃げ場がない。どこから迷い込んだのか? 助けなくては……。

目の隅で、脇を矢継ぎ早に擦り抜けていくヘッドライトを感じながら、最近新聞で読んだばかりの高速道路での種類別動物轢死統計や長い間撮り続けて来た獣や鳥たちの轢死体の数々が想い出され、焦りが募った。

吉田が禽獣などの轢死体を撮影するようになってから、もう二十年余りが経っている。

小学三年生の夏、家で飼っていたコリーが自宅近くの国道でトラックにはねられ死んだ。悲しい記念に、父が商品棚から埃のかぶったライカM３を持ち出し、写真に収めた。その写真はコリーの位牌とともに、透明な厚いプラスチックの箱に収められ、ずっと仏壇の隅に置かれていた。

暗雲が立ち籠め、切れ間から帯状の光が幾条も放射している。路肩に美しい大きなコリーが眠るように横たわり、母と、まだ幼い姉が縋って泣いている。脇で坊主頭の少年が質素な態で佇んでいる。逆光は母と姉の横顔を擦り、陰になった面持ちも幽かに浮き上がらせている。少年は心持ち項《うなじ》を垂れ、頭部から後光を放っているように見え、荘重感を醸している。

吉田はその写真が好きだった。写真の長所を凝縮したような仕上がりもさることながら、写真の中で思いもかけず重要な役割を演じ続ける自分の姿に満足していたからだ。

ところが、逆光で暗い陰にしか見えない筈の少年の顔が、実は笑っている、と指摘されたのだ。愛犬が死んで七年が経ち、吉田は高校一年生になっていた。コリー犬を主人公にしたテレビドラマがきっかけだった。見終えた家族は、自然に亡き愛犬を話題にした。吉田にとって、あの写真が、愛犬の最も鮮明な思い出だった。頭に浮かんだ写真に促されるように一言、「悲しかったね」と口を挿んだその時だった。姉が突然、「本当に悲しかったのよ。稔ちゃんはまだちっちゃくて本当の悲しさがわからなかったと思うの。私、あの頃、あの写真で稔ちゃんが笑っているのを見るたびに腹をたててたぐらいよ。でも、しばらくして、稔ちゃんとお父さんが後から駆けつけたのを憶い出したの。着いたばかりで何が何だかわからないうちに、お父さんが撮ったんだし、何といってもちっちゃかったんだと思うようになったわ」と応じたのだ。

言挙《ことあ》げする気配などまるでなく、家族一体の悲しみを同じように深く悲しめなかった幼き者を愛しむ響きに満ちていた。だが、吉田の驚愕は大きく、動揺を隠せなかった。

団欒は急速に淀んだ。近所の人が写真の焼付を頼みに来たのをしおに、父が、「子供って、悲しい時によく笑うもんだよ」と言い残し、立っていった。吉田も誘われるように席を立った。仏間に行き、すぐ写真を手に取った。後光が収斂する少年の顔は、どう見ても暗い陰にしか見えない。いつかフェードインしてくるのではないかと凝視したが、笑いはもちろん、他のどんなささいな表情さえも写していなかった。

それにもかかわらず、吉田の動揺は鎮まらなかった。姉のあの揺るぎない思い出の根底に、愛犬が轢れたあの時、あの場で見た吉田の生の笑顔の印象が焼き付いているのではないか。見える筈のない少年の顔に、その強烈な印象が条件反射のように付加されても故ないことではない。吉田は、自分の性情からして、泣き叫ぶ母と姉よりも、取り囲み見守る近所の人たちの視線の方が気懸かりで、照れ笑っていたに違いない、と思った。


それ以来吉田は、それまでは通り一片の関心しか持てなかった動物たちの轢死体に異常に魅きつけられるようになり、同時に轢死体の周りで繰り広げられる人間模様にも注意を払うようになった。そうしたものに関心を示す性向を、吉田はずっと隠し続けた。根源に、愛しむべきものを愛しまず、悲しむべき時悲しめず、憶えていてしかるべき体験を憶えていない自らを恥じる気持ちがあった。さらにいえば、轢死体を取り囲む人間たちの顔に、あの時自分が浮かべた笑いと同じようなものを求めている自分に気付いていていたからだろう。

家族にも隠し通した轢死体への関心を、自ら現わにしたのは、籍を置いた私立芸大写真科での卒業制作に取り上げてからだ。写真家への足懸かりと、家業を継ぐ含みも持たせて選んだ写真科だったが、テーマと写真に写る現実を整合させる難しさを思い知らされた。轢死体の撮影も、時間に追われ、苦しみ抜いた末に、偶然遭遇した出来事がきっかけで決まった。

最初に選び、かなり時間を費やした学生運動のルポは、主役に選んだ親しい活動家との学生運動そのものに対する考え方の齟齬が徐々に大きくなり、結局、活動家やその仲間からその後の協力を拒否され、挫折した。担当教授から推められた陶芸名品の質感を撮り切るカラー連作は、力量不足もあったし、カラー写真の限界も加わり、最初の志野茶碗の撮影で棒を折った。

新しいテーマを選べないまま臨んだフィルムメーカーの就職試験の日、吉田は愛用のオートバイで出掛けた。会社の玄関先にある駐車場で、一匹の真っ黒な仔猫に出遭った。十五台が駐められるコンクリート叩きのほぼ中央で、仔猫は横ざまに四肢を投げ出し晩秋の日の光を体いっぱいにうけていた。近づく吉田の足音に頭をあげ、何の警戒心もなく、吉田のほうを見て「ミャウ」と鳴いた。吉田は思わずしゃがみこみ、頭を撫で、喉をさすった。「黒猫は縁起がいいとも言うからな」。そんなことを思いながら玄関に急いだ。振り返ると白い乗用車が仔猫の手前で停まり、戸惑っている。「皆んな気づくだろ。あれなら大丈夫」。一抹の不安はすっかり霧散した。

試験は口頭試問で、社長と重役四人が、吉田が事前に提出しておいたレポートと写真作品を見ながら色々言葉を変えて、つまるところ、「何故、わが社を選んだのか」だけを尋ねた。吉田の返事は簡潔だった。培った撮影技術に誇りを持つ一方、現在の写真技術の限界を知る人材であること。やりがいが感じられる唯一無比の会社であり、職種であることを述べた。反応は最上だった。三十分ほどで、採用決定の内諾を得て帰途についた。

玄関を出ると、太陽が一段と輝きを増しているようだった。黒い仔猫がすぐ眼に入った。少し位置を変えただけで、先程よりも伸びのびと向こうむきに寝そべっている。「幸運の主か」。思わずそうつぶやき、歩を早め近づいた。頭を撫でようと、腰をかがめたとき、初めて、黒い仔猫の周りが真っ赤な血溜りになっているのに気づいた。バックで轢き、切り替し前進する際、再度轢いたように血の一部が帯状に伸びている。かすかにピンク色を帯びた白い液体もわずかに混じっている。のぞきこむと、顔はひしゃげ、口一杯に濃い血を含み、両目をカッと見開いている。まだ魂が体の中にとどまっているような潤々しさがあったが、まぎれもなく死だけが横溢していた。

吉田は思わず、掬《すく》うように両手で抱きあげ、駐車場を囲む植え込みまで運んだ。その間、「哀いそうなことをした」という思いだけが、その都度テンポを上げるように何十回と間断なく込み上げてきた。

吉田は植え込みの縁に腰を下ろし、玉柘植の陰に置いた仔猫を見続けていた。わずかな時間を隔てて見た同じ生き物の生と死。死は人を遠ざけ、生は人を魅了する。ほんの少し気をつけてやれば、あの可愛さを横溢《おういつ》させながら生き続けられたのに。生と死の隔たりの巨さに較べれば、自分がその同じ時間にこだわっていた採用、不採用という隔たりはなんという小ささだろう。まして、そのどちらになろうとも、自分は生きていけるのだ。

すぐ前の車が発進していって、吉田はやっと立ち上がった。「このままではいけない」。会社に引き返し、案内の女性に改めて身分を語り、仔猫の処分を依頼してから、手を洗うため、洗面所を借りた。

翌日も吉田は終日炬燵で過ごした。憂鬱は去らず、鬱々と考えを巡らした。折につけ仔猫の可愛い仕種が甦ってくる。「助けてやれたのに」という思いとともに、轢いた車や、運転していた人間のことを想像した。気付かずに、今も何の悔恨もなく暮らしているのだろうが、仔猫を轢き殺したことは事実なのだ。誰もがどこかで同じように轢き殺しているかも知れない。殺さないまでも、気付かず色々な加害者になっていることは多々あることだろう。一方、死んだものにとっては無惨な死も、安らかな死もない。苦しみも喜びもすべて死を境に霧散する。無惨な死に、顔を背ける者も、冷笑をもって見下ろす者も、気付かず高笑いしている者も、次の瞬間、気付かぬまま自ら無惨な死を迎えているかも知れないのだ。すべての生は死を孕んでおり、あるのは生と死だけだ。この世はすべて生者のものだ。この世は生き物で満ち溢れているが、一つとして十全に同一の生はない。しかし、それが死を経ると、いかに巨大な差異ある生であろうとも、すべて十全に同一となる。生は死の、その単純さによって正しく照射され、死は生の、その不可知なほどの複雑さによって照射されるべきものなのだ。

そんな取り留めもない思いに身をまかせてみたが、重い心は少しも晴れなかった。「吉田さん、電話よ」。そう叫ぶ甲高い下宿の小母さんの声で、眠りから覚めた。送話口を掌で覆った小母さんが、「若い女性よ」と言う。受け取った受話器から、「私、A社の案内をしている秋山葉子と申す者です」という声が流れた。仔猫の処分を依頼した人だった。「鄭重に葬って頂きましたから。私も案内をしながら時折あの仔猫の可愛い仕種を玄関のドア越しに見て、退屈を紛れさせていましたので可哀そうで……。それだけに、あなたの気遣いがうれしくて、どうしてもあなたにお知らせしようと会社で連絡先を調べたんです」と続ける葉子の声は、明るく、むしろ生のときめきに満ちていた。部屋に帰り、闇の中で寝そべっていると、仔猫の無惨な死体と煌く葉子の顔が重なって見えた。俄に、「卒業制作には轢死体を取り上げよう。取り上げるべきだ」という考えが浮かんだ。

吉田はそれまでの体験から動物が轢死するのは発情期が多いことを知っていた。晩秋ともなると、かなり数は少なくなる。大学の名前を使って心当たりの保健所に連絡を取り、轢死体についての届け出があれば、すぐ教えてくれるよう説得した。保健所からの通報だけを待っていて事が成るほどの時間的な余裕はなかった。轢死体を求めてオートバイで走り回っている間、複数の保健所からの入る連絡を整理したうえで、中継してくれる助手がいる。下宿の小母さんは優しかったが、そこまで縛るわけにはいかない。結局頭に浮かべたのは、葉子だった。会社に出向き、玄関のドアを開けると、葉子は一瞬驚き、すぐ笑顔を取り戻し、迎えた。「仕事中、余分なことをさせるけど、そういう訳で無理を頼みたいんだ。うまく卒業出来て、入社したら一か月間うまいケーキを毎日御馳走するよ。保健所から連絡が入ったら、このポケットベルの番号を回して欲しい。実はもう、保健所にはここの番号をいってきたんだ」と依頼する吉田に、葉子はいたずらっぽく、「それぐらいの暇ならありそうですわ」と答え、引き受けてくれた。

吉田は二か月間、必死で走り回り、轢死体を撮った。

血を吸った粉末止血剤を全身に振りかけられたような犬。何十台の車が轢過していったのか、埃っぽい毛皮の敷物のようになってしまった猫。ミンチを想わす犬。体が腐敗し風船のように全体が膨れ上がり、腐臭に満ちた体液をいたるところから滲ませる大型の犬。交尾中、面白半分に追い掛けまわされ重ねもちのようにして殺された雑種犬のカップル。まだ脚を痙攣させているのに収容箱に放りこまれる野良猫。

敷物のようになった猫を撮りながら、轢過者たちを想像したこともあった。恋人たち、頑是ない子供たちを乗せた幸せな家族、愛する夫を亡くした美しい未亡人、外国人バイヤーに商品リストを見せる商社マン、服を着せた室内犬を抱いた実業家夫人、急病人を運ぶ消防署員、愛人のもとにかけつける人妻、荷物を急いで運ぶトラック運転手、流しのタクシー運転手……。

吉田は生と死のコントラストが鮮明なものだけを三十枚ほど選び、「タイトルは『永劫回帰』にしたいんです」といって教授に提出した。轢死体はあらゆる方向から撮られ、必ず背景に人物が配置されている。顔を背ける親子連れ。知らぬげにすぐ脇を談笑しながら歩きすぎる女子高生たち。取り囲む人垣をビルから俯瞰したもの。教授は、「醜いね」といって、そのうちから四枚を取り除いたあと、「いいよ。現代を穿っている。評判になるよ、これは。ただし表題は『回帰』だけで充分だ」と太鼓判を押した。

教授の推薦もあったのだろう。大学図書館のロビーで開かれた恒例の卒業制作展から、吉田の出展作の一部だけが写真月刊誌に転載された。それが評判となり、デパートで個展も開かれることになった。そうなると、著名な文芸評論家までが一般紙の文化面で取り上げ、「現代を剔ぐる轢死体」と文化面には馴染まない刺激的な見出しつきで報じた。テレビも追随する。吉田は一躍、新進気鋭の社会派写真家として注目を集めた。

山裾をカーブしきったところで、やっと駐車スペースが見つかった。常備の傘と懐中電灯をもって外に出た。雨は思いのほか激しく、パーキングランプを点け直しに戻ったほどだった。山陰から突然現れるヘッドライトが、猛烈なスピードで次々と突進してくる。吉田に気づくと、クラクションをヒステリックに鳴らし通り過ぎる者や、わざと突っかけるように車を寄せ擦り抜けていく者さえいる。吉田は路側帯の一番端に身を寄せながらゆっくり歩いた。傘の布越にヘッドライトが滲んで見えると、立ち止まって車をやり過ごした。日曜の夜だから、行楽帰りもあってか、車が多い。十台から二十台ほどの一団が過ぎると、しばらく間があって、また同じような集団が近づいてくる。先を競い合うように追ってくるヘッドライトは、急に横揺れしたりし、吉田を竦《すく》ませる。時には三列横隊になり、路側帯にはみ出したまま突っ込んでくる時もある。「死んでいなければもうどこかに行ったろうし、死んでいれば今さら仕方ない。引き返せ」という声が頭の中でしたように思った。ウインクを続ける吉田の車のパーキングランプが見えなくなった。「一キロ近く歩いたろうか」。そう思った時、ヘッドライトに照らされて三十メートルほど前方の路側帯に濡羽色の塊が見えた。「あれだ」。吉田は歩を早めた。ヘッドライトの波状攻撃は続く。傘を路端に投げ出すように置き、一段と歩速を早めた。やっと間近に迫った時、塊がにわかに動き出した。「大きな黒猫だ。生きている」。雨に濡れそぼり、躰が冷えるにしたがい、死の幻影が膨らみ、「無惨な死体にだけはしたくない」と思うようになっていただけに、心が立ち騒いだ。伸ばして捕まえようとする手を擦り抜け、黒猫は道路中央に向けて逃げた。精一杯の跛《は》行を繰り返し遠ざかろうとする。一時途切れたヘッドライトが又、迫ってくる。「危ない」。吉田は一瞬躊躇したが、「追いつける」と瞬時に感じ、跡を追った。手の指先に生き物の体温を感じた。同時に、耳をつんざくブレーキ音が耳を聾し、ヘッドライトが襲いかかった。

翌朝各新聞は高速道路での奇禍を一斉に大きく報じた。中でも、吉田と大学同期のカメラマンがいる新聞社は、詳細な記事を掲載した。

二十七日午後八時ごろ、××市○○町の△△高速道路上り線で、××市□□町七、写真家吉田稔さん（四五）はトラックや乗用車など十～二十台ほどにひかれ、全身を強くうち死亡した。

××署の調べによると、最初にはねたトラック運転手の話などから、吉田さんは、一緒に死んでいたネコが高速道路に迷いこんでいるのを見つけ、助けようと、約五百メートルほど歩いて探したところで、ネコを見つけたため、急に道路中央に飛び出したらしい。

現場はかなり急なカーブで、事故当時は一時間三十ミリの激しい雨が降っていた。見通しが悪く、吉田さんに気づくのが遅れたうえ、いずれも百キロ以上の猛スピードで走行していたため避けきれず、次々ひいたらしい。何台がひいたのか確認を急いでいる。

吉田さんは昭和四十三年春、☆☆大写真科の卒業制作展に出品した組写真「回帰」で社会派写真家としてデビューした。「回帰」は、動物や鳥の轢死体ばかりを撮ったもの。「吉田の轢死写真は、写真のタブーを破った。まさに文明に〝犬死〟を強いられる無辜（むこ）な命と、事も無げに行き過ぎる人々との大きな落差は、現代の病根をえぐり出している」（写真評論家・○山□男氏）などと評価され、写真界ばかりか社会的にも大きな話題を提供した。しかし、あまりリアルに撮ろうとしすぎて演出に走ったとされ、わずか一両年で写真界から排斥された。

その後、古里の××市に帰り、家業のDPE店を継いだ。傍ら、秘そかに動物などの轢死体撮影も続けていた。この日も、休業日だったため、朝から撮影に出かけていた。妻、葉子さんは、「『回帰』を撮るきっかけとなったのは、小ネコの轢（れき）死でした。あの日以来、吉田は、『動物たちには自動車がどんなものか、今もさっぱりわからんだろうな』と言い続けていました。それにしても黒猫一匹のために命を捨てることになるなんて……」と話している。

告別式は十二月一日正午から自宅で。喪主は葉子さん。

炎の迹

店から客の帰る気配が伝わってくると、史《ふみ》は手際よく御飯を盛りつけ始めた。家族四人と手習いの御飯、味噌汁を用意し終えると、ちょうど推し量ったように喜三郎が手習いを従え、

「待たせた」

と言いながら居間に入ってきた。

昭一は、父親が箸を取るのも待ちきれず、膳の中央の皿に盛られた卵焼きの一切れに箸を突き立てた。

一日五円と決められた小遣いで買う駄菓子だけでは、朝早くから遊び惚ける子供の腹を昼まで満たしておけるはずがない。夏休みに入ってからというもの、毎食時、同じような光景が繰り返されている。

そんな昭一を、史が目で制するのも知らぬ気に喜三郎は、

「こんなもん持ち込んできよった」

と、史の方に、五個一纏めにした根付の束を差し出した。

「象牙ですか。よう彫れてますなあ」

史は飯櫃《めしびつ》の冷や御飯を杓文字で掻き雑ぜながら、答えた。

ちょうど、その時だった。

歯の浮くような擦過音と、馬の鋭い嘶きが相前後して店の方から飛び込んできた。

　味噌汁に麦御飯を投げ入れ掻き込んでいた昭一が腰を浮かせる。

「座って食べろ」

喜三郎の怒気を孕んだ声もものかは、昭一は汚れたランニングシャツの裾を手繰り上げて口を拭い、

「御馳走さん」

と言うが早いか、店の外に飛び出した。

雑貨屋の孝も、菓子屋の秀夫も、魚屋の治も、電気屋の明子も、もう家から飛び出し、喘ぎ立往生する馬車馬を取り巻いていた。

喜三郎の営む吉原時計舗前の巡見街道が舗装されてからというもの、広瀬川の魚見橋に差し掛かる博労町の坂は、馬車馬たちにとって過酷な難所となった。

少し重い荷物になると、蹄鉄が滑る。いっ気に難所を乗り切ろうとする馬方の鞭に容赦はない。口から泡を噴き倒れる馬も少なくない。横ざまに虚空を見る眼は真っ赤に充血している。

坂の両側に並ぶ家々に育つ子供達の小さな胸は、その都度張り裂けそうになった。やがて、子供たちは、気配を察し、そうなる前に駆けつけ、後押しするようになった。子供とはいえ、頭数が揃うし、何より真剣だから結構な力になる。

五十メートルほどの坂を、思いを一つにし、力の限りに押し続ける。やっと橋に差し掛かり、最

後の一押しで突き放した時の爽やかさは、子供達の大きな喜びになっていた。時折通り掛かる自動車が、坂を登る際に出す少し濃い目の排気ガスの香りを深呼吸しながら嗅ぐのも楽しみだったが、荷馬車の方に人気があった。

特に暴れ者の沢井の馬車には、他の時より多く子供が集まった。

「すまんだのお。今度空《から》の時逢《お》うたら乗せたるでの」

と言う笑顔を目の当たりに出来るという御負けがつくからだ。

いつも役者顔を赤銅に染め、厳しい躰を怒らせている沢井は、普段は子供には近付き難い存在だった。現に、急場の約束を真に受けて、気楽に空荷台に跳び乗って殴り倒された子供はいくらでもいる。

「この餓鬼。馬がえらがっとんのがわからんのか。てまえももっとえらい目に遭わしたろか」

殴り倒す時の台詞はいつも決まっている。疲れ切っている時、その馬を鞭で殴り倒しているのは沢井自身の方だが、そんな理屈を口に出させるような男ではない。

その日は沢井の様子が違っていた。

いつもなら先を急ぐのだが、坂を登り切った橋のかかりで手綱を絞り、馬車を立ち止まらせてしまったのだ。

喜びを奪われ、怪訝そうな昭一たちに、沢井は、

「きょうはあかん。無理させられん。休まさなあかん」

そう言って、馬車を橋の袂の大柳の陰に引き入れ、柳の幹に手綱を括りつけた。いつもの笑顔で、

いつもの約束をすると、さっさと広瀬川の川辺まで下っていく地道を、小走りに降りていった。

川辺に行き着くと、いきなり川に手を突っ込み、荒々しく幾度も川水を顔にぶっかけ、腰に下げた汚れた手拭で丁寧にふいた。

鮎や鮠《はや》が川面に乱れた筋を立てて逃げていくのが、堤の上からも見えた。

昭一たちの目は、そんな沢井の挙動に終始釘づけになっていた。涼しげな目を取り戻した馬に草をやりながら、鼻づらを撫でている明子も、沢井の姿を見失わないよう度々川辺に目を向けている。

沢井が川水で髪を撫でつけ、橋下に住む屑屋の秦さんの住い方に歩き始めると、子供たちは弾かれたように一斉に堤防を駆け下りた。


秦さんの住いは、魚見橋の橋梁を天井代わりにして、河川敷の最も高い所に設けられている。奥壁も橋の取っかかりの堤の石垣をそのまま借用しており、両脇と正面だけを小ざっぱりと板切れで囲ってある。

その日は、脇壁の窓の玻璃戸《はりど》が半分ほど開けられ、連子の引き戸を流用した正面の開き戸も目一杯開け放たれていた。外目にも川風が住いを縦横に吹き抜けていくのが見えるようだ。


「おいさん居るか」

沢井は扉の連子を爪で掻き鳴らしながら、返事も待たずにズカズカ上がり込んでいった。

住いを遠巻きにして子供たちが見守る中、沢井が、

「なあ秦さん。きょうというきょうはこの壺譲ってくれんか。一つ五百円もはずむさかい、みんな

で一万五百円。五百円まけてもらうとして、ちょうど一万円。そんだけ出すさかい」

と持ち掛けた。

壺は両脇と奥の壁に沿って、床を「コ」の字に囲むように並べてある。大きいもので高さは五十センチ余り、小さなものでも二十センチ以上はある。形は様々にゴツゴツしているし、色目も緑色のガラスを掛け流したようなものや、田土をそのまま固めたようなものと、一つとして同じものがない。秦さんはそれに小銭をはじめ、番傘や布切れ、身の回りの小物、塩、煙草の吸い殻などを分けて入れて、家財道具代りに使っている。赤い炎をそのまま写し取ったような一番目立つ壺は、魚採りや泳ぎに来た子供たちに饗するおやつ専用にしてある。その壺からは、肉桂の根っ子、柘榴《ざくろ》、木《あけ》通《び》、黒砂糖、飴、味昆布、スルメ、時にはチクワや揚げたハンペンまで出て来る。いつも小腹をすかせている子供たちにとって、その壺は、ちょっとした魔法の壺だった。

沢井は事もあろうに、その魔法の壺の欠けて輪花のようになった口縁を掌でハタハタと叩きながら話し始めたのだ。

板床の上に敷かれた毛羽立った上敷きの中央で胡座をかいている秦さんは、白の勝った坊主頭を掌でクルクル撫でながら、黙って話をきいている。

「のお、頼むわ。儂の連れで最近、壷を集め出したんがおって、泣きつかれとんじゃ。何とか儂の顔立てたってくれや。みなとはいわん。半分でもええさかいに」

沢井には似つかわしくない哀願調が声色に混じり始めると、秦さんは言葉を遮るように、脇の欅盆から鉄瓶を取り、茶碗に茶を注いだ。

「まあ冷えた茶でも飲みなさい」

と差し出し、

「何度も言うようだが、壷が好きなんだ。みんなこの街で拾い集めたものの中から、使い勝手が良さそうなのを選んだんだ。あんた、馬車で町の外まで出歩いているんだから、気をつけていれば、すぐ十や二十見つかるよ」

と婉曲に断った。

「あんたが前にもそう言うもんで、馬車の上から、よその軒下までよう見とるが、たまにあっても、連れがあかんちゅう。こんなんや、と見せてくれたんが、ここのとよう似とんのや。ぶっちゃけた話、こんなんやったら一つ千円で買うちゅうんや。どうせみな、ただで拾ろたもんやろ。一万円ちゅうたら三月分の食いぶちより多いやろが。儂にも半分もうけさせてくれてもええやないか。五百円まけよと言わんで。のお」

沢井は手の内を見せ、さらに喰い下がったが、秦さんは口元にわずかに笑いを浮かべ、

「大切な家財道具でもあるしね」

と、取り合わなかった。

沢井の堪忍はそこまでだった。

「この餓鬼ら。何見とんじゃ」

入り口ににじり寄り、埋め尽くすようにして見守っていた子供たちを蹴散らさんばかりに、おめきながら出ていった。

「何ともなかったかな」

秦さんは心配そうに、子供たちに声を掛け、

「飴玉もあるから」

と、子供たちを招き入れ、すぐ壷から蝋紙に包んだ飴を鷲づかみにして出し、一つずつ子供たちに配った。

いつの間にか明子や昭一の姉らも加わり、

「おいしい」

と頬を膨らませている。

昭一は口に広がる甘さを噛みしめながら、上敷きの縁を押さえるように置かれた壷を見回し、

「秦のおじさん。壷、誰にも売らんやろ」

と言った。

子供たちは一斉に秦さんの顔を注視した。魔法の壷が失くなるかどうか、誰もが気が気でなかったらしい。

「ああ、ああ。誰にも渡さないよ。この町に来た時のように、一人で町を出ていく時が来ても、この壷はみなここへ置いていくよ」

と頷いた。

秦さんのことは、博労町や川向かいの新座町の大人たちにも良くわかっていなかった。

言葉遣いから臆測して、「東京の方で空襲に遭って流れてきたらしい」と言ったり、「華族さんの

出らしい」と言うかと思うと、「朝鮮の人やろ」と噂する者までいた。気には掛かるのだが、誰も面と向かって尋ねられる者がいなかった。

親しそうなことを言っている沢井でさえ、

「それだけは酔うても笑うだけで絶対に答えんな。えらい罪でも犯しとらへんか」

と、笑って誤魔化すばかりだ。

秦さんの日課は、夜明けとともに橋の下からリヤカーを曳いて出掛け、博労町を皮切りに、魚町から城下の殿町、白粉町へと決まった道順を辿って一巡り、昼過ぎには屑集めを終える。昼食後、魚見橋を通り、新座町の外れの仲買いに屑鉄や古い家具の類いを卸しに行く。

「ニコヨンぐらいは稼ぐやろ」

というのが町での臆説だった。

仕事を終えてからは、ずっと橋下に居て、戸外に低い木製の丸椅子を持ち出して座り、長い時間、川を見続けてる。雨が続いても、雪の降る日も、そんな秦さんの姿を見掛けない日はなかった。

住いの前の川中に立つ太い足場のような橋脚には、大水が山から運んできた生木が搦《から》まり、草や葉が堆《うずたか》く溜まっている。川底の砂がそこだけ深く剔られて、際立った淵になっているが、水は澄み切って深い底まで見透せた。夏場は子供たちの泳ぎ場であり、魚や川蟹、鰻などの格好の棲み家にもなっていて、四季を問わず川遊びに訪れる子供たちの姿が絶えなかった。

川を見る秦さんの目には、自然とそんな子供たちが映る。母親たちの間で、

「お陰で、安心して子供たちだけで川遊びに出してやれる」

そんな話しが交わされることもあった。

昭一が溺れかけた時も、秦さんに助けられ、その時だけに限ってのことだが、手ひどく叱られた。いつか、隣の印刷工場から印刷機械の一部である太い鉄製ローラーを唆され盗み出し、売りに行った時でさえ、黙って買い上げ、すぐ、工場に何も言わず、自腹を切る形で返却に行ってくれた。その秦さんが、その時ばかりは、しがみつこうとする昭一の頬を思い切り引っ叩き、

「しゃんとせんか」

と、怒鳴りつけたのだった。

その夜、正装し一升瓶二本を携えて礼に行った喜三郎は、夜更けまで帰らなかった。帰宅するやいなや、史に向かって、秦さんの人格の高さと、素養の深さを、口を極め、繰り返し、繰り返し誉め称えた。馳走になった酒の勢いもあったのだろうが、襖越しに寝間まで聞こえてくるいつになく熱を帯びた父親の饒舌に、昭一は子供心に秦さんの大きなひととなりがわかったような気がした。

その日を汐に、秦さんは客のいない時を見はからって店を訪れ、喜三郎と談笑していくようになった。昭一も店を通り抜ける際、そんな秦さんを見掛け、二、三度、鯱張って頭を下げたことがあった。

秦さんの姿が町から消えたのは、昭一が中学三年の時だった。

魚見橋の少し上流に市民病院が出来て、排水を広瀬川に流すようになって間がなかった。

病院では、

「充分消毒していますから、全く心配ありません」

と宣伝したが、子供たちは川から遠ざかり、子供たちが獲った魚が食卓を賑わすことも無くなっ

た。たまに川に行くことがあっても、子供たちは病院から上流にしか足を踏み入れなかった。昭一は、新たな遊び友達との交友や、勉強も加わって、いつの間にか、あれほど好きだった川へ全く行かなくなってしまっていた。

秦さんがいなくなったことは、大阪から遊びに来た従兄に促され、久方ぶりに魚見橋の橋脚の淵に釣りに出向いて初めて知った。夏の盛りというのに、川に人影一つなく、魚も小さな鮠《はや》と鮒《ふな》ばかりになっていた。秦さんの住いといえば、見る影もなく荒れ果てて、辺り一面が異臭芬々とする塵芥捨て場になっていた。

そこそこに帰宅し尋ねると、喜三郎は、

「大阪の方の親戚の世話になるとだけ言い残し、身一つで半年も前に出てった。川も汚れてしもたし、橋もそのうちコンクリートになるちゅうし、頃あいやったんかも知れん。寂しいもんやが、手の打ちようもなかった」

と、慨嘆した。

昭一は、去っていく秦さんの姿を思い浮かべ、胸を傷めた。それからもしばらくは折につけて助けられた時のことを思い出したりしたが、やがてそれも間遠になり、いつかすっかり失念してしまった。

魚見橋の架け替えは、秦さんが住まいを捨て去ってから三年近くも経って、やっと着手された。人々のすぐ脇に蹲《うずくま》り、機有らば呑みこもうと力を漲らせていた貧乏の翳《かげり》が、ようやく遠退き始めた頃だった。子供たちは増々伸びやかになり、自ら描いた開豁な夢を実現しようと、何の屈託もなく次々親元から遠くへ飛び出していった。

昭一も東京の大学に進学し、少なからぬ変節を重ねたのち、やっと行き着いた陶磁器研究で糊口を凌ぐようになった。宗教団体が東京郊外に新設した美術館に、専攻の傍ら取得しておいた学芸員の資格を買われ、運良く中途採用されたのだった。


陶芸課長に任ぜられた年の秋、喜三郎の七回忌で実家に帰る機会があった。

法事も無事終わり、親戚や、すぐ近所に嫁いでいる姉らも引き揚げていった。妻と、それぞれ大学、私立中学受験の追い込みで塾通いに忙しい息子二人は来ておらず、史と二人だけが残った。母親と二人切りで長い時間過ごすなど、大学へ行ってから終ぞないことだった。

夕食に添えられた心尽くしの一本の熱燗徳利が空になった頃、昭一はその今出来の志野徳利に描かれているのが葦辺の鷺らしいことに気付いた。瞬時に一個の鷺文織部徳利が思い浮かんだ。昭一を、今のたつきの道に導くきっかけとなった江戸初期の、それまで未紹介の見事なものだった。連想は駆け巡り、折につけ手にとって観照した日本古陶の数々が次々と目に浮かんでは消えた。

「母さん。父さんは骨董も扱っていたけど、焼きもんで何か残っとらんかな」

と尋ねる昭一に、史は、

「昔は太閤さんが野点で使こた井戸やら斗々屋やらという茶碗もあったけど、父さん、あんたらを大学へやるんやからと、名残り惜しそうに、小判なんかと一緒に殿町の内山さんとこへ持ってってお金に替えなさったんやに。残っとるもんていうたら、蔵にある壷ぐらいのもんやろか」

と答え、

「ほれ、橋の下におった秦さん憶えとるかん。あの仁が町出てく時に、父さんにもろて欲しいちゅうて、井戸や斗々屋と一緒に持ってござったもんや。父さん、茶碗を手放す時に、『壷だけは絶対一つも手離さん』と悪そうに言うて、思い立っては一つ二つと蔵から出して、金魚飼うたり、鈴虫鳴かしたりしとったんや」

と付け加えた。


翌朝、昭一は起き抜けに裏の土蔵に行って見た。

「顔も洗わんと。いくつになってもアカンなあ」

と、後ろから史が歩み寄りながら声をかけ、

「鍵開けやな開かんわさ」

と言いながら、大きな和錠を外した。

総欅造りの引き戸が重々しい音を立てて開くと、思いがけず広い空間が開けていた。高い天窓から降り立つ光の帯が、くっきりと薄闇を切り裂き、土床の中央付近に半畳ほどの一隅を形づくっている。

「きれいなもんやろ。父さんらしい、よう片付いとるに。手も無いもんでやけど、そのままにしてあるんや」

史の言葉が土蔵に響く。

目が慣れるに従って、光に押しやられ、四隅に蟠踞していた闇が凝縮を緩め、闇に包んでいた物を幽かに浮き上がらせ始めた。白木棚を埋め尽くす壷の群れが闇の中から鈍色を返し始めている。

埃にまみれ、まだ闇に紛れてはいるが、いずれの壷からも美しい勁鋭さが溢れ出て、閑散とした空間を荘厳なまでに引き締めている。

――いつかこんな空間に佇んだことがあった。

昭一が想いを巡らせるまでもなく、フィレンツェ、サン・ロレンツォ教会のドームが思い浮かんだ。

二十八歳の誕生日をミケランジェロだけに祝ってもらおうと気負い立ち、一人で訪れたその町で、総大理石造りのその巨きなドームに独り佇んだのだった。ステンドグラスに濾過され幽かに色付いた薄明りが、メディチの威光を申し分なく醸していた。その薄明に浸りながら昭一は、新聖器室で今見て来たばかりの一つの彫像によって与えられた感動を反芻していた。自らの腕を自らの胸に突き刺してでもいるような苦悶の老人。その像の前では、思索するロレンツォも、行動するジュリアーノも色褪せて見えた。感動は老人との対峙を耐え難いものにし、昭一をドームに駆り立てた。

神の手技を感じさせずには置かないミケランジェロの作為と、壷たちが見せる奔放な無作為の造形は全く対照的だが、昭一を身震いさせるように立ち昇る芸術的な香気と、それと相俟ってその空間が醸成する雰囲気に差異はなかった。

あの日、いつの間にか昭一の背後に立っていた金髪の少女が、ドームの反響を楽しむために打ち鳴らした「チッ」「チッ」という舌打ちの音で、浸る思いから解き放たれたように、この日も史の、

「ぼやっとして何考えとんのや。いくつになっても変わらんなあ」

という声で白昼夢から醒めた。

壷の埃を掌で拭い、一つ一つ光の帯の中に差し出して確かめてみると、いずれもよく焼き締まっ

た古い備前や伊賀、常滑のものだった。口を瓢箪形に曲げたもの。口の一部が掌の握り型そのままに残されたもの。口縁の造りが従来知らされているその産地のものにはないもの。土味が同種のものとは異なるもの。どれもこれも慭《なまじ》っかな帰納では室町や桃山時代の古窯で焼かれたものとは同定できない強烈な癖があったが、昭一の磨き抜かれた目は、その癖に隠されがちな特有の微細な特色をもとらえ、紛れない優品揃いであることを確信させた。

——一点の見損じもなく、これだけのものを集め残した秦さんの目は、一体、これらの壺から何を感じ取っていたのだろうか。当時の陶磁研究のレベルで見れば疑問点は膨らむ一方だし、感性に頼れば駄品も少なからず混じった筈だ。

昭一は専門家として激しい嫉妬を覚えていたのかも知れない。意地悪い目で何度も見直してみたが、そのたびに、一つの例外もなく、優れた器形、質感、それに何よりも、それらが醸す香気は高まるばかりだった。

陶然と眺める昭一の頭に、その壺が無造作に置かれた橋下の秦さんの部屋が浮かんだ。

魔法の壺の行末を案じて喰い入るように見つめる子供たちがいる。

怒りに身を震わせる沢井もいる。

そして、いつもと同じように悠然と構える秦さんが、川を見ていた時の、あの澄み切った目付で、対座している。

「濁りのない目か」

昭一の口から、溜め息まじりにそんな無意識の呟きが漏れた。

「ええ?」

史が聞き返す一際高い声が蔵に谺したその瞬間、太陽が厚い雨雲にでも隠されたのか、天窓から降り注いでいた輝く光の帯が、フッと薄明の中に霧散し、壷は再び闇に消えた。

光り輝くもの

〈買い忘れた物は無かったかしら〉。律子は、スーパーで買った夕食用の惣菜の一つひとつを頭に思い浮かべながら、帰路を急いでいた。

いつもは、パート帰りに寄るこのスーパーで、予め決めておいた献立通り、手際良く必要なものを買い整えるのだが、この日は主材料の一つが売り切れていて、一から献立を考え直さなくてはならなかった。それに、帰りがけ、スーパー内にある本屋の店頭に並べられた好きな作家の新刊本が目についたのがいけなかった。つい、少し長めのあとがきを最後まで読んでしまっていた。

背中から吹きつけていた秋雨が、スーパーにいる間に、行く手を邪魔するような降り方に変わっている。

急ぎ足で自宅近くの小さな織物工場の角を曲がると、すっぽりと子供たちの集団に飲み込まれた。工場沿いに設けられたコンクリート・ブロックで囲ったプロパンガス・ボンベの置き場を取り巻いていたのは、学校帰りの小学生たちで、囲いを覗きこんでは、

「気持ちわるーい」

「汚《き》ったなー」

と、大騒ぎしている。

少し外れたところに娘の毬子がいた。隣家の清香ちゃんと一つ傘に肩寄せあって見守っている。驚ろかさないように後ろから近づいて、そっと肩を抱きながら、静かに、

「マリちゃん、どうしたの」

と、声を掛けた。

それでも二人はビクッとして、少し後ずさりしながら、勢いよく反転した。

律子に向き合った毬子が、

「お母さん」

と、嬉しげな声を上げて、息もつかせず、「あのね、手も足もこんなふうに繋がった猫の赤ちゃんが捨てられてるの。血がいっぱい付いてるの。かわいそう」

と、胸の前に両手で大きな「O」の字を描きながら、訴えた。

それだけ言うと毬子は、気持ちをもうその群れの方に移し、体からそちらに向かおうとする気配を漂わせた。

三人が近づくと子供たちは自然に群れを割って道を開けてくれた。井筒型の深いブロック囲いの底から、「ミウ、ミウ」という小さな声が間断なく湧き上がってくる。律子は回りの子供たちのことも忘れ、思わず上半身を折り曲げて覗き込んだ。視界を妨げる暗々とした片隅から、鳴き声とは別に、震えるような気配が色濃く立ち上って来る。

「可愛かったら拾たんのになあ」

「あれ病気やろ」

「すぐ死ぬな」

律子を覆い隠すように群がる子供たちの興奮した語らいが、律子の後背で行き交っている。その群れの底で、律子は、闇から溶明して来たその子猫の姿に目を奪われていた。

〈皮膚が溶けている〉

印象は強烈だった。

子猫は、不様に蚕食《さんしょく》しあった黒と白の斑模様を全身に纏っていた。産毛が、血と、囲いの底で油泥となった雨水にまみれ、体に張りついている。目は塞たがれたままで、顔にへばりついた耳は左右不揃いに小さくなって、顔との調和を著しく崩している。歪《いびつ》な瘤《こぶ》のようになって、それぞれの先端部分で繋がった両手、両足。その接合部分を支点に、手で体を手繰り寄せ、足で押し上げる動作を繰り返し、それでも僅かずつ前にいざっていく。弱々しい鳴き声は、薄闇を隅々まで震わせ続けていた。

「お母さん、猫と犬は仲悪いんでしょう」

思い掛けず、近くで毬子の声がし、律子はやっと背を立てた。

「そうよね。やっぱりドンやデルとは一緒には出来ないわ。慣れるまで大騒ぎね。マンションの管理人さんもこれ以上は見逃してくれないわ」

そう答える律子の顔を、毬子はしっかりと見据え、悲しそうな表情を浮かべながらも大きく頷いた。

急拵えの夕食の主惣菜は、白菜とシーチキンだけの醤油味の水炊きだった。手軽で安上がりだが、味は良い。健康食との思いもあって、晩秋から冬にかけての村上家の人気献立の一つになっている。

足元でドンとデルが、残り汁を御飯にかけて作ってもらう好物の餌を、少しでも早くもらおうと、時折り催促するような仕種を見せながらお座りしている。

ビール瓶を空にした正雄が、珍しく、

「少し御飯もくれるか」

と、茶碗を差し出した時、最初からほとんど食事に手を付けないでいた毬子が、満を持したように話し掛けた。

「お父さん。かわいそうな子猫がいるの。手と足が繋がってて、もう死にそうなの。まだ生まれたばかりなのに、捨てられたの」

それだけ言うと毬子は、テーブルに箸を揃えて置いて、頭をうなだれた。

そんな毬子を見つめながら律子は、喚起されたあの時の様子を、頭の中で擦るように反芻した。

〈異様さばかりに眼を奪われていたんじゃなかったんだわ。生まれたての、どの赤ちゃんでも一緒の、あの別の生き物のような感じに捕らわれてたんだ。分娩台で見たマリちゃんを想い出していたのかもしれない〉

思いがけないそんな思いつきが、急速に膨れあがった。追い立てられるように、

「柴田毛織のプロパン置き場なんですの。生まれたてらしいわ。異様さに気付いて、すぐ捨てたんでしょ。柴田の奥さんも、『かわいそうだけど、気持ち悪い。誰か拾っていってくれないかしら』って言ってらしたわ。こんなに雨も降って冷えるのに、本当に不憫だわ」

と、補足した。

「拾ってくればいいじゃないか」

間髪を容れず正雄が、そう応じた。

律子と毬子は驚いた様子で顔を見合わせ、矢継ぎ早に、

「ドンやデルと喧嘩しない」

「大騒ぎになったら大変でしょ」

「とても汚れてるのよ」

と、口々に言い募るように聞き返した。

正雄の答えは当意即妙、簡潔明瞭なものだった。

「このまま死なしたら、母さんもマリちゃんも長いこと胸のつかえが下りないよ。嫌な思いが残るだけだ。管理人さんには、また僕から話す。ドンやデルの時もそうだったじゃないか。分かってくれるさ。もう手遅れかもしれないぞ。善は急げだ」

正雄はそれだけ言うと、すぐ立ち上がり、上着、傘、懐中電灯を取りにいった。

律子と毬子は、喜色と涙が溢れた互いの顔を改めて見合わせ、抱き合うようにしながら正雄の後を追った。


残業中の工場から、擦り硝子を透過してくる蛍光灯の明かりが、一段と激しくなった雨足を浮き立たせている。八時を過ぎていて、人通りはほとんど途絶えていた。

目星を付けていた正雄は、最短距離を律子や毬子が追いつけないほどの速さで辿った。

到着すると、すぐ明かりを灯し、光の帯をブロックの囲いの中に入れた。雨や機を織る音にかき

消されているのか、それとも死んでしまったのか、鳴き声が少しも伝わってこない。

やがて、囲いを蓋のように覆っていた正雄の傘が下から持ち上がったと思うと、律子らの目前に、首を摘まれた子猫が差し出されていた。

「だいぶ弱っている。こうしていると、ダラっと下がったままで、濡れ雑巾みたいだ」

不安げに見守っていた律子と毬子の愁眉が心持ち開いた。

正雄は説明しながら、傘を、顎と肩で挟んで、厚ぼったい両手で包むように子猫を持ち替えた。

律子が慌てて傘を引き取り、差しかける。掌の包みを下げて毬子に見えるようにしながら、正雄は、

「ドライヤーでそっと乾かせばいいだろう。あとは砂糖入りの温かいミルクだ」

と話し、踵を返した。


ドンとデルは、一目で事態を理解した。座蒲団に寝かされた子猫を見ても、唸り声一つ上げなかった。敵意を持つどころか、子供を持ったこともないのに、回りを離れず、喜々とした様子で、交互に嘗め回し、慈しみ続けた。特にデルの気の遣いようは、真の母親もかくや、と思わすもので、律子たちを息苦しくさせるほどだった。

「人間だけだよ、肌の色が違う、考え方が違う、習慣が違うって啀み合ってるのは」

普段の正雄には珍しい大仰な言葉つきだったが、デルたちの振る舞いが誘い出した言葉で、律子も、毬子も心底から頷いた。

子猫は、その時点で必要としていた過不足ない絶妙の濃やかな愛撫をデルから施され、一時間ほどで、死地を脱した。

毛並みに柔らかさが戻りはじめたのを確かめて、律子は、

「わかったわ。さぁ、後は私に任せて。おっぱいまでは無理でしょ」

子猫を抱え込むように寝そべっていたデルを、そう言って、そっと押しやり、ドライヤーのスイッチを入れた。

子猫は、ドライヤーの柔らかい風で徐々に温められ、やがて、近づけた牛乳を嘗めた。

風呂から上がってきた正雄が覗き込み、提言した。

「猫は水気を嫌うっていうけど、風呂で綺麗にしてやったほうがいいんじゃないか」

確かに、血痕などの目立つ汚れがまだかなり残っていたし、〈その方がいいかもしれない〉と思わせるほどに、元気も戻ってきていた。それに、デルが他の何処よりも丁寧に嘗めていた手と足の結合箇所が、唾液でふやけたせいか、〈離れそうになっている〉と、律子には思えた。

「マリちゃん、やってみようか」

意見を聞くというより、同意を求める気持ちが色濃く滲んだ言葉だった。

毬子に異存はなく、

「あたしが子猫を運ぶ」

と、自ら役割を買って出た。

湯船に浮かべた洗面器に、折り畳んだ厚いタオルを敷き、子猫を乗せた。洗面器が揺れたり、湯が入ってくるのを防ぐのも毬子に任せ、律子は、ガーゼに浸した湯を適当な湿り気が残るように絞っては、丁寧に子猫の全身を拭った。真剣な表情で役目を忠実に果たしている毬子を垣間見ながら、

〈もう十年も前になるんだわ。この子をこんな風に入れたのは〉

と思う律子の口から微かな嘆息が洩れた。

デルに嘗められている時とは違い、子猫は少し嫌がる素振りを見せたものの、大暴れして、それから逃れるほどの体力は、まだなかった。

律子は、おとなしくしているのを見極めたうえで、手足の接合部分を拭く際に、思い切ってかなりの湯をガーゼに含ませ使った。幾度めかに、手のほうの接合部分に心持ち熱めの湯を垂らし、当てたガーゼの上から、くっついた両手の間を柔らかく揉みほぐすと、ハラリと外れた。

「うわっ、外れた」

毬子の感嘆が大きかったので、驚いた正雄がのぞきに来たほどだった。

律子はその成功に力付けられ、足の部分を揉みしだいたが、不首尾に終わった。少しがっかりしたが、気を取り直し、石鹸をつけて全身を洗ってやると、デルの仕様とは比べ物にならないくらい綺麗になった。

ドライヤーで慎重に温められた子猫は、全身がフワッとした毛に包まれ、黒いところ白いところの別なく、時折、銀色や金色の鈍色の反射光を放つまでになった。

パッチリと見開いた両目の色は、不揃いながら、それぞれバイオレットブルーとエメラルドグリーン色に澄み切って明るく、耳もピンと大きく形よく立った。

鳴き声にも、それまであった哀感はなくなり、猫独特の媚びるような、甘えるような調子が出てきた。

足の不自由さは相変わらずだが、自由になった手を存分に使って歩く様子には、心無しか軽快さも出て、じゃれるような仕種の健やかさも時折見せた。

そんな外見の健やかさを裏付けるように、毬子が与えたミルクもたっぷり飲んで、皆を喜ばせた。


その夜、律子は子猫を抱いて寝た。

毬子は、子猫の回復が充分でないのと、目敏くないうえに、少し寝相が悪いとの自覚もあって、最初からその役を放棄した。

子猫はジッとしていなかった。脇と右腕の間に埋ずもれ顔を肘の内側にのせていたのは最初のうちだけで、すぐ脇腹を攀《よ》じ登りだした。自由を取り戻した両手の爪を交互に立てる。幼くとも、爪は充分尖っていて、肌に立つ。その都度律子を痛がらせた。律子の頭に、丸く繋がった足の様子が思い浮かんだ。小さなお尻を二の腕で押し上げ、胸郭の上に乗せてやった。それでも動きを止めず、右の乳房ににじり上がってきて、乳房に顎を乗せると、やっと動かなくなった。

律子は〈乳首を吸われるのではないか〉と、一瞬ながら身を強張らせたことを自ら失笑する中で、〈母乳の匂いがするのではないか〉と思いついた。〈もう十年近くも出てないのに〉。否定する気持ちもあったが、子猫の幽かだが規則正しい寝息にこもった色濃い安心感が、〈そうに違いない〉と思わせた。

「この猫、今日で何日生きたのかなあ」

眠ったと思っていた正雄がふいに、そう呟いた。

「最初に見た時はちょっとたじろいだよ。不浄というか、穢れというか、そんなものをまず感じ、とても嫌な気がしたんだ。おまけに毛並みも、面構えも悪い。血や油でドロドロ。それに奇形ときている。よりにもよって、なんでこんな猫を。何処にでも、いくらでも、同じような境遇の、もっとましな猫はいるだろう、って思ったぐらいだ。君や毬子が側にいなけりゃ拾うのを止めたと思うな。それが、君やデルの手に懸かったら、一度にとても可愛くなって、なんて言うのか、何かこう全体が光り輝くようになっただろう。誰でもここまで来れば思い遣りを懸けてみようって気も起きるだろうが、元の状態なら誰が拾う。毬子の目に触れなかったら、たぶん死んでいたな。奇形に生まれ、すぐ母親から引き離され、冷たい雨の中に捨てられ、死んでしまう。何もいいことなしだ。何のために生まれてきたのかわかりゃしない。それこそ穢れたゴミのように指先で摘まれ、捨てられるだけだ。その物にどんな魂が宿っていたかなんて誰も考えやしないだろう。それが僕みたいな者にも可愛いと思わせるまでに変わったんだ。本当にこうなってみると、奇形なのが逆にとても健気だと思わせるし、他のとは違った掛け替えのない猫だ、って思わすんだな。」

と、話続けた。

「自然にそうなっただけですよ。私だって最初は見捨ててきたんですもの。マリちゃんがお願いせず、あなたが賛成してくれなければ拾いにいかなかったと思います。それに、ドンやデルがいなければ、きっと私たちの手には負えなくて、死なせていたでしょうし、何よりも子猫に力が籠もっていたんです。たまたま巡り合わせで、私はそうしただけですわ」

律子は、胸に気持ちのいい重さと温かさを感じながら、そう答えた。

子猫は秒を追うように元気になり、子供の輝きを取り戻した。ドンやデルと終日戯れ過ごすようになっていたが、三日後、居間の大テーブルの下で死んでいた。パートが休みの日で、律子が買い物に行っているわずかな間のことだった。玄関で律子の帰宅を待っていたドンが、導き教えた。

若い獣医は律子に死体を引き渡しながら、「肺炎です。元気だったそうですが、ほかに言い様がないですね。僭越だったかも知れませんが、足を離しておきました」

と、説明した。

子猫は座蒲団の上に寝かされ、学校から帰宅する毬子を待った。律子は虚脱感に身を委ねながら、日溜りから、ドンやデルといっしょに子猫に視線を注ぎ続けた。

比類なく奇抜な白と黒の配色と、ふっくらしたままの毛並みが、死を覆い隠している。切り離された足にも大きな傷痕はなく。奇形を感じさせるものは寸分もない。

居間から台所へ吹き抜けていく和らかい風が、時折、体のそこここを金色に染めながら毛を撫でていく。

〈光り輝くもの〉

ふいに正雄の言葉が蘇った。

「そうか。かわいそうなことをしたが、精一杯尽くしたんだ。寺で弔ってから、清掃工場で焼いてもらうといい。この街では犬や猫は清掃工場で処理するんだ」

結婚前一緒に勤めていた会社だけに、職場の雰囲気は十二分にわかっていたが、連絡せずにはいられなかった。電話から流れてくる正雄の声は明確で、はっきりと、そんな指示までしてきた。

毬子の悲しみがおさまるのを待って、子猫を宅急便のダンボールに入れ、毬子とともに自転車で一番近くの寺に飛び込んだ。大きな山門の脇に、国宝の仏像がある旨を書いた立て札が立っていた。参道の両脇を縁取る色とりどりのコスモスの花が、いざなうように優しく奥に靡いている。間口の構えから考えるより、奥行きもはるかに深く、広い伽藍だった。

小僧さんが、古い大きな本堂脇で庭の砂を掃きならしている。

「ペットのお弔いも、して頂けますか。このお寺でも」

と、伺いをたてると、すぐに竹ぼうきを竜舌蘭の大きな葉の間に立て掛け、庫裏に駆け込んでいった。

粛々と時が流れる。一斉に飛び立った秋茜が竜舌蘭の鋭い刺の先に戻りだしたころ、高い階段上の本堂の障子が開いて、老住職が姿を見せた。

代赭色《たいしゃいろ》の絽《ろ》の僧衣はやや着崩れ、老醜を垣間見せていたが、年と体に似合わぬ軽い足取りで階段を降りた。

律子と毬子を一瞥してから、

「これですな」

と独りごちて、すぐに、階段脇の砂地に置かれたダンボールの蓋を開けた。

「おお、かわいそうに」

頭を下げて合掌すると、

「どれだけ可愛くとも、はたまた、いとおしくとも、畜生は畜生じゃ。本堂で南無阿弥陀仏を唱えてやる訳にはいかん。ここでよければ弔いをさせてもらうがな」

と、柔和に語り掛けた。

弔いは、ごく短いものだったが、読経には実が籠もっていた。

小僧さんが、庭の砂を掃き清めながら、時折、毬子を盗み見ていた。


終業直前に滑り込むように着いた清掃工場では、若い職員が、

「子供は百円、大人は二百円。焼くのは明日になりますよ」

と素っ気なく述べたが、ダンボールの中の子猫を見ると、問わず語りに、

「動物専用の炉があります。他のと纏めて焼きますので、残念ながら遺骨は渡せません。そういうことになってるんです。冥福を祈らせてもらいます」

と、申し訳なさそうに説明した。

律子は毬子を促し、敷地の外れにある動物専用炉を見に行った。

煉瓦壁に覆われたステンレス製の窯は、簡素だが堅牢で、今も扉を閉じ、熱気と轟音を周りに放っていた。

律子は、

〈母を茶毘にふした葬儀場の窯と同じだ。あの時、正雄さんが憎々しげに囁いたけれど、本当にナチスの焼却炉のようだ。分娩室もそうだけど、ここも無駄がなさすぎる〉

と思った。

ふと見上げると、一条の薄墨色の煙が煙突から立ち昇り、彼方に広がる夕焼けが透けて見えた。

それが荼毘にふされる動物たちの変わり果てた姿だった。

〈明日は子猫も、あんな煙になってしまうんだわ〉

律子は思わず、炉に手を合わせた。

その夜、律子は暫く眠れなかった。正雄の軽い鼾を耳にしながら、子猫に名前を付けてやれなかったことを悔やみ続けた。

蠱《こ》惑《わく》

秋の終わり、リスボンの朝は遅い。

ホテルから彼誰《かわたれ》の闇に飛び出した真司は、人通りも疎らな自由通りを駆け下り、渡船場に急いだ。船を待つ人々の人慍れに紛れ込み、やっと、後にして来た街を顧みるゆとりが出来た。

星空の下、裸電球の光を浴びた王城とカテドラルが、無数の街の灯と闇を従え屹立していた。灯は、丘の頂きに収束する幾条もの町筋に添っているのだろうか。蜘蛛の巣を彩る雨粒のように、この渡船場まで続く大きな丘の街を覆っている。

街の灯を浮き立たせる闇底に、

「ボンボヤージュ」

そう言って送り出してくれたアウグスティーナの優雅な笑顔が揺蕩《たゆた》うのを、真司は空見したように思った。

船は三百人ほどの溢れる客を乗せて静かに港を出た。やがて東の地平の一部が白味始める。煙草を燻らせ、甲板から街に目をやる真司は、アウグスティーナとの語らいを擬った。

ファドを聞いての帰り、知らぬ間の時雨に濡れた石畳の坂をゆっくり辿りながら、プラードのゴヤの奇想画に塗り込められたイベリアの乾いた血と、ファドの持つ色濃い湿気の違いに思いを巡らせていたのだった。

「ハロー」

ホテルの表示灯に気付かず行き過ぎる真司を、小柄な黒髪の女が呼び止めた。わずかな街灯に、バランスの良いシルエットと陰影を深く刻んだ美しい顔が、浮かび上がっている。

輝ける共産国・ソ連でも、白夜の北欧でも、そんな誘いは何度もあったが、真司は一度も心を寄せなかった。乾いた血を流しながら何かと引き換えに人生の一部を切り売りしている見ず知らずの異性の前で、最も人間性から遠い自らの男性を曝す勇気など、真司には持ち合わせがなかったのだ。

〈お生憎。女には興味がなくてね〉

咄嗟に、心がそんな答えを、顔は隠微《いんび》な苦笑を用意したが、女の、

「ミスター・イワサキ。何処かへ行くの」

安堵と揶揄を綯《な》い混ぜにした優しい語り掛けが、瞬く間に真司の誤解と緊張を氷解した。

午前二時を少し過ぎていただろう。一夜だけの行きずりの異邦人客一人を、ホテルの女主人、アウグスティーナはそうして待ち続けていたのだ。

「ブラガンサ・ホテルまで。ブラガンサ・ホテルを知りませんか。臈《ろう》たけた素敵な女主人がやっている小さいけれど、素敵な宿なんですがね」

ほぐれた心が紡ぎ出した答えが、アウグスティーナの琴線に触れたようだった。

「美味しいブランデーがあるわ。飲んでいきなさい。いい夢が見られるわ」

アウグスティーナは、親しげに、そう誘ってくれた。

ロビーの暖炉に残っていた数条の炎が燃え尽きるまでの僅かな一時だった。祭りの篝火《かがりび》を想わせる仄かな明かり。語らいは時の流れを離れ、深まりを見せた。

「サグレスは地の果てよ。何を求めて」

アウグスティーナは坦懐に、夫との死別、貧困、子供の離反、そして老義母、病弱な息子との今の暮らしを語ったあと、そう尋ねた。

真司は、温まったブランデーを呷りながら旅空で考え続けてきたことを確かめてから答えた。

「異国の果てで、孤立する生身の異邦人が、抜き差しならない事態に立ち至った時、どんな反応をするのか。サグレスは、そんな自分から目を逸らさず、じっくり見つめられる所だと思うんです。幸い両親も姉達も元気でいますから」

「貴方には旅する資格がありそうね。私は決めているの。旅立つ人を黙って見送ろうと。どんな言葉も返ってこない死別とは違うでしょう。でも、明日はあの人達も還ってくる日だわ。言葉が擦れ違って、侘しくなったり傷付いたりしなくていい筈だから、ほんの少しだけ話してみる気になったんだわ。ポルトガルは今も敬虔な神の国なの。何も生み出さない真実よりも、奇跡を信じさせる宗教を大切にしているのね。貴方は神の国を旅していることを忘れちゃ駄目よ」

そう話しながらアウグスティーナは、空になったブランデー・グラスをテーブルに置いた。伸びた、白い、大理石に息吹を吹き込んだような腕の内側に、美しいピンク色の痣があった。形も大きさも、日本の蜆蝶くらいで、肌が動くたびに、可憐な蝶は小刻みに羽撃いた。

「シュティグマ（聖斑）」

真司は思わず声をあげた。

包み込むような微笑みを浮かべたアウグスティーナは、

「イベリアを流離《さすら》う男は、何時か、きっと、こんな女性と巡り会うものよ。若いあなたには、まだ分からないと思うけれど、男は自分だけを生き、性も気紛れだけど、女は人間の一人として生き、性も持続するものなの。これも覚えておいていいこと。明朝は早い旅立ちでしょう。モーニング・コールするわ。いい夢を見なさい」

と話し終えると、真司の頬に丁寧に接吻し、その夜の別れを告げた。

船縁の手すりに身を預けながら真司は、暁闇の街が形作っていた、あの蜘蛛の巣の片隅に、捕われ藻掻くピンクの蝶がいたのではないかと思った。

「サグレスを見たら、リスボンに帰ろう」

胸の中を熱いものが、燎原の火のように広がっていった。

ラゴス行きの特急は、真司を待っていたかのように、すぐに発車した。地平にへばりついていた靄が、三十分も走った頃には霧に変わり、列車をすっぽり包んだ。車窓の風光もベールに閉ざされ、楽しみを奪われた真司は、独りっきりのコンパートで、地ワインの酔いに身を任せ、やがて眠りに落ちた。

眠りに落ちていく途上だったのか、夢の中であったか、真司は湧き上がった思いに苛まれた。

〈日本からの一切の連絡の手立てを持たない今の俺に、実は母の死という事態が起きているのではないか。母や父の僕への慈愛には一片の曇りもない。田舎の店の、あのすぐ奥の座敷に、憔悴しきった母が寝ている。その母が突然半身を起こし「真司に一目会いたい」と、今はの際の望みを告げて死んでいく。涙を見せたことのない父が、滂沱《ぼうだ》して呻《うめ》く。「何という親不孝。何という大馬鹿もの。何という不幸な奴」。母は小さな棺の中で、真新しい純白の経帷子さえ恥ずかしがらず、寒いとも言わず、泣き縋る子供たちにも答えない。ただただ死人の静けさと、全き素直さだけを浮かび上がらせている。生きている時、高らかに笑ったことのなかった母の魂が、戻ることの出来ない荒涼とした道を、ただ一人、黄泉に向かって一途に歩いていく。俺はその光景を間近で俯瞰しているのだが、体はポルトガルにあって声さえ掛けられずに身悶え苦しんでいる〉

ラゴスは陽光に満ちていた。駅からほど近いところに、こじんまりとした白っぽい町が見える。行き交う人と車。棕櫚《しゅろ》の枝のそよぎ。全てがゆったりと動いている。

真司は、小さな入江と風化した城跡に挟まれた舗装路の脇に立ってヒッチハイクを試みた。異邦の旅人、それに斜光をまともに反射する窓のせいもあったのだろうが、通り過ぎる車から、人の気配が一つも伝わってこない。

諦めが芽吹き、心の片隅で、その夜の宿泊場所の心配が頭を擡げ出した、ちょうどその時、少年ばかり五人の一団が通り掛かった。一目で事情を察したのだろう。一番背の高い黒髪の子が、はにかみながら近づき、

「バス・ストップ」

と町の方を指差してくれた。

「オブリガード」

真司の異国訛の母国語に、子供たちは一瞬の間に寛ぐきっかけを嗅ぎ取り、本来の屈託なさを取り戻した。

「何処から来たの」「中国の人」「カラテは強い」「何処へ行くの」

道案内を兼ねながら四方から口々に流暢な英語で話し掛けてくる。

そんな団欒が、バスが来るまで続いた。その間、子供たちの和やかさが通りかかる人にまで波及して、男も女も年寄りも若者も、皆が笑顔で声を掛けていく。

黒髪の子は目的のバスを見定めて、車道に乗り出して停めてくれ、運転手のすぐ後ろに席を取り、真司を降ろす停留所の名まで告げてくれた。

浅黒い細面のアラブ人らしい運転手は、髭を置いた厳めしい口元を緩め何度も頷き、手を振る子供たちに、改めてクラクションに調子をつけて、

「わかったよ。坊やたち」

と答えてから、アクセルを踏み込んだ。

十人程の乗客たちも、紛れ込んだ異形の異邦人を、笑顔で見守っている。

真司は充分自足した。車窓を流れる景観も、乾いてはいるが、スペインとは違う。起伏に富み、其処此処で緑を育んでいる。装飾の多い白壁の家々。鮮やかな煉瓦色の屋根瓦。そして、軒下で可憐な風情を見せる薔薇の花。乾いた地表のすぐ下に、滔々と流れる豊かな水脈が見えるようだった。

〈ポルトガルは美しい国だ〉

真司がそう思った直後、バスは街道から外れ、細い地道に入った。大海原さながら大きなうねりを見せる畠中を、バスは舟のように大きく揺れながらゆっくりと進んだ。ポツリポツリと点在していた煉瓦作りの家が、少し増え出したか、と思う間もなく両側に軒を連ね、道を狭め、行く手を閉ざした。

〈ぶつかる!〉

そう思った瞬間、バスは土埃を上げ際どく急停車した。そこが停車場で、その村でも、次の村でも、あらゆる村のそんな停車場から一つの例外もなく、雛菊の花束を抱えた黒一色の服を纏《まと》った女達だけが大勢乗り込んできた。すぐにバスは菊の匂いで噎せかえるようになった。

幾つ目の村を過ぎただろう。真司が、

「誰か、少し窓を開けてくれないか」

と思い、振り返ると、何時の間にかラゴスから乗った普段着の客は一人残らず消えて、全てを黒い服の女が埋め尽くしていた。全員が黒いレースのベール越しに真司の顔を凝視している。いずれも性の枠を乗り越え男の域に踏み込んで来た様な顔の造作で、誰もが立派な鉤鼻を尖らせている。

〈誰かこの辺りの偉い人が亡くなったのだろう。共有する不幸の綻びが僕なんだ。褻が入り込んだという訳か〉

そう独り合点してみたが、置かれた状況は変わらない。却って、醸し出された陰鬱な気分が時間とともに重くなるばかりだ。

〈まさか〉

ふと思い着いて運転席を見ると、南瓜面の男が座っているではないか。茫然自失する真司に、男

が野太い声で、

「サグレスだ」

と言い放ち、睨みつける。

〈能面が喋った〉

喚起された鬼神面を重ね見ながら、真司は能面の声の生々しさに寒気を覚えた。

席を立つ真司に、能面が再び喋る。

「十五エスクド」

目の前に伸びた運転手の幅広の左手首に、大きな蒼い蛾が留まっていた。入れ墨が日焼けを免れた白い肌に、鮮やかに浮き上がっていたのだ。

茫然と見送る真司を尻目に、走り去るバスから堰を切ったように哄笑が沸き上がり、走狗《そうく》となって襲いかかった。

降りた所は、圧しつぶされた岩と見紛う十数軒が寄り添うだけの海辺の寒村だった。日頃の強い海風による彫琢が偲ばれ、侘しさが一際募った。声を掛けたが、何の返事もない。バスがないのは分かり切っていたが、唯一、人の匂いがする停車場に戻らずに居られなかった。

すでに陽は天中を外れた。対岸はアフリカだが、夜は冷え込む。日本製の安手のシュラフでは、その季節に野宿は無理だ。

〈岬の先端にある古城の宿って、はっきり書いてあったじゃないか〉

頭に、イベリア半島の地図を想い描き、辿って来た旅程と、大西洋に斧を割り込んだように突き出した半島の南西岬の位置関係を見定めた真司は、心細さを振り払い、歩み出した。

家並は呆気なく過ぎ、すぐ見渡す限り一面の広野に出た。荒れた岩肌で形成された地面がどこまでも広がり、幹の細い松だけが一望の疎林となって、かすかな変化をもたらしている。呆然とする真司の足元から、そのまっ只中へ、舗装をわずかに残した道が真っ直ぐ地平に向かって伸びていて、その果てに、低い土塁が横たわっていた。

〈あれだ〉

自然に歩速が早くなった。道すがら、松と思っていたものが、龍舌蘭の花茎であることを知った。直径十五センチほど、高さ四～七メートルの茎が、針のように見えるものまで全て相似形で、それぞれ間遠に四散している。

〈何千本あるんだろうか〉

しかも、未だ花茎を伸ばすに至らない大小様々な葉株はいたる所に自生し、道路脇の岩陰では、腐り、溶け果てようとしている巨株の周りで、多くの苗株が、幼いなりに親そっくりに鋭い刺を尖らせ分厚い肉葉を太らせていた。

個別には一つ一つ姿は異なっているが、全体の荒涼とした群落としての様相に、全ての個性は埋没している。

〈代わりは幾らでも生まれている。その基盤に立ってこそ、時に、与えられた才能を伸ばし、比類なく立派な花を咲かせる遺伝子も生じる。受精し子孫を遺す、そこからしか、幼くして枯れてしまうものも生まれないのだろう〉

〈全ては、種として織り込み済みなのだろう。この地に生きる植物も、動物も、昆虫さえもが、そうした生死を繰り返しながら、この風土の許しを得られる間、種としての生を永らえ適応してい

くのか〉

再び地表下の水脈が、見えたような気がした。

いつの間にか、景観に変化が生じている。荒野の両先端が切れ落ち、歩を進めるごとに、そこに海が盛り上がってくる。

土塁は、石積みの要塞の様相を浮き立たせ、日陰となった壁面の中程、道の行き着く先には、アーチ型の城門も見える。

堅固な石壁は、左右に荒海を従え、荒野を断ち切るように蟠踞《ばんきょ》し、近づく者を頑なに拒んでいた。

〈本当に宿があるのか〉

その思いが、城壁に近づくに連れて増長する。何度振り返っても、荒野と僅かな堆積となり果てた町が見えるだけで、様子を尋ねる人など居る筈もない。

やがて城陰は、真司を呑み込み、視界から海が消えた。門は黯湛たる空虚を広げ、おののく真司を吸引する。城壁は考えていた以上に大きく、馬上の騎士が誇らしげに門をくぐり凱旋する様子を連想させるほどだった。

門扉はなく、城門の入り口に近い内壁は、内臓を晒すように精緻な石組みを覗かせ、この要塞の尋常でない守りの頑強さを物語っている。

暗く長い隧道に故意に高い靴音を反響させ通り抜けると、視界いっぱいに光が溢れ、残照に照り映えた滄茫たる大海と、そこに突き刺さる巨大な鋭角状の地の涯があって、城壁の外側には無い潤いが溢れていた。

出口に近いささやかな畑で、老女と二人連れの四十代とおぼしい女が、和やかに枝豆様の何かの収穫に勤しんでいる。宿を尋ねようと踵をそちらに向けかけると、その前にすくっと背中を立て、

「あそこですよ」

と、城壁を風避けにした古い平屋を指差した。

細長い石造りの建物は、昔の兵舎を、そのまま流用したものに違いない。歴史の艶を纏った堅固で瀟洒《しょうしゃ》なたたずまいは、どんな上客をも寛《くつろ》がすに違いない、と思わせる風格があった。

心に溢れる微笑みが全身に浸み広がる心地好さに身を委ねながら近づくと、開け放たれた低い窓枠の内に若い女性がいた。後ろ手に金銹色の髪を束ねている。薄暗い部屋の中から、身に着いた若草色の服装が輝くような華やぎを伝えてくる。歩きながらつい見惚れていたら、突然、真司の方を向いて、

「入り口はあちらよ。待ってたわ」

それだけ言って、指差した方の側壁に姿を消した。和んだ端正な顔に澄んだ碧緑の瞳が印象的だった。

〈待ってた？　先客だろう〉

真司は、瞬時に思いを巡らせ、答えを抽き出した。

建物を辿って半周ほどすると、その女性が表で待っていた。

「こちらです」

今度は、はっきりとした微笑を浮かべ、教えてくれた。導かれるように入った宿の中は、鈍色の光を滲ませる木壁と古風な木製の調度が揃っている。見惚れる真司に、

「宿の人は畑に行っているわ。サインだけすれば手続きは後でもいいようなの。私はミリアム。今から一緒に散歩に行ってくれません。一人じゃちょっと……」

後ろから生真面目に話しかけた。

最初に覗いた岬の右懐、陸と海の鬩《あえ》ぎ合う壮大な舞台が、二人を竦ませた。すぐ足元まで抉《えぐ》り迫る巨大な奈落は一気に落下し、粗地の砂鑢《やすり》のような逆立つ波を敷き詰めた海は、行く手を阻む岬の岩壁を刮げようと、絶え間無く攻め寄せている。右手に果てしなく連なる屏風岩は、僅かずつ後退しながらも、荒海の浸蝕に耐えているようだ。

雄大な自然の前で、二人は自らがあまりにも儚く思え、互いに寄り添い、労り合うしかなかった。退こうとする真司の目に、小舟が映った。激しいうねりに翻弄されながら十数隻が漁に勤しんでいる。有視界で、互いを見張りながら行わなくては成り立たない過酷な漁の実情が、瞬時にファドの哀愁を解き明す。いつも隣合わせの死は、きっと遺体を戻すことさえしないだろう。遺体無き愛する男を、女は待ち続け、呼びかける。ファドは、あの寒村のような漁村から生まれたに違いない、真司はそう感じた。

苦労は報われているようだった。崖っ縁から糸を垂れる普段着の男でさえ、黒い縞模様の鯛に似た魚を釣り上げている。岩を食む波の音に、過酷な自然を物ともしない漁師達の歓喜の声が混じっているように思えた。

真司は足下の一番近い漁船を、震えるミリアムに指し示し、

「ほら、漁舟が出ている」

と語り掛けた。

ミリアムは驚いた様子で振り返り、暫く見入ってから、

「神の御加護を」

と呟いた。

二人は、途切れ途切れの会話を交わしながら城塞の中を一巡りした。人手の入った本物の木立もあるが、荒野の一端であることは隠れもない。岸壁から百メートルほど入った所に口を開ける地の亀裂は地底から怒濤の咆哮を噴き上げている。岬の底が、陸地の奥深くまで抉られていることを教え、近寄る人間を浮き足立たせる。

〈肥沃な土地がここで何の役に立つ。生命を育む肥沃な土も、此処では荒海の恰好の餌食でしかない。瞬く間に浚われ、海底に運ばれ堆積し、海面を押し上げ、さらなる浸蝕を手助けするだけだ。この岩畳な荒野だけが、荒海に対抗出来る唯一の土地なのだ〉

真司が想念を巡らせていると、
少し離れたところでミリアムが呼んだ。

その足元に、

「1824」

赤錆びた鉋身に、そう刻んだ大砲が置かれていた。見回すと、岸壁から数門が、四方の海に睨みを利かしている。

「ここは世界制覇の拠点だったのよ。エンリケはここに航海訓練所を造ったの。いい選択だったと思わない。普通の人は、すぐ近くのサン・ビセンテ岬に行くわ。ここは普通の人を寄せつけないも

の。サン・ビセンテは、フランシスコ・ザビエルの遺体が帰りついた所だって聞いたことがあるわ。あのザビエルよ」

ミリアムは明らかに、真司が日本人で、ザビエルと日本の関わりについても知っているようだ。

「ミリアム、僕はここへ来る前、マドリードのマヨール広場で古いブロンズの首飾りを四百ペセタで買ったんだ。そこに実は、ザビエルの祈る姿が浮き彫りにされているんだ。やはり浮き彫りで〔Francisco de Xavier 1506—1552〕って書いてあるのが判ったから、値切りもせずに、飛びついたって訳さ。奇妙なもんだね」

ミリアムの澄んだ碧緑の瞳が、真司の眼をジッと見つめていた。

「君は誰。僕は真司。日本人さ。首飾りは、日本の好きな人への土産に買ったんだけど、片思いでね。手渡せるかどうかも判らないんだ。宿にあるから君にプレゼントするよ。少なくとも君はザビエルを知っているもの」

真司の申し出に、ミリアムは歩き出しながら答えた。

「イベリアの土産に、それはベストだわ。私の国は、残念なことに、神は死んだと言って自堕落に暮らす人が増えてるの」

と、夕日に向かい、胸の前で小さな十字を切った。

客はミリアムと二人だけのようだった。

「チャオ」

ミリアムが左手の奥に消え去ると、畑仕事をしていた中年の女性が急ぎ足で駆けつけ、真司の手

続きを受け付け、右手にある部屋まで案内してくれた。二段ベッドを四つ備えた簡素な部屋だった。女の人は出ていく際、

「シャワー室は玄関のすぐ左にあります。私たち家族は別棟に居ます。御用があったら、この紐を引いて頂戴。九時頃までなら起きていますから」

と言い置いて行った。

ベッドにはそれぞれ毛布が畳んで乗せてあった。真司はリュックを投げ出し、背中から勢いよく、ベッドの下段に滑り込むように倒れ込んだ。足で毛布を手繰り寄せ被ってみると、畳んであった時の感じとは違って、薄手で寒い。〈体を暖めよう〉と、シャワー室に行くと、入り口にミリアムがいた。

「水が冷たいわ。シャワーは後にして、星を見に行かない。夜の潮騒は、真実の愛に苦しむ人の願いに応えてくれるって言うわ。夜光虫が、愛する人を描き出し、踊らせるのよ」

真司に異論のあろう筈がない。

二人は石段を登り、城門上の石畳に備えつけられた長椅子に腰を下ろた。

潮騒は遠く、夜行虫の素描を見れなかったが、天空の澪は清冽な瞬きを撒き散らし漆黒にくっきりと浮かび上がっていた。

二人は寄り添い、ミリアムが用意してきたパンとチーズと赤葡萄酒、それに林檎を分け合って食べた。

遥か東の彼方から連綿と流れ来たった天の川は、川幅を広げたかと思う間もなく、頭上から二人を、そして地球を呑み込み、流れ去っていく。

〈これが銀河の大きさなんだ。この無量壮大な宇宙の一隅で、在って無い微塵のような僕が紛れもなく息づき、その大きさを肌身で感じている。これが、人間の存在、その実感なんだ〉

真司が感動していると、ミリアムが独りごちた。

「私たち、天の川の中にいるんだわ」

二人は既に十分多くの物を共有していた。

「寒いわ」

ミリアムのその一言が、二人を一つにした。城壁を下りる際接吻を交わすのも、シャワーを一緒に浴びるのも、持ち寄り重ねた二枚の毛布にくるまり冷えた体を温め合うのも、全てに何の躓きもなかった。交媾に殆ど動きはなく、接する全ての部分から互いが相手をジッと感じとるといったものだった。

真司はミリアムの、

「動かないで」

との囁きに諾い、両脇から背中越しに乳房に当てていた両掌の僅かな動きも静止させた。謐々とした時間が流れ、やがて閑邃な交わりにも終局が訪れようとしていた。

「溶けないで」

真司の変化を感じとったミリアムが責んだ。

真司は夢うつつにミリアムとアウグスティーナの面影を追い続けていた。裸で佇むミリアム。怒りを呑み込んだアウグスティーナ。二人を交互に見ながら何かを懸命に弁明する俺。気まずい沈黙の中、アウグスティーナの右腕からピンクの蝶が舞い上がり、しばらく鱗粉を撒き散らしたかと思うと、ミリアムの左胸に降り立ち、そのまま痣になった。空中に舞う鱗粉は、やがて無数のピンクの蝶と蒼い蛾に変わり、ミリアムに群がる。蝶と蛾を全身に纏った人影が、突然、左腕を伸ばし、野太い声で『十五エスクド』と言った。

撥ね起きた真司は、ベッドに、他に人の居た気配が全くしないことに気付き、慌てた。受付に駆けつけ、カウンターの中で帳簿を付けている宿の主人らしい初老の男に、

「昨夜の女性客が、何時に出発するか判りませんか。僕と同じサン・アントニオから国境を越えるって聞いていたもので、出来れば一緒に、と思って」

と尋ねた。

主人は、怪訝そうに真司を見つめ、

「昨夜の客はあんた一人っきりさ」

と言ってから、はた、と気づいたように、カウンター越しに身を乗り出し、

「あんた、昨日がどんな日か知ってなさるかね。今日が万聖節、昨日は宵祭。宵祭は所謂、ハロウィーンて奴で、昨夜は死者の祭りって訳だ。死者の訪れや悪霊の悪戯は当たり前。夢でも見たかと思ったが、どうやらそうじゃないらしい。幸い今年は、大人しい悪霊殿であったらしい。怪我がなくてなによりだ。あんた、ここで悪霊殿に悪戯されたなんて言い触らさんで下さいよ、たとえ日本でもね」

と、周りの誰かに気兼ねするかのように、ひっそりと、同時になんとなく楽しそうに話してくれた。

肌に残るミリアムの生々しさが、真司を駆り立てる。

取るものも取り合えず、城門の石段を一気に駆け登り、曇り空の下、全てが色褪せた荒野を見渡すと、城門から寒村に向かう道を、ピンク色の何かが、地表から一定の高さを保ちながら、舞うように遠ざかっていく。

それは、翻るピンクのショールのようでもあったが、羽撃く鱗翅にも見えた。

「ミリアーム、ミリアーム」

真司の絶叫が荒野に流れると、ピンクの軌跡が僅かに乱れた。

バトル・ピッチャー

出番のあった日だけ、一人で寄る古風な居酒屋で、キッドは男に出遇った。

今世紀に入って、唐突な行政府の移転があった。急速に高層先鋭化した内陸都市の都心近く、その道筋だけが不意に疎《まば》らで侘しくなる北東の端境に店はあった。

幅のわりに深い古くからの堀割に依拠した端境。その堀割の左岸に築かれた堤防道路の上が店の専用駐車場替わりになっていた。車から降り立つと、思いがけず間近に、巨大な発光塊と化した新都心の夜姿が迫り、思わず身を竦《すく》めさせられる。堤防に刻み付けられた細い階段を急かされるように駆け降りると、煤けた白いモルタル壁に象嵌された一枚板の扉が立ち開かり、軋みを立てる。

鈍い照明。黒い木張りの床。老いた夫婦が拭清し続けてきた長い歳月を物語るカウンター。無駄や不合理を漏れなく沈澱させ露過する時の淀みが、その店には蟠踞していた。

キッドが、最初から溶け込めたのは、長い間、キッドを取り殺そうとする異界に身を曝してきたからだ。組織というエンクロージュアに生きる人々には、その店が在ることさえ見えもしない。いつも閑散とし、その日も相客はその男だけだった。

いつものようにカウンターの中央にある太い角柱脇にキッドが座ると、着古した絹のシャツに黒い蝶ネクタイを浮かび上がらせた主人が密やかに近づき、頭を下げながら、

「いらっしゃいませ。上首尾、おめでとうございます」

と、慇懃に話し掛けた。

笑顔で頷くキッドの眼をしっかりと一瞥してから、無言裡に観音開きの硝子棚に向き直り、少し振りの大きいカットグラスを取り出した。キッドが持ち込んだ古い薩摩切子で、一部に丸い藍ガラスが着せてあった。

無数に気泡を取り込んだ氷でグラスを冷やす僅かな間、アイスピックが手際よく、大きな澄んだ氷塊からオンザロックに程良いブロックを割り出す。氷を替え、取り置きのキッドのウィスキー罇から、その液体が持つ固有の粘りを引き出しながら、丁寧に氷塊に注ぎ、ゆっくりと攪拌する。不釣合いに大きな掌がグラスの外の水滴を拭い、徐ろにキッドの前に押し出す。

「次回も素晴らしいロイヤルサリュートが打たせられますように」

心持ち頭を下げ、聞き慣れた冗句を述べ終えた主人は、微かな寛ぎを見せ、

「それにしても、今夜ので七つ連続です。もう一つで新記録。後は、四神軍のリン玄武さんの三人なんでしょう。そのリンさんが今夜、武尊ラシードさんを空振りさせてしまって不首尾だったというんですから……」

と、カウンターの中で呻いた。

角燈を映し藍と琥珀の乱舞を醸すグラス。耳触りにならず、しかも少し耳を傾ければ確実に聞こえる音量で流されている前世紀のモダンジャズ。過不足ない主人のお喋り。

気怠い調子でニーナ・シモンが歌い始めた時だった。長いカウンターの一番奥から野太い怒声が湧いた。

「ふざけるな。おい、キッド。てめえピッチャーってのが何するもんか知ってるのか。打たせねえのが仕事だろう。それを何だ。ホームランを七球連続で打たれるたあ。だから神業だってのは、どんな料簡だ。てめえなんかピッチャーじゃねえ。血の代わりに電流が流れてるピッチング・マシンじゃあねえか。それも速球しか投げられねえ」

怒り狂ってはいるが、嫌悪や侮蔑を払拭した奇妙な声だった。キッドの視野に、カウンターの一番奥で、大柄な肥えた男がこちらを指差し立ち上がっているのが入っていたが、逆襲心は全く湧かなかった。

「大きな声を出さないの。ほかのお客さんに迷惑かけないって約束でしょ。お引き取り願うわよ。この前のように」

キッドの反応が出る前に、小柄なママが、男の太い右の二の腕に、紅葉のような掌を添えながら宥めていた。幼児をあやすような声だった。

「お相手になっちゃいけません。耄碌《もうろく》してるんです。私の幼馴染です。小学校が一緒。あれでも出世頭だった。四十年も前はプロのピッチャーで、当時全盛・最強だったスリー・エックス相手にノーヒット・ノーランをやったこともあるんですよ。今は無くなっちゃいましたがフェニックス、そこの山中鹿橋。面白い名前でしょう。橋の字を、男の子の名前に組み込むのが隣町の古くからの風習でしてね。名前ぐらいは記憶に残しておられませんか。もっとも十一年間で四十二勝でしたから……。鹿橋の奴、還暦をとうに過ぎたことも忘れて、自慢話を聞いてくれる人間を探し歩いてたんです。十数年振りかでここに返ってきた。昔話さえしていたら御機嫌なんですが、貴方が入ってきた途端に、目に険が出ました。今日もまた、酔っ払いながら、あの日の事を話してたんです。九回ツーアウト、あと一人でノーヒット・ノーランというところへ、貴方がみえた。私の気持ちが急にこちらに逸れて、眼差しの先に貴方がいた。奴も貴方を知らない訳がない。そんな言葉があるのかどうか知りませんが、隠居の強評定——とでも言うんですか、今の若い奴は、今の野球は、って気に入らないんですね。特に、あの時代にはなかったホームラン・バトルが駄目なんです。あの新しい緊張感が、あの時代に野球をやっていた人には判らない。本当の野球と思えない。自分たちだって、DHという、何だか私たちファンには御都合主義の親玉にしか思えなかったものは、すんなり受け入れたっていうのに」

引分試合をなくそうと、プロ野球にホームラン・バトル方式が導入されたのは、ちょうど十年前の一九九X年だった。それまで記念試合前やリーグの本試合後のアトラクションとして行われていたホームラン競争をベースに、サッカーのペナルティーキック合戦、サドンデス方式を加味して、真剣勝負に移行した。

自らアマチュア野球で活躍した経歴のある新コミッショナーの発案だった。

「価値観の多様化しかない」

大学ではエース兼四番バッターを務めたものの、プロでは芽の出なかったコミッショナーが、心底に息付いている猜畏と復仇心に、根拠のない自負を絡め、人気低落への切り札として、そう言い出した結果だった。

延長時間を三時間と区切ったうえで、ホームラン・バトルに入る。従来のホームラン競争とは違い、自軍ピッチャーが、五人の自軍バッターに一球ずつ投げて、何本ホームランを打たせられるかを競う方式。ホーム・チーム先攻で、両チームが一人ずつ交互に挑む。五人で決着が付かなければサドンデス。差が着いた時点で勝負が決まる。ピッチャーの交代はきかないし、一人一球勝負だから常時極度のコントロールが要求される。当初はコンピュータ制御のピッチング・マシンや緩い素直な球を投げる女性の登用も提案されたが、コミッショナーの「球趣を盛り上げるインパクトに欠ける」との判断で、言下に退けられた。

　各バッターが一番得意とする球を、打ち合わせ通りに投げるのだが、意外にホームランが打てない、打たせられない。アトラクション時代でも十球中五本打てれば上出来の部類だった。そこへ、一球が試合の行方を決めるという緊張感も加わって、空振りするケースさえある。プロのピッチャーといえども如何にコントロールに苦しんでいるか、バッター心理がいかにデリケートかということも判ってくる。しかも、金属バットの特別使用に加え一球に賭けるバッターの集中力が目に見えて向上し、バッター全般が勝負強さを身に着け、本試合自体に緊張感とダイナミクスが反映されるようになった。

　さらにホームラン・バトル自体の盛り上げにも意が尽くされた。

開始を告げるレーザ光線の乱舞と大仰な音楽。突然訪れる闇。重々しい〈ホームラン・ヴァトゥー〉の拡声。同時にドームの天井から緑とピンクの二本のスッポト・ライトが降り注ぎ、マウンドとバッターボックスを浮かび上がらせる。グラウンドにはピッチャーとキャッチャー、それにバッターしかいない。ピッチャーがボールを握った腕を振りかぶり、スポット・ライトが白色に変わると、音楽とざわめきが収まり、沈黙が訪れる。ピッチャーの指先を離れたボールが白い糸を引く。多色の発光着色料で彩られたバットが、沈黙を裂く鋭い金属音とともに一閃される。舞い上がるボールを追ってピンクの光線が抛物線《ほうぶつせん》を描く。観覧席に舞い落ちると同時に七色のレーザー光線の乱舞が戻り、大歓声が湧き上がる。

そんな演出だった。

そして、

「本試合とホームラン・バトルは異次元の闘いだ。新たな価値観に則って新たな緊張と興奮を生み出し、野球の新たな地平を見せるということだ。スパッと切り換え、別の趣向の第二幕を始めることが大切なんだ」

というコミッショナーの意向に添って、その日の本試合に出場したピッチャーはバトルには出場出来ない、との規定も設けられた。但しバッターについては、

「良く打つといっても三割だ。三割の可能性の裏には、七割の失敗がある。打つことは意外性に属することで、ましてバトルといえフェンスを越すには違った大きな不確実性を克服する意外性が必要なのだ」

と、本試合とホームラン・バトル双方への出場が認められることになった。

コミッショナーの思惑通り、ホームラン・バトルは、それまでは思いもつかなかったホームランを確実に打たせられるピッチャーを一躍クローズ・アップさせることになり、斬新なスーパー・スターを生んだ。

その頂点に立ったのがキッド森風だった。

森風はそれまで、前歴ばかりが輝いているしがないよくいるブルペン・ピッチャーの一人だった。

森風は、ジャパン・ジュニアカップ甲子園優勝投手という肩書を売り物に、ロシナンテスに鳴り物入りで入団した。

ジャパン・ジュニアカップ甲子園は、従来の高校選手権の後を継ぐものだ。高校選手権は五年前に突然、リベラルを売り物にしてきた主催者の新聞社が、何を勘違いしたのか、突然、

「戦前の全体主義を引きずっている」

と終わりを告げ、消滅させていた。

ジュニアカップは、低落一方のプロ野球に嫌気を覚えていたプロ野球チームのオーナーでもあったライバルの興行新聞社のワンマン社主がちゃっかりと高校野球に乗り換え、名前を変えて継続している大会だった。

森風はピッチャー兼四番バッターとして活躍。投打両面で旧来の高校選手権大会も含めて記録も書き換えたのだった。

しかし、プロ・デビュー戦の開幕試合で、七点リードした九回に登板、三連続ホームランを浴びてしまった。

その後、二軍での登板も何度かあったが、そこそこ好投をすることはあっても相変わらずホームランをよく打たれた。

「スピードとコントロールとも抜群だが、癖のない軽い球質だし、何よりも気心の通じるキャッチャーを見つけられない。このままでは一軍では投げさせられない」

シーズンも半ばを過ぎて、そんな評価が、それまで天才と称され、傲岸不遜、聞く耳を持たないと言われた森風の耳にも忍び入りこむように成っていた。

「場数さえ踏めば」

「いいキャッチャーさえ見つかれば」

幾度も思い直し、嫌いだったトレーニングや走り込みにも人一倍励んだ。が、心底で球威に自信を持ち続けていたこともあって、球質が変わらず、容易に転機は訪れなかった。

入団から七年が経った。そのシーズンの秋口。ロシナンテスは、主力選手が相次いでスランプや怪我に見舞われたことから、優勝戦線から脱落しかけ、救世主探しに血眼になっていた。何人かの自薦・他薦の候補が脱落した末、森風にもチャンスが回ってきた。

七年ぶりの一軍マウンド。臥薪嘗胆《がしんしょうたん》、その日のために屈辱に耐えてきた、そんな大事な場面だった。でも、七年かけて磨いてきた筈の不撓《ふとう》心より、錆のほうが出てしまい、激しい脅えに襲われ、簡単にホームランを打たれてしまった。

その夜、妻が五歳になった長男を、膝であやしながら、

「お父さんは充分やったわよね。もう、これ以上、誇りや栄光に泥を被せないで欲しいの。貴方、私、そしてこの子には、普通の人のように泥は被れないわ」

と、造り笑いを浮かべながら話した。プロ入団と同時に結婚した高校の同級生で、野球部のマネージャーだった妻だが、それまで野球に関して言葉を挟んだことがなかった。

日を開けず、甲子園でバッテリーを組んでいた男から、

「二軍での登板も減ってきているじゃないか。家の仕事を手伝ってくれないか。お前の気持ちは俺が一番知っている。悪いようにはしない」

との誘いがあった。

実家が大きな網元で、生まれた時から、祖父が興した全国に販路を持つ海産物卸会社を継ぐことになっていた。恵まれた体躯に力を漲らせながら、野球と女に邁進する姿は、確かにある種の輝きを放っていた。

何度も、

〈あいつさえ居てくれたら〉

と、そのユニフォーム姿を思い起こさせた男だった。

勿論、同窓の妻も知らない筈がない。それどころか、幾層にも悲劇性を糊塗した妻の家庭の在り方についての愚痴をも、幾度となく見事に受け取め、慰めてくれていた。キッドには気に入らない点も無くもなかったが、今のキッドの心には、そんな誘いにさえ靡《なび》くものが芽生えていたのだった。

城所監督に引退を申し出るために出向いたフランチャイズ球場では、一軍が練習に汗を流していた。言い出す機会を探りながら、いつの間にか一軍のプレーに見惚れている森風の側に、思いもかけずスーパースターの吉備鉄人が駆け寄ってきた。

「カゼ、いいところに来た。今すぐバッティングに付き合ってくれないか」

〈これは、いつもの吉備さんじゃない〉

瞬時にそう思いながらも、

「光栄ですが、ユニホームも持ってきてないし」

緊張気味に答える森風の後ろから、何時の間にか近づいた城所が、

「こいつ、もう一か月もスランプ脱出に必死なんだ。コントロールのいいお前を見つけて、例のご

とく閃いたんだろう。お前にもいい思い出にもなるだろうってな。ユニホームはすぐ用意させる。付き合ってやってくれ。話はそれからだ」

〈昨夜の電話で全ては呑み込めた。その上での話だ〉

そう言わんばかりの表情で話しを挟んだ。

二軍生活の中で、毎夜のように夢に見てきたプロ・ナンバーワンのバッター吉備への投球だった。

何百回三振を奪い、何千回ホームランを打たれただろう。

それが今現実になったのだ。見果てぬ夢が叶ったというのに、奇妙に、落ち着き払っていた。森風には、吉備が三振するのも、ホームランを打つのも周知のことだったし、吉備や城所の思い遣りが、一体感を生み出してもいたからだろう。

コントロールは最高だった。夢の中で毎日のように対戦してきた吉備。

〈壺は寸分の狂いもなく心得ている〉

その確信は、少しも揺るがなかった。

最初は詰まり気味だった吉備のバットだが十五球を過ぎたころから快音を響かすようになった。ボールは面白いように外野席に飛び、バッターボックスの吉備の顔は、みるみるスーパースターの輝きを取り戻していった。

森風は打たれることに快感を覚えている自分に苦笑しながらも、爽やかだった。

百球近く投げただろうか。吉備が突然、

「オーケー。万全だ。明日の試合でホームランするよ。カゼへの感謝の気持ちを込めたでっかい奴をな」

と打撃練習を打ち切った。

森風がマウンドを降りてくると、バッテング・ケージを取り巻いていた一軍ナインから一斉に拍手が起きた。

「死に花という奴か」

口はそう呟いたが、心は満ちていた。汗を拭いていると、ダグアウト前の城所が手招きし、

「みんな吉備のバットを心配してるんだ。優勝にあいつのバットは不可欠だからな。吉備があんなに晴々としたのはスランプになって以来初めてだ。手応えがあったってことだろう。それだけに、みんなもお前に感謝したい気持ちになって、自然に拍手をしたって訳だ。話は分かっている。だが、そいつは今日のところはお預けだ。先日の登板失敗で、俺も正直、お前の引退は仕方ないと思った。でも、今日のお前を見て予期せぬところで生きる資質があることがわかった。お前には、敵を牛耳るより、味方を縁の下から持ち上げる役が向いてるようだ。戦いにはそんな役回りの奴が必ず要るもんだ。優勝の目処がたつまで、吉備の面倒を見てやってくれ。吉備もアテにしている」

と囁いた。

城所の一存で、森風は翌日から一軍に帯同することになった。吉備は森風を相手に納得がいくまで打撃調整して、試合に臨むようになった。それまでのスランプが嘘のように、吉備は勝負強さを取り戻し、シーズン終了まで好調を持続した。チームもそんな吉備に引っ張られた。優勝こそ逸したものの最後まで優勝戦線に残って面目を施した。

シーズンが終わった時、チーム・メートたちは、森風を一軍に無くてはならない存在、と感じるようになり、自然とそれらしく遇するようになっていた。

森風は、毎日、敵と相対、死力を尽くして戦う一軍選手と過ごすようになって、プロ選手というものについての自らの思い込みを改めさせられた。

プロはたった一つの失敗が命取りになりかねない。いつも敵を血祭りに挙げてやるという気力が、失敗を遠ざける。敵を知り己を知るというのは、他者にない長所を自らに見いだし、自信を持てということだ。自惚れ、敵を葬れない者は大成しない。

森風は、どんな惨めな失敗を繰り返しても、高校生という基盤だけは傷付かない相手としか戦っていなかった高校時代の自分が正にアマチュアでしかなかったこと、プロ入り後も自分にしか眼が行かず、必死で敵対したことがなかったことを思い知らされた。

それぞれのバッターの長短を見抜き投げるのは一緒だが、敵に失敗させるのと、味方を成功に導くのは、全く違う。

「咬ませ犬って知ってるか。闘犬の世界で使う言葉だ。自信を失《な》くしたプロの闘犬に、自信を持たせるように上手に咬ませる犬のことだ。弱過ぎて相手の自信に繋がらないようでは困る。牙先を見切り、急所を紙一重で交わし、プロの闘犬が自信を付けた頃、飼い主が分けて入る迄持ちこたえる。闘犬は生まれも育ちも関係ない。強ければいい。でも咬ませ犬は違う。闘う時も、誰に従うかを忘れない性格がいる。そいつは一代で身に着くもんじゃない。回復が早くなくても良い咬ませ犬にはなれない。でも、自信を回復したプロの闘犬は恐ろしい。喰い殺されることも多く、勇退まで漕ぎ着けた名のある咬ませ犬は居ないそうだがな」

雨で試合が中止になった日、サウナに誘った吉備が蒸しタオルの下から語り掛けたことがあった。

その話を聞いて森風は、割り切れない気持ちの中で、プロになりきれない自分が、アマチュアの領分であるブルペン・ピッチャーとしてなら生きていけるかもしれない、というヒントを掴んだ。

それから八年、森凮はブルペン・ピッチャーではあったが、吉備が名付けた「ブルペン・キッド」の愛称で少しはマスコミにも知られ、普段は光にしか目のないマスコミが、気まぐれにセンチメンタルになって陰に目を向けた時の好餌になってやりながら過ごした。年俸も、吉備の驚異的な活躍に伴い、ブルペン・ピッチャーとしては破格に上がり続けたし、対談相手に選ばれることもあってアルバイト収入も少なくなかった。ちょっとした贅沢も出来、妻も造り笑いをしなくなっていた。

「二度目の引退」は三十三歳の秋だった。盛りを過ぎていたし、シーズン途中の吉備の突然の引退表明も骨身に応えた。吉備がデビュー以来初めてスターテング・メンバーから外れた日、森凮も自らのシーズン終了時の引退も決めた。


ところが、そのシーズン終了日に、新コミッショナーがホームラン・バトル方式の導入を発表したのだった。

その夜、翌シーズンからの監督就任が決まっていた吉備に慰留された。彼の言い分に曇りはなかった。

「シーズン中に数度しか登板する機会がないし、登板しても五球、多くて十球程度しか投げない。だから、若さやスタミナより、無比のコントロールが必要とされるんだ。球が軽いことも必須条件だ。球が重い軽いは一朝一夕には変えられない。まして舞台馴れしたお前だ。バッターにとっちゃ、正に鬼に金棒だ。球界広しといえど、キッド、お前しかいないんだよ」

森凮の野球人としての拠り所を巧みに衝いて、

「試しにやってみよう」

と飛び出したグラウンドで、吉備は見事にホームランを打ち続けてみせた。

森風は、ここぞという時に何時も無類の力を招き寄せ、奇跡を起こす吉備の前に、その日もまた、逆らう気持ちを奪われてしまっている自分を見いだすばかりだった。

吉備の眼が狎昵《こうじつ》や昂奮、まして同情や感傷で曇っていたのでなかったことは、新方式が導入されたシーズンの開幕直後に訪れた最初の機会に証明された。

バーバリアンズとの第一戦。十二回を終わって5対5。吉備は初めてのホームラン・バトルに躊躇わずキッドを指名した。

キッドの投げるボールは、スピードも好み通りにそれぞれのバッターの壺に、見事に吸い込まれていった。バッターもそれによく応えピンポン球のようにスタンドに運んだ。

それに比べ、相手ピッチャーは、大観衆が息を飲んで見守る異様な雰囲気に呑まれ、泥のように重くなったボールを壺の脇の穴に投げ込んでしまう。

後攻の三人目、ロシナンテスの五番・ラック姜がキッドの球をバックスクリーンに放り込んだ。3―0。二人を残して、呆気なく勝負が着いたのだった。

が、その時点では、その新たな競争の勝ち負けが、試合の勝ち負けそのものであることを、本当に知っていたのは選手たちだけだった。まるで派手なサヨナラ勝ちと同じ光景が繰り広げられた。ロシナンテスの選手が一斉にダグアウトから飛び出し、キッドに殺到、いつまでも粗っぽい祝福を繰り返した。

最初、呆気に取られていた観衆はそれを見て、やっとその価値の持つ重大さを知ったのだった。各チームともシーズン前からバトル・ピッチャーの育成に力を入れたが、十全にその重みが判っていた訳ではなかった。キッドもそうだが、殆どのチームが子飼のバッティング・ピッチャーを流用しようとした。しかし、シーズンも半ばになると、バトル試合が結構多いこと、並みのバッティング・ピッチャーでは全く通用しないことが判ってきた。

知将の誉れ高い球界最年長監督・メフィストのペンドルトンは、キッドの巧投でバトルに負けた夜、

「バトル・ピッチャーの存在は、集団で答えを出す日本の象徴だ。日本の風土が生んだものだと言ってもいい。しかし和の伝統を知らない今の日本の若者に、組織のためにピッチャーであることをやめろ、自分を殺せと言っても何のことか理解しない。キッドの活躍は、いいヒントになる。実績無く球界から去っていった者や、引退したピッチャーの見直しも含め、適任者の発掘に全力を尽くす」

インタビューに答え、そう語った。

キッドの名を飛躍的に高めたのは、ホームラン・バトルが導入されてから三年目の最終試合だった。優勝が掛かった四神軍との三連戦、気鋭のバトル・ピッチャー、リン玄武との投げ合いだった。

前日のバトルで、キッドはシーズン初めての負けを喫した。前々日大敗しはしたが、その日の試合に勝てば優勝が決められた。2―2で迎えた五人目。先攻だけに絶対ホームランを打たさなければいけない。バッター・ボックスに立った指名打者・グスタフは自信たっぷりだった。その自信が

キッドをリラックスさせた。ボールは絶妙だった。少し内角寄りの高めの絶好球。スピードも申し分なかった。「ゴーッド」。グスタクの絶叫が球場の隅々まで響いた。グスタフは力任せにボールを引っ叩いた。距離は充分だった。が、白球は大きくダイヤモンドを逸れていった。後攻のリン玄武は、余裕を持って五人目にホームランを打たせ、キッド伝説をあっさり打ち破った。

そして迎えた最終戦。勝ったほうが優勝という一戦も前日に続きバトルに縺れ込んだ。昨夜の出来事がキッドに疑心を生じさせていた。案の定、最初に失敗した。完全なコントロール・ミスだった。交代する際擦れ違ったリン玄武が北叟笑んでいた。目が「昨日から主役は交代したのさ」そう言っていた。

緑色のスポット・ライトの陰で吉備が待っていた。

「お前の勝ちだ。リンは溺れている。バッターを呑んでしまっている。お前は咬ませ犬のままだ。昨日の結果を自分の責任と思っているだろう。あいつはすぐに馬脚を現す。打たせ損なうことを言ってるんじゃないぜ。今シーズン、お前は九勝一敗、リンは二連勝だが三勝五敗。お前でさえ六十八球のうち四十二球しかホームランを打たせてないんだ。失敗もあるさ。何時も通りでいい。自分の仕事を楽しんでれば結果は出る」

勢いは明らかに四神軍にあったが、落ち着きを取り戻したキッドと、自信に溢れるリンの死闘が続いた。

異変が起きたのは、後攻の四人目だった。ホーム・チームで先攻のロシナンテスが四人目を終え、3―3に追いついた直後だった。リンが昨夜のキッドと同じ間違いを侵したのだ。絶好球。壺に嵌まりすぎた。打球は痛烈だったが、ドライブが掛かり、ライト・フェンスを直撃した。

異変とは、その直後にリンが見せた態度だった。気付いた者は殆どいなかったが、一瞬、顔を顰《しか》め、バッターを睨み付けていた。

「咬ませ犬が闘犬になった」

吉備の囁きを耳に容れ登板したキッドは、
五人目のグスタフに難無くホームランを打たせた。4―3。追い詰められたリンに向かって、本物の闘犬が牙を剥いて、バッター・ボックスで立ち開かっていた。敵のような目で射竦める五人目・龍田に、リンは尻尾を巻いていた。高い球。打てる球ではなかったが、龍田の怒りが、四神を呼び寄せ乗り移らせたかのように、ボールを遠くまで運んだ。リンは自省を籠めて祈った。

「フェンスを越えろ」

しかし、所詮は無理な注文だった。投げたボール自体が、バトル成立の基本に添っていない。ボールは急に勢いを失い、外野の芝生に転がった。

一シーズンのバトル十勝、五人中連続四人被本塁打は新記録だった。そして何よりも、優勝が決まった直後、吉備に抱きつき感涙に噎ぶ泣き虫・キッドを、ファンはこよなく愛するようになったのだった。

ファン・サービスも忘れなかった。バトル本番が始まる前のテスト・ピッチングで、いつもキャッチャーが構えるミットを殆ど動かさせず、本番では投げることのない、角度の大きい色々な種類の変化球を投げ込んで見せた。

また、その都度、その絶妙のコントロールを、キャッチャーの大前田が、

「凄げぇコントロールだ。マーベラス」

「オーゴーッド。このクソ審判が」

と、大袈裟な動作で語りアピールしたことも、人気に拍車をかけた。

キッドはバトル・ピッチャーの第一人者として十二年目を迎えていた。他チームにも、リンをはじめいいバトル・ピッチャーやバトル・リード専門のキャッチャーが育って来ていたが、齢を重ね年々角が取れていくキッドの投球術に追いつく者はいなかった。円熟期に入ったと言われるようになったそのシーズンの大詰め、キッドは自らの記録、七球連続被ホームランを書き換えるチャンスに恵まれていた。

七球連続のタイ記録は、前のバトルでの一人目失敗の後の四人連続と、バトル3―0で完勝した次の試合での頭から三人連続で達成出来た。あと一人。それで新記録。次回も最初のバッターは、最も失敗が少ない不動の四番・ンベベに決まっている。

帰路に着くキッドの気持ちは何時になく軽く、いつも重々しい音を発てる居酒屋の木の扉も、その日は音もなく開いた。そこに山中鹿橋が待っていたのだった。

怒声もいつか沈殿して、帰りぎわ、キッドの背中に誰かが声を掛けたようだった。ふと振り返ると、闇を響かせているものがあった。

「俺たちには俺たちの生き方がある。いつまでもマシンで居ろよ」

そんな声がした。

それから十四日。肌寒い風が吹き抜けるマウンドの脇で、吉備が迷っていた。

試合時間は二時間五十七分を経過。九回裏二死二、三塁。スコアは4―3。一打逆転負けのピンチ。

この試合を含めて残り三試合。うち一つ勝てれば優勝だが、メフィストは容易な相手ではない。今が唯一最大のチャンスかも知れないというのにピッチャーが底を着いた。思案し、ふとブルペンに目をやると、引き分けを想定してキッドが投げている。あれから七試合こなしたが、引き分けはなく、キッドの登板は一度もなかった。勿論、新記録もお預けの状態で推移している。

〈こいつは別だ〉

吉備がキッドから眼を離しかけた、丁度その時だった。

キッドのボールを受けていた大前田が持ち前のボディ・ランゲェージで、

「凄いコントロール」

と叫んだのだ。

迷いは瞬時に晴れた。次の瞬間、吉備は主審にリリーフピッチャー・キッドを告げていた。

観衆のどよめきはドームを割らんばかりに膨れ上がった。ルーキーの時以来二十余年。たった二度だけの本試合登板。成功の経験はなかった。普段のキッドなら、当然、峻拒《しゅんきょ》していたはずだが、

「本当の野球をやってみるか」

吉備の問い掛けが、

「吉備マジックがまた顔を出したな」

そう思わせた。マウンドに向かうキッドは笑みさえ浮かべ、冷静そのものに見えたが、吉備がボ

ールを渡しながら、

「八番バッターだ。三球で片づけてくれ。続けてど真ん中に投げてやれ。ピッチング・マシンみたいに」

と囁いた途端、心に乱れを生じさせてしまった。

「マシンで居ろ」

その言葉でなく、

「速球しか投げられねえピッチング・マシンじゃあねえか」

山中鹿橋の怒声の方を蘇らせてしまったのだ。

咬ませ犬と闘犬の違いを忘れた監督。敵愾心を知らないキッド。それに容易ならぬ本物の敵。

プレイ・ボール。

初球。大前田のサインは内角胸元の直球だった。いつものキッドなら素直に頷いていただろうが、山中鹿橋の言葉を思い出したキッドには宜えなかった。狂ったプライドが直球以外の球を選んだ。大きなカーブだった。敵は、その緩球に食らいついた。二死からのセーフティー・スクイズ。必死に駆け寄ったキッドが、グラブの先に引っ掛けた打球を、そのまま本塁にトスした。が、コントロール僅かにままらず。大前田のタッチを際どく掻い潜ったランナーが生還してしまった。

4―4。

「同点？　引き分けたら誰が投げるんだ。俺だろう。俺？　俺しかいないのに！　引き分けたら終わりだ。そうだ、本当のお仕舞いだ」

その時点でキッドの錯乱は限界を越えていた。

次のピンチ・ヒッターは、小柄で非力そうなサンチョ山月だった。ホームランは今シーズン一本だけ。バトルでは出番のないタイプで、足が速くバント・ヒットが狙え、次の一番に繋ぐ役者だ。

〈ホームランはない〉

ペンドルトンの奇策に曇らされた吉備の眼光は、それでも戻らず、キッドの胸中に徹することはなかったし、キッドが根っからのバトル・ピッチャーであることさえ失念してしまっていた。勿論、サンチョが打った唯一のホームランを思い起こすべくもなかった。

キッドはそれまで以上に両腕を頭上高く振りかぶり、右腕を何度も風車のように廻し、マウンドの一番上から挑みかかるようにサンチョに向かって投げた。

が、既に影のように空虚になっていたキッドの投げるボールには何の意志も籠もっておらず、その虚勢を見抜いたサンチョは初球をプロらしいシャープな振りで軽々と左翼席に放り込み、ハードな試合をあっさり終わらせた。

狂喜するメフィスト。項垂れるロシナンテス。

様々に激しく生動する異常な時が流れた。放心の中、吉備の眼に、マウンド上で投げ終わったままの恰好で一人氷結しているキッドの姿が映った。マウンドはいつもより随分と間遠になって小さく見えたが、立ち枯れの木のようなキッドの姿が、吉備に、球場の中の誰よりも早く正気を取り戻させた。

〈明日がある。最後の最後、締め括りはバトル勝負になる気がする。打たすのは、やはりキッドだ〉

吉備は、余韻に浸る敵味方、それにファンを意識し、残り一試合に賭ける闘志と自信を、体から溢れんばかりに醸すことに気遣いながら、一歩一歩踏みしめるようにマウンドに向かった。

「ご苦労さ……」

キッドに近づいて、吉備は思わず息を呑んだ。

深くて長い皺に刻み尽くされた老耄《ろうもう》顔に、紛れもないキッドの微笑とも苦渋とも知れない異様な死相が浮き上がって見えたからだ。

イエズ降誕前夜

吹きつける粉雪から逃れるように飛び込んだ地下街は、午後十一時を回ったというのにまだ少し人慍が残っていた。いつもならこの時間になると閑散としている、地下街よりさらに深い私鉄の発着駅にも、若い娘を混えたグループがそこかしこに蟠り、躁擾感を漂わせている。案の定、県外に向かう最終の特急もほぼ満員だった。

――出勤前に買って置いてよかった。

山木は大きなクリスマス・ケーキの箱を鞄を持った左腕の脇に抱え直し、自由になった右手で外套の裾を手繰り上げ、ずぼんのポケットから特急券を出して見た。

――三号車三十七番だったな。おっ、窓際だな。

外套を畳み、鞄と一緒に網棚に乗せてから席に着いた。置き場がなく暫く膝に乗せていたケーキは、行き付けの飲み屋近くにある美味しいと評判の店で買った。いつもは八時過ぎには閉まるが、クリスマス・イブの夜も更けて、売れ残ったケーキを一つでも捌こうと、まだこの時間も店を開けていた。夕方までの売値の半額になっていたこともあったが、出掛けに妻と娘に、

「きょうはクリスマス・イブなんだから真っ直ぐ帰ってきてね」

と言われたことへの負い目もあった。

娘たちの言葉を反芻してから、まだ空席のままの隣席に、遅れて乗って来る人が座るのを気にしながら、ケーキ箱をそっと移し置いた。

忘年会帰りらしい中年の会社員たちが撒き散らす哄笑と饐《す》えた匂い。若い男女の秘めやかで耳に着く絡み合う嬌声。若者たちの性急で憚りのない声高な放談。間歇泉のように湧き上がる唯我独尊の鼾。

いつもは煩く感じられるほどの車内放送も掻き消され、発車が唐突に思えた。

体全体を間断なく小刻みに震わせる車両の動きは、揺籠のように大人を鎮かにさせ、子供を興奮させる。

歳末という、終末への諦めと新生への期待の狭間に湧き上がった自堕落な解放感にも、そんな揺動が少しは効き目があって、声音を落とす人がほとんどだった。それでも騒いでいるのは泥酔で子供に返ったたか、元来が子供のような人に間違いない。眠っている人は端《はな》から別世界の人になってしまっている。

列車が地下隧道《ずいどう》を抜け地上に出るのを見計らったように、少し間延びのした音楽を流してから、いつもどおりの車内放送が始まり、行き先とそれぞれの停車駅への到着時間を告げた。が、最終電車を利用するような乗客にとってそんな報せは周知のことで、だれも、耳に入っても聞きはしない。

しかし山木は、この街に転勤になったころ何度か乗り間違えたことがあって、今も特急に乗ると、

――乗り違えたのではないだろうな。この電車も降りる駅を素通りしてしまうのではないか。

と不安を感じ、つい放送に耳を傾けてしまう。みすみす目の前の停車駅を通過して次の駅から引き返さなくてはならなくなった時の遣瀬無《やるせな》さ。引き返す電車がなくて一万円近くもするタクシーを

利用せざるを得ない時に感じる自己嫌悪。滲む妻の侮り。そうした諸々は、山木にそんな習い性を植えつけるに充分な契機たりえた。

「……お客様に申し上げます。……三号車、四十番に……お客様はエイズ・ウイルスをお持ちです。ご注意下さい……」

山木は驚愕した。

左に弧を描いて軋む車両の騒音、すぐ前の四人掛けのボックスを占める三、四十代の女客四人が絶え間なく風発する週刊誌の請け売り舌戦が耳に着いて聞き取り難かったが、山木には確かにそう聞こえた。

――エイズ？　三号車といえば、この車両じゃないか。

瞬間、頭に浮かんだエイズ感染者の幻影が自然に山木の行動を抑制していた。思わず見回し出した所作には、狡智に長けて世間を欺くような大袈裟なさり気なさが纏われていた。

乗客の様子に変化はなかった。誰か一人が騒ぎ出せば火の手が上がるといった緊張感も露ほども感じられない。

その変化の無さが怪訝だった。

――エイズ！　エイズだっていうのに。

山木は自らの動揺が孤立したもののように思え、不安を感じ、やがて、軽い憤りを覚え始めた。

――四十番はどうだ。

頭の中で推察した四十番の席を、何気ない素振りを装い、探した。

――奇数は窓側、偶数は通路側だから……。車窓の上に張りつけてある座席番号の札で確認した四十番は、すぐ斜め前の通路寄りの席だった。

四十番には、痩身の男が座っていた。年齢の良く判らない顔だった。背もたれに頭を反らし気味に預け、窓寄りに並んで座っている同僚らしい男と話している。酒も少し入っているらしい。男には戸惑いも、照れ笑いも、恥じらいも、狼狽も、まして怒りもなかった。時折浮かぶ微笑みには、僅かに含羞《がんしゅう》のようなものが混じっているが、それは明らかに日常的に身に付けた質のもので、今の車内放送が男に与えたものではない。

背もたれに遮断されて、山木からは姿は見えないが、四十番の奥に居る相方の辺りからも、何も異様な雰囲気は伝わってこないし、四十番と通路を挟んで隣り合う、週刊誌請け売り舌戦に心酔する四人の女達にも異常はなかった。

――みんな、聞いていなかったんだ。

自然と、そんな期待を躱《かわ》すような結論が、思い浮かんだかと思うと、落胆を埋めようとするかのように、思いが迷走した。

――確かに、放送のトーンはいつもと変わりはなかったし聞き逃しても仕方なかったのかもしれない。

――でも、それだけいつもとトーンが変わらなかったとも言える。本物だったかも知れない。

――しかし、なにがなんでも乗務員がそんなことを言うはずがないだろう。本当にそんな情報が入ったとしたら、逆に隠すに違いない。誰か、酔っ払いの悪戯かも知れない。

——でも、酔っぱらいの単なる思いつきなら、声に少しはふざけた感じが混じるだろう。

その時、幾度も目にしたことのある乗務員席が思い浮んだ。

——簡単には入り込めないはずだ。

——問題はエイズなんだ。

運行現場の、今にも客に被害が及びかねない緊急事態だ、との判断で、流されたということもあるのではないか。乗客に衛生面で悪印象を持たれることをいつも極度に恐れている鉄道会社の現場として、突如もたらされたエイズ情報が、会社全体の判断を待つまでもない、客の安全が第一だ、と合点させたとしてもおかしくはない。

抑圧の垣根を乗り越えて突如もたらされる煽情的な情報は、人を駆り立てる。社会が日ごろ奥底に抑え着け潜ませている欲望を煽り立てるような情報だけが、迅速広範に伝わる。煽情的であればあるほど、真実よりも自らが感じている興奮のほうが遙かに大切だと思わせる。真偽よりも、伝えた相手の興奮と自らの興奮が相乗的に高まり合うことのほうが魅惑的なのだ。煽情的であればあるほど、誰よりも早く伝え、相手の驚く様子に自らの興奮を重ね、より深い興奮が味わえる。その社会で、どんな情報が速く広く伝わるかを見れば、その社会が抑制している欲望が見えてくる。

山木が勤める役所も、近年、エイズ啓蒙に懸命になっている。毎年、膨大な予算を組んで、エイズが人間の免疫機能を不全にすることの恐ろしさと同時に、それとは全く反対の感染力の弱さ、感染防止が可能なことを強調して、無闇に怖がらなくてもいい、ということも周知させようとしている。要するに、罹ったらお終いだぞ、ちょっと注意すれば感染なんかしない、感染するのは大馬鹿だ――それだけのことで、発症例が少ないことに依拠し、少数の感染者を疎外しながら、安閑と本気で〔日本だけは違う。必ず阻止できる〕と考えている節が見える。患者や菌保有者を不当に差別してはいけない、不当な差別はさせませんからというメッセージにも、検査という名の自己申告へ誘い込み、少数の患者や菌保有者を把握したいという姿勢が滲み出ている。

そんな中で山木は、エイズ体験が浅いこの国では、エイズという言葉が意味を成していない、と思ってきた。

エイズの感染経路ははっきりしている。だからこそ、猖獗《しょうけつ》を極める各地では、善意の輸血も含め、感染経路に設けられた物心両面に張り巡らされた防壁を乗り越え、誰の身にも迫りくる、愛と死についての踏絵的な問題として捉えられているように思える。それは、人間という命の再生にかかわる人間全体の存在にも繋がっている。

一方、愛を失ったこの国では、誰もが孤立していて、自分以外のいかなる人とのいかなる交情にも、自己を守る男性用避妊具的な夾雑物の介在は当たり前になっている。エイズ感染者が少ない由縁だし、罹患者の苦しみよりも、罹患者の感染防止にたいする手抜かりや失敗に興味を覚える。その結果、愛の交情が原因といわれる患者に対しては、この国で使われている愛という言葉の貧しい内容に寄り掛かりながら、自業自得、ぐらいにしか思えないし、輸血による感染者についても〔気の毒だが、運が悪い〕と思う程度なのではないか。そんな現実は、エイズ差別撤回を声高に訴える人達の存在さえも危うくしているに違いない。

山木は、変わらぬ四十番の男を盗み見しながら、そんな考えを巡らす自分を、

――悪戯って判っているのに、何を考えているんだ。

と揶揄した。そして、

――エイズも、無関心の前では空振りという訳だ。聞いていたとしても、この反響のなさからすると、この三号車という社会で、エイズは秘められた欲望ではないということだろう。これが日本の縮図なんだ。それが現実なんだ。それにしても酷い悪戯だった。皆が聞いていたとしたら、どうなっていいただろう。あの四十番はどんな反応を示したろう。

変化のない車内を見回しながら、山木がそう思っていると、車掌が前のドアから入ってきて、

「御用のある方は申し出て下さい。次は××」

と言いながら、巡回してきた。山木の脇に差し掛かった、その時だった。

「あんなこと言わせていいのか」

突然、車掌の陰から野太い声が沸き上がった。瞬時に、弛緩し切っていた車内の空気が張り詰めた。

躰を反転させて背を向ける車掌は、明らかに四十番と対峙している。

車掌の脇から覗く、車掌を見上げる男の顔は険しかった。微笑みも含羞もどこにもなかった。

「四十番がどこか分かっているのか。私のことなんだよ。どうするんだ」

――聞いていたんだ。

山木は呆然としながら成り行きを眺めた。

最初は〈何のことか判りませんが〉と惚けて言い逃れようとしていた車掌は、すぐに追い詰められ狼狽《うろた》えた。

「私が言った訳じゃありません」

車掌は答えにならない言い訳だけをして、四十番を避けるような身ごなしを見せて足早に通り過ぎた。

「急にどうしたんだ。何があったかしらんが、いいじゃないか」

苛立ちと馴れ合いを綯い混ぜにした、的外れな相方の取りなしが、辺り一帯にもたらされた緊迫感を苦汁のように一層堅固なものにして仕舞う。

居たたまれなくなったのだろう。四十番は席を蹴って、車掌の後を追うように三号車から姿を消した。

——如何にも拙い対応が重なってしまったな。

経緯を紡いで知ることが出来る山木には、それなりの合点が出来たが、残された他の乗客には何が起きたのか全く理解出来ない様子だった。

しかし、好餌は与えられたのだ。醸された緊迫の底で、やがて忖度《そんたく》し合う囁きが、そこかしこから湧き上がり、たちまち緊迫の呪縛を根底から綻ばせ元の弛緩した空気を取り戻した。舌戦を封印された替わりに無遠慮な視線を残された相方に注いでいた臨席の四人の女達は、誰よりも早くお喋りを始め、地の利を生かし、残された相方に声を掛けた。

「どうされたんですの、あの方」

突然晴れの舞台に引きずり上げられ、身の置き場を失い竦んだように座席に躰を沈めていた相方は、ホッとしたように、空席になった四十番席に身を寄せながら、聞かれてもいないことまで話し出した。座席の背もたれから顔まで覗いている。

「どうしたもこうしたも、二人で今日突然内示された十二月三十一日付けの人事異動をこき下ろしていたら、突然怒り出して、車掌に食って掛かったんですよ。何が何だかさっぱり判らないんですよ。普段、あんなこと、絶対ないんですがね。飲んだ酒が悪かったのかなあ」

山木は、

――俺と一緒で、表面立つことが苦手なんだ。四十番に興味が向けられているのに安心したに違いない。

と思った。

――四十番の男はどうしたのだろう。もうかなり経つというのに戻ってこない。確かに簡単に収まる問題ではないだろう。乗務員に宥められながらも、あの調子で息巻いているのかもしれない。

事後の男の状況を知る手掛かりは何もなく想像のしようがなかった。まして経緯を知らない乗客たちは狐に摘まれたようなものだ。相方と女四人の会話もいつしか途絶え、女達は仲間内の話し合いに戻り、相方も今は独り目を瞑っている。

――まてよ。確かあの男は「エイズの四十番は私のことだ」と言ったぞ。まさか！　経緯を遡っていた山木の思索が其処まで行き着いた丁度その時、後ろのドアが開く音がした。

――間違いなくあの男だ。この車両に戻って来たのだ。

振り返って見た訳ではない。見たくても見れないのだが、山木にはよく判った。後ろから近づいて来る気配を察知しようと、背後に神経を集中させた。気配が脇を通り過ぎようとした時、山木は思わず噎《む》せた。気が着くと脇の通路に男が立っていた。慌てて仰ぎ見た視線が、男の視線と絡んだ。

男はスッとしゃがみ、

「あなた、あなただけが最初から知っていたんだ。誰も聞かなかったと思ったが、あなたの素振りで判った。仕方なく、車掌らと話を付けて来たんだ」

幾分ぞんざいにそう言ったとか思うと、ケーキ箱を置いた空席の前の空間に、少しばかり躰を進め、口を山木の左耳に寄せ、

「悪戯にしろ、他人に知られたくないことは、軽々に公言するもんじゃありませんよね。放送が、私を……ズだって言ったこと、ずっと内緒にしておいて下さい。また乗り合わすこともあるでしょう」

と囁き、握手を求めるように右手を差し出した。

山木には、その手を握り返すことが出来なかった。一瞬の山木の躊躇《ためら》いを見て、男は微かな、山木にしか見えないほどの和やかな表情を浮かべてから手を引き、四十番の席に戻って行った。

言葉の一部を漏れ聞いた付近の相客らは暫く、男と山木を盗み見しながら密やかに話し合っていたが、席に戻った男の穏やかな表情が、すぐに誰からも詮索する気持ちを払拭した。

山木は、警笛のため明確に聞き取れなかった男の言葉を詮索するのと、握手に応えられなかったことに気を取られ、ケーキを車内に忘れた。

川　辺

時の鉋《かんな》が心を均《なら》す。時折、逆目を起こしながら。

地方の小さな町で、二十年近く小さな新聞を発行している山木圭次にとって、「ワインズバーグ・イーグル」紙は、ずっと気掛かりな新聞だった。

――煽惑的な事実ではなく、日常瑣事に溶け込んでいる真実。

シャーウッド・アンダスンが創造した小さな地域新聞を、山木はそんな記事を読ませる新聞だと思っている。

勿論、「ワインズバーグ・イーグル」を手にすることは出来ない。山木に巣くった考えは、若い頃、「奴は事実に、俺は真実に重きを置いて書いている」というアンダスンの自負に感心したのと、後に、「ワインズバーグ・イーグル」にまつわる猫について書いた詩人の短文に感銘したのが、綯《な》い交ぜになったものだ。

山木が発行している僅かなページの朝刊も例外ではないが、真実を求めていては新聞は作れない。記事に書くことは、真実でも事実でもない。「これが事実だ」、記者が折々そう判断した、事実の一側面以外のなにものでもない。それが信念になっている。

いつか、発表に基づき、こぞって新聞が、「優秀な父親が、手に余る障害児の娘を餓死させた」と報じたことがあった。やがて、娘さんの容態から見て手の施しようがなかったことが判り、有力紙のX社が「発表を鵜呑みにしないように」という自戒を掲載したことがあった。その時も山木は「News は New なものの集まりだろうし、新しさには粗雑さがつきものだ。新聞にどこか胡散臭さや投槍な匂いが着き纏うのは生い立ちからの宿命だ」と思った。

そんな日々の思いの積み重なりの中で、

——いつか、ワインズバーグ・イーグルに載るような記事を書きたい。

という思いが醱酵していた。

その日山木は、発覚した市幹部と建設業者の贈収賄事件を追っていた。課長の逮捕から三日が経っていた。核心は市の上層部に波及するかどうかの一点に絞られている。渦中に立つ助役は事件発覚後、姿を消した。

「消されたのかね」

早々と褞袍《どてら》を着込んだ煙草屋の親爺が、つり銭を確かめていた視線を、鼻先まで落ちた老眼鏡の上縁越しに移し、さり気なく探りを入れてくる。

この町では、地縁、血縁、金縁を絡ませて仕事をこなしていくのは、市も地元紙も同じで、網は方々で絡まり合う。時には網の隅に引っ掛かる職員のスキャンダルを種に、市に新聞広告を出させたりもする。助役はそんな時の窓口も務める。市役所前で長いこと煙草屋を開いている親爺はそんなことは百も承知だ。下手なことは言えない。

「そんなことはないでしょう。今からちょっと」

与えた言質に親爺が自足したのを確かめてから、山木は黄昏の盛り場を急ぎ足で通り抜けた。

実は、助役が橋向こうの料理屋の裏口で待っているというのだ。腐れ縁の搦手《からめて》が効いたらしい。もっとも、この時期に姿を現すのは、警察から呼び出しがあったとしか思えない。明日にも逮捕があるかもしれない。料理屋にしけこんで、掲載して欲しい弁解を吹き込んでおいても悪くはない、という計算だろう。だが、最近は水商売も口が軽い。見返りなしには顔も見られたくない筈だ。遅れれば義理は果たしたとばかりに、この風に吹かれてすぐ誰そ彼の薄闇に紛れてしまう。一分たりとも待たす訳にはいかない。

魚津橋の袂の紅く色づいた古桜の陰に寄って、煙草に火を点ける山木の頭の中を、そんな考えが過っていった。

橋の半ばに差し掛かった時、いつもの癖でふと流れを見た。川があるとつい見惚れてしまう。子供の頃、木濡川は深浅緩急の変化に富み、多くの生き物を自在に育んでいた。木で出来ていたこの橋の欄干から川に飛び込んだり、浅瀬の砂にくっきりと黒い影を落として逃げ惑う鮎を追い駈け、来る日も来る日も倦むことがなかった。川に魚がいると、それだけで快くなるのは、記憶の底に淀んでいるものが、僅かな水の変化で雲のように舞い上がる淵底の泥垢のようなものだからだろうか。

——今なら鮠か。

「それどころじゃないだろう」

山木は慌てて自戒を口にし、行き過ぎようとしたが、目は未練がましく川を流し見ていた。

その目に、州で蹲《うずくま》る人の形が映えた。町で一番早く闇が溜まる河川敷だが、毛布のようなものにくるまって、橋下の獺ケ淵を見つめているように見える。

——何をしているんだ。自殺?

瞬時に、助役ではない、と感じたが、頭の中で何かが軋み、足が停まった。

普段、木濡川は上流三十メートルほどの宵待橋辺りから大きく蛇行し、右岸沿いの魚津橋の橋脚を抉りながら獺ケ淵に流れ込む。淵の水辺からは、緩やかな小石混じりの砂原が雑草に覆われた左岸段丘の足下まで登っている。昨夜の雨が河原を浸食したのだろう。橋から少し上流にかけて畳三帖ほどの紡錘形の州が出来ていた。

山木は視線を凝らしていた。女だった。もう頭に声を掛けることしかなかった。駈け出し、薄闇に溶け込んでしまいそうな黝《あおぐろ》い影に目を遣りながら、橋を渡り、石段を降り、段丘を抜け、砂に足を取られながら、一気に川辺に辿り着いた。

それでも女は背を向けたまま動かなかった。蹠《あしうら》の石粒が心地悪い。僅かな躊躇《ためら》いの間にも、州に渡れそうな跳び石を目が探り当てていた。

「失礼だが、何してるんです?」

山木の問い掛けに、女は振り向きながらバネ仕掛けのように立ち上がり、

「すみません」

と言った。澄んだ声音と動作が辺りを彩ったようだった。

女は勧めるまでもなく、すぐに、山木が見定めておいた跳び石を蹴って、此岸に移ってきた。三十前後だろうか。思った以上に背が高い。髪を撫で上げ、ショールをかき合わせながら、女は、

「寒いんですね」

と言った。

水辺から遠ざかることが二人の意思でもあり、思い遣りでもあった。足は自然に段丘に向かっていた。段丘に到ると女は足を止め、山木の目をジッと見つめながら、

「すみません。息子の月命日なんです。もう四年になりますが、ここに来ないと気が済まない時がありまして」

と弁明した。仄かな闇に包まれていたが、表情に暗さは感じられなかった。

化粧気のない整った顔を見返しながら、

――ああ、あの時の母親だ。

驚くと同時に、

「確か芳樹ちゃんでしたね」

と口ばしっていた。


暑い日曜日の午後だった。正午前に激しい雷雨があったが、午後の暑さに容赦はなかった。事故は櫛目台の東斜面に出来た団地で起きた。

木濡川の支流、鯏谷《うぐいだに》沿いに連なる高台は、斜面を流れ落ちる小さな渓や沢が、町の方から櫛の梳き目のように見えたことから名付いたと言われる。十年前に市庁舎のビルが建ってからは、視界が遮られ見えなくなった。遠望が利かなくなると、やがて陰に隠れるように、高台で造成が始まり、舗装路ができ、残された雑木の疎林の中に洒落た家が建ち並んだ。沢をなぞりコンクリート製の柩を並べたようなU字溝が埋められた。U字溝は雨が降れば奔流となり、上がればすぐ乾いた。沢筋

から湿気がなくなり、蟇《がま》やナメクジや蚊が姿を消した。同時にヤゴや沢蟹もいなくなり、榛の木や山紫陽花が枯れた。

新しいものに人は魅かれ、適うための淘汰や犠牲に気付かない。

その日、団地の子供たちは水が引いたU字溝をウォータースライダーに見立てて遊んでいた。僅かに残った流れが、溝底の水苔を蘇生させ、よく滑るのを、水遊びをしていた男の子が見つけた。いつもは垢のようにしか見えない苔が蒼緑色を帯び、目を引いた。溝の底に腰を下ろし、緩やかに右に左にカーブしながら、道路沿いに建つ家々の垣根の鼻を掠めて二十メートルほど滑り降りる。止まるのは、一番下手の家の庭から伸びる檜の枝を掴めばよかった。枝は都合よく、溝を覆うように横切っていた。水着に着替えては飛び出していく子供たちに、親たちも次々表に出てきたが、誰もが野趣に富んだ遊具に感心し、庭先であることに安心して家に引き上げた。

小一時間も続いていた子供たちの嬌声が、突然悲鳴に変わった。

「芳樹ちゃんたちが流された」

家から飛び出した大人たちは一斉に下流に向かって夢中で走った。途中、付け根から裂かれた檜の一枝が落ちていたが、誰も気付かなかった。高台を駈け下りた大人たちは、U字溝の果てに突如出現した圧倒的な緋谷に、足を竦《すく》ませた。いつもは深く虚ろなコンクリートの渠が、狂瀾牙剥く濁水を得て足元を脅かした。疾駆する厖大な濁流、両側に連なる手掛かりのないコンクリート壁、立ちはだかる橋の梁と桁、槍状になって待ち構える流木、岩場に叩き衝ける合流。子供の行く末に身の毛をよだて、竦む足を再び駆り立てたのは、自らの子供を見失った三人の母親だった。

「本当に悲しい事故でした。子供の死はいつも人間の希望を打ち砕く。まして親御さんともなれば……。そんな時、子供さんの写真はないか、どんなお子さんでしたかなんて。無論、二度と起きてほしくない、そんな願いをもっと強く訴えたい、そう思うからではあるんですが、新聞記者って仕事をつくづく呪いたくなる」

段丘のベンチに座り、噛み締めるように語ると、女は吹っ切れたように哀しい思い出を語り始めた。

「あの時ほど人の幸不幸、運不運というものを考えさせられたことはありません。三人とも、一度は助かったんです。犬を散歩させていた人が子供に気付いてくれたんです。先の、もう一つ先の橋まで必死に走って、他にも呼び掛け、皆で流れてくる子供を次々救い上げてくれた。本当に奇跡でした」

ライターの火が赤い。躊躇い、煙草をポケットに仕舞い直しながら山木は、あの時、煙草屋の親爺に子供の父親のことを聞いたことを思い出していた。

「でも、神様は冷酷でした。救急治療室の前で、母親同士三人で手を取り合い励まし合って待っていると、一時間ほどしてドアが少し開き、医者が半身出して、阿部さんって私の名前だけ呼んだんです。すぐに大きな不安で一杯になりました。でも本当は、呼ばれた瞬間ほんの少し喜んでしまったんです。多分、芳樹だけが助かったんだ、と思ってしまったんだと思います。いつも、テレビや新聞で子供が死んだって話を知らされると、子供って、親がこれほど気遣っているのに、何処でも何時でも呆気なく死んでしまう。運が無いと絶対に成長しない、でも、私の子供だけは違うって、何処かで信じていました。それなのに芳樹は、治療室の脇の小さな部屋で死んでいました。芳樹を見た途端、身も心も何もかも亡くなって、悲しみと悔しさだけが、怒濤のように絶え間なく押し寄せ、芳樹に縋り着いて泣き続けました。信じたくなかった。でも、何かが違っていて、死んだんだって、心の底が肯っていました。どれくらいの時間が経ったのか。夫が駆けつけ、やっと、ほんの少し考える力が戻りました。治療室から、私たちを気遣って、忍びながら喜ぶ二人の母親の声が聞こえてきました。あとの子は助かったんだと思うと、何故うちの子だけが、何故あの時私が呼ばれなくてはいけなかったのか、あの時喜ばなかったら、別の名前が呼ばれていれば、って、そんなことばかりが思い浮かびました」

耳を傾けながら、

——あの子だけが死んだのは、一番前にいたからだ。

山木はその時書いた記事と経緯を、頭の中でなぞった。

〈三人が一つになって滑り下りたために、重さで加速が付き過ぎた。止まろうと枝を掴んだが、付け根からもぎ取ってしまい、一気に支流まで流された。一番前にいたのが阿部芳樹ちゃんで、鯏谷に投げ出された時に、立ちはだかる対岸のコンクリート壁に頭を打ちつけ気を失ったらしい。救い上げられた時には、頭の骨を折っていてすでに意識がなかった〉

山木が現場に駆けつけると、中年の駐在が一人、現場保存のために残っていた。

「現場はここ?」

ロープを張った、団地下の支流に架かる欄干のない簡易橋を指差すと、

「この上でボール遊びしとって、ボールが落ちた。落ちても水嵩が高い。橋に引っ掛かり流れてかん。それが面白かったんやろ。何度目かに、拾おうとして一人が落ちて、助けようとしたあとの二

人も次々落ちたらしい。こいつだけ、橋に止められて、水の上で踊っとったな」

と、足元の濡れそぼったバレーボールを拾い上げながら話してくれた。

いくら小学三、四年生といっても、水着でボール遊びをする筈がない。まして、こんな日にこんな所で。どうしても事情を聞いておく必要がある。すぐに駐在が教えてくれた子供たちの家に向かった。事故に巻き込まれた子供の親たちは病院に行っていない。一緒に遊んでいた子供の家を何軒か尋ね、親子から話を聞いた。ボールも一緒に流して遊んでいたという。ボール遊びをしていたことは間違いないが、第二現場に残されたボールと「ボール遊びをしていた」という子供たちの話が簡単に結びついてしまっている。帰りがけ気付いた道に投げ出された檜の大枝が、聞き出した経緯を裏付けていた。

急いで警察によると、

「山ちゃん、一人死んだよ。大変なことになった」

気心のしれた刑事課長が声を掛けてきた。事情を耳打ちすると、急に苛立ち、

「枝はそのままだろうな」

と声を荒げた。

――現場を見つけたのは俺だ。

そんな思いもあって、確信を持って子供の死に至る経緯も書いた。

しかし、今、女が思っている、子供に死を招いた原因は全く違う。死ぬのは誰でもよかった。たまたま自分の子が死んだ。そして、それを決めたのが担当医で、女自身にも責任があった、と言っ

ているのだ。

淵の方を見遣る女の横顔の輪郭が、橋の上から届く街灯を背景に、光の線となって闇に浮かんでいる。

「化けてでもいい現れてほしい。そしてもう一度芳樹を抱きたい。そう思って泣き暮らしました。助かった二人の子供や母親を見ると、つい、芳樹を返せ、そう叫びそうでした。向こうも私を避けるようになって、狭い団地全体に重い空気が澱むようになりました。あの子たちを見るのが辛く、耐えられなくなって、とうとう引っ越しすることにしたんです。引っ越し準備に気を取られていたんでしょうね。いつもなら、家の前をあの子たちが足音を忍ばせて通るだけですぐわかるのに、気付くと二人揃って、すぐ後ろに立っていたんです。小母さん、御免ね。振り向くと同時に二人がそう言ったんです。次の瞬間、私はあれだけ憎んでいたはずの二人を抱き締めていました。子供たちも泣き出し、私の胸の中で、御免ね、御免ねって泣きじゃくるんです。その時です。芳樹は、こんないい子たちの身代わりになったんだ。この子たちは芳樹なんだ。この子たちをずっと見守っていかなくてはいけない、って気付いたんです」

「あの子たちが言うんですよ。この淵に芳樹の魂が眠ってるって」

少し間を置いて、女はそう付け加えた。こちらを見ながら言ったのだろうか。輝きを増した背光の中に顔の輪郭が消えていた。


〈××市助役逮捕へ。きょう事情聴取〉

翌朝、記者クラブで、よく似た見出しの各紙を見比べていた若い記者が、ソファーで横になって瞑想する山木に声を掛けた。

「山木さん、助役独占インタビュー、どうされたんですか。今朝、××タイムス見るのが怖かったのに」

「あの糞親爺、洩らしたな」

そう呟く山木の頭に、眼鏡の縁越しに苦笑いする煙草屋の親爺さんの顔が浮かんだ。

黄昏

前編

煌《きら》めく光。小鳥たちの囀り。朝、庭に出ると、つい先日まで虚空を掴んでいた土蔵脇の歪な欅が新緑の紗を纏い、葉群を風にそよがせている。

俄《にわか》に、充たされた思いが身体の隅々にまで漲《みなぎ》り、未明まで心の底にへばりついていたやるせなさ、虚しさが払拭されていた。

〈たわいもない〉

刹那、淡い自嘲のようなものが浮かび、消えていった。

田代が社史編集室参与という肩書を与えられてから二年余になる。

あなたは、父と二人で一介の町工場を大企業に育てられ、その一部始終を目の当たりに見てこられた。そして、それが一企業のことに止まらず、そのまま、ぴったりと、奇蹟的な日本の戦後復興史に重なっている。現代の日本人にとって、そんなあなたの生き方ほど魅力的な生き方はない。でも、細かい本当のことは、あなたにしか分からない。歴史の証言、そんな大袈裟なことを言えというんじゃありません。あなたが見てこられたもの、聞いてこられたものを、編集委員たちにそのまま話してやって戴ければ、それだけでいいんです。死んだ親父も喜ぶと思います。

就任したばかりの若い社長の意を汲んだ水の向けように、心を添わせた。

たった二人の販売店から有数の大企業へ。素材は幾らでもあるはずだが、田代が語る来歴に、有能な社員たちは、砂が水を吸うように聞き入ってくれた。

天国から地獄を顧みる。

田代は自らの人生を振り返る時、いつも感じるそんな思いを味わい直すように、何かがほんの少しでも違っていたらどうなっていたかわからない過去の数々、その危うさを准りながら、詳細に語った。

二年後、原稿は仕上がった。

太い幹、伸びやかな枝、茂る緑、清らかな花、深い根、豊かな実り。素描は確かで陰翳もある。何より、ノンフィクションへの信頼感、成功譚特有のカタルシスを二つながらに持っている。

感心した。

と同時に、すっと興が冷めた。

実情と違う。幹の虚《うろ》も、裂けた枝も、病葉も、根腐れも、落ちた実もない。

そんなことは最初から分かっていたし、書中、田代が演じる役回りに不足がある訳でもない。

〈これだけのものだったのか〉

田代を挫いたのは、何かしら謂われのないそんな思いだった。それがいつまでも熟なれなかった。

〈せめても、この借用書のことを書き加えさそう〉

丼の底跡が残る反故紙に書いた借用書。裏腹に、靠《もた》れが些細な執着を芽生えさせた。

敗戦、そして戦後。終戦間近の空襲で、両親と兄姉を失くした。遺体も、家も、みんな焼けて区別が着かなかった。焼け残った土蔵に一人いると狂いそうだった。風の夜は、脇の欅が焦げた半身の痛みに耐えかねるように唸り、一入《ひとしお》助長させた。

腹が減らなかったらどうなっていたか。食い物を求め、土蔵の中の物を手当たり次第金に替えた。土蔵が空になり凭るものがなくなると、目の前の小銭にムキになるようになっていた。みんな一緒だった。

そんな中、柴田だけが外連《けれん》なく見えた。軍用トラックで闇市に乗りつけ、粗っぽく大量に買い叩く。いつも一人で、自分の器量だけで決着を付けていた。

「負けたていうても、統制経済になったわけやない。自由経済は一緒や。金儲けしたやつが勝ちや」

声高に、取引相手にそうおめいているのを何度も聞いた。もっとも、相手にしているのは小銭をやり繰りしながら手ぐすねをひいている者ばかりだ。金さえあれば、明日はチャンスを掴めるかもしれない。その日その日は飯さえ食えて金が回っていればいい。そんな連中だった。

「大人だったら俺でも」

その振る舞いを目の当たりにすると、田代はいつも、死んだ年長の兄に突っかかった時の気分を、重複して味わっているような気がした。

柴田に一度だけ、物を買ってもらったことがあった。最後に残ったカメラを持ち出した時のことだ。舶来品で、家族を、中でも母を撮るのがたった一つの趣味だった父親の遺品だったが、他人には用のないものだった。他に売る物がなかった。やっと土塊《つちくれ》に毛が生えたような値段で話しを付けようとした時、脇から高値を付けてくれたのが柴田だった。以来、顔を合わすと何とはなく目礼した。それに柴田は微笑で応えた。

そんな日が二年近くも続いたろうか。闇市で、ふいに、柴田から肩越しに話し掛けられた。

「いつまで、こんなことしとるんや。五年先に、Sの郊外に自動車工場ができる。そんな先の話やない。そのころは世の中落ち着いて、こんな闇市なんかとっくになくなっとるやろ。それでや、今からボロ自動車扱いながら自動車の勉強しとくんや。そうすりゃ下請けに潜りこめるかもしれん。高いけど自動車ほど便利なものはない。先々、悪ても絶対食うには困らん。どや、一緒にSで自動車部品の会社やらんか。お前は後ろ向かんし、ちゃんと相手見る。俺はあかん。見境もなくカッとなる。会社はそうはいかん。お前なら相方にちょうどええ」

うんもすんもない。田代は咳込むように、

「でも、あんまり金ないんです」

と口走っていた。

「ええんや。お前のそのでっかい眼と耳が担保みたいなもんや。二人で、いつか親会社乗っ取ったろに」

柴田はそんな答えで、田代を併呑した。

新昭和自動車部品修理販売会社は、小さな渡船が行き交う内湾の向かい側にあるS市の旧道筋、旧家の家先を借りて開業した。田代は渉外と修理見習い兼事務処理役だった。柴田は、どこで聞いてくるのか、軍や旧財閥の廃棄トラックの放置場所などを、的確に指示し、田代に調達させた。傍ら廃品を補充部品に蘇らせる手技も大したものだった。

開業時の慌ただしさが残る中、柴田が女を連れてきた。それが、やがて柴田と結婚するという明子だった。明子は右脚が不自由だったが、朗らかで事務に長けていた。

需要は順調に伸びていた。昭和二十四年歳末。突然、下請けの修理店店主が、七万円の売掛金とともに姿を消した。余りに唐突すぎた。八方手を尽くしたが、操業して二年足らず、若い社長兼開発部長と営業兼修繕部長だけの小さな会社にとって、限られた日の中での残り五万円は手に負えなかった。年明けの倒産は必至だった。倒産すれば負債は五十万円を越えるだろう。

会社の筋向かいで店を出していた鶏肉屋の鶏がら出汁の美味いラーメンが、一杯二十五円の時代だった。

田代がままならぬ金策に倦み疲れ社に帰ると、一人ぽつねんと出前のラーメンを啜っていた柴田が、

「康夫、もう一回付き合ってくれ。これじゃ俺の男が立たん。すぐ、もう一回、社を興す」

と切り出した。

〈投げ出した？〉

「先の話じゃない。五万円、今の五万円をどうするかでしょう」

思わず語気を強めた田代に、

〈負債を肩代わりしてやる替わりに娘を返せ〉

因幡の義父から、そんな申し出があったと柴田は言った。

金のためなら、明子を身売りするというのだろうか。夫婦仲も悪い訳ではない。何を言ってるんだ。出来ない相談に決まっている。それに、先じゃない、今なんだ。

田代は募る複雑な苛立ちを、冷たくなったほうじ茶と一緒に飲み下した。

齟齬と苛立ちとコンクリート三和土《たたき》の底冷えが、二人から言葉を奪った。明子の気配もなかった。

「ストーブも焚かんと。コークスまでのうなったんか。取って来るけど、その前にこれでもやったらどうや。酒の肴にはならんが、時節柄まあ勘弁したっとくれ。身体が温ったまると、知恵も膨らむもんや」

和菓子屋の兵衛門さんが裏木戸から、一升瓶と、舂きたての餅をおろし醤油にまぶして持って来てくれたのだった。

兵衛門さんは二人の茶碗に一升瓶を傾け、「儂とこらみたいな儂と婆さんだけの粗末な菓子屋でも、初午さんや祇園さんの前は三万や四万の借金はするもんや。向こう隣の時計屋さんは、借金を首吊りの縄のように毛嫌いなさる。それも、一つの見識やが、これからの時代は違うやろ。若い来《き》たり人《と》のあんたら二人が、大きな借金したと聞いて、婆さんと二人で関心したんや。目の着け所が違う、てな」

と、話し置いて、コークスを取りに戻って行った。

それでも、二人に言葉は戻らない。所在無げにおろし餅に手を伸ばした柴田が、出し抜けに口を開いた。

「これ何や」

漆盆に乗せた、おろし餅の丼の底に噛ませた小さな紙包み。開けると、二つ折りにした使いさしの千円札の束が出てきた。札を繰る柴田の指の動きに合わせて数えた。三万五千円あった。社長が

こちらに突き出した包み紙の内側に、

——僭越至極　兵衛門
と筆でしたためてあった。丼底の醤油跡がそれに丸をしたように見えた。

見計らったように戻った兵衛門さんが、

「いやいや差し出がましいことやが、何かの足しにしてもろたらええ。確かに小さい金やないが、儂らは子無しやし歳も歳や。あんたら見とると死んだ子のこと想うし、明子さんには、おかずやら買物やら何やら、よう患いかけとる。婆さんも、焼け石に水やろが何とか足しになったらええが、と気い病んどるんや」

と、却って十分でないことを詫びるように語った。

焼け石に水どころではない、まさに旱天に慈雨だった。それだけあれば何とか言い訳は立つし、事業も回っていくだろう。

「すんません。お借りします」

頭をぴょこんと膝の間に埋め込むように下げた柴田は、それだけ言うと手早く、〈僭越至極　兵衛門〉と書かれた脇に万年筆で、

〈あり難く三万五千円也確かに拝借いたします。昭和二十四年十二月三十一日　柴田征治〉

と書き添え、急いで判を押した。

〈日付まで切羽詰まっている〉

その時、柴田が一日日付を間違えたのを、田代はそう感じたのを今も憶ている。

兵衛門さんは、

「何の。どうでも気が済まんっていうんやったら、やっさん、あんた預かっとくれ」

と、田代に手渡した。

倒産は免れ、翌年六月に勃発した朝鮮動乱で自動車部品の需要が高まり、社運は一気に上昇した。

裏腹に、兵衛門さんの家業は廃れた。車が幅を利かせ、人通りが少なくなった。祭りが熱気を失い、洋菓子にも押され、兵衛門さん夫婦も老いた。

いつの間にか隣同士の付き合いは希薄になり、社の郊外移転で疎遠になった。田代だけが、折りを見て、手作りの田舎饅頭を買いに寄った。行くたびに、町筋全体が淋しくなって、兵衛門さんの菓子屋も品揃えが寂しくなっていた。それでも、兵衛門さん、お英さん夫婦の穏やかな様子に変わりはなかった。

「この前、役場へ行ってなさる渡辺の義雄さん、あそこの和雄ちゃんが、五回目でやっと国立に通りましたんや。あそこ、母親がはよに栄養失調で死んでおりませんやろ。電報来た時、姉さんも出掛けて誰もおらんだんですやろ。電報ぎゅと握って駆け込んできて、私に抱きついて、小母さん、受かったわて、泣き縋りますんや。大きな身体ですやろ。私こけそうになりながら、すっかり貰い泣きして、二人でワンワン泣きましたんや。ほんとに、よかったんですに」

お英さんも折々、昔ながらに近所の悲喜こもごもを自らのものとし、喜び、悲しんでいる城下町の暮らしを教えてくれた。そんな折り、田代は戦災に遭った自分たちの町の根無しぶりと、それを免れたこの町の違いを改めて教えられる気がした。

そんなお英さんさえもが、借金返済を切り出すと途端に、口を噤みがちになった。

「あれは、あんたら三人へのお礼や。昔のことや」

兵衛門さんの答えも決まって淡白だった。

田代には、あれは社に貸したのではない、三人にやったんや、返すというんならあの時代ごとあのまま返してほしい、と言っているように聞こえた。

兵衛門さんが言う三人の中には、明子も含まれていた。彼女は、因幡の父から夫への借金棒引きの申し入れがあった際、愛情を越える夫の事業欲を見てしまったと言う。子供もなかった。夫より十歳近く若かった彼女も、誤解させるような事を言ったらしい。溝が出来、二人は離婚。二年後、今の若社長を腹に宿した小料理屋の女将が後妻に収まった。

兵衛門さん夫婦は、後妻の君代とは馬があわなかったし、再婚が会社の大事な時期に重なっていたことも気にいらなかったようだ。人の気持ちは相身互い。社の移転を待つまでもなく、社長夫婦の足は遠のいていた。

それでも、柴田が気に懸けていたのは間違いない。

「今となっては小さなものやが、小骨のように喉に刺さっとる。ほんとは自然と抜けんのが無理がない。せやけど先がない。上手に返せんか」

兵衛門さん夫婦が亡くなるまで、いつになく手間取る田代にそう言い続けていた。

そんな柴田も先年、鯛の刺身が元で食中毒に罹り呆気なく死んだ。

今はの際、田代に言い残した遺言は、

「あれ頼むぞ」

それだけだった。

社史は、二週間後に行われる創業五十周年の記念式典で配られることになった。若社長の就任披露も兼ねている。今となっては、社是の前で、忌み嫌われた虚の深さも病葉の汚れも水沫のようなものだ。まして、柴田や一族の私的な傷に触れる汚れた紙切れのことなど検討するまでもない。柴田がいなくなって名実ともに社最高の功労者と目される田代だったが、些細な執着さえ実らず、遣る瀬無さは一段と重くなっていた。

「いいお天気ですね」

溢れる光。鳥たちの語らい。庭の田代に、膝下まで朝日を浴びた映子が、台所から声を掛けた。

「瑠璃町の大路で露店市が開かれているそうですよ。古い物も出てるって、律子が電話で知らせてきたんですよ。お父さんにって」

矢庭に散歩する気が起きた。散歩なんて、いつ以来だろう。

旧道をなぞって敷設された楠の並木を吹き下っていく風が心地いい。葛川堤に上り早瀬橋に差し掛かると、左手に、内湾を隔てて、海岸を埋め立て防御線を張るように建つ新昭和自動車の工場群が見えた。いつもの威圧感はなく、海市のように揺らいでいた。

露店市は、楠木並木で区切られた大路の両側に設けられた路側帯で行われていた。平時は買物客の車が三々五々駐車しているぐらいだが、この日は歩道と並木を背に両側に露店が並び、人でにぎわっていた。

履物、たこ焼き、パチンコ、焼きそば、古着、チョコレートバナナ、お面、飴りんご、金魚すくい、甘納豆、衣料品、輪投げ、スマートボール、天津甘栗、帽子、和菓子、エスニック商品、がらくた、古物……。

賑わいは闇市に似ているが、そこには闇の欠けらもない。田代は人の流れに身を任せ歩いていたが、ふと、田舎饅頭が食べたくなった。踵を返すと、顔を掠めるように、品のいい銀髪の女性が通り過ぎていった。

〈明子さん〉

すぐ、そう思った。老けてはいたが、柴田の葬式で探し求め、結局は見つけられなかった、その顔に違いないと思った。人込みを掻き分け後を追ったが、やがて、足元に不安が無いことに気付いた。

〈他人の空似か〉

足は止まっていたが、蟠りが残った。

田舎饅頭を買いに戻ろうと、人の流れを避けて歩道側に寄ると、足下に古いカメラばかりが並んでいた。扇の要のような位置に、髭を生やした四十歳くらいの男が椅子に座ってライカを磨いていた。

手に取らしてもらうと、手擦れや凹みが目立ったが、紛れもない一九三三年頃のⅢ型だった。澄んだ日差しがレンズに傷がないことを教えてくれる。

父の愛用機と同じ型で、写真と共に焼失した思い出深い品だった。

値を聞くと、男は、

「これでも、ちゃんと写せるんですよ。ライカは最近特にファンが多くって、写せない奴でも、この手だと東京や京都じゃ二、三万は出しますからね。仕入れが高くって、ほんとは六万欲しいとこですが、五万円でお願いしています」

「貰うわ。フィルムはどんなんやった」

金を手渡しながら田代が言うと、

「いや、私ではちょっと。そこの角を曲がった奥にカメラ屋がありますから聞いて下さい。小さい店ですが、しっかりしていますから」

と教えてくれた。

大路と交わるアーケード街。その一本手前に袋小路があって、カメラ屋は袋小路の突き当たりすぐ手前の左手にあった。間口二間、正面上に色褪せた緑色のフィルムの看板が掲げてあるが、小路の入口からは、突き当たりの本屋が路上まで張り出したショーケースばかりが目立って、眼に入らない。

アーケード街は戦前からM市では一番の繁華街で、空襲で焼けはしたが復興、田代もよく歩き回った界隈だが、その店に覚えはなかった。

アルミサッシの引き戸を開けると、赤ちゃんを背負い、写真の整理していたらしい眼鏡の女が、顔を上げ、

「どちらさんでした。仕上がり、今日て言いましたんやろか」

と尋ねる。

「違うんや。このカメラに合うフィルムが欲しいんや」

説明すると、背後の紗の緑地に竹林をあしらった暖簾に向かって、

「お父さん、ちょっと」

と声を掛けた。

暖簾の奥で人が起き上がるような気配が興きたが、弛緩した店の空気に変わりはなく、普段の生活のありようを垣間見せているように思った。

待つとはなく、狭い店内を見回すと、低い天井に、青いフェルトペンで書いたチラシが貼ってあった。

〈あなたの知らないあなた写します〉

すっと呑み込めないものを感じたが、男が姿を現し、関心はそちらに逸れた。

男は五十歳くらいで、夫にしては年を取り過ぎていて、女がお父さんと言ったのは父親のことだったのかと思ったほどだった。男は中背細身で、秀でた額と落ち込んだ眼、尖った鼻は精悍だが、顔の下半分は、顎が細く、薄い唇で、ひ弱く見えた。そのアンバランスな印象が、田代の頭に、あのチラシの不可解な文句を呼び戻した。

男はライカに眼を輝かせていた。

「あそこの吉田とこで売っとったやつですな。こいつはええんですわ。形もバランスもええし、丈夫ですわ。古て、こんだけ凹んどんのに写るんやから。何より、レンズが綺麗ですわ。欲しかったんですが、小遣いがのうて。誰が買うんやろかと、ハラハラしとったんです。町の人やったらええわ。お客さん、新昭和の田代さんですやろ。まあ、ちょっと安心ですわ」

ライカの功徳もあるのだろう、男は思い掛けず能弁だった。そして商い上手に思えた。田代は、〈ここにも自分を知っている者がいる〉ということを知らされて久方ぶりに快い面映ゆさを味わい、それを打ち消すように、買った経緯を口軽く喋っている自分に苦笑した。

亭主の好きな赤烏帽子だろうか。女は目覚めた背中の赤ちゃんをあやしながら、二人の遣り取りを笑顔で見ていた。そういえば、赤ちゃんは幼いながらに、男と女の顔を巧みに綯い交ぜにしたような顔つきをしている。特に顎の細い線は男にそっくりだ。

「フィルムは普通のでええんですが、やっぱり、コダックのＡＳＡ４００ぐらい使こてもろた方が、よう写りますやろ。思いも掛けんものが写っとったていうこともようありますでな」

田代は、主人のそんな一種不可解なところのある説明を聞きながら、ずっと気掛かりになっていた天井のチラシを見た。

「ああ、それ、ちょっと評判ですんや」

見て取って話題を変えた主人の眼が一瞬底光りしたようだった。

女と赤ちゃんは、それを合図にしたかのように、すっと暖簾の奥に消えた。

主人、金本洪が勧誘する受注撮影とは、依頼主の普段の生活を、依頼主が気付かない間に撮るというものだった。

〈何や。代わりばえのない〉

最初、田代は鼻白む思いがした。

しかし、

「田代さん、何のかんの人から言われても自分は自分や、それしかしょうがない、って思われませんか。今の時代はこうや、頭の構造はこうや、こんな便利な機械ができた、こんなに立派な人がおる、お前の親はこんな悪い事した、お前は何しとんのや、とか、そんなこと言われても今こやって居る俺は俺や、過去も今も変えようがない。そやけどですわな。そんなら、それだけ言う自分をどんだけ知っとるんや、自分の顔見たことあるんかって言いたいのですわ、私は。開き直るんやったら、相手と自分がどう違うんか、よう見てから言え、そこですわ。田代さんは自分の顔見たことありますか？　いや、そうやないんです。まあ聞いて下さい。田代さんは、知っとる人の顔を思い浮かべる時、その人のいろんな顔を思い浮かべてませんか。例えば今ここで奥さんの顔思い浮かべて見て下さい。その顔生きとるみたいに色々変化しませんか。どんな顔でもすぐ思い浮かべること出来ますやろ、それも立体的に。そんなら次に自分の顔を思い浮かべて見て欲しいんです。なんやら平面的で動きがないですやろ。それって、自分を他人のように見たことないからやありませんか。他人の眼に自分がどう映っとるか、それを知っとくって面白いんと違いますやろか」

と切りだした金本の話に、いつの間にか引き込まれていた。

田代の相槌もあったろう。金本は精気を漲らせ、よく喋った。

人は自分が普通に暮らしている姿を見たことがないということ。例えば、町中を歩いている時、行き交う他人を見るように自分を見ることは出来ない。行き交う人の体型や顔つき、服装、持ち物、歩き方、連れ添う仲間との会話、その雰囲気などを見て、その都度つど、つい、見惚れたり、侮ったり、微笑んだり、気分を悪くしたりしているのに、向こうから来る相手も同じように自分を見ているということに気付かないし、どう見ているか見ることも出来ない。

写真やビデオ、鏡でなら自分を見たことはあるが、普段、何も意識せずに他人や社会の中に溶け込んで生きている自分の在りようは眼にすべくもない。意識せずに暮らしている姿が、他人の目にどんなふうに映り、感じられているのか。

人は、塑像のように自分で何かを付加して自分を形造っているように思っているが、実は、他人との齟齬という篦《へら》で削られ後に残った彫刻のようなもので、他人の中に混じって初めて感情が動き、自分との齟齬を通じて自分を外から形造る。他人の中でいろんな軋轢、齟齬、不満などを感じている自分が自分であって、羊水の中にいる赤子のように何の齟齬もなく自足している状態では、生きている自分を掴まえられていないのではないだろうか。

そうしたことを知らずに暮らしていることの不可解さ、それを知らないで生きていく、本当はとても怖いことだ。

こんな話を聞いているあなたの表情には、感心もしているが、胡散臭いな、と思っているあなたの感情が端的に現れているのを、田代さん、あなたは知らないでしょう。

そこに鏡がありますが、鏡は左右が逆の嘘の顔しか映さない。それはさて置いても、鏡を見よう、写真に撮ってもらおうという時、もうそれは他人の中に埋没している顔とは違っていると思いませんか。

テープで自分の声を聞いた時の、あの変な感じ、本当は一番関心のある自分の声なんですから、覚えておいていいはずなのに、喋ると頭蓋に響いて聞こえる声の方が馴染みがあって、テープの声は関心のない他人の声のようにすぐ忘れる。写真はそうではない。客観的に見ざるを得ないんです。死ぬまでに一度は見ておいていいもんですよ。

自分を他人の眼で見ることが出来るようになると、人間をそうした眼で見れるようになれるんです。それは自分がどんな集団に属し、何のために生きているかを知ることにも繫がるんです。

「こんなことアホなこと、誰にも話せるもんと違いますわ。まず手札三十枚で五万円ですやろ。このライカ買えるんですもん。それに、雰囲気や話しぶりが大事ですわ。あかんと、普通の記念写真撮って、どうです、今までにないええ表情ですやろ、って済ますケースが殆どですわ。勿論、お代も一万円も貰えませんが、それでええんです」

今の田代に、異議はなかった。

「出来上がりまで、三か月くらい見ておいて下さい。田代さん、あなたに気付かれたらお仕舞いですし、エリートやから撮る機会も少ないですやろ。まして田代さんが気い許した時しか撮れないんですから、それだけの猶予がいるんですわ。勿論、他人が眼に出来ないようなプライバシーに触れるような所は撮ってもしようがないし、撮りません。満足戴いたら代金を貰います」

金本の申し出を肯ない、店を後にして、大路に出ると、何か先程までとは雰囲気が変わって見えた。賑わいを速写するような振りをして、行き交う人の表情をつい撮った。この男も、あの女も、直接自分の顔を、動きを、声を、他人が接しているようには接することなく死んでいくのだと思うと、

〈それを記憶してやるのは他者の義務ではないか〉

と思ったりもした。

家に帰り、しみじみと映子の顔を見て揶揄され、手洗い場に行き、鏡を覗いた。鏡で見る顔はいつも気に入るのに、若い頃から醜いのを象徴するようなあだ名をつけられたり、写真で見るのと大きな齟齬を感じて来たのを、金本の言葉を想い出しながら、眺めた。

最初の頃は人前に出たり外出した際に金本に隠し撮りされているのではないかと、付近を見回したりしたが、一度も金本の姿を見掛けたことはなかった。やがて、注意力は散漫になり、そんな注

文をしたことを思うことも稀になった。

会社創立五十周年式典は盛大に行われ、知事をはじめ、県出身の国会議員三人、県内各市町村の首長、実業化、工芸家、芸能人らが多数出席した。社史巻頭にお祝いの言葉を掲載している顔も少なくなかった。

「貴社は困難な時代を克服され、創造的な努力を礎に奇跡の発展をとげられ、真の意味での豊かさを、日本に、否、世界にもたらされ、多くの人々に恩恵を与えられました……」

祝辞が披露されている時だった。黒白の式服で埋まった会議室を見るとはなしに壇上から眺めていると、突然、後ろの方の席で一人の男が立ち上がり、何やら独りごち、立ち去ろうとしていた。一時、周りの人々に広がった驚愕の表情はすぐに侮蔑のそれに変わり、何事もなかったように鎮まった。

〈男は何を口走ったのか〉

田代は男の後ろ姿を眼で追っていたが、出入口の扉を開ける際に右手から左手に持ち替えたものを見て、思わず、

〈金本〉

と心の中で絶叫した。

黄昏　後編

記念式典に潜入した男は、今風のざっくりとした仕立ての黒っぽい背広に身を包んでいた。歳も四十歳前後にしか見えなかったし、躯体に纏った圭角は、カメラ店で感じた金本の洋々とした気分には馴染まなかった。それでも田代には男が金本だったという確信があった。一瞥、遠くから見た横顔。その額から眼にかけての精悍さと細い顎が醸す不調感は紛れもない。

調べてみると、男は業界紙記者を名乗り、その名刺まで用意していた。男が何を言ったのか。近くにいて聞いた筈の下請け会社の社長たちも口を濁すばかりで判然としない。わずかに彼らの本社を憚るような口振りから、社批判であったらしいことが推察され、社は批判内容の確認、犯人探しに本腰を入れ始めた。

簡単には金本とは結びつかない筈だが、社の偏急な調査でも的を外さないところがあって、侮れない。素性が知れて、金本が屈託なく、〈田代さんの要望でね〉とでも言ったりしたら厄介なことになる。募る焦慮の中、田代は自らに、〈金本の目的ははっきりしている〉、そう言い聞かせたが、露顕すれば、今の社では納得しないだろう。

それでなくとも、社史編纂を機に露呈したとされる田代と社長一族の確執の噂に、式典翌日に履行された人事異動が尾鰭を着けた。社史編纂室の社員全員が部署替えになり、誰が決めたのか急遽十年後に出版されることになった六十年史のために、田代だけが残された。社員の間では、五十年史編纂時に田代が見せたささやかな一望が卑小な権術と受け取られている。それだけに今度の異動に際し、誰もが孤弱な田代の十年後の老醜を想い描いた。その無残さに田代自身、時に肝裏涙落するが、裏腹に評判の良い社史を充実させるという大儀名分が貼り付いていて、簡単には投げ出させない。事実、五十年史に収録できなかった貴重な資料も多いし、改訂の含みも残っていると言えば言える。

とはいえ、今の田代にとって十年という時間は無限に等しい。死とも無縁ではないだろう。その十年のほんの取っかかりで、完成を見たばかりの、それも意に添わない社史の補完や追記を、と言われても、直ぐには手が着かない。

〈仕事に取りかからないと〉

折りにつけ、そう揮い立たせ、社史編纂室や市の図書館に出掛けてみるが、いつも、広げた本より、身辺に起きる些事に心が靡《なび》いてしまう。

静けさ。窓の外を過る鳥。風に顫う枝葉。見る人もないのに次々画面を変えている探索機。新しい屑籠。書棚を埋める膨大多彩な背表紙。欠伸をする女司書。高天井でゆっくり廻る扇風機の大きな木羽根。隠れんぼする子供……。

それらに触発され、浮かんでは消えていく数々の思い。意志なく、ぼんやりと、そうした思いの浮き沈みに身を委ねていると、いつの間にか時は過ぎ、一日が暮れ、同じような日が重なり、滓《かす》が澱《よど》む。

そんなある朝、田代は夢を見た。

田代は、律子が運転する自家用車の助手席に乗っていた。今秋発表したばかりの新昭和の最新型のようだった。律子の後ろにいる映子が俯瞰的に見える。律子の夫は今回もいない。毎夏行く長野・木濡村。役場に近いトンネルの中。しかしいつもと違い、大きな左カーブがいつまでも終わらない。奇怪しい。そう思った直後、対向車のヘッドライトが全てを呑み込んだ。激突。爆裂音。激しい衝撃。大きく歪む車の前部。飛び散るフロントガラス。全てが、スローな再現フィルムを見ているように細部まではっきり見える。やわいボディだ。次の瞬間、相手の車に移っている。フロントはつぶれ、屋根はない。一面の血の海。運転席の男と、助手席の妻、後部座席の子供二人。いずれも死んでいる。四人ともうつ伏せだが、フロントガラスを突き破り体が半ば外に出ている女性は、空襲直後、「これがお母さんだよ」そう言われて見た焼死体の在り様とそっくりで、四人が父母と兄姉だとすぐ判った。襲う孤弱感。震え。いつの間にか、両腕が二の腕まで血でべっとり濡れている。血塗れの手でもう一方の腕の血を拭うが、拭う側から血に塗れ、際限がない。急に律子のハンドル捌きに腹が立った。親思いの律子なのに、ぶつかる瞬間、親を忘れ、自分だけ助かろうとハンドルを右に切った。それを、そっくり律子に重なるように体験して知っていたから、余計に腹が立つ。でも直ぐに、〈人を呼ばなくては〉という焦燥に駆られ、あっと言う間もなくトンネルを出て暗闇に燿々と浮き上がる駄菓子屋の前にいた。こちらに背を向け、道にせり出した品棚の上の駄菓子にはたきを挂けてるのは間違いなく兵衛門さんだ。「助けて下さい」と言うと、振り向きもせず「やっさんか。今日は無盡講《むじんこう》や。そのうち人も揃うやろ」と、右手を挙げて右の方を指差した。色とりどりの懐かしい雑多なお菓子。その中を辿っていくと、奥の狭い部屋で若い男が一人、片膝立てて酒を飲んでいた。柴田だった。助けを乞うと哄笑して忽ち若い金本になった。金本は「交通事故で死んだと。そんなもの日常茶飯だろ。毎年一万人死んでるんだ。もっとも、全く縁のない者同士が殺意もないのに殺し殺され、それこそ殺してやりたいほど憎しみ合ったり、虚しさや悲しみを法や金と相殺して何事もなかったようにしらっと忘れるざまは、カラマーゾフも真っ青だ。ところで、死んだ奴らの顔は見たんだろうな。いかにも死にそうな顔をしていたろう。人相学は誰のためにあるか知ってるか。大きな眼と耳が担保だと言ったことがあるだろう。人相学は自分を探る物差しなんだよ。俺ならいつでも、この面下げて名乗り出てやる」、轟然とそう言い放った。

覚めてからも、生々しい血の滑りに思わず懼じた。〈寝ていても醒めている脳の一部が、記憶と残滓を糧に、覚醒時同様の情報処理をして見せただけだ〉。慌てて理屈を立ててみたが、おぞましさは拭えない。

寝ても覚めても田代を戦わせる金本。田代は金本を訪ねずにはいられなくなった。

肌寒い雨の日曜日。もう、十一月に入っている。袋小路に入る時、田代はつい辺りを見回した。傘の陰と薄闇に紛れる気持ちがあったのだろう。

一抹の不安が当たり、店は閉まっていた。シャッターは赤錆の縞模様を幾筋も浮かせ、永い間閉まったままにも見えた。落胆と安堵の入り混じった溜め息が出る。その時、錆色を過るように白い木槿の花が揺れた。槿花一日栄。そんな言葉が想い浮かぶ。今年最後の花だろうか。視線が背高い茎を伝い降り、隣家との僅かなコンクリートの切れ目にある根元まで行き着いた。視界の隅で何かが目を牽く。見るとシャッターと地表の間から細い闇が窺いていた。

「休みですか」

シャッターを遠慮勝ちに叩きながら声を掛けると、待っていたように、けたたましい音を立ててシャッターが揚がった。

「お見えになると思ってました」

闇を背負った金本が、爽やかな笑みを浮かべ身を躱すように招き入れた。蛍光灯が約《つま》しい明かりを灯し、ショーケースを挟んで対座した二人を包む。空気が澱んでいる。口を開こうとした田代の機先を制し、金本が溜めた思いをぶつけるように話だした。

「まだ五枚ほど焼き残してるんですが、一応、三十枚揃えました。これで気に入って貰えると思うんですが」

消えぬ微笑は自信の現れだろう。そう話すと金本は直ぐに振り返って、底深い抽出を四段重ねにしたスチールラックの最下段を引き出した。大きなスクラップブックの背表紙で埋め尽くされている。手際良く一冊を抜き出し、表紙に大書された「田代さん　Self–Photo」という字を見せてから、綴じた半透明のポリ袋を繰り始めた。

流れは変えようもない。田代にも水心が湧いている。

「この時、気付かれました?」

ポリ袋から二枚を丁重に抜き出し、うち一枚を、ショーケース上のガラスを滑らせながら田代の方に押し出しながら、金本が尋ねた。

それは、大学ノートほどの大きなカラー写真で、バスの車中を写したものだった。中央付近に田代が写っている。こちらの方を見ていてカメラを見据えているように見えるが、全く構えがない。田代は外出時、自然と周りに気を配り緊張してしまう方で、この時もそれは変わってない筈だ。カメラを向けられれば気付かずにおれないし、まして、こんなに近い。なのに、どう考えても撮られた覚えがない。

それにしても、この写真の惹きつける力は何なのだろう。写真自体、カラーなのに陰翳が深く見応えがある。自分が写ってもいる。それも、これまでに見たことのないバスの中でのスナップだ。つけて加えて、撮影経緯の不可解さもある。惹きつけられて当然だが、それだけで済まない何かが残る。

これまで家にある写真といえば、撮られるのを事前に知っていて写してもらったものがほとんどだし、スナップ写真にしても家族や友人や同僚たちと時間を共有している時に写されたものが多く、いずれも田代が写真の中で重要な役割を果している。

しかし、今度のこの写真は、既存のものと違い、田代が全体に紛れている。これまで見てきた写真の中の自分とは全く違う自分が写っている。田代が主役だが、本当の焦点は、田代個人でなく場全体だ。田代の生涯のある時というより、田代も含めその場にある全てのものを、均等に運んでいく時の流れの一瞬間を捉えた作品と言ったほうが適切だろう。作品リストに掲げるなら、明らかに〔田代氏〕より〔バスの中〕で、金本の勧めに応じた際、朧に想い描いた記念写真的なものとは駆け離れている。しかし、それでいてこの全体に紛れた〔田代〕の存在の重みは何なのだろう。

〈ずっと以前、これに似た写真を見たことがある〉

ふと、そう思った。週刊誌の綴じ込みグラビアで、長い間、自室の壁に貼っていたものだ。ピカソが、ほとんど骨だけになってしまった大きな魚を両手で口に運び、僅かに残った魚の身を櫛削るように食べている姿を写したものだった。

〈ピカソが好きな訳ではなかった。ピカソは無心で、背景に溶け込んでいた〉

今、自らのバスの中での姿を見ながら、そう思う。

これが金本の言う他人の目から見た自分、素顔の自分というものなのかもしれない。

〈それにしても、いつ、こんな写真を撮ったのだろう〉

思いが一巡し、金本の質問に答えていなかったのを思い起こした。

「驚いて言葉もないって奴だね。勿論、撮られたなんて全く気付かなかったな。どうやって撮ったんです?」

「二眼レフですよ。戦後一時期よう流行った縦長のあれです。人って見られると、何となく気付くでしょう。カメラ向けられたら尚更ですわ。それが二眼レフだと上から覗くだけで済むんで、カメラをちょっとカムフラージュしたら、絶対気付かれません。こちらを向かせたかったらこっちで派手に動いたり、大きな音を立てりゃ絶対オーケーです。この時も、カメラを容れた箱を左の膝に置いて、斜め前の田代さんに焦点を合わせてから、右手で持っていた週刊誌をわざと音を立てて落としたんですよ。レンズはいいし、よく晴れて焦点深度も深い。ばっちりでした。ちょっと変装して若作りしてましたので、気付かれることないと思ってました。気付かれると後に響きますでしょう。お蔭で、この手で五カットほど戴くことができました」

田代の出勤時刻はあってないようなものだが、いつも家を午前九時過ぎに出ることにしている。その時刻になるとバスは、買い物に行く中年の主婦、幼児を連れた若い女性、遅刻した高校生、定年過ぎの男性らが三々五々乗ったり降りたりするぐらいで、余程大降りの雨の日以外は大体坐れる。前向きの一人掛けや二人掛けの座席より、幅広の横掛けに足を投げ出し気ままに坐るのが好きで、大概、運転席の少し後ろの横掛けを選ぶ。

確かに田代のその習慣は、金本に好都合だったろう。しかし、商売とはいえ、この独創的な発想、それを実際に売れる写真にまで仕上げてしまう工夫と技術と執念、それに芸術的感性は何処からくるのだろう。

見入っていると、

「これが、そのアップです」

金本が手にしていたもう一枚を渡した。

それは田代を主に引き伸ばされていて、田代以外に目を牽くものはなかった。こうして見ると、目に力がない。身体も全体が弛緩している。目はカメラに正対しているが、見ているのではなく、たまたま網膜に映っているように見える。外出時にはいつも他人の目を気にしている、と思い込んできたが、こんな時もあるのだ。

「ほかにもこんなのが」

堰を切ったように、金本がショーケースの上に次々写真を広げていく。

出掛けに玄関前で映子と語らい、バス停留所で佇み、社に向かい闊歩し、同僚と挨拶を交わし、喫茶店で新聞に目を通し、図書館で資料を探し、本屋で立ち読みし、轢かれた犬に憐憫を覚え、飲み屋で猪口を傾け、人混みの中をそぞろ歩きし、帰宅し、映子とショッピングセンターでスルメを買い、書斎の窓辺に佇み、庭で太陽を浴び、歪な欅の幹に掌をあて瞑想し、映子や律子夫婦と会食し、人通りのない道を一人歩く。

望遠レンズを使ったものが多いが、中には二眼レフや隠しカメラを駆使したと思えるもの、大胆に近づいて写したとしか思えないものも混じっている。撮られた場所は概ね見当がつくが、いざ具体的に、いつ、どこでと言われると全くとりとめがなくなってしまう。なにしろ一枚たりとも撮られた心当たりがないのだから。フラッシュを浴びたことも、窺う気配を感じた覚えも、絶対にない。

一枚一枚が興味深い。だが、気が散って、どれか一枚をじっくり見るということができない。金本に悪いと思いながら、手が次々と写真を手放しては手に取っていく。

他の写真の下になっていた記念式典の写真が出てきた時、その手が止まった。瞬時に全身が熱くなった。壇上に並ぶ来賓や社の幹部たちは、誰もが晴れやかな笑顔に自負や自矜を滲ませている。そんな中で、田代にだけそれがない。衆目の前でこれほど露になるとは。田代は途端に落ち着きを失い、その気持ちを隠すように田代は口を開いていた。

「記念式典で、なんか一言あったって聞いたんだけど……」

「ああ、やっぱりお聞き及びだったんですね。あれは、あの来賓が、あまり臆面もなく〈創造的な努力で真の豊かさをもたらし世界の人々に恩恵を与えた〉なんて言うもんで、つい、『嘘をつけ』って言葉が口を衝いて出たんです。アジアの人たちが、日本の経済発展をどんな目で見ているかなんて全く考えてないし、自動車自体が言わば欧米のお零れなのにって、聞いててそう思わず阿呆らしさのレベルでしたからね。言い方があるって思うんですがね」

話題をちょっとはぐらかせるつもりの思いつきが、重い答えを誘発してしまった。その思いがけなさに、田代はすぐに反応できなかった。

会話を紡いだのは金本だった。

「止めましょ。せっかく面白い話をしてたんですから。田代さん、じっくり見て、忌憚のないところを聞かせて下さい。本当のところは今、不安で一杯なんです。注文をもらって、撮る手立てを考えて、写し、現像し、焼き付け、選び、それから、相手の反応を探る。その間の充実感は凄いんです。特に、いい表情が撮れたなって思えた時なんか、暗赤色の現像液に浮き上がってくるのが待ち遠しい。そんな時、汗を流し、美しい水を飲むため腰を踞がめ手を差し延べる、その時、水に顔が映る。踞がむという動詞が鏡という名詞を生んだって、昔読んだそんな噺《はなし》が想い浮かぶんです。〈顔は心の窓〉、その言葉の意味が解る気がするんです。でも現実、結局は、最後の五万円。そいつがないと砂上の楼閣です。喜びも充実感もすぐ色褪せる。かみさんの機嫌も悪い。でも、だからと言って気に入らないのなら気に入らないとはっきり言って貰わないと面白くも何ともなくなってしまう。言って貰えるから真剣になるし、楽しさ膨らむ。これまで四勝二敗ってとこですか。どうぞ遠慮なくおっしゃって下さい」

写真を容れた黒い洒落たポリ袋を受け取りながら田代が、

「今からじっくり楽しませてもらうよ」

と答えると、金本は、

「写真のためとはいえ、式に潜り込んだり、大声挙げたこと、いろいろ嫌な思いさせたかも知れませんが、勘弁したって下さい」

と何かを頬張っているような口調で言い加えた。

田代は食後、映子に、写真のことは触れず調べものがあると言って書斎に入った。

店に居た時と違い、何度も手に取り一枚ずつじっくり眺めることができた。約束通り計三十枚あり、全てカラーで、大きさも色調もまちまちだった。そんなことさえ初めて確認できた。

見ているうちに変な気分にさせる写真もあった。写っているのは自分に違いないのだが、見ているうちに自信が揺らいでくるのだ。中でも一番大きなクローズアップは、しばらく見ていると、鏡の中で見覚えのある自分よりずっと老けているのが判ってくる。やがて、いつも気にしている左上にはねる癖毛が右にはねていることや、左に湾曲している鼻梁が右に曲がっていたり、二重瞼も左にあるのが見え、ついに、似てはいるけど自分じゃないのではないか、という思いが、自分であることを十全に肯定している基底の感情に不安の陰を落とすのだ。

呆然とする中、いつか、社の食堂で、若い女子社員たちが〈似てる〉ということについて話し合っていたことや、いつか町で擦れ違った明子に似た人の顔を想い浮べていた。

〈自分にそっくりだとか、似てるっていう人に会ったことある？ ないのが普通なんだけど、友達であるって子がいて、会って見たら、みんなは周りで、「そっくり！」「双子？」って騒ぐんだけど、自分は全然違うって思って嫌な感じだったんだって。それとはちょっと違うんだけど、みんなでテレビなんか見てて、誰かがテレビに出ているタレントのこと、違う有名人と似てるねって言う時ってあるじゃない。そんな時、一緒に見てる子がみんなで「うそーっ」って言うことない？似てるって言った子は一生懸命、ほら目のところとか、口の周りとか、髪の垂れ具合とか、説明するんだけど、他の子は「全然似てないよ」って言うのってあるでしょう〉

翌朝、田代は歯を磨きながら、鏡に写っている自分に見入っていた。鏡の中で自分は左手で磨いているのに、生身の自分は右手を動かしている。そして、それを初めて不思議に思う自分がいる。写っている自分を、右手で歯を磨いている生身の自分のように思い描こうとしたが、鏡に写ってい

る自分が邪魔をして描けない。映子を呼んで、生身の自分と鏡の中の自分を見比べろとばかりに身体の向きを変えながら、

「鏡の中の俺って変だろ? 右と左が入れ替わってるんだよ」

と言うと、映子は鏡の中の田代と自分を暫く見やってから、

「鏡が右、左入れ替わって写るようになったら髪一つ梳けませんよ。変なのは今朝のあなたでしょ」

と微笑み、台所に引き返していった。


次の日曜日、金本から速達が届いた。

「大きな封筒ですね。どなたから?」

居間に届けにきた映子が、裏の差出人を見て怪訝そうに尋ねる。

「写真を頼んだんだ」

田代は受け取ると、すぐに鋏を入れた。

〈写真、気に入って戴いた由、詳細ご丁寧なお手紙拝見致し、嬉しく思っております。また、ライカ贈呈のお申し込みには本当に驚愕いたしました。が、間も無く、写真を心から認めて戴いたものと思い至り、心底喜んでおります。ご好意を踏みにじることになりはしないかと畏れつつ、ライカのお礼と言っては何ですが、写真代金を二万円にさせて頂きたいと思っております。ご持参戴いても、下記口座にお振り込み戴いても結構です。本当に有り難うございました。今後も『顔は心の窓』をテーマに精進致す所存です。なお、焼き残しの中から、どうしても見て戴きたいものが一枚見つかりましたので、お送りします。これは大きな大きなサービス判です〉

同封された手紙にある一枚は、今までにない大きなものだった。

大人ばかり三十人ほどが全員こちら向きに歩いているところが画面いっぱいに引き伸ばされている。慌ただしさが漂っている。田代の出勤時間は不確かだし、出勤時にこうした人混みに出くわすことは滅多にない。この写真もいつ、どこで撮られたのかさっぱり見当がつかない。本当にこの中に自分がいるのだろうか。いつもなら、目敏く自分を探し出すのだが、なかなか見つけられない。

脇から覗いていた映子が、

「これじゃありませんか?」と手前から三列目辺り、右寄り四分の一ほどのところに写っている田代を見つけ、指差す。なるほど言われて見れば確かにそうだ。夏着で表情や身体が醸す雰囲気がよく分かるはずなのに、周りの人々と全く変わりなく見え、ここでも田代が全体に埋没している。金本が、田代をこの死角とも思える位置に定めたのは何故だろう。写真に写る人数は減りはするだろうが、田代を真ん中に据えても、写真としては成立する筈だ。

〈何故、注文主を真ん中に据えなかったのだろう?〉

自分で見つけられなかったことへの軽い悔しさもあったろうし、注文した者が当然、主役だとの先入観もあったろう。全体の中に埋没している自分を眺めながら、田代はそんな疑念に囚われていた。

「こうして見せて戴くと、人って皆さん違うのに、みんなよく似てますね」

ふと、映子が呟く。

その言葉に田代は、

〈そうだ。それなんだ〉

頓悟《とんご》したようにそう思った。

田代は、孤独と貧困と死から逃れるように駆け出し、意志も信条もイデオロギーも何もなく今までがむしゃらに走り続けてきた。柴田が、戦争という不条理が刳った田代の心を潤し、余裕も夢もある掛け替えのない生活を与えてくれていた。柴田に死なれると、それがよく分かった。柴田は世の中を変えていこうとした人で、田代は世の中との融和を図ろうとする傾向が強い。柴田の死は、田代に柴田に代わる新たな支えを探させずにはおかなかった。その新たな支えが、柴田の人生の礎でもあったはずの「醤油跡のある領収書」だった。難しい問題ほど解決を急がず、先送りして流れを待つ。それをさせてくれたのは柴田の庇護があったからで、一人で事を成すとなると所詮、「醤油跡のある領収書」を見つける程度のことしか出来ないのだ。でも、いかに観念的でささやかな礎でも、田代にとっては、自らを説得できる掛け替えのないものだった。その礎が、その礎から柴田と育てた筈の会社に抹殺されてしまった。そして、そこから派生した会社との確執の噂、居心地の悪さという現実が、田代を根無し草のような寄る辺なく遣る瀬ない気分にさせた。そんな時、巡り会った金本。彼の〈自分の知らない自分を知ってみませんか〉という誘いが心に染み、予期し得ない結果をもたらしたのだった。

〈自分の知らない自分を知る〉

金本のメッセージが田代の内で確実に発芽し、今、急激に育っている。人は他人とともにある。顔だけの話ではない。形のない心はもっと未分明なものではないか。

田代は一人になりたかった。

「あとで、お茶を持ってきてくれるか」

映子にそう言い置いて書斎に籠もり、三十一枚の写真を机に広げ、思いに耽った。

思いは、いつものように儚く消え去るのではなく、一本の幹から次々枝葉が伸び、広がるように育っていった。

〈金本の写真は、自分のことは自分が誰よりも良く知っているという考えが、いかに根拠のないものかを教えてくれた。一人では素顔の自分の写真一枚撮れないし、最期まで人は、直に自分の姿さえ見ることも出来ないまま死んでいかなくてはならない。他人の中にいて初めて、あちこちで衝き当たり自分の占める位置を相対的に確認することができ、色々な自らの思いも触発される。相身互い、すべての人が、そうして支え合っている。優れた人も、生まれてすぐに死ぬ赤ちゃんも、自らを自らと認識することさえ出来ない障礙者や殺人を犯す者も、全てが人間という種を一個の人間として平等に補完しあっている。人間の成り立ちは、いつ正統になるかもしれない現在の異端者をも取り込んでおかなければならない複雑精妙さがあって、優れた者も狂気に囚われた者も、その人がいなければ誰かが必ずその代わりを果たさなくてはならない。この写真の隣に写っている男が私だったかもしれないし、私がこちらの女性に生まれついていたかもしれない。それで「私」に何の不都合があろう。もともと男に、女に生まれついているのだ。人は誰もが生まれついた「私」という自分に与えられた役割を全うすることで支え合い、種の始まりから歩み始め、これからも生きていく、この複雑精妙な人間が生きることでしか感じられない人間が生きることの素晴らしさ。この種が一人でも多く、一秒でも長く生存できるため、今、何をなすべきか。いつか私の子孫からも他人

の役に立つような子供も生まれてこようし、害を与える者も出てこよう。他者を敬い、明日を信じること。それだけではないか〉

〈きょうも多くの人が死に、多くの新しい魂が生まれる。それぞれがそれぞれの生を受け、それぞれの死を迎えているように見えるが、決してそれぞれが孤立しているのではない。一粒の麦は死んで多くの実を結ぶというが、植物たちは毎年、葉を繁らせるのと同等にひょいと種子も稔らせているではないか。朽ち果てる母木は、脇で育つ子木の折々衰え剥落する、樹皮のようではないか。そんな植物の在り様は、一つの命が絶えることなく連綿と続いていることを教えてくれる〉

〈例え部分ではあっても、この写真が写した瞬間ほど確かな姿はないだろう。例え平面への置き換えでしかないにしても、これほど自然な私はないだろう。未来が不確かなように、過去も十全には蘇らず、今の今でさえ自らが感じるもの以外無いも同然で朧気だ。感じたものも次の瞬間には不完全なものに変質してしまっている。写真は、時間が齎《もた》らし運び去っていくものを、一所に留まって味わうことの大切さを示唆しているのではないか。例えば、一口の御飯をしっかりと噛みしめ自らの味蕾が感じる味を吟味したことがあるか。一献の酒が臓腑に染み、一服の煙草が痺れるように手先や前頭葉に滲んでいく味わいを翫味しているか。「御飯」「酒」「煙草」という言葉によって呼び起された既成概念を味わっているにすぎないのではないか。溢れる言葉や物に触発されては過去の闇に消えていく思いに身を任せていても時は過ぎる。が、思いは一所に停滞させ醗酵させることも出来るのだ。休みなく新たな生を育みながら流れる時は過ぎ去らねばならないが、人が今、自分を生きようとするならば、一所に留まり、想起された一つの思いを醗酵させ、ささやかだが尽きせぬ自分というものの味わいを味わうべきなのだ〉

思いは尽きた。もう時の流れに身を任せていいころだ。目は先程から窓の外を茫然と映している。素晴らしい日だ。散り急ぐ欅の葉が色着き、陽を浴びて落ちていく。一枚が窓のすぐ外側を流れ落ちていった。

十秒ほど経ったろうか。もう一枚、先程の葉と同じように落ちていく。驚愕した。在り得ないことだ。今落ちていった葉が、先程落ちていった葉と全く同じ軌跡を辿り、ひらひら翻り落ちる様子も全く同様に落ちていったのだ。錯覚。幻視。いや、間違いない。そう思う端《はな》から、風に揺れる葦巣のように不安が募る。相槌を打つものはないのか。

「お茶がはいりました。いいお天気になりましたねえ」

映子が頼んでおいたお茶を運んできた。田代は一息ついて、窓辺の机から映子が坐っているソファーに移り、腰を深く下ろした。茶を啜り茶菓子を摘みながら、

「母さん、今、落ち葉が二枚、蝶々が蝶道を辿るように、全く同じように落ちていったよ。全く一緒なんてことがあるのかな」

と言った。

「蝶道って何ですの？　それは知りませんが、落ち葉は皆、散る時は同じでしょ。一枚は左、もう一枚は右、あれは前、これは後ろって落ちたら、お掃除が大変ですよ」

映子はそう答えてから、

「ところで、お父さん、あの写真一枚で五万円ですか？」

と聞いた。

田代は、

「いや、これがそうだ」

と、机に広げたままの写真を掻き集め、ソファーの前の座卓の上に置いた。

「隠し撮りですか？　普段の表情がとても良く出ていますね。これなんかお葬式にぴったりですよ。あら！　私も写ってる。私も葬式用にお願いしようかしら」

「馬鹿言え。二人とも葬式はやらんと言ってるじゃないか。もっともそう言われて見ると、いい写真だが、俺の影、薄いな」

「何言ってるんです。写真の貴方も貴方、鏡の中の貴方も貴方。ちっとも影なんか薄くありませんよ。私にはみんな一緒です。でも私は、こうして目の前で向き合っているあなたが一番好きなんです。特に、きょうのあなたは素敵ですよ。最近、ずっと塞いでみえたでしょう。でも私は安心してたんです。だって私がずっと見てたんですもの。自分を見失い、人に見られることもない、それじゃ耐えられません。片思いでも、妄執でも、迷惑でも、人を見つめ続ける。それが、人を支え、支えられるたった一つの道なんじゃないかしら。隠栖《いんせい》しても、きっと思うは人のことばかりですよ。他人の絡み着くような妄執から逃れるには、まず自分が他人のことを想うのを止められるかどうかでしょう。そんなこと不可能です。見つめ、見つめられる。それが人間だと思いますもの」

　歪な欅がひとしきり、落ち葉を風に託している。秋は一年の黄昏。種子を実らせ、冬に不要なものを削ぎ落とし、あとは安らかな休息の時を迎える、それは安らかな死と新たな生の序章であり、充足至福の時。

「律子、お目出たですって。私たちも遅かったから。子供ってそんなところまで似るのかしら」

　後ろ手に閉めた扉を少しばかり開け直し、映子が声を掛けた。

II

(1998～2006年発表)

一九九七年五月

二十一日（望み）

山道で二人は出会った。

連れ添いながら互いが、目指す峰も、歩幅も、良く似ているように思った。

快い同行二人。

降りそそぐ光。沢をわたる風。大きなミズナラやカンバが繁る森。ビロードのような緑の苔。樹間から見守る鹿。渓流にきらめく岩魚。木から木へ舞う蒼条揚羽。

木陰に腰を下ろし、渓を見下ろすと、滴る朝露がピアノのキーを叩くように、下の葉群を今度はこちら、次はあちらと凹ませ、音のない音楽を奏でている。

「こんな日に巡り会えるなんて」

「生きていてよかった」

すべてが、福音に思えた。

やがて、岐路に差しかかる。

当然のように右路に歩を進める男に、道連れが声を掛ける。

「こっちだろう？」

右路の男は立ち止まり、答える。

「そちらは世俗に通じる下り道だ」

それでも、道連れの考えは変わらない。

「いや、上りはこちらだ」

別れも邂逅同様、突然訪れる。

二人は、別れた男のことを考えながら、別の道をたどり続ける。

しばらくすると、思い描いていた未知の峰が、遠く、頂きを雲に隠しながらも、姿を現したようだ。

「未踏峰に定まったルートがないのは当然だが、やはり、あいつは間違っている」

そう思うと同時に、道は下りにさしかかり、不安が過る。

「俺が間違ったのか？　いや、頂きに通じる道がいつも上りなら楽なものだ。人生、山もあれば谷もある。あいつも里に着いたら、間違いに気付くだろう。あいつのことだ。すぐにまた引き返し、今度はこの道をたどって上り始めるに違いない」

不安を払拭し、男は先を急ぐ。

風に乗った鷹が空から、そんな二人をずっと眺めていた。

二週間が過ぎても二人は帰らない。

心配して里の町に駆けつけた家族や知人たち。それぞれの思いを胸に見上げる連峰。その日も頂きは雲を帯びていた。

二人が目指した峰が、同じだったのか、違ったのか。今となってはそれさえ、杳《よう》として知れない。

二十二日（悔い）

ずっと前から、木下保夫は自分を見限っている。〈たまたま生きてきてしまった〉。折りあるごとに、そう思って暮らしている。

生きて来れたのは、何とか生きていける程度の小才と小心と容姿が与えられているからだ。人並み以上に優れた頭脳を与えられたとしても、とてもこなしていけない。まして、困難な障害を受容して生きていくなんて考えるだけで、うろたえてしまう。それに打ち克つなんて、思うさえ畏れおおい。今ある小才でさえ持て余し、世に寄生し恩恵を貪っているだけだ。何かのきっかけで、とんでもない迷惑をかける可能性の方がずっと大きいのだ。だから、人生、大過なく過ぎ去ればいい。

木下は、そう思い定めている。

だからといって人生を投げ出すだけの度量もなく、いつも、周りの人間を見て、〈優れた人間も確かにいる。会っているだけ、話すだけ、そばにいてくれるだけ、それだけで、相手を和ませる人が結構いる。俺みたいな奴の血筋でも、何代か積み重ねるうちに、ひょっとして、そんな、少しは他人の役に立つ人間が生まれないとも限らない。もっとも、基がこの俺だ、社会に迷惑をかける奴が生まれる可能性のほうが遙かに大きいだろう。が、突然変異ってやつもある。悪い種の変異なら却って良いものが出来るかもしれない。ともあれ、子供だけは作っておくべきだ〉

と考え、

〈俺に与えられた役割は、子供を作り、次の時代に繋ぐ、それだけだ。あとは全てが過ぎ去り、消えていくのだ。世過ぎ身過ぎとはよく言ったものだ〉

と納得している。

だから、何事も深くは考えない。やり過ごすために、その時その場で良かれと思ったことだけをやるだけだ。楽しみはすぐに過ぎ去るし、苦しみはいつか和らぐ。一瞬一瞬を楽しまなくてはいけない。次の瞬間、何が待ちうけているかもしれないのだから。

一緒に生活している妻や子供さえ、時々、木下が何を考えているのか判らなくなるらしい。もう少し努力すれば、もう少し社会の役に立てるのに、あたら才能を浪費している。そう感じ、多分におざなりと見ている節が見える。金に困ったり退屈すると、その不満も募るようだ。

そんな木下だが、いつか適えばいいという願いがある。せっかく人間として生まれてきたのだから、それなりに、それなりの人生の深淵を見ておきたい。いつも、そう思っている。願うだけで努力をしないのだから、適うはずがない。

だが、大方の思いは適ったと言うべきだろう。

思惑通り、妻や子には恵まれ、社会や会社から糾弾されたり矢面に立つようなこともなく、大きな病気もしないで、木下は突然息を引き取った。就寝してそのまま朝にはあの世に行っていた。五十七歳の春だった。死ねば無、なにもない。思い残すことも恨みも哀しみも。葬式も墓もいらない。遺言にもそうあった。

しかし、残された者は依然、世間の柵の中にいる。

葬式の日、どうしたわけか思惑と違い、無になるはずだった木下は、自らの葬式を宙に浮かんで見下ろしていた。遺言違反を恨みに思ったのか？　そんな根性は元からない。

思いがけず大勢の参列者がいる。驚いたことに、何度も出掛けた他人の葬儀と少しも遜色がない。人の心が手に取るようにわかる。心の底から悲しみにくれている人は少なく、上辺だけで悼み、悲しんでいる人がほとんどだ。俺もいつもそうだった。母親の時も、父の場合も。

とはいえ、女房や子供は二心なく悲嘆にくれ、親しい知人たちも弔意を漲らせている。

「内気な人で、なかなか言いたいこと言わん人でしたが、いつも思いははっきり出てましたな」

「ええ、ええ。言挙げするとややこしくなる時に、雰囲気で伝え、事を納める達人で、ともあれ得難い人材でした」

「いつまでもジッと待つ。しまいには皆根負けさせられて。出けんこってすわ」

そんな見方もできるのだ。俄《にわか》に、

〈そうなんだ。漲り、表に出た感情だけが形あるものなのだ。もう一度、生きて、あの人たちと話したい〉

そんな思いが噴出した。

「神様、どうか、もう一度生き返らせて下さい！」

叫びが天上に谺する。

すると、どこからともなく、

「全ては織り込み済みさ。お前はもう死んだんだ。与えた役割を充分果たしたよ。ご苦労さん」

という声が響いた。

何事もなかったように、木下保夫の葬式は滞りなく終わった。

二十三日（畏れ）

夜も更けて人通りは途絶えていた。街灯の弱い蛍光に浮かび上がる町並み。雨上がりなのだろう、舗装路の鈍い照り返しが逃げ水のように後退していく。佐竹は、自分のたてる靴音が耳に快く響くのに合わせて、口笛でモーツァルトを奏で始めた。

〈夜、口笛を吹くと悪魔が来るぞ〉

幼い日、祖母から耳が痛くなるほど聞かされた警句が蘇ったように思ったが、高揚した気分には抗する術もない。

寺の土塀に沿って、くるりと角を右に曲がる。長い土塀が闇の中まで続いている。土塀と闇の中ほどにあたるのだろうか、裸電球がポツネンと、取り残されたように灯っている。幅三間ほどある道を隔てた左側は背高い生け垣で、一段と濃い闇を湛え静まり返っている。邪魔者はいない。靴音はいよいよ確かに響き、モーツァルトも口笛から旋律を口ずさむように変わっている。

カッ、カッ、カッ。

「ラン、ラン、ラ、ラ、ラ、ラー、ラ、ラン」

靴が、電球の紅い光を受けて、くすんだ落ち着きを反射している。酒を飲む前に、三輪と場末の名画座で見た映画の中で、主役が履いていた靴とそっくりだ。深夜、物音で点く二階窓の明かり。窓辺から路上に落ちる光の縞。闇に、その足元がパッと浮かぶ。見事な主役の登場だった。

カッ、カッ、カッ。ラン、ラン、ラン。

顔を上げると、十米《メートル》ほど前に人影が二つ浮かび上がっていた。電球の光を浴びて、二つの影が土塀と路面の間を飛び交い、時折、佐竹の足元にも迫る。土塀も生け垣もずっと続いていて、前後ろ、人が出て来れるような所はないはずだ。電気の傘が作る陰に紛れていたのだろうか。

道の中寄りの一人は左手に丸い器様の物を持っている。右腕は後背からさり気なく、土塀寄りの小さいもう一人を庇い続けている。

〈百三十センチ。それ以下かもしれない。子供とは違う〉

その低さに跛行《はこう》が重なる。

高まる一方だった佐竹の声と靴音が低くなる。

コッ、コッ、コッ。

「ラァ、ラァ、ラァ」

隔たりはかなり縮まった。二人は何か囁き合っている。どうやら二人とも女らしい。風呂屋の終い湯にでも行くのだろうか。

佐竹の声はもう殆ど聞き取れないし、靴音もゴム底のようになっている。かと言って、速度は落とせない。

紅い光が徐々に二人を浮かび上がらせる。もう手が届くほどだ。自然と小さい女に視線が向く。長い脂気のない髪が跛行に大きく揺らぐ。揺れる髪の間から夜目にも白い襟足が覗く。

大きい女の左脇をスッと通り抜けようとしたその瞬間、塀沿いの女が、首をくるりと巡らせた。気配を感じ振り向き気味になった佐竹の目に、裸電球の光をまともに受けた女の真っ白な顔が正対した。何という美しさ。が、それは憎悪に歪んでいた。佐竹は反射的に目を逸らした。彼女が三十歳ぐらいだと感じるのが精一杯だった。脇から鋭い視線を投げ掛ける女の方は六十五、六だったろう。

追い越すと刺すような視線が背中を射た。

〈人目を忍んで夜遅く、年老いた母親に連れ添われ風呂にいく女。風呂屋の暖簾はもう下ろされているはずだ。女の一日とは、どんなだろう。薄暗い湿気の多い小さな部屋で、終日、自分だけを見つめ続けているのだろうか。纏わりつくような密度の濃い空気に盈たされた沈黙の部屋〉

思いがそこまで行き着くと、佐竹は耐えられなくなった。歩速が速まる。さきほどまでの軽快な心は何だったのか。突然、口から、あの旋律が迸っていた。小さな意志がそれを続けさせた。背中の視線に一段と力が籠もったようだった。

佐竹は振り払うように、負けじと力を籠めて大きな声を張り上げて歌った。視線は、佐竹の声の高まりに応じて鋭さを増し、今にも佐竹の体を刺し貫き、八つ裂きにせんばかりになっていた。佐竹は泣きそうになって、歌い続けた。

〈ワーッ!〉

歌声が絶叫に変わったその瞬間、「プツン」という音とともに、光が消え、真っ暗闇になった。

途端に佐竹は無力感に捕らわれ、立ち止まっていた。口は堅く閉ざされ、カサという音もない。

闇と沈黙が続く。

暫くすると、今度は、漆黒の生臭い気が密度を増し肌に纏わりついてくる。佐竹は今にも闇に掻き消されると思った。

〈あの女だ。俺が邪魔したんだ。もう駄目だ〉

その時、パッと明かりが点いた。同時に身も心も軽くなった。

振り返ると、道だけが照り返っていた。

二十五日（痛み）

「けだもの！」

受話器を取ると、喉の奥から絞り出された女の野太い怒声が耳を刺し貫いた。

〈浩子！〉

「女が欲しかっただけなんやろ」

一呼吸置いて吐き出されたザラッとした肌触りの声が、垣内の心を闇雲にいたぶる。さきほどまで一緒にいた浩子は、婚約解消の申し出に泣きじゃくった。それでも、取り乱しはしなかったし、言葉遣いから優しさが無くなることもなかった。

あの時、浩子は車のドアに縋り着いた。振り切ろうと、アクセルを踏んだ。あの華奢な体のどこにあんな力があったのか。縋り着く強い力が車を引き止めた。取り乱した。ハンドルをギュと握り、アクセルを乱暴に踏み込むと、車は急発進した。振り払われて高く闇に舞う浩子の手を見たように思う。にわかに、浩子が感じたろう激しい手の痛みが、垣内にも伝わり、身と心を苛んだ。いつまでもバックミラーに、闇に舞う浩子の白い手が写り、絶叫が聞こえるようだった。垣内は、酷薄な自らの運命を呪い続けた。

「訴えてやる。けだもの」

野太い声に恨みが籠もる。

「浩子！」

呼び掛けは届いたのか。電話は切れた。

その後も日を開けず、彼女や友人やサークルの仲間から、家や会社に、なじる電話が繰り返しかかってきた。事は公になり、言葉を交わすのさえ避ける同僚が増えた。しかし、会社は外部の人間には更に冷酷だ。

「若い時にはよくあることだ。無視しろ。そのうち間遠になり、やがてかかってこなくなる。あまりしつこいようだったら、業務妨害で告発してやる。この前、電話を取った時に、そう脅してやったら、すぐに電話を切ったよ。みんなにも相手にしないよう言っといたから」

直属の上司が訳知り顔にそう囁いた。

垣内にとって浩子は、生まれて初めて巡り会った相愛の女性だった。浩子は垣内に、初めて会った理想の男性だ、と言った。

男女の仲も、お互い初めての体験だった。初めてそんな仲になった翌日、垣内は母親が経営する宝石店に浩子を連れていった。母親は一人息子と店を女手一つで育ててきた。宝石はその礎で、敬いもし愛してもいた。だから、浩子が選んだ婚約指環が、母親の一番好きなブルーサファイアだったこと、その偶然さえもが、垣内には大きな喜びだった。「きちんとした素敵な家庭を作ってね」。そんな母親の意向も加わり、予算より遙かに高価なプラチナ台の大きな宝石が浩子の白い指を飾った。

その足で浩子の家に行った。いい両親だった。浩子は、弟を部屋に呼び寄せる前に、いずまいを正した。そんな浩子は見たことがない。弟は男にはない優麗さを漂わせていた。脇から、軽い知的障礙がある、と浩子が囁いた。垣内は、自分でも驚くほどに、平生と変わらなかった。

もうゴールまで障害はなさそうに思えた。二人の気分は高まるばかりで、日を開けず会い、会えば激しく求め合った。浩子の芳しい体臭と羞恥心が、垣内の長く抑えられていた欲望を煽った。

結婚を一か月後に控え、突然、垣内が問い掛けた。

「子供を作るなら、弟さんの障礙が先天的なものかどうか見極めておいたほうがいい」

「そんなこと、うちじゃ一度も必要じゃなかったわ。知ってどうなったというの？　あの時代に、知るすべが、暇があったと思う？」

「違うよ。誰が一番苦しいか、悔しいか、気の毒か。その子なんじゃないかってことだよ」

「やっぱり聞けない」

そう答えた浩子だったが、最善の努力をしたのは知れた。しかし、垣内が望んだには程遠い答えしか返ってこなかった。

「このままでは最初から子供を諦めた結婚になってしまう。母のことを思うとそんな選択は出来ない」

「これ以上、両親を傷つけないで」

無理もない。行き先の見えない二人の煩悶が続く。時は刻々と過ぎていく。思い余った垣内の心に、一つの嘘が宿る。

「近所の人が見合いの話を持ってきた。子供のない家庭なんて俺には考えられない」

追い詰められた浩子にとって酷い言葉だった。日頃の思慮深さなど何の役にも立たなかった。心のどこかで何かが変化し、その時、諦めが克った。

しかし、まだ浩子は諦め切れなかった。何度も家に会いに行ったが、垣内はいつもすげなく置き去りにした。仲直りしたいはずなのに、親への遠慮もあって、いつも引き戻されしまう。おまけに、垣内の嘘が鵜呑みにされて、一人歩きしてしまっている。浩子は、泣いて垣内の不人情をなじるばかりの女になっていた。

そして、とうとう会社にまで押し掛け、あの駐車場での訣別の時を手繰り寄せてしまった。

骨身を削ぐような日々。それもやがて遠ざかっていく。浩子の罵りに諦めが滲むようになり、間遠になって、途絶えた。上司が言ったように。それでも、今もときおり、深夜、無言の電話がかかる。垣内は相手が切るまでずっと耳を澄ましている。が、いつも忍ぶような呼吸音以外なにも伝わってこない。いつか、そっと、「浩子」、そう呼び掛けた時も一緒だった。

「お返しするものがありますから」

浩子の声に優しさが戻っていた。もう、二か月がたっていた。

婚約時代によく行った川端の喫茶店で会った。冬には珍しく日差しの強い日だった。

「痩せたのね」

語り掛け、頬笑む浩子が眩しい。

「こんなことになって残念だけど、愛を教わったわ。折角のいい思い出をこんな形で終わらせたくないの。お互い、幸せになりましょうね」

それだけ言うと浩子は身を乗り出し、

「私の愛した人」

そう呟きながら、垣内の額に、そっと唇を当てた。

〈返したいと言ったのは、これ?〉

そう思う垣内の目をじっと見つめながら、浩子は席を立っていった。

樺色のテーブルの上に残された白い小さな紙包み。

垣内は暫く呆然と、包みを眺めていた。

気を取り直し、くるんだちり紙をそっと開けた。少量の薄紫色の粉と、小さな銀色の金属塊が現れた。ちり紙ごと手に取って近づけて見ても、何かわからない。思い出を手繰っても、思い当たるものがない。粉を指先に取り、指の間でまぶすように手触りを確かめていると、突然、胸を衝くものがあった。

〈指環!〉

「これ、お返しします。一晩中、母と泣きながら金槌で何度も何度も叩き続けていたの……。本当にごめんなさい」

浩子の言葉が蘇り、鳩尾が焼け火箸を刺し込まれたように熱い。すぐそれは抉るような嫌悪感に変わり、繰り返し嘔吐を催させる。砕かれた宝石を手に、垣内はいつまでも動けなかった。

二十五日(喜び)

啓二は疲れ切っていた。それでも腹が減っていて、重い足を引きずって近所の食堂に行った。

冷房と高校野球は客集めに効果覿面《てきめん》だ。もう二時を過ぎたというのに賑わっている。でも、いつものことだが、テレビの見えない大きなカラーテレビの下辺りは人がおらず、最近、啓二の定席になっている。

ところが、この日は先客がいた。

三歳くらいの色の白い女の子で、椅子の上に脚を崩して、ちょこんと座っている。

仕方なしに、啓二は隣のテーブルの、女の子の斜め前に席を取った。

「御飯大盛りと海老フライ、それにと、ジャコおろしと味噌汁」

そう注文してから、新聞を読み出した。度が進み眼鏡が合わなくなっている。近づけたり遠ざけたりして見ないと読めない。読み終わっても飯は出てこない。いつものことだ。まして、混んでいる。手持ち無沙汰に隣のテーブルを見ると、女の子が、小さな右手を唇に当て、何かを一心に味わっている。時には指先がすっぽり、その可愛いおちょぼ口の中に吸い込まれる。

〈手と口で懸命に味わっているというわけだ〉

目を細めて見ると、前のテーブルの白く大きな広がりの上に、一点、赤い粒がポツンと置かれている。なんだか人の目のように見える。

〈お代わりだな〉

見当をつけ、再び女の子に目をやる。右手が口から出されると、今度は左手の番だ。出された右手の指先が、仄かに赤く染まっている。

〈綺麗だ〉

突然、女の子が、

「水」

と眉を顰《ひそ》めて言った。

食堂の、人の好さそうな肥えた女の人が、

「はい、はい」

と言いながら、水をいっぱい入れた澄んだコップを持ってくる。

〈飴じゃないのか〉

女の子は口から、テーブルに置かれたのと同じような赤い粒を出し、大切そうに並べて置いてから、小さな両手でコップを包み込むように持って、水を飲んだ。

すぐに、今度は、先程まで放り出されていた方の粒を口に運ぶ。左手もただちに動員される。しゃぶり飽きないらしい。

〈好きなんだ。本当に美味そうだ〉

女の子が、見つめる啓二の視線に気付いて見返す。正面からしっかり受け止めているようだが、気持ちは明らかに口の中の美味しさのほうに行っている。左脚が椅子から落ちてブラブラしている。いつの間にか、コップは小さな膝の上で、フィンガーボウルの役目も果たしている。指がスプーン替わり。幾度となく口に運ばれ、その都度、右の頬が脹らみ、その間、粒がそこに待機させられているのがわかる。

注文の品が来て、啓二は食べることに気を取られた。十分もかからないほどで、啓二の昼食は終わった。ここの海老フライは本当に美味い。少しぐらい出てくるのが遅くても仕方がない。

顔を上げると、女の子はまだ同じ動作を繰り返し、それをしゃぶっている。

啓二は右の頬の脹らみが少しも変わらないのに気付いた。そして、やっと、しゃぶっているものの正体に気付き、思わず声に出してしまった。

「なんだ、梅干か」

疲れがとれたのは、好きな海老フライのお蔭だけではない。

二十六日（友情）

路上生活者の山岡と下野は、山岡がこの街に流れて来てからの付き合いで、かれこれ五年になる。高架下のダンボールハウスも隣同士だ。山岡は七十を二つか三つ越えていて、下野も二年前、五十を越した。

長身痩躯の山岡は、骨ばった顔をいつも苦虫を噛んだように歪めている。言葉にも圭角があって人を寄せつけないところがある。

下野は、その世界には珍しく冗談口の多い男だが、立ち止まって眺めると、冗談には棘があり、狷介な一面を覗かせている。

気楽そうに見えても、その世界の付き合いも難しい。まずは経験、物資調達能力が問われるし、それに長幼、履歴、性格、さらに劣等感、プライド、趣味まで絡んでくる。酒好きで、しかも飲むとすぐに酒に呑まれることも必須条件だ。

体付きはもちろん、歳も随分離れた山岡と下野が長く付き合っているには、それ相応の訳がある。どんな世界でも、受け容れるきっかけを作るのは剽軽者だ。そいつが終生の友になるとか、ならないとか、そんなことは二の次で、剽軽者はいつも、自らの刹那的な好奇心に忠実に目新しいものに近づき、さっさと去っていく。

下野が山岡の元を去らなかったのは、山岡が最初に、こっそり下野に取って置きのブランデーの小壜をふるまったからではない。新参者から挨拶品をせしめるのはごく当たり前のことだし、そんなものは壜が空になってしまえばお終いだ。山岡が酔っぱらって話した故郷の思い出話。それが五十を過ぎた下野の郷愁を誘発したのだった。郷愁。それこそ、その世界で最も忌み嫌われるタブーだが、前の街のしがらみをすっくり脱ぎ捨ててきた山岡の心は、まだしっかり閉じてはいなかった。聞けば聞くほど、下野の郷愁は彩度を上げた。さもあろう。吉野川中流。広い川幅。左右両岸に広がる河岸段丘。二人の故郷は、今もそこで向かい合っているのだ。

そんな二人を律儀に訪れる空腹が駆り立てる。それさえ忘れ遊び惚けた野も山もなく、童心も失せている。行き着く先は都会の片隅に澱んだ金の在りかだ。知り合って間もなく二人は、一人では食べることもなかったろう禁断の木の実に手を付けることになる。

山根富枝。当時六十八歳。私立大学で国文学を教えていた閑素な夫を二年半前、骨髄腫で亡くしている。子供もないが、多額の生命保険やら癌保険が下り、生活に困ることはなかった。三回忌を済ますと早々に、用心が良く、夜でも街灯が明るい駅近くのマンションに移った。

下野とはスーパーで知り合った。きっかけはその店のパン売場のメロンパン。レモン色の上塗りに、独特の香りと甘味があった。下野もそれが好物らしく、折々顔を合わせた。服装に似合わず、いつも店員相手に大声で飛ばす気の利いた冗談が気を牽いた。ある時、下野が最後の一つに手を延ばしたところに富枝が駆けつけ、つい大きな嘆息を洩らすということがあった。その時どういうわ

けか、下野の頭に、桜餡パンが大好きだった母親のことが思い浮かんだ。下野に選択の余地はなかった。次の瞬間、

「情けは人のためならず。人はパンのみにて生くるにあらず。よかったら……」

そんな言葉が口を衝き、代用の利かないはずのお好みの昼食用メロンパンを、笑顔で差し出していた。

世長けた富枝に抜かりはない。かわりに下野をマンションに誘い、盛り沢山な昼食を振る舞った。畏縮も下卑も驕りもなく、富枝には初耳の人情の機微を面白、可笑しく話しながら、下野はいかにも美味そうに、それをペロリと平らげた。以来、下野は彼女の食客兼茶飲み友達としてなくてはならない人になった。

最初は、ほんの弾みだった。ことは山岡を伴って夕食をよばれにいった際に起きた。下野と富枝が知り合って二年が経っていた。

「儂がおった街の老人ホームでも、身寄りのない年寄り同士、一緒になることが多かった。あんたらがそうなっても、なんもおかしゅうない。前祝いに祝儀をやりたいが金がないわ。そや、物はついでや、あんた貸してくれんかの」

冗談半分に言った山岡の借金申し入れを、富枝が苦もなく受け容れてしまった。無論、甲高く断定的な山岡の物言いに怖れを感じたのだろう。が、ほかに何か怖れたものもあったに違いない。大枚二万円があっけなく山岡の掌に乗っていた。

一度味わった安直な大金の入手法、温かい飯と酒酔。それが山岡を病み付きにさせ、下野も目の前の小さな充足に引きずられた。金に困るとすぐに押し掛けるようになり、段々に粗っぽくなった。

夜陰に紛れてと言いながらも度重なる訪問。世間を憚る富枝に詰られると、山岡はいつも最後に委れ、下野は逆に何故かカッとしてしまい居丈高になった。脅し役と取りなし役。巧まず時に攻守ところを代え、絶妙のコンビとなって、富枝から金を引き出した。

そうなってからも、下野は一人でも富枝の家を訪ね、従来の役割を果たすことを忘れなかった。一人の時は、決して金をせびらなかった。彼女もそんな下野は歓迎した。

だからこそ、富枝にとって、小金を取られるより、事件が明るみに出ることで下野の来訪が途絶えるほうが、事は重大だった。

二人の「恐喝」は、富枝が心筋梗塞であっけなく死ぬまでの約三年間、続いた。

富枝が死んでから一か月ほど経って、生前は滅多に訪れなかった民生委員が、貸しっ放しにしてあった点滴台を回収に来た。多額の遺産を寄付してもらうことになっていた民生部が押しつけた点滴台で、一度も使われることはなかった。そこで暇潰しに読んだ日記に記された計三十二回、七十七万円に及ぶ克明な恐喝事件。日記には故実が鏤《ちりば》められ、現実批判の美辞麗句が踊っていた。富枝は際限のない過酷な犯罪に泣きながら孤閨を守る老婦人、下野ら二人は卑俗な極悪人。民生委員は日記を持って、勇んで警察に出向いた。

しかし、担当した前田刑事は多忙だった。被害者は死んでしまっている。山岡も下野も口を揃え「借りた」という。恐喝や強奪に借用証は出さない。「借用証は？」と聞き質すと、山岡は「借りるのは顔見知りの下野だ」と言い張るし、下野は下野で「そんな水臭い仲ではなかった」という。老婆と下野がよく連れ立って来たというスーパーの職員も「不似合いな奇妙なカップルでよく覚えてます。最近は、来るとキャッキャ子供みたいに騒いでいましたし」とその仲を裏付けた。覆すのは並大抵なことではない。暇もない。熱も入らない。結局、不起訴になって、前田は間もなくこの事件をきれいに忘れてしまった。

前田が二人のことを思い出したのは、三年後の、この二月末。下野が、

「山岡のとっつあんは、どうなってるんですかね。二週間ほど前、包丁で胸をブスッとやっちゃったんですがね」

と出頭、殺された山岡の遺体の検証が終ってからのことだった。

下野の供述は、

「拾ってきたカルビの分配方法でいざこざになり、酔っ払っていたうえ、殴られ、カッとなって、手近にあった包丁で刺した」

というものだった。

山岡はダンボールハウスで、胸を一突きされ死んでいた。住まいは三畳ほどの広さだった。その真ん中にしつらえた炬燵に両脚をつっこんだまま山岡は後ろに倒れた状態で、顔には汚れたタオルが掛けてあった。目も口もそれこそ目一杯開いていた。出刃包丁が束の所まで深々と刺さっていた。低い天井も壁もダンボール製。床には拾い物らしい薄い断熱材が張ってあった。血は、その断熱材が吸ったのか、血溜まりは小さかった。死後二週間経っていたが、折からの寒波で死臭もなく、同じダンボール集落の住人さえ誰も気付かなかった。

下野は凶行後、怖くなってすぐに現場から逃げ出し、約二キロ離れた橋下に住む、かつて隣あって暮らしたことがある仲間の住まいに隠まってもらった。毎日、新聞を拾って丹念に読んだ。確かに殺したはずだ。それなのに該当する事件はいつまでも見つからない。生きていてくれるのかもしれ

ないと思うこともあったが、すぐさま、刺した時の肉の感触と山岡のすさまじい苦しみようが蘇り、死が色濃くまとわり着いた。夢と現実の見境がなくなるのに時間はかからなかった。見る間に三キロほど痩せ、寄宿先の住人が見兼ねて自首を勧めた。

「こんな殺し、七年もすりゃ出てこれる。死刑ってことは絶対ない。このままじゃ死んじまうぜ。もともと痩せてるのに。それに、この不景気だ。ハウスよりムショのほうが暮らしやすいって言うぜ。もっとも、いろいろ決まりがあって、ハウスほど気儘じゃないだろうが、なあに七年なんてアッという間だ待ってるよ」

〈待っている〉

その一言が嬉しかった。自らも限界に来ているのもわかっていたし、山岡の様子も心配だった。

「頼むわ」

そう言うと、

「これ、何かの時に遣こてくれや」

驚く相手に三万円握らせ、下野はさっさと警察に向かった。

現場に立って前田刑事は考えた。

〈殴ったといっても山岡は座ったままで、強打にはいたらなかったはずだ。まして酔っぱらいだ。本当の動機は何だったのか。金、恨み……。でも、こんな殺人、いまさら詮索しても仕方がない。喜ぶのはネタに困っているブン屋ぐらいだ。これでも大往生と言やあ大往生だろう〉

その傍らで、下野が山岡の遺体に合掌しながら、心の中で語りかけている。

「かわいそうに、仏さんになったというのに、ずっと独りっきりだったんだな。骨はムショから出次第、この俺が田舎の墓に入れてやるからな。なあに、それぐらいの費用、取りっこした富枝さんの金の残りでなんとかなるさ。取りっこと言やあカラスと残飯の取りっこしたバブルの頃が懐かしいよ。あんた、大きな体で一生懸命追っ払ってくれたもんな……」

二十九日（癒す）

肺腑が破れそうな悔恨、居た堪らなさ。自らが招いた事態だけに逃れようがない。親身になって同情し、自宅謹慎中の吉川を訪ね、激励してくれる同僚や、助言を寄せる友達もいないではない。ありがたい。

だが、吉川は、彼らが依って立ち、話している、その基盤、常識を踏み外したのだ。奈落に落ちて傷ついた者を救えるのは、奈落の底に降り立つ者だけだ。

「骨折しているかもしれない。動くな」

「長い梯子があれば……」

それが、どれだけ正しく立派な助言でも、必死になって助けを求めさまよう者にとっては、迷いにはなっても役にはたたない。

家族はこんな時のためにあるのではない。本の中の世界は所詮著者だけのものだ。

失意の日々が一か月ほど続く。吉川は、ふと、山奥に隠栖する、古い知人のことを思い出した。

水野隆志。渓流のそばの山小屋で木工に勤しみ、暮らしている。一時は気鋭のノンフィクション作品で脚光を浴びたが、世の中と相容れず、山に籠もった。

吉川には、水野は才気に恵まれているのに拗ねて、豊かな社会のお零れを掠めるような生き方を選んだ、としか思えなかった。そんな水野が折りあるごとに、その豊かな社会を支えるために第一線で身を擂り減らす吉川に忠告めいた言葉を吐いた。それに耐えられず吉川のほうから絶交した。

吉川は前触れもなく和歌山の山中に水野を訪ねた。何年ぶりだろうか。一番近い里の家まで八キロ離れている。里は紅葉の盛りだったが、そこは冬支度が始まっていた。

「いつかは来ると思っていたよ」

水野は快く迎え容れてくれた。思わず抱き着く吉川に、水野は、山仕事で大きな事故に遇い利き足を足首から切断してしまった、以来こいつを離せないと松葉杖を振り上げながら言った。

不慮の事故で、やむなく水野は囲炉裏端に座ったまま一人で出来る木工を始めた。義足は性に合わないし、賄う金もなかった。独学で身につけた彫り方で仕上げる作品は独特の味わいがある。いつか通りかかりのハイカーや里人らに求められるようになり、質素な生活を支えるだけの収入をもたらすようになった。

若い頃、吉川と水野、そして、若くして死んだもう一人の友と三人で、同人誌を発行したことがあった。水野は詩人、死んだ友は画家、そして吉川も小説家になることを目指していた。生まれも育ちも身分も違ったが、ある同人誌への投稿を通じて知り合った。自分という人を愛し、他人という人を愛し、その相剋に悩む。その姿勢に、それぞれが共通するものを感じ合ったのだったろう。ガリバン刷りの手彩色の抽象画に彩られた小冊子は斬新で洒落れていた。が、友の死で、三号で途絶えた。

ひさしぶりの邂逅。吉川と水野は囲炉裏端に座り、死んだ友の冥福を祈り盃を乾した。吉川は、会うまでは話すことが山ほどあるように思っていた。しかし、寡黙な水野の話に耳を傾けるだけで充分だった。水野は変わっていなかった。

流れる水、風、鹿の声、虫の音、木を削る鑿《のみ》の音、木の香り、そして沈黙と融解し合うような水野の声。

「最初の頃は、一言も話さない日がほとんどだった」

「暗くても薪の火だけ、電気を点けないことが、しばしばだったな。最近はそうでもないけど」

小鳥の囀りに目を覚まし、岩魚が泳ぐ湧き水で顔を洗い、林道を歩き、森の香りに鼻うたれ、谷水に喉潤し、ドラム缶風呂で湯浴みし、飲み、聞き、思い、頷いた。

三日はアッという間に過ぎた。

囲炉裏の火を見ているだけで時は流れ、その慎ましやかな火を押し包むほの暗い闇で何かが蠢くことも知った。

〈友も一緒に生きている。いや、水野が生き永らえさせている〉

吉川はそう確信し、そこに本来の人の在るべきようがあると思った。同時に、ここまで持ってきた悔恨も、居た堪れなさも、そうなる前の社会的地位も、考え方も、全てが仮の姿に思えた。

帰り際、改めて巧みな杖捌きを見ておいてもらおうと見送りに出た水野が、松葉杖を小脇に抱えたまま、脇の、それだけが紅葉を残した一本の大木の幹をポンポンと叩きながら話す。

「このミズナラが、いつも俺を慰めてくれる」

小屋に続く小径が枝分かれする里への道。その分岐に立つミズナラの幹に半身を預けた水野が紅葉に抱かれ染まって、片方の手をいつまでも振っている。最初のカーブにさしかかり、その姿がバックミラーから消えると同時に、水野の語った詩が想い浮かんだ。

世に染まず、山に暮らす
一灯、闇を裂く
光に集う人虫獣霊

〈いつまでも変わらず、無言で受け容れてくれるものだけが心を癒す〉

吉川はしみじみそう思った。

二十九日（信頼）

内臓疾患は目に見えないだけに厄介だ。レントゲンもCTもMRIも手触りがない。人の温かみは、医者とのコミュニケーションだけにしかない。

頸肩腕症候群に悩む同じ職場のパンチャーA子とB子が、会社指定の町医者の治療を受けることになった。A子は医者を全面的に信用し全てを任せた。B子は、都会にはもっといい医者がいるはずだと、傍ら東京の大学病院に通った。治ったのはA子で、B子の症状はいつまでも思わしくない。岸原茂は、そんな話も身近に見聞きしていた。だが、いざ、自分が訳のわからない悪性リンパ腫に取りつかれているとわかると、B子の気持ちも解かる気がした。痛みや痺れはともかく、A子やB子の疾患は命に別状はない。が、悪性リンパ腫となると話が違う。A子の従順さはそこでは有効だが、ここでは通用しない。

悪性リンパ腫だとわかった当初は気が滅入って仕方なかった。あと三か月です。そう言われたらどうしよう。「家庭の医学」といった類の一冊には、予後一年二十数パーセントと明記してあった。一年経って生きているのは五人に一人強というわけだ。自覚症状は全くないし抗癌剤の副作用も殆どない。食欲も変わらず痩せもしないが、異物もさっぱり小さくならない。毎週末には帰宅するのだが、街行く人を見ると、いつも、何故俺だけが、と収まらないものを感じてしまう。

その日も、岸原は、家でも、病院に戻る途中の電車の中でも、ずっと何かわめき出したい気分だった。若かった頃、妻と幼い子供二人を車に乗せ、潮干狩によく通った。その際に通った道が、線路間近を平行している。見るとはなく見ていたら、元気な自分の姿が見えたような気がして、やる瀬なくなった。

〈何がどうなろうと知ったことか〉

自棄になって、

〈病院なんか糞食らえ、次の駅で降りて家に帰ってやる。死んでもいい〉

そんな気分になった。次の駅に着くのを待ちわびるように、車窓から、次々流れ去るホーム上の人の群れを見ていた。突然、

〈この人たちも明日はわからない。この人だって今は笑っているが、明日、交通事故で死ぬかも知れない。俺は少なくとも治療期間六か月と言い渡された。病院の病床より安全なところはないんだ〉

そんな考えが浮かび、一気に気が晴れた。翌日、診察のため岸原の病床にやって来た臼田医師は、相変わらず無意識の滑稽味を滲ませ、わかったようなわからないような話をしていった。

「原因はわからないんです。抗癌剤が効くか効かないかもわからないし、副作用がどうかもやって見ないとわかりません」

「ロホウセイ（濾胞性）の〔ろ〕ですか？ ウーン、どんな字だったかなあ。また調べときますわ」

「原因がわからんのですから、なに食べても結構です。禁酒禁煙でストレスをためるぐらいなら、酒も煙草もやってもらったほうがいい。癌もストレスが一番いかんのです。エーッ？ いやいや、病院ではいけませんし、あくまで適量、適量」

いつもは、穏やかなおかしみを感じながらも満たされない思いを抱き、苛立ちを覚えるのだが、その時はもう違っていた。

〈同じ病気でも一人として同じ症状、薬効はない。既存の病名を貼り着けることで診断し終えたように思い込み、既定の治療法に安住する。自信満々、そんな対処療法を施すだけの名医のなんと多いことか。彼は違う。その曖昧な言葉には、今携わっている医療の難しさが滲んでいる。苦痛のない俺みたいな患者にとっては、彼こそ名医なのだ。この穏やかなおかしみのなか、例え誤診や治療ミスで死ぬようなことがあっても、もって瞑すべしだ。名医は患者の胸の内にいる〉

岸原の治療は捗《はかど》り五か月後に退院した。

三十日（悪意）

七月一日、熱い日差しの下、どこから降って涌いたのか、粗末な庭の片隅で、浅黄色の蜂の子が一つ、身を捩っている。見ると、腹に小さな赤蟻が一匹食らい着いている。

赤蟻は、自分の百倍もあろうかという大きな獲物を、一人で運ぼう、手柄を独り占めしよう、というのだろうか、仲間を呼びにいく気はさらさらなさそうだ。

そのうち赤蟻は三匹にふえた。三匹でも手に負えない代物だ。ほんの三センチほど離れたところを仕切りに通りかかる仲間は、いずれもセカセカ行き過ぎるばかりで、一匹たりとも気づかない、いや、気づこうとしない。

宮本は、見てイライラしていた。

やがて、黒蟻が一匹嗅ぎつけやってきた。優に赤蟻の十倍はある。奴は、赤蟻ごとヒョイと獲物を動かす。凄い力だ。グングン曳きずる。

〈言わんことじゃない！〉

宮本が苦々しい思いに囚われた矢先、黒蟻の動きが急におかしくなった。獲物をほっぽりだし、大慌てで辺りを走り廻る。

目を凝らすと、黒蟻の左後足に異様に太い間接のようなものが出来ている。赤蟻だ。黒蟻は、赤蟻を芝生の茎に引っ掛けて必死に外そうとするが、赤蟻は〈死んでも離すか〉とばかりに噛みついている。次には、尻尾を洗濯ばさみに挟まれた猫のように一所でクルクル廻り、体を回して噛みつこうとするが、口には届かない。黒蟻はホトホト痛いらしい。普段よくやるような時折ちょっと立ち止まるといった動作もまるで見せず、動きづめだ。

〈蜂の子は？〉

一瞬見慣れない何かと見紛うほどに、もう何百という赤蟻に覆われ、斑な塊になっている。失敗に懲りた二匹が仲間に知らせたのだろう。すぐ脇を時たま黒蟻も通り掛かるが、少しも割り込めない。近寄っては尻尾を巻いて逃げ帰るといったところだ。

やがて追っ払われた黒の一匹が、少し離れたところで赤蟻に噛み憑かれ苦しんでいる仲間に、気づく。近づいていって仲間が陥っている苦境を見てとったようだ。

というより、仲間の後足に付着している食糧に注目したらしい。その証拠に、すぐ駆けつけて苦しみの種を取り除いてやるのではなく、食糧を所有している仲間の隙を狙っている感じだ。

受難の仲間に疲れと諦めが見え始めると、やっと捕獲態勢に入った。そして、仲間の鈍くなった動きを見定めて、赤蟻を的確に噛んだ。それは、仲間の後足を傷めないよう配慮した軽く素早い一噛みだった。

赤蟻は急所を鋭い顎で刺し貫かれたのだろう、たわいもなく一個の食糧と化した。死とともに、〈死んでも離すか〉とばかりに食らいついていたのに、ごくあっさり離した。

黒蟻同士は別段の挨拶もなく、一匹は食糧を巣に運び、もう一匹は後肢の身づくろい、治療に励みだした。

抗争は終わった。一篇のドラマを見終えた気分の宮本に新たな欲望が湧く。

〈別種への過酷な対応は見せてもらった。同種同士はどうなのか〉

今は無数の赤蟻にたかられ、臙脂色《えんじいろ》の塊になった蜂の子。宮本は、それを蟻ごと、別の赤蟻の巣穴の脇に置いた。

すると、ただちに、地元の赤蟻は獲物と異端者を感知した。瞬く間に涌くように増え、見る間に、辺り一面に戦いが繰り広げられ、赤い絨毯が文字通り総毛立ったようだった。微細でまるっきり一緒に見える赤蟻同士。それが束の間、一匹の間違いもなく異端蟻だけが区別され、皆殺しにされた。

そして、食糧にされるのか、死体は全て、巣穴に曳きずり込まれた。
テンポ良く、快いホロコースト。現実だが映画同様後ろめたさはない。軽い興奮の中、
〈この、悪人め!〉
突如、断罪が下った。宮本は急に不快感を覚え、胃酸を飲みに台所に戻った。

三十日（狂気）

電話が短く〈ルルル〉と鳴って切れた。夜の帳は音を引き立てる。が、電話は静まり返ったままだ。河口は、日頃から目聡いと自覚している。だから、今も確かに電話の音がしたと思うのだが、闇と静けさが刻々、自信を削いでいく。これは夢か現か。考えているのだから現だろう。闇の中で思いが巡る。

あの時確か、少し眠った気分があって、夢うつつ、午前二時ごろだろうか、と思った。こんな時間になんだったのだろう。土曜の夜だし、若者同士話そうと電話したが、すぐ間違いに気づいたというところか。

一旦はそう思い、まどろんだが、出し抜けに、

〈親父だ〉

という思いが鮮烈に浮かび眠気は消えた。

母さんが死ぬ。親父が、向こうの電話口から河口にそう伝えようとしている。呼び出し音が〈ルルル〉と短く鳴ったところで、河口のほうから電話を切る。何故、そんなことが出来るのか良くわ

からないが、用件が伝わらなかったことだけは確かだ。

朝になっている。やっと通じた電話で、親父がなじる。

「母さんが死んだよ。きのうの夜中だ。急を知らせようと電話したが、お前が荒々しく切る。それで今まで連絡しなかった。死に目に逢えないなんて。みんな駆けつけたのに。苦労して母さんと育ってきたんだぞ。戦後の食べるものさえ碌にない時でも、お前にひもじい思いをさせたことがあるか、母さんが。もう手遅れだ」

あれから八時間は経っている。話し手が代わった。姪の渚だ。

「伯父さんって、ひどいね。前から心の中で冷たい人やと思っていたけど、やっぱりやね。おばあちゃんがかわいそうや。ひどいけど、来たってな、すぐ」

河口はカッとなって、

「馬鹿野郎、お前になにがわかる。引っ込んどれ」

と怒鳴った。

お袋が茶色いむくろになっている。口を半開きにしている。手を握るとまだ温かい。親父が、

「葬式は小鸞寺でする」

と話し掛けてきた。会社の連中も参列するだろう。小鸞寺なら恰好がつく。それにしてもよりによってこんな時に。

翌朝、親父に電話したが、誰も出ない。寝たきりのお袋がいるのだから、居ないはずはない。

〔ルルル　ルルル　ルルル　ルルル　ルルル　ルルル　ルルル………〕

河口は呼出し音を数えながら、しつこく受話器が上がるのを待っていた。

夕方になって、妻の信子が勤めから帰っても、河口はまだそのまま受話器を握り続けていた。

その後（梅の実）

梅雨の晴れ間、今年も町田夫妻は二人で庭の梅を収穫した。江戸から続く旧家の庭にあった白梅で、根周り九十センチ、樹高は五《メートル》近くある。植木屋は樹齢二百年以上だという。その旧家が、母家の建て替えで邪魔になるから切り倒すという。それを伝え聞いて、遠縁にあたる町田が譲り受けた。子供の頃、その木に登ったことがある。翳った青い実の酸っぱさを急に思い出し、何となくそんな気になった。梅に家庭菜園を奪われることになった夫人は、

「センチメンタルね。青梅は毒なのよ」

と言った。

月夜の花。雨に濡れた若葉。輝く紅葉。雪を被った幹。虚空を刻む裸の枝々。そして本当にやってくる鶯。四季折々、詩情が庭に零れた。

しかし、思い出と違い、実は少なかった。鶏糞を周りに埋めたりしたが効き目はなかった。歳も歳だし、元あったところと、山を削ってできたこの団地とでは環境が違う。そう思って諦めかけた。その矢先。

「桜切る馬鹿、梅切らぬ馬鹿って言うそうよ」

町田夫人が、どこかでそんな俚諺《りげん》を聞いてきた。枝が何本も塀を乗り越え隣家の軒先を鬱陶しく

したこともあって、町田がバッサリやった。根元から五十センチほど上がったところで大きく幹分かれして馬の背のようになっている。そこを足掛かりに、鋸で高い枝もかなり切った。樹から降りてから見上げて、切りすぎたかな、とヒヤリとした。

その馬の背のすぐ下に、雨で鬆が入った太い枝跡がある。日当たりがよくなったせいか、やがて、その脇に、半径七センチほどの猿の腰掛が半円形の笠を開いた。四年前のことで、翌年から豊作になった。

糧を得た稔性は驚くばかりで、最初の年が八・四キロ、次の年は七・一キロ、そして今年は十八・五キロも採れた。

収穫は、実の色づき方と、好天、夫人のパートの休みを見計らってやる。町田は三か月の自宅謹慎中で、いつでもよかった。実に傷をつけるので、竿で叩き落としたりは出来ない。脚立だけでは用をさなず、町田が樹に登る。

梅って奴は見ている分には風情があるが、いざ登るとなると厄介だ。あの虚空を分断するように伸びている枝が、ことごとく行く手を阻む。枝という枝には、枳殻の棘そっくりの伸び損ないの枝がそこかしこにある。そいつが服や顔や趺やと、当たりかまわず引っ掻き、刺し、皮膚を破る。

おまけに、隣家に張り出したところは、塀越しに身を乗り出し、枝を撓《たわ》め、さくい枝を折らないようにして、かからなくてはいけない。

体験のない町田夫人が地上から、

「そこそこ、もっと上よ、もっと上。固まっていっぱいあるじゃない。見えないの。そう、それそれ。傷つけると黴の因になるから優しくね」

などと言い募る。町田の近眼が近頃一段と進んだことも失念している。と言うより、樹も枝もない、実にしか目がないのだ。

収穫のあとも、梅干用の甕やら、天然の塩やら、紫蘇の葉やらの調達が待っている。豊作も良し悪しで、いずれも大量に賄わなければならないから、買い出しにも町田が必ず同道しなくてはいけない。それに加え、「これも黴る因」という蔕の除去。紫蘇の葉の枝毟り…。

それだけ大儀でも、スーパーの商品棚に並ぶ、四百グラムで千六百円のパック入り「紀州梅干」を見て町田夫人が、

「ネッ、見て見て！　こんなに高いのよ。うちのだったらみんなで……ウーン、断然安上がりだわ！」

と言うのを聞くと、町田も、味の違いなんかもすっかり忘れ、途端にニンマリしてしまうのだ。

恒例のプラム狂想曲が終わって二週間余りがたった。六月には珍しく台風が本土に上陸した。町田夫妻が窓ガラス越しに、強い風雨に荒れ狂う庭の梅に見入っている。

「アッ、残ってる」

突然、夫人が高いところを指さし大きな声を上げた。見ると、すっかり枇杷色に色づいた大きな実が一つ、強風に煽られ頂き近くの葉叢から折々顔を覗かせている。

「葉に隠れていたんだ。ま、仕方ないな。鳥もいるし。でも本当に綺麗だろ」

「やっぱり今頃まで待ったほうがよかったのかしら。ああなると本当にいい匂いがするのよね、桃に似た」

「今まで待ってたら落ちてほとんど傷になってたよ」

「アッ、ほらあっちにも」

二つも見つけられて、町田は何故か争う気分になった。自分が手がけたものを奪われるように感じたらしい。緑濃い梅の葉群全体に素早く視線を巡らした。が、結局は六つとも夫人に見つけられてしまった。指摘されると六つとも緑の中、枇杷色が際立っている。それなのに一つも見つけられない。不快感が湧く。町田は意地になって夫人の見落としを懸命に探した。

しかし、普段から現実的なものには目敏い夫人が、〈もうお終いよ〉と言わんばかりに寛いだ気分を漂わせているのだ。見つかる筈がなかった。

町田は蟠《わだかま》りを残しながら諦めた。つれづれに樹から離した目を樹の根元の方に遣ると、靡く草の間に大きな枇杷色の実が一つころがっているではないか。

〈やったぁ。こんなに風が吹いてるんだから当然だ。何故もっと早く気づかなかったんだろう〉

町田は平静を装い、指さした。

「結構あるもんだね。ほらあそこにも」

「どこどこ」

一瞬色めいた夫人だが一瞥するなり、

「ああ、あれ。あれはピンポン玉よ。健一たちが持って帰ったの。今はあんなオレンジ色なんですって」

と言った。

梅の実に比べ遙かに軽いピンポン玉。町田は、その中身のない軽さが身につまされ、やる瀬なくなった。

空ろなる

月に一度、定期検診の帰りに、最寄りの地下鉄駅前で古本屋を覗くことが、沢木の今の生活に、ささやかな彩りを添えている。

医者に余裕がなかったのか、沢木が恬淡とし過ぎていたのか。告知も何もあったものではない。ずばり、

「××性の悪性リンパ腫です」

と言われた。見当のつかない修辞を纏った大仰な病名で、かなり虚ついた。断層映像を指し示しながら語る医者の言葉に、懸命に耳を傾けているのに、感度の悪い短波ラジオの音声のように、聞こえたり聞こえなかったりする。頭の中は、

〈あとどれぐらい生きられるのか〉

そのことばかりが渦巻いていて、何より、それだけを知りたくてうずうずしているのに、口が利けなくなっていた。

「化学治療が有効です。ええ、勿論、抗癌剤です。副作用もありますが、受ける価値は十分あると思います。余裕？　一か月では遅過ぎます。二週間以内に再入院して下さい。入院期間は短くて半年、ま、一年は見ておいて下さい」

そう言うと医者は、さっさと次の患者を呼び入れた。

病室に帰っても、気持ちは募るばかりで、居ても立ってもいられない。つい、隣床の、初見の若い患者に声をかけた。

「今すぐ、医学書を見たいんだが」

途端にニコリとして、駅前の本屋を教えてくれた。

「あそこの親父に聞けば、何でもわかると思うけど、小父さん、買っちゃ駄目、絶対立ち読みだよ。病気なんて、結局、誰にも何にも分からないし、病気や疵のない人間なんていないんだから」

付け加えた声は、笑顔から出たとも思えず妙に白々として、心の在りどころがよく分からなかった。

礼を言うと、退院手続きを後回しにして、すぐ駅前に出向いた。

それは、古本も一緒に扱っている大きな店だった。国立大学の附属病院を控え、学生はもちろん留学生や研究生も多いはずだが、医学書だけではやっていけないのだろう。

両側に迫る書物の壁は、高い天井に届かんばかりで、気が遠くなりそうな時間と人為の諸々が集積されている。そう言えば、化石を食んだ地層の断面に似ていなくもない。

その隘路の一番奥、店主だろう、黒縁の虫眼鏡のような眼鏡を掛けて、年老いた男が一人、番台に座っている。全き禿げ頭を常時、小刻みに動かしながら、手際良く本を捌いている。七十五、六か。この道六十年、例えば医学書でも最新医療から黄帝内経まで、すべてに精通した薄田理助で、沢木が話しかければ、親切に何でも教えてくれたはずだった。

沢木は、最初手にした本に六千円の値が付いているのを見て、初めて財布をバッグごと病院のべッドに忘れてきたことに気付いた。ポケットに小銭しかない。医学書なんか、とても買えない。それで、負い目が出た。気後れ、あとは主人の目が届きそうにない入り口の方で、すぐに手が届くところから、それらしい本を数冊取り出し、開けては見たが、病名すら見つけられない。

〈要するにホピュラーじゃないんだ……〉

怖い病気なら、もうちょっとホピュラーに違いない。そんな理屈が思い浮かび、それだけで何だかちょっとホッとしてしまう。そのくせ本当は自信がない。まだ心の準備が出来てないのがわかっているから、ほかから、怖い病気だよ、と言われたら、動転するに決まっている。そんな姿は、妻や子供にも、まして赤の他人に見られたくない。だから、まだ誰にも病名を知られてはいけないのだ。

そんな何や彼やで、病名を告げ教えを乞うといった気分にもなれず、中途半端な気持ちで店を出た。

そんな沢木を、理助が眼鏡越しにチラチラ見ていた。年恰好が、八年前に出奔した一人息子の靖に似ていたからだ。

やにわに、

〈客を引き戻す縁はないが、子供は切れない糸で繋がっている。近いうちに帰ってくるだろう〉

という思いがこみ上げてきて、心を軽くした。

初めて来た界隈で、あても何もないが、沢木は何となく病院から遠去かるように歩いていた。退院しても二週間後に再入院しなくてはならない。

梅雨とも思えない強い日差しが、脇を走る県道に焼きついている。アーケードの陰からはみ出した鉢植えのガーベラの真紅が目を刺す。

ふと、日差しに身を晒したくなった。広い横断歩道を、太陽を確かめながら、ゆっくり渡った。炙り出され、何かが体から出て行ったようだ。

苛立った左折車のクラクションに泡を食って、慌てて前の陰に飛び込んだ。そこにも四軒、古本屋が並んでいた。

もう三十年以上になる。東京で過ごした学生時代。小説家になりたくて、生活の全てを文学に傾けていた。金もないのに、毎日のように、都電を乗り継いで、神田や早稲田、果ては巣鴨の先の庚申塚辺りの古本屋まで、自らの文学を求めて徘徊していた。

〈いつも胸の奥に熱っぽい病巣のようなものを感じていたが……〉

今、目の前に立ち現れた古本屋は、あの頃の古本屋と齟齬なく重なる。道向こうにあった、あの医学書のある店も、そんな過去へのいざないに相応しい。

店頭に出ているサービス本の露台に近づくと、昔通り、習い性がすっと蘇った。背表紙を上に効率よく並べ立ててある雑多な本を流し目でさっと見ておいて、すぐ、一番奥の列から文庫本を抜き取る。表紙が薄緑色の「徒然草」。古い記憶だが間違いはなかった。見開きで古文と現代語訳を対照させた、随分以前に絶版になったもので、ずっと前、いつか買い換えたいと思ったことがあった。

パラリと開いたら、

――よき友、三つあり。一つには、物くるる友。二つには医者。三つには、智恵ある友。

とあった。

途端に、医学部にいっていた西沢のことが思い浮かんだ。

裏表紙の右上隅にぞんざいに書いた「50」という数字を見ながら、

〈あいつが生きていたら、俺も変わっていただろう。こんな訳のわからん病気にもならなかったはずだ〉

自分の不摂生、怠惰は棚に揚げて、とっくの昔に死んでいる西沢に責を追わせ、とりとめもないことを思った。

感傷が思い出を炙り出すのか。思い出が感傷的にさせるのか。かたわら、何十年振りかで、本から喚起される連想の妙も感じていたし、掘り出し物を見つけたようなちょっと高ぶった気分も巡って来ていた。

やはり五十円と言う、あの時代に戻ったような、その値段で「徒然草」を買った。

——ただ今の一念、空しく過ぐる事を惜しむべし。もし人来りて、我が命、明日は必ず失はるべしと告げ知らせたらんに、今日の暮るる間、何事をか頼み、何事をか営まん。

再入院後、その古書街がなかったら、どうしていただろう。一年四か月の治療期間。引いては満ちる死への恐怖、失意。その長い時間、ほかに、やり過ごさせるものがあったろうか。瀕死の餓鬼も、最期には一片の言葉に安堵を求める。

何故リンパ腫が出来たのかは端《はな》から分からなかったし、副作用が殆どなく、腫瘍が順調に小さくなっていくことにも、医者は首を傾げた。

回復への目処がはっきりしてくるに連れ、病室を抜け出し古本屋へ行く日が多くなっていった。日によって目に飛び込んでくる本が違うし、なにより、何と多くの知らない世界があることか。そのことごとくが、自らの考えの卑小さを暴きたてながら、慈雨のごとく身に滲みいる。

そんな留守の間に、社の同僚らが見舞いに来て、沢木の帰りを待っていたりすると、会社と書物の、二つながらにある世界を整合させるのに、一苦労した。

退院当初は月二回の再発チェックの検診は欠かせなかった。重い病名もあってか、会社は、いつ再発して、死んでもおかしくないと考えている節が見られた。一年経過しても、お茶を濁す程度の仕事しかさせない。それが何よりの証だと思える。

もっとも沢木の不運は社全体に知られているし、一部社外にも漏れて公然化している。

無碍に切り捨てるわけにもいかないらしく、距離を置いて見守っているといったところだろう。

そう言えば、頭頂禿げの藤崎部長はハゲタカが時折獲物の周りをバサバサッと舞い踊るような、ちょうどそんな立ち振る舞いで突然沢木に近寄ってくるし、川口室長もしょっちゅう、ひょこひょこ、ハイエナそのままに徘徊してくる。二人とも、沢木がまるで死臭を放っているような風で、もう取り返しが付かないところまできている社内での立場を如実に示していた。

――万の事は頼むべからず。愚かなる人は深く物を頼む故に、恨み、怒る事あり。

二年が経過し、それまで畏敬していた直属の上司のことをそんな風に思うようになっていた。変節を続けた病状や人模様が落ち着いたように見えるのは、沢木の病状がそのレベルで安定してきたことの反映だろうか。

その本にめぐり会ったのは、そんな頃だった。駅に一番近い文学堂にあった。

その本が沢木の書棚から消えてからでも、思えば、やはり、もうかれこれ三十年になるのだ。

その頃、沢木は繊維関係の小さな業界紙に勤めていた。そこへ、同じ高校で二年下にいた山内が紛れ込んできた。早熟な山内は、一年生の時に文芸部の部誌に載せた小説が評判になって、高校在学中から、東京の文学部在籍の先輩たちの間でもよく知られていた。

自己紹介する山内を見ながら沢木は、白くて広い額の、その異様に彫りの浅い顔に見覚えがあるように思った。まだ文学に憑かれていることを明かすような不遜さを帯びた声音で、M大を中退した、と言った。それがどこか、浪人や留年を重ねた沢木に、近しさを感じさせたのかも知れない。その山内が自らの歓迎会の帰りに、類を呼んだように沢木のアパートに泊まることになった。

山内は遠慮もなく、炬燵に足を突っ込むとすぐ仰向けに引っ繰り返った。その眼に、頭上の本棚が映えた。すくっと起き上がり、著名な文芸評論家の全集の並びから一冊を引き抜いた。その手付きに迷いがなく、沢木はギュと心臓を掴まれた気がした。

山内は中学の頃から教える者があって、その評論家の著作に馴染み、大学も、国立を推す親や教師に逆らって、その評論家の直弟子が教えていたM大の仏文を選んだと、聞き及んでいた。

「是非、貸して下さい」

山内の言葉に無駄はなかった。

全集は全十二巻で、沢木が大学二年から三年にかけて、且々の生活費を削り、月一回の配本・集金に備え、買い揃えたものだった。当時確か毎月千二百円か千三百円。相前後した岩波の漱石全集とどっちがどっちだったかはっきりしないが、漱石より見劣りするのに高いと思った憶えがある。どちらも配本が待ち遠しかった。来ると貪り、喚起された思いを書き込み、触発され読みたくなった本を求めて、また街に出た。

山内が引き出した第二巻は、明治初頭、フランスの文学界を掠め去った天才詩人についての論評や訳詩をまとめた巻だった。そこに詰まった、論理を言葉で次々撫で斬るような詩や評論は、当時吹き荒れた学生運動の理想論に胡散臭さを感じていた沢木に、小気味良いものを感じさせ、ことさら書き込みも多い巻だった。

沢木に下心が湧かなかったわけではなかった。山内にそれとなく、その書き込みを読ませることで、同窓の文学仲間の間で今も評判が高い山内のその評論家理解に一石を投じてみたい——確かそんな気もあった。

そして、卒論にもその評論家を取り上げた山内が、何故、その必読とも思える全集を持っていないのか変な気がする一方で、逆に、持っていないことが、堅固な借りる理由に思えもし、断れなかった。

念を押したが、やっぱり返ってこない。一事に熱しやすく他事を顧みなくなる性情よりも、半年後、その山内が呆気なく転職していったことが大きかった。

山内に貸してから数日後、その頃まだインターンになったばかりの西沢が遊びに来た。すぐ、空虚なままの二巻の跡に気付いて、

「俺でさえ言い出せなかったのに」

と、思い掛けず、きつい調子でなじった。西沢は、沢木と高校の同窓で、山内のことも知らない訳ではなかったが、山内のことさらな異風ぶりを嫌っていた。それだけに、山内に貸したとは言えず、大学の友人に貸したことにしてしまった。

西沢は、いつ返ってくるとも知れない二巻を待ち続けた。立ち寄るごとに、二巻に書かれているフランスの詩人について、

「詩史的には、韻文詩より散文詩と言うだろう。でも、俺の胸に響くのはオフェリアなんだ。オフ

ェリアだけが、奴が愛したたった一人の女だったんだよ。だって、あれほどの美少年で天才だったというのに、若い女の匂いがしないもの。もちろん、妹だけは別だがね。愛した生身の人間が、たまたま死人だったり、男だったりする不器用な男だったんだよ。本当に興味深いね」

いつも、そんな、自説を、しばし吟じるように語っては帰っていった。

沢木は、そのフランスの詩人より、それを論じた日本人評論家のほうに興味を覚えていたこともあって、そんな時いつも、勤めの傍ら、忸怩として文学への思いを断ち切れずにいる自らに比べ、西沢のほうに遙かに詩人や小説家に近い美質がある、と感じさせられ、やる瀬なくなった。

西沢の不服は続いたが、山内の転職先が同じ都内で、いつか機会があるだろうと思う沢木の心の内に、書き込みについて何も言って来ない山内への気後れも絡んで、いつまでも強いて催促しようとしなかったし、山内に否定されたようにも思える、その書き込みへの未練が却ってだんだん募り、なかなか新本で補填する気にもなれなかった。

西沢が失踪する前、高校時代の友達の間で噂が渦巻いていた。失恋。若い継母とのもつれ。父親との相剋。土方をしている。酩酊したうえの血塗れの喧嘩。妹の自殺。凄い詩を書いた……。

そのどれが本当だったのだろう。糸電話が伝える言葉はどれだけ聞き取り難くても、糸電話遊びの世界では、決して糸を手繰って行って直接聞いたりしてはいけないのだ。

質す間もなく西沢は姿を消し、数年後、故郷に近い熊野の潮岬で入水自殺した。

「妹の自殺の動機を究明したい言うて、最後まで精神科医になると言うとったに」

数か月を隔てて、たった一人で弔問に訪れた沢木に、西沢の父親は訥々と話した。継母は脇でじっと聞き入るばかりだった。子供二人を自殺させた父親と継母の哀しみと憤り。どれだけ親しくとも、他人の沢木には手繰ってはならない糸があることを教えた。

〈西沢はもう手繰り寄せられない〉

西沢の墓がある海辺の町からの帰り道、沢木はそう思った。

——一日のうちに、飲食・便利・睡眠・言語・行歩、止む事を得ずして、多くの時を失ふ。

会社や家庭での日々の営みが、そんなふうに沢木を愚かにさせ、沢木を救った。

全集の欠本は、一応、古本屋を見かければ覗いて探しはしたが、わざわざそれを求め、探しに行くといったことはなかった。

二巻が残した一冊分の空白は、もうずっと昔に、他の本に圧されすっかり埋まってしまった。文学への思いや、山内への貸しも負い目も、補塡への熱意も、すべてが色褪せた結果だが、何処かで、地熱のように、「補塡《ほてん》すれば西沢の居場所がなくなる」と思っていたことも確かだった。

〈時が巡り、自然と、揃うこともあるかもしれない〉

そんな気分で見てきた古本屋だが、その背表紙に濃緑色の革を張った全集については、今まで、この約三十年間、一度も見かけたことがなかった。随分前から出版事情にも疎くなって、よくは知らないが、普及版はともかく、多分、その革張りのほうは、もう随分前に絶版になったのではないだろうか。

その、ずっと縁のなかったその本が、今、目の前にあるではないか。それは、確かに、紛れもないあの独特のクリーム色のハードカバーで、深緑色の皮の背表紙に金字で評論家の名前を印刻した、あの本だった。それも何と、よりによって、長年、探していた第二巻ではないか。

慌てて、本を開き、奥付きを見る。

《昭和四十三年二月二十日　発行
昭和四十七年一月二十日　四刷
定　價　千五百圓》

とあった。

昭和四十七年一月というと、ちょうど、西沢の自殺の報が届いた頃だ。四刷なのを少し残念に思いながら、裏表紙の裏を見ると、

《１０００》

と、鉛筆書きしてあった。三十年も前に千五百円もしたというのに、それより五百円も安いというのだろうか。古本にはそんな時もあるとわかってはいるが、あれだけ探してもなかったものなのだ。

すぐ、カウンターに行った。古本屋は消費税をまだ取っておらず、やはり、僅か千円ちょうどだった。

ともあれ嬉しかった。急いで帰宅した。

「何かあったの？　検査結果は？　腫瘍マーカーも変わりないんでしょ？」

妻の声が訝しげな色を帯びているのに気付き、

「ああ、変わりないよ」

とだけ答え、本を持って二階の書斎に上がった。その全集が入っている本棚の前に立つと、三十年前にもそうしたように、早速、その本を自分の蔵書とするための手続きに取り掛かった。蔵書票に貼るのではない。函から本を引き出して、函の帯封を取る。丁寧に折り畳んで函の上に置いてお

く。透明なビニールカバー、続いて、白っぽい紙の内カバーも外す。裸にした本の重みを確かめてから、匂いを嗅ぐ。一度閉じた本を上から覗き、栞を見つけ、そのページを開ける。新本なら栞は出荷に備え、こごめてあるから、それを伸ばし、本の下辺から出す。置いてあった帯封を挟み込んで閉じる。白い内カバーは捨て、ビニールカバーだけ懸け直し、函に戻した。

それが、沢木にとって、レディメードをそれなりに固有のものとするのに欠かせない手続きだった。

画竜に点睛を施す前に、もう一つやっておくことがある。本棚から第一巻と第三巻を取り出し、奥付きを確かめる。第一巻は昭和四十二年十一月二十日発行、第三巻は昭和四十三年一月二十日で、共に《千參百圓》とあった。ということは、第二巻の初版発行は昭和四十二年十二月二十日で、これも当初、千三百円だったはずだ。

準備は全て整った。残った九冊の左側に第一巻と第三巻を戻し、その二冊の間に、きょう先程手に入れてきた第二巻をおもむろに、ゆっくりと挿し込んだ。

「揃った」

その時、思いもかけない豊潤な充実感が胸に盈ちた。なんという嬉しさだろう。自らの人生で、これほど変わることなく、長く探し続けたものもない。それだけに探し当てた喜びは大きく、これまで味わったことがないほど甘美なものに感じたのだろうか。

西沢の笑顔が思い浮かんだように思った、その刹那、そのたった千円の代替品に過ぎない、どこの誰が汚したか知れない垢にまみれた一冊のこの本が、この三十年間のその本にまつわるすべてを、しっくり充たしてしまっていることが胸を撃った。あの書き込みも、西沢の思いも、若さも、友情も、野心も、虚無も、健康も、何も染み込んでいないというのに。

——命長ければ辱多し。長くとも、四十に足らぬほどにて死なんこそ、めやすかるべけれ。そのほど過ぎぬれば、……ひたすら世を貪る心のみ深く、もののあはれも知らずなりゆくなん、あさまし。

——子といふものなくてありなん。

思わず、いま挿し込んだばかりの本を引き抜き、開いて見たが、変わっているはずもない。呆然と上げた目の前に、二巻を引き抜いた跡がポッカリと口を開いていた。やがて、その空ろな空隙が口唇のように蠢《うごめ》き出し、

「貴様がもともと屍體なら、その上殺そうとする奴もあるまい」

そう、喋った。

夢のかげ

梅雨明け間際の暑い日だった。

四国、中国地方は既に明けて、ここももう十日以上続けて夏の日差しが溢れている。なのに、一向に梅雨明けの発表がない。

天気予報が十全とも、瓦全《がぜん》ともならないことは、わかっている。でも、気象を所管する役所が、「まだ梅雨です」と言えば、つい気にしてしまう。

気持ちよく晴れていても、洗濯物や梅干を干してなくても、いつ曇ってくるのか、いつ降ってくるのか、気が気ではない。何とはなく落ち着かず、そわそわしていて、誰もが些細なことから、たちまち機嫌を崩す。

ちょうど仕事の切れ目で、珍しく早く身体があいた。櫟木は五時過ぎに、もう社を出ていた。

照りつける太陽、炙り返す舗装、蒸し風呂のような空気、熟れる欲望と悔恨――。

真夏のこの時間、わずかに残された社会機能も爛体となって頽廃の芳香を放つ。そんな気がする。

櫟木は、逃れるように、地下街に続く階段を駆け降りた。両側の商店から流れ出る冷気が奥まるに連れ徐々に強まる。首筋や腋の下がヒヤリとする。それが、一瞬心地好く、そしてすぐ不快になる。

三分後に出る列車は満員で、乗るか見送るか少し迷った。

今度はいつ、こんな日が来るだろう。滅多にないことだから、今日は出来る限り、一分でも早く帰ってやりたい。敦之の帰宅を迎える。その喜びをなくした光子に、今、それが一番大切なような気がする。

でも、敦之が逝ってこのかた、櫟木の方も心がすっかり泣き虫になり、気力も萎えた。今ぐらいの時刻だと、座れるまで三十分は立たなくてはならないだろう。それだけのことが耐えられそうにないのだ。

発着駅だから、一本見送って、五分もすれば、次の急行が入ってくる。帰宅時間も十五分遅くなるだけだ。

もう次発を待つ人の列が出来始めている。櫟木が目星を付けた場所にも、既に五人が並んでいる。今すぐ、そこに加われば、前から三番目の右側に並べる。

それだと確実に、日陰となる左側の窓際に座れる。靴を脱ぎ、蒸れて臭いが気になる足を組んで、爪先を突き上げても、あまり苦にしなくて済む。本も読める。立ったままで、本も読めないでいると、つい、敦之のことが揺すり出されてきそうな気がする。

夏の日没は遅い。まだ陽も高い。十五分早いか遅いかで光子の喜びに濃淡が着くとしたら、それは櫟木がわざわざ、「もっと早く帰れたんだが」と口を滑らせた時だけだろう。〈でも、違う。本当は違うんだ。敦之のいない家。その空虚さを俺は知らない。そうした空隙は培養皿のように、虚無という黴菌《ばいきん》を急速に殖やす。十五分もあれば、悪性菌は急激に増殖し、人を苛《さいな》む……〉

櫟木はどこかでそう思いながら、結局、目先の、自分により優しい欲望に従い、一本見送った。構内放送が、次の列車の乗車口が、ホームに書かれた番号の一番から十八番までであることを教えている。

櫟木が並んだのは、前から二両目に組み込まれことになっている弱冷車の止まる六番だった。いつもは冷房の強い一番前の車両に乗るのだが、陽が高い中、思わず急ぎ足になって、しっかり汗をかき、却って風邪でも引きかねないほど冷やされた。

それで仕方無く、〈偽善的で嫌な名だ〉と思いながら、「弱冷車」を選んだのだが、何だか年寄りじみた分別をしたみたいだし、それとは別に、嫌なことを思い出し、臍を噛んだ。

六番は、地上のコンコースから降りてくる下り専用階段の右袖の袂下にあたるところにある。その右袖の壁と、平行に入り込んでいる三番線は四メートルしか離れおらず、その合間の真ん中辺りに一メートル角のコンクリート柱が立っている。暗い地下駅の中でも陰が深く、なかなか目の届きにくいところだろう。

嫌なことというのは、半年前、やはりこの六番で並んでいた時に起きた。

列車が入り、ドアが開く直前になって、急にその太い柱の向こう陰から、二人の若者が現れ、たちまちドアの左端にピタリと張りつき並んでしまったのだった。

二人とも大柄で、無頼を気取り、棘々しさを醸そうとしている。髪は金髪というより黄色、左耳に太いピアス、ワイシャツの胸襟は開きっぱなし、ズボンは今にもヒップトップからズリ落ちそうだ。

〈化ける、か。俺も昔は……〉

櫟木はその時、短い脚に無様にまとわりつくマンボズボンを履いて粋がっていた高校生時分の自らの姿を想い浮かべながら、そう思った。

本来なら、電車が入ってきたらすぐに、柱のこちら側の一番左前に並んでいる櫟木が、さっさとドアの左前まで詰めなくてはいけない。一番の権利者が多くの後続人に後押しされながら、当然の権利を行使するのだから、さすがのアウトローもそれを押し退けてまでは割り込めないという訳だが、その時は隙を衝かれ上手く割り込まれてしまった。

櫟木は、自分の迂闊さにちょっと負い目を感じたところもあって、つい声に出し注意していた。

「みんな並んでいるんだ。きちんと後ろに並びなさい」

「馬鹿。じじい、何言ってやがんだ。誰が割り込むて言った。お前らがみんなが乗ってから乗るんだよ。ぼけ。おら、早く乗れよ。席が無くなるだろうが。座れんかったら、お前の責任だぞ。ぼけ。おら」

そう罵りながら、追い立て、押し倒さんばかりに迫る二人。

当てにしての事ではない。ここは、そんな当てにできるような社会機能・倫理がほとんど消えてしまった国なのだ。それでも、櫟木は後ろを見た。

先程まで後ろから、〈そんなチンピラ、早く追っ払え〉と言わんばかり、櫟木の無能を目で指弾していた客らは、もう、そんなこと無かったように綺麗さっぱり忘れ、今は、座ることにしか関心がない。

偸安《とうあん》を貪ることだけに懸命で、大道を堂々と粘り強く説く大人がいなくなった。悪行さえ辞さず、目を瞑り、「記憶にない」と嘯《うそぶ》く大人ばかりだ。そんな大人は、一度座ってしまえば絶対譲らない。

遅れてきたらそれだけで、年寄りだろうが、障害者だろうが、妊婦だろうが、子供だろうが、誰でもない。

「座りたかったら、もう一本待てよ。みんな忙しい中、そうしてんだから。お前ら仕事らしい仕事してねえじゃねえか。どうせ、暇つぶしの買物か、遊びの帰りだろう」

相手構わず、そう毒づきかねないのだ。

そうした大人たちの社会が、子供たちにどんな倫理を説けるだろう。

でも、それどころではない。現実はさらに進んで、もっと打算的だ。事を前にして、いちいち異質なものにこだわっていては事に乗り遅れるのだ。

その時も、ドアが開くと同時、異端の櫟木ら三人も呑み込んで、老若男女が一斉に車内に雪崩込み、巧みに身を泳がせ、小走りに座席に向かって散っていった。

混乱の中、異質な若者二人はまんまと席をとり、櫟木もきちんと席を占めた。それも、お互い、先程までの睡み合いを引きずり気まずい思いをしなくていいほどの間合いを取ることも、きちんと考慮して。

〈まだおとなしい方で、よかった。これで殴られ、目の周りに青痣でも作っていたら、どうして世間に顔向けが出来るだろう……。そんな話、聞いたことがない。恥ずかしくて出ていけもしない。それにしても、威厳がないんや、俺って。情けない、あんなチンピラに勝手にさせて。昔やったら、睨むだけでビビらしたったんやが、年なんや。こんな時、どうしたらええんやろ。誰がうまくやるやろ。部長でも、局長でも、いやあの社長でも、一人やったらあかんやろ。やれるとしたら、大山ぐらいやろ。学生時代、×大の空手部で慣らしたというし、見るからに怖そうや。でも腕力の話と違

う。社会の在りようの問題なんだ。本当に、情け無い世の中だ〉

一応は転嫁してみたが、言い逃れようのない屈辱感と、それに倍する無力感が、櫟木の心をいたぶり、その後もその痛みが後遺症のように、ずっと、和らぎつつ、尾を引いて残っていた。

今、それが、当時のまま蘇っている。

あの時と同じように、いつの間にか、柱の向こうに若い男が四人いる。有名な私立高校の制服だが、一人は金髪にし、ほかも大きな銀や青色のピアスを着けたり、拗ねたような着こなしで、やはり、揃って険相が深い。

櫟木は一目でそれだけ見てとると、二度とそちらを見ようとしなかった。あの時のようなことは、今はもう、とても出来そうにないし、幸い今は列の右側に並んでいて、左側に一列、人の壁がある。その陰に隠れ、見て見ぬふりをすればいい。ドアが開けば右手に雪崩込み座れば、彼らの嫌な振舞いや姿を目にしなくて済むのだ。

ドアが開いた。電車に乗り込む際、背後で鈍い音がしたように思ったが、櫟木はもう座ることしか頭になく、振り返ろうともせず、流れに身を任せ、車内に入った。

思惑通り窓際に座り、経済新聞を鞄から出した途端、窓の外、あの六番辺りから異様な空気が伝わってきた。窓のガラス越しに左前に目をやると、下り階段と柱の陰で事は始まっていた。

あの四人の高校生と、よく似た感じの、でも明らかに違う制服の三人の男子高校生が睨み合っている。

何も聞こえず事情は何も分からない。が、三人の方はその時まで目にしなかったから、多分、櫟木の背後に並んでいたのだろう。そこへ例の四人が例の調子で割り込んだため、三人がここぞとばかり、突っかかるように、荒っぽい調子で注意したに違いない。

三人が漂わせている空気も大同小異で、そう思わすものがあった。

睨み合う中、怒張し、がなり合い一際目立っていた〔金髪〕と、三人組の方の〔長髪〕が、突然、激しくもつれ合った。

慌てて他の五人が引き離したが、長髪の子は、腹でも蹴られたのか、上体を屈し、両脇から仲間に支えられている。車両に尻を向けているので、表情はわからないが、かなり苦しそうだ。

一団の動きは再び止まり、暫くそのまま話し合っているふうだったが、やにわに、不敵な笑みを浮かべ見守っていた〔金髪〕が、目の前に倒れ込んで来ている長髪の子の上体を右足で思いっ切り蹴り上げた。バキッという音とともに、〔長髪〕の首が一度、勢いよく撥ね上がり、髪が揺れ乱れ、直後に首から右前方に崩れ落ちた。

〈無茶や。死ぬぞ〉

同時に、櫟木自身、頬骨の下と胃の奥辺りの背骨を痛撃されたように痛みを感じ、心の中で叫んでいた。敦之に殴られた、あの時の痛さが蘇り、重なりあって身体に響いたのだった。

二人がどうして、どうなったのかよくわからないが、見る間に、足元のホームのタイルが、〔長髪〕の鮮血で汚されていった。

櫟木は吐き気を覚えた。

〈何とかしろ。車掌は？　早く病院に連れていけ！〉

肛門が間歇的にキュッと縮み、嘔吐感が繰り返す。

それでも決着はついていない。

〔金髪〕は般若のように目を吊り上げ、猛り狂い、吠えたくっている。その腕を掴み、必死に引き止める仲間たちが、負傷した〔長髪〕らに、懸命に何か言っている。

雰囲気は張り詰め、血塗れたホームは足の踏み場もないはずなのに、通り過ぎる乗客は、そんな様子を、何か、まるで、無害の、優しい、小さな蝶か鳥の、変わり映えしない生態を見るような目付きで見て、さり気なく避け、さり気なく脇をすり抜けていく。

しばらくして、やっと、死んだようにして横たわっていた〔長髪〕が自力で、身体を僅かだが起こした。

〈大丈夫だ。でも早くしないと……〉

櫟木が思うはなから、両脇から庇っていた仲間の二人が助け起こした。

〔長髪〕は血を滴らせながら、スローモーション映像のように、ゆっくりと上体を起こす。一呼吸してから、血で汚れたホームに正座し直し、〔金髪〕に向かって深々と土下座した。

呆気ないほどの無条件降伏だった。

それを見届けた〔金髪〕は、薄ら笑いを消し、したり顔になって、そんな〔長髪〕に何か優しげに声を掛けた。

それをしおに、敵味方一緒になって、〔長髪〕を庇うようにして、車両に乗り込んできた。

一見、和気あいあいとしていたし、どうしたわけか、目の前で起きたあれほど刺激的な出来事を、先に乗り込んでいる乗客らも殆どが見ていなかったらしく、やはり何事もなかったように、七人はすんなり車両に溶け込んだ。

負傷した長髪の子がこちらを向いて、仲間の一人と話している。意外に元気だが、血は止まらない。立ったりしゃがんだりしている仲間の残り一人は、誰かがいつの間にか近くのトイレから調達してきたロール紙で、床の血を拭いているのだろう。

どうやら舌の右側を切ったらしい。しきりと、ちり紙で拭うが、遠目にも、その都度ちり紙に付着する血の量は、少しも減らない。仲間が適当な長さに千切っては、手渡しているが、太かったロールが見る間に細くなっていき、追いつきそうにもない。

先程から、時々、〔長髪〕の人の好さそうな顔が苦痛に歪むようになった。

〈気が張っている間はいいが、気が狂ったみたい、無茶苦茶蹴られたんだから。早く医者に見てもらったほうがいい。嫌な音がした〉

祈るような気持ちで見守る櫟木の頭を、これまでにも何度も思い描いた、道路に投げ出され、オートバイの横で血塗れになって倒れている敦之の姿が掠めていった。

堪えきれなくなったのだろう、三人は発車間際になって、四人に断りを言って出て行こうとした。きっと診てもらいに行くのだと、櫟木は思って、ほっとした。

「待てよ！　お前ら何処？」

その時も〔金髪〕が突如、大きく甲高い声を挙げた。

ビクッとした〔長髪〕が、

「××です」

と、くぐもった声で答えた。口腔に捩じこまれたちり紙の影響だろう。血はまだ止まっていないのだ。

電車が動き出した。

窓ガラスの外を、重い足取りで階段を登っていく三人の姿が流れていく。

櫟木は、経済新聞を膝の上で半ば開いたまま、今はもう地下の闇に向き合い、車内の様子を鏡のように写すばかりの車窓に目をやりながら、ぼんやり考えていた。

××というのは、櫟木が住んでいる県の名前だった。

やにわに、長髪の子に敦之の姿が重なって見えた。そして、敦之と揉み合ったあの日、その大きさと力強さに圧倒されながら、そこまで育ってくれたことを喜び、一方で、いつか、殴りかかられんばかりに迫ってきた、あの六番の二人に比べると、まだまだ小さいし、線も細く、弱々しい——と哀れを覚えたことを思い出し、

〈敦之は、本当は優しい子だったんだ〉

と思った。

電車が地上に出て、低く眩しい西日が車内の奥深くまで差し込んできた。右側の人達が一斉に日除けを下ろす。

こんな白日の下ならともかく、階段下の、目の届きにくい薄闇の中で起きたことで、真相はわからない。が、ともあれ暴力や流血は避けてしかるべきだ。

確かに、テレビや新聞は、事件や事故がひっきりなしに起きていることを報じている。もっとひどい、おぞましい殺人もあるし、酷い傷害もあり、凄惨な流血もある。

でも、そのいずれもが、狂気に憑かれた、戦争か、それに近い異常な世情の中で起きた出来事であり、日常とは遠く掛け離れたところから掻き集めた他人事なのだ。

でも、今度は違う。

死を孕んだ暴力と流血が今、平然と、人々の無関心に付け込むように、何でもない日常の、何でもない街の片隅に、何気なく、ふと当たり前のように顔を覗かせた。それは、死を孕んだ暴力と流血という黴菌が、普通の生活という培養皿に殖えられ、日常の一部になり、やがて当たり前になってしまう——ということではないだろうか。

突然、敦之が暴力をふるい出し、間もなく事故で死に、あっけなく家庭が崩壊したように。

傷を負わした方も、負わされた方も、それぞれに家族があり、それなりに社会に組み込まれている。人一人が、ああした立派な大人になるのに、どれだけの数の人間が哀しみに耐え、喜びに励まされ、多くの人の犠牲に支えられ、精一杯健気に、人生を全うしなくてはならないか。一人が感じる痛みは、その一人を支えている多くの人の痛みであり、哀しみなのだ。一人の奢りは、彼を取り巻く人々の奢りであり、頽廃だ。

ちょっと油断し、何かがちょっと緩んだだけで、こうして、いつでもどこでも簡単に、人間の尊厳や存在を犯したり、抹殺する暴力が、浮かび上がってくるのだ。

暴力は、人間を否定する。「愛の鞭」とか「目には目を」と言ったところで暴力は、情けや、笑いや、反省や、理性といった、人間を人間らしくしている、人間にだけ備わった要素によって解決する道を放棄する行為でしかない。

櫟木が今、骨身に滲みるよう痛切に感じているのは、そのことだった。

敦之が死ぬまで、

〈大した国じゃない。汚い金で肥えた男がふてぶてしく言い放った〔記憶にございません〕という、その一言が、この国から潔さというものを抹殺した。物事は見極め難い。言葉に実体はない。何とでも言い逃れできる。そのことを露呈させてしまい、裏腹に辛くも曖昧で美しい痩我慢や潔さの大切さを失念させた。以後、右へ倣え、そんな言葉を国是のようにしてしまったこの国の大人たち。そんな大人たちが大した親であり、夫であるはずがない。妻に、子供に何が言える。自由にすればいい〉

櫟木はそう考え、家風もあるがまま、規制も全く設けなかった。

二つ目の駅に着いた。

ここから××県に入る。ふと目をやると、あの四人が揃って降りていくところだった。四人は何事もなかったように、明るい笑顔で話し合っていて、〔金髪〕も何の翳りも見せない。

〈彼らも××県人か。ひょっとすると敦之を知っていたかも知れない。いや生きていたら、あれが敦之だったかもしれない〉

「次は××、××です。左側の扉が開きます。足元にお気をつけ下さい。傘など、お忘れもののないよう、お確かめ下さい。次は××です」

〈こんな天気がいいのに傘なんて……。でもまあいい。もうすぐ光子の喜ぶ顔が見られるんだ。ともあれ今の光子は、こんな顔を見るだけで喜んでくれる。そうだ、次の日曜日、天気さえよかったら二人で、ちょっと遅いかもしれないが、敦之が好きだった梔子《くちなし》の花をいっぱい摘んで、墓参りに行こう。そして、敦之に、誓おう。「土曜日は家族会議。朝食は家族揃って。テレビは一日二時間。母さんと二人切りになってしまったけど、うちでもそんな、些細な規律を少しだけ設けて、生活にメリハリをつけることからやり直していくよ。それを守るのを手掛かりに、母さんと二人で仲良く、小さなところから、ゆっくりとお前の方に向かって歩んでいくよ」と。……そう、それしかないん

だ〉
櫟木はそう思いながら少し心が晴れたように感じていた。

夏の日に

柴田は昨夜、O市で二万発の花火を見てきた。妻の聡子とともに加藤夫妻に招かれてのことだった。

本丸跡の石垣の足元を流れる瀬多川の右岸に桟敷が設けられていて、加藤はそのちょうど中程に席を取っていた。席の取り方一つにも骨柄や娑婆気は出る。不案内な中でトイレに立つ覚束なさも慮って、通路に面した枡席が選ばれていた。もちろん、花火を見るにも最上の席に違いない。

案の定、花火は手も届かんばかり、すぐ頭の上で爆裂し、度肝を抜く。折りふし、流れ落ちる残り火が、髪を焦がすほどに降りそそぎ、その都度、不慣れな客は半身を捩じり、右に左に打ち臥せる。その様子が、仄かな余光に影絵のように浮かび、通人らの感興を高じさせる。どよめきを歓声のベールが覆う。

スターマイン、手筒、仕掛け。性急に間断なく披露される中、参照に江戸時代の花火が五玉だけ打ち上げられた。シンプルで、何より一玉一玉の間合いが違っていた。はぐらかされたような気分になったのだろう、観客は一休みとばかりに、仰いでいた頭を一斉に下げた。でも、柴田にはそれが、広重の名所江戸百景「両国花火」をそのまま再現したように見えた。闇を引き立たせ、余情を醸している、と思った。

「今の花火には遊びがない。わざわざ情緒を掻き消そうとしている。そろそろ間の取り方や音の大きさを工夫したほうがいい」

美術館で江戸時代の美術工芸を専門に勤しんでいる柴田は、滲み出した感傷に自分ながらに苦笑した。そんな頭のどこか片隅を、闇に押しつぶされそうな田舎の庭で子供が四人車座にしゃがみ、線香花火の閃きをたのしんでいる情景が掠めていった。

加藤とは、加藤が広重の花鳥画大短冊の鑑定依頼に美術館を訪れたことがきっかけで、懇意になった。

「ドーン」

ひと際大きな打ち上げ花火が頭上を覆い、桟敷から、歓声とも悲鳴ともしれないどよめきが興る。

「ここの花火も、いつも見事に人を驚かすが、柴田さんも負けんぐらい人を驚かすお人ですわ。なあ奥さん、そうでっしゃろ」

折りも折り、近江商人の血を引く加藤が、音にも負けじと関西訛の大声で、柴田と初めて会った時のことを邪揄した。

当時、O市商工会議所の会頭を務めていた加藤は、古美術の優れた蒐集家としても聞こえていた。応対に出た柴田がいつになく何度も白手袋を外し、掌の汗を拭ったのは生来脂性のせいばかりではなかった。さすがに質問は鋭かった。それでも、専門の学芸員として対峙した柴田に遠慮はなかった。

「ご指摘のように、確かにこの図録にある本物より、加藤さんのほうが保存状態もいいし、ほぼフルサイズ。しかも色目もよく、紙味も舟焼けの具合も悪くない。申し分なさそうですが、真贋となると別です。版画は厳密な比較の世界です。見て下さい、加藤さんのものには、湖面の上を横切る雪を被った枝と湖面を区分する輪郭線がありません。これが本物には共通しています。この絵に異版はありません。絵に深みがある、没骨法から言えば儂のがええ、そうおっしゃられても、駄目なものは駄目なんです。本物と突き合せれば、もっと瑣末で重大な齟齬が出る筈です。版画は同じものが何枚も刷れるので、短絡的に同じものが作れると思いがちですが、本当は一枚一枚図柄の違う絵よりも偽物は作り難い。(姿は似せがたく、意は似せ易し)です。精巧な江戸時代に作られた贋物です」

花火は十時前には終わった。帰りは先を急ぐ客で混雑を極めた。

「やり過ごしまひょ」

加藤の勧めに従って桟敷に居座り、残った地酒を酌み交わした。粗酒粗餐といいながら珍味が揃っている。感傷はいつの間にか、どこかに紛れてしまっていた。

座を立つ時には十二時を過ぎていた。

「お気をつけて」

加藤婦人の気遣いを後にして、聡子の運転で帰路を急いだ。気が急いていたのだろう。高速道路を百キロ近いスピードで飛ばしたが、家に着くともう二時を廻っていた。シャワーを浴び、すぐ寝床に入った。

翌日は日曜日だったが、蒸し暑く、七時前に目が覚めた。

聡子はもう起きて、居間を隔てた台所で火宅の音を響かせている。トイレを済ませ、水を飲みに行くと、一人ごちるかのように話した。

「パンが切れていて何もないの。きのう、帰りに深夜スーパーに寄ってもらおうと思っていたのに、花火の余韻もあったし、最後に摘んだお肴や、一口頂いた地ビールが美味しくって。花より団子かしら、すっかり忘れてしまったの」

「まだ七時だろ。もう少し寝たら、俺が買いに行くよ」

「そうしてくれる、助かるわ。じゃあ、ついでに卵とウインナーも頼みたいわ。……でも、そう、ダメ！　祐司が出掛けるのよ。それで起きたんだから。やっぱり私、今から行ってきます」

（部活か）

眠そうな祐司の顔が思い浮かんだ。途端、体が目覚めた。

柴田は、玄関先に放り出されたままの祐司の自転車を借用する気でサドルに跨った。高すぎて足が地面に届かない。それでも何となく焦りに似た気持ちが涌いていて、そのまま団地外れのコンビニエンスストアに向かった。一年ほど前に出来た店で、当初はだれもが、「こんなところでやれるものか」と思ったが、大当たりで、普段から客が絶えない。ほんとうに世間はわからない。

休日の朝ということもあってか、もう沢山の客で賑わっていた。

食パン一斤とパック入り牛乳、祐司の好みの菓子パンを二個、それに卵とウインナーを買物籠に入れた。

レジに並んでいたら、目の隅で何か、小さな黒いものが動く。左方、入り口脇の大きな嵌め込みのガラス窓のこちら側で、虎斑の揚げ羽蝶がガラスに行く手を阻まれ、もがいていた。

間合い、角度、光の加減、店員の手捌き、表情、客の配置、所在無げな面もち。

〈デジャ・ヴュ。既視感か……〉

今、見ている景色を、そのままいつか、今と同じような感覚で見ていたことがある—そう思うことが若い頃にはよくあった。その不可解な思いを、どこかでわずかに自らの心の特異さのように思いなして、自負する気持ちもあったのだが、それも長いこと経験せずに過ごしてきた。

〈歳のせいか〉

思う端から奇妙な感覚は消え失せ、デジャ・ヴュに描きだされた、この前、ここであった出来事が想い浮かぶ。

店を出ていく中年の男。その右腿が新聞スタンドにぶつかる。新聞が一部、音もなく通路に落ちる。気付かずに男は立ち去る。店員も、出入りする客も、落ちた新聞に目もくれない。暫くして勘定を済ませた柴田が、帰り際、その〔邪魔者〕を元に戻す。

だから、今、蝶々ごとき、目にも触れ難い些細な、そして動き回り捕え難い、まして通路から外れた場所にいて邪魔になるわけでもないものなどに、関心を払うはずがない。

蝶々には、透きガラスの存在など脳裡に全く刷り込まれていない。羽搏きながら、愚者そのままに、幾度も懲りずに頑強なガラスに体をぶつけ、文字通り身を擦り減らしながら幾度も上に下に行き来し、やがて、レジとガラスの間に置かれたコピー機の向こう側に落ちて消えた。僅かな時間だった。

手前の新聞スタンドには、O市の花火大会の様子を伝える新聞が並んでいて、どの新聞にも、夜空に開く花火のカラー写真が掲載されている。小さくて平板、色も燻んでいて、脳裏の花火とは比較にならない貧弱さだ。〈これが真実の報道という訳だ〉。そう思う端から、〈この花火の写真より、今、物陰に消えていった蝶々のほうが大きかった〉、脈絡なく湧いてきたそんな思いに囚われた。柴

田は戸惑いを掻き消すように、

「かわいそうに」

そう口に出してみた。

代金を払うのもそこそこに、それでいてさり気なく、帰る道すがら、ふと気付いたというふうに、消えた蝶々の行く末を確かめて見る。蝶々は羽根を床に寝かせ、間歇的に羽搏くだけだ。僅かに虎斑が見えた。死ぬのは時間の問題だろう。

とにかく、ここは息苦しい。目立つことは禁物だ。山合いの古く小さな村落。それを核に南へ向かい扇状に開発されたこの大分譲団地を、小さな村の古い価値観が覆っている。いや、それは、四季に生き、主語のない言葉を話す日本人の本性だろう。移ろい易い、狭い風土。そこでは何事も全体に帰し、水に流すしかない。

柴田は、まず自分を欺くように、落し物を拾う時の気分を心に纏ってから、そっとコピー機の脇にしゃがんだ。コピー機の陰に滑り込ませやすいよう体を横にして、頭部を蝶々がいる方から逆方向に捩《ね》じ、体重を預けるように頑固な嵌め込みガラスに押しつけ、右腕を差し延べる。やっと手が蝶々に触れる。蝶々は驚いたように床近くを舞い騒いだ。

指先に伝わってくる、その最期のあがきにも似た触覚が、この地に在った祖母の里での夏の思い出をかき立てた。

夏休みごとに、二歳年長の、今も大阪に居る従兄の泰ちゃんと示し合わせて、よく遊びにきた。大好きだった蒸気機関車に乗って来て、侘びた駅舎に降り立つ。当時は県庁が在る街とも思えない静かな町だった。二人並んで、これから立ち向かう里山に向かって深呼吸を一つする。ひと山、ふた山、み山。脇に侘びた墓地や淀んだ池のある草深い山道は、子供には、いつまでも慣れない大きな試練だった。それでも、先に待ち受ける村の生活が懲りずに二人を駆り立てた。

毎日、蝉や蜻蛉や甲虫や鮒を捕っては、

「お盆ぐらい殺生せんときな」

と、祖母に怒られた。

「殺生なんかしとうてしとんのやないわ。弱い奴が死ぬだけや」

蝉を捕るにも、目の細かい虫網は高価な消耗品で、簡単には補充も、魚タモへの流用も利かない。だからといって、祖父が黐《もち》の木を練って作ってくれる捕り黐では、粘りが強過ぎ、羽根を傷めてしまう。

それで、針金をラケットぐらいの大きさに丸めた枠に、女郎蜘蛛の粘っこい巣を、金魚掬いの紙タモ様に真っ白になるほど絡め、それを樹上で鳴く蝉に押しつける。人工の網に比べ、蜘蛛が紡ぐ糸は、その醸す気配が違うのだろうか。近づけても気付かれることが少なく、奇妙によく捕れた。しかも、殆ど、蝉が剥れて逃げることもないし、放してやると元気に飛んでいく。

蜘蛛には悪い気もするが、甲虫や大鍬形、時には宝物のように大切な玉虫まで餌食にする。巣に絡まった紡錘形の白い塊を見つけるとドキッとする。「まさか!　紙切虫であって下さい」。祈るような気持ちになって、粘糸を慎重にほぐす。中から煌やかな緑と銹紫の縦縞模様が覗いた時の悔しさ、悲しさ。今思い出しても、心臓がキュンと鳴るほどだ。それに何より、逞しい女郎蜘蛛は、次の朝には、もう昨日と同じ場所にきちんと、新調の立派な網を張っているのだ。

小鮒やイモリは手水鉢に日覆いをして入れておく。だけど暑い夏のことだ。死ぬものも少なくない。祖母が用を足しにいっては見つけ、水ごと庭先を流れる堀割にぶちまけてしまう。

「また殺生して！　泰坊、国雄！　ええな！」

昼寝の床でごろごろしている柴田の耳に、広庭を隔てた厠の方から祖母の叫び声が聞こえてきて、叫ぶ先から水をぶちまける音がする。その度、柴田と泰ちゃん、それに従姉妹で祖母の内孫の幸代ちゃんや君江ちゃんは、蚊帳の中で、顔を見合わせながらクスクス笑い合った。

祖母の声が遠い。

そんな思い出が頭を過《よぎ》っていく。店内の弛緩《しかん》した空気に変わりはない。

やっと、蝶々を、掌と五本の指を立てて作った指の筌（ふせご）に収めた。収まりきらないほどだったが、逃げない程度に指を緩めてやればいい。小動物の扱いは、殺すも生かすも手慣れている。

腕を引き戻す時、羽根に出来た小さな折れ筋を指先が探り当てていた。自然、指の腹が撫で伸ばすように、優しく繊細な手捌きを繰り返す。

〈浮世絵の折れ目を伸ばす時と同じだ〉

店内を振り返らないようにして外に出た。指を少し広げて確かめて見ると、羽先が一部ぼろぼろになっていた。でも、後ろ翅から突き出た尾っぽには紫や赤の斑点も残っているし身悶えもまだまだ力強く大丈夫らしい。すぐに、空に放り投げた。

すると、突然強い風が吹いて、かっ攫《さら》うように、思いもかけない捷さで蝶々を北の空高く巻き揚げた。そして横に黄色く糸を引いて、アッという間に視野から消えた。

何かしら急に不快になった。余りに呆気ない蝶々の消え去りようが、つい、蝶々の不人情をなじる気分を醸したのだ。柴田は巡り来た事態に、淡々と素直に対応しただけだったのに。

〈それなら、お前が面白半分に殺した魚や昆虫の恨みつらみはどうなる。無慈悲に叩き殺した蚊や蟻、手折った草や木を覚えているか。お前が足を踏み出すごとに、唾液を呑み込むごとに、幾十、何百、何千という土の中や口の中にいる無辜の生き物の命を奪っていることはどうするのだ〉

おっつけ自問が湧き上がる。柴田は掌に滲んだ汗を、残った黒い鱗粉とともにズボンの右腿で拭うと、やにわに寸法に合わないペダルを漕ぎ出し、懸命に坂道を登り始めた。

「バン、バン、ババーン」

登り終え、坂を左に旋回しながら下り始めた時、競艇の当日開催を告げる花火の大きな音が頭上に満ちた。

見上げると真っ青な空に小さな白い煙の塊が浮かんでいた。

陽光に花を消され、いつも音ばかりの空疎な花火。夜、打ち上げてやれば、O市の花火とまではいかないまでも、それなりの花を咲かせただろう。今ではきっと、音だけを目的に簡素化された安価な花のない名だけの花火が使われているのだろうが、それでも夜になれば、漆黒の空に一閃の光芒は描くであろうに、時に流れ星のように。

しかし、ここの花火はずっと以前から競艇開催日の朝方、打ち上げられることに決まっている。もとから目的が違うのだ。打ち上げは、あの白い煙のすぐ下辺りに広がる、村外れの墓地のある小高い丘の木群からで、今後も変わることはないだろう。

〈団地が出来る前は、あの木群の中に焼き場もあった〉そう思う刹那、煙は、あの日、その木群の上に立ち昇った、祖母の遺骸を焼く薄墨色の煙そっくりに棚引き出した。

「ナマンダー、ナマンダー」

柴田は、つい振り返った。耳元を風に乗って過ぎ去っていく祈り声を聞いたように思ったから。

ノナトナの木

風光る六月。梅雨の晴れ間の日曜日。お昼前から、光子は母親の康子に連れられ、美術館まで歩いて行った。父親の徹は衛生研究所の技師で、食中毒が出たと言って、朝食もそこそこに飛び出していった。

団地から美術館脇を抜けて駅に通じる道路は欅並木で、一斉に萌え出た若枝が両側から伸びて握手しているかに見えた。風が渡り、木立がざわめく。さながら稼働式のきらめく緑のトンネルだ。

美術館は道路の右、大きな木に覆われた小高い丘の上に建っている。美術館への誘導路は、右側がポプラ、左側が桜の並木で、歩道もちゃんとある。普段はあまり車も入ってこない。昨年の秋、小学一年生の時の遠足で来たこともあるし、母親とは何度も来ている。光子は繋いでいた母親の手を解いて、桜の木漏れ陽が地面に描く白い大きな光の輪を選んでたどって行く。白いブラウス、編み目の靴下、紺色のスカート、赤い靴がまるで踊るように見える。少し遅れて康子がついていく。白い鍔広の帽子の蔭で笑顔が爽やかに輝いている。長い亜麻色の髪、ベージュ色の麻の上着、左脇に挟み込んだキャンバス、左手の絵の具箱、右手に持ち替えた三脚、ゆったりと交互に運ばれる長い紺色のスラックス。もう立派な女流画家に見える。でもキャンバスが大きすぎる。欲張ったつけが廻ってきた。内心、持て余し気味で、先程から何度となく、〔ああ、しんど〕と溜め息をついていた。

正面上方に和洋折衷様式のどっしりとした美術館がそびえ、右手にそこへ通じる、ちょっとステップを低めにした広くて白っぽい石段がある。でも、光子たちのきょうの目的地は、左手になだらかに広がる抽象彫刻ばかりを集めた芝生広場だ。

きょうも広い広場に人影一つない。着くとすぐ、康子は芝生に三脚や絵の具箱を投げ出し、キャンバスと一緒に芝生に崩れ落ちた。キャンバスが音もなく倒れる。康子の上半身も同じようにゆっくりと後ろに倒れる。両手をばんざい、Yの字になって背伸びした。足元から風が通り抜けていく。康子は、自分が風を切り裂いて大海原を行くヨットみたいだと思った。

〔疲れた。でも、いい気持ち〕

もうすっかりひと仕事終えた風な気分になっている。

そこへ広場の隅まで行っていた光子が不意に帰ってきて、

「タヌさん、いないよ」

と耳打ちした。

この前二人で来た時、広場と周りの自然林を区切る植え込みからタヌキが出てきて、光子の手から卵野菜サンドを三つも食べ、また元へ帰っていったのだった。まだ人間を恐れることも知らない子ダヌキだった。

「そお、きょうはまだお昼には早いし、みっちゃんと一緒で、お母さんと散歩かな」

「うん。でも小父さんがいたよ、タヌさんみたいな」

康子はびっくりして跳び起きた。この広場には普段だれもいないはずだ。美術館がにぎわう特別展開催中の日曜日や休日の昼食時、それもごくたまに弁当を広げる人がいるくらいなのに。せっかくの抽象彫刻だが、奇抜な形と色が目は牽いても、却って「立入禁止」や「ごみ捨場」の警告板のように人を遠ざける。だから、きょうみたいな、特別展も開かれていない、まして開館前のこんな早い時間に、この広場に人がいるとは思ってもみなかった。恥ずかしくないように、わざわざそんな時を選んで絵を描きに来るのに。それに、はしたない、大きく胸まで張って伸びまでしてしまった。一瞬、身が竦む気がしたが、すぐクスリと笑ってしまった。ふと、光子がタヌキみたいと言ったのに引きずられ、「化けた」と思ってしまったのだ。「まさかぁ」。早速にべもなく打ち消したものの、真っ昼間から死角になっている場所が場所だ。完全には否定しきれていない。ちょっと怖い。でも怖い物見たさの気分も心の片隅にある。燦々と降る陽光に後押しされるような気分で、光子と確かめに行くことにした。

広場と周りの自然林の間の、広場からは目立たない一段低いところに、広場の北東部をぐるっと半周する石畳の遊歩道が設けられている。手をつないで、広場から五、六段、地なりの階段を降りて遊歩道に出た。右手は自然林の端が迫ってきていて行き止まり。左手が美術館の石段の方に通じるコースになっている。広がったり狭まったりしながら続く遊歩道。ケヤキ、サクラ、クスノキ、ナンキンハゼ…。木立が落とす緑蔭。そのところどころに木製のベンチが置いてあって、〈小父さん〉はそのうちの一つに腰掛けていた。

「こんにちは」

陽光はあくまで豊かで、蔭さえ明るい。

「こんにちは。ああ、さきほどのおじょうさん。さっきは突然、広場の上から顔が出て見下ろされたのでびっくりしてしまって。あいさつも出来なくてごめんね。ちょっと考えごとしていたんだよ」

「すいません、こちらこそ。みっちゃんもごあいさつは。光の子。光子っていうんですよ」

「こんにちは」

「こんにちは」

立ち上がってあいさつを交わす小父さんは思っていたよりずっと大柄だった。子ダヌキどころではない。歳の頃はちょうど夫の父親ぐらい。小太りで、色白。彫りの深い顔に眉毛の濃さがくっきりと目立つ。どこか近所で板前でもしているのだろうか、純白の割烹着姿だ。笑顔がとても優しくて、どこもタヌキらしいとこなどない。でも見慣れて見ると、モサモサの赤茶けた髪と、それに続く、顎まで伸びた、まるで三味線の黒い撥を貼りつけたみたいな裾広がりの頬髯が、そう言えばタヌキを連想させなくもないかもしれない。康子は込み上げてくる笑いを押し殺しながら言った。

「おじゃましてすみません」

そんな母親の気持ちも知らずに、光子が声を掛ける。

「小父さん、タヌキさん見なかった」

康子がドキッとする間もなく、意外な答えが返ってきた。

「ああ、ポン太郎のことだね。あれね、美術館の人にも可愛がられて、天ぷら揚げた残りの油粕や、弁当の残りももらって、随分馴れてきていたんだけど、最近、いなくなってしまったんだよ。どうやら、人間があげた食べ物の残りが、お腹を空かした野良犬を呼び寄せた。そいつに追い掛けられて、驚いてここから逃げ出したらしい。かわいそうなことをしてしまった」

「かわいそうだね。でも野良犬さんもお腹が空かせていたら、かわいそうだしね」

光子は悲しそうな、困ったような顔をして言った。

それに小父さんも悲しそうに頷いたが、すぐ、何か別のことを思いついたように、表情が明るくなった。

「おじょうちゃんは優しい人だね。動物が大好きなんだね。小父さんがいいもの見せてあげようか」

と言うと、すぐ近くまで伸びてきているノナトナの木の枝から左手で葉っぱを一枚とって掌に握り籠めたかと思うと、そのまま前掛けのポケットに手を入れた。

「これは魔法の葉っぱ。いいかい。これからこのノナトナの葉っぱを小鳥に変えてみせるから。ほんとだよ。ほんと言うと、こう見えても小父さんは、すごい魔術師なんだ。よーく見ててごらん」

そう言いながら今度は右手も入れる。両手がポケットの中でモゾモゾ動いている。光子だけでなく康子も目を牽かれ、じっとポケットを見つめる。やがて、小父さんは、何かをふんわり握っているような、ちょっと拳を膨らませた恰好で右手をポケットから出したと思うと、

「そーれ、あぶらかたぶら」

と大声を上げながら、右手を大空に放り挙げ、拳を開いた。すると何と、小鳥が一羽、空に舞い上がったのだ。

「チー、チー」

甲高く鳴いたかと思うと、あっと言う間に上空に広がる光の中へ飛び去った。

「わーい、わーい。魔法だ、魔法だ。小鳥の魔術師さんだ」

光子が大喜びで跳ね回る。脇で康子は呆気に取られ、ぽかんと空を見上げていた。小鳥が見えな

くなったころ、小父さんが康子に耳打ちした。

「どうです。びっくり、でしょう」

「ええ！　本当にびっくりしました。どうなさったの？　あなたはどなた？」

小父さんはしばらく笑顔のまま口をつぐんでいたが、光子が小鳥の飛んでいった広場の方に上がっていったのを見定めると、周りをはばかるようにして言葉を継いだ。

「種明かしすると、あれ、子雀なんです。私、道路向かいの丘の上で、〈おおもり屋〉という料理屋をやってましてね。料理屋なのに上さんが猫好きで、その親猫――と言っても、こいつもまだ一歳半ぐらいですが。ドジばかりするから、ドジです――それが今朝、雀を捕ってきた。十一日前に初産で一匹だけ赤ちゃんを産んで、その離乳食用らしい。雀はもう腰に傷があって血がかなり出てたんだが、生き餌にするってわけでしょう、取り上げるとまだ結構元気でした。嘴の端がまだ黄色くて、春生まれたばかりの初々しいやつなんです。在り合わせの軟膏を塗って、手に取って温めていたら、少し元気になった。それで、ポケットに入れてここへ運んで来たんですよ。元気になったら放してやらなくちゃいけないし、死んだら埋めてやらなくてはいけない。ここへきて、しばらく様子をうかがっていたんですよ。ほら」

そう言って、ポケットから葉っぱを一枚取り出して、お母さんの目の前に差し出した。先程のノナトナの葉っぱだった。

「そうでしたの。それを聞いて安心しましたわ。あの子もあんなに喜んで。本当に素敵でした」

「いやいや、私の方こそ。あの時まで死ぬんじゃないかと心配していたんです。ポケットの中ですっかり弱って、ほとんど動かなかったから。そこで思いがけず、おじょうさんやお母さんに声を掛けられ、こんな晴れ舞台を作っていただいた。それで、失敗は許されないぞ、死んでいたんじゃ話にならないぞ、絶対元気になって飛び出せよって、ポケットに強く呼び掛けた。すると奇妙ですな。急に動きが活発になった。本当は寝ているところを起こされて驚いたんでしょうが、祈り、いや、まじないかな、が通じたなって思いましたよ。何かうれしくなって、今度はもっと真面目に祈りながら、空に放り上げた。あとは見ての通りです。自分でもびっくりした。見事な手付きだったでしょう、本物の魔術師みたいな。鬱陶しい日だなと思っていたのに、いい日にしてもらって。こちらこそお礼を言わなきゃ」

その日の夕食の席で、光子は興奮気味に、父親に〈小鳥の魔術師さん〉の話をし、康子も経過を補足した。最初はニコニコしながら聞いていた徹だったが、小父さんの店の名前を聞いた途端、真顔になって言った。

「大森屋? そんな名前の料理屋、知らないな。仕事柄知ってなきゃいけないし、あの辺の料理屋はよく使うけど、知らないぞ。……それ、ひょっとして、タヌキに騙されたんじゃないか」

「まっさかぁ!」

康子の素っ頓狂な声。怪力乱神が入り交じる大人の世界。子供の世界に関心を引き戻そうと光子が言った。

「ねえ、ねえ、また見に行こうね」

光子に促されるまでもない。康子は次の休日、苦笑する徹も引っ張りこんで三人で美術館に出掛けた。その日は手ぶら。この前の絵を描き継ぐのに恰好の日和だが、絵どころの話ではない。喜び勇む光子のいつになく先を急ぐ歩調に合わせ、康子は夫をせかしながら足早に彫刻広場に雪崩こみ、あの回遊路の休憩場に向かった。

「あの人かい」

広場の端から回遊路を見下ろし、目敏く見つけた徹が尋ねる。

小父さんは、その日はこの前よりもう一つ奥のベンチに座っていた。割烹着の胸から下が、伸びた新緑のノナトナの大枝の蔭から眩しく覗いている。

「こんにちは」

「ああ、お母さん、こんにちは。光子ちゃんも。きょうはお父さんも一緒なんだね。でも、きょうは前みたいな楽しい鳥の魔法はもう見せられないんだよ、せっかくお客さんが一人増えたというのにね。世の中、楽しいことばかりじゃないんだ」

「うん。光子も哀しいこともあるもん」

「そう、哀しいから楽しいことが楽しいのかもしれないね」

「小父さん、すごい魔術師なんでしょ。お父さんも来たし、ほかの魔法見せて下さい」

「うん、じゃ、きょうは上級生向きのを見せようかな。でも……」

康子も、もちろん徹もちんぷんかんぷん、予測がつかない。二人の顔に未知や不思議なものへの期待が浮かぶ。それが小父さんの心をくすぐった。

「じゃあ」

そう言うと小父さんは、この前と同様、脇に繁ったノナトナの枝から葉っぱを一枚とって、前掛けのポケットに入れた。その日は右手でだった。徹と康子を交互に見ながら、左手も入れる。やがて、大きな宝玉でも包み込んだように、ボール状に膨らませ合わせた両掌を、そーっと曳き出した。

でも、そこでストップ。いつまでもまじないは唱えられそうにもないし、両掌が開かれる様子もない。木立を渡る風の音が重苦しい沈黙を和らげいる。でも、人と人が作る気拙さは言葉なしでは募るばかりだ。耐えきれなくなった康子が声を出そうとした刹那、

「どうしたの、小父さん。きょうは何が出てくるの」

そう言って、光子が小父さんの手の包みにモミジ葉のような小さな手を添えた。

「そうだね。魔法もいいことばかり出来るわけじゃないんだ。びっくりしないで」

小父さんは寂しそうな微笑を浮かべながら両掌を開いた。花が開くような優雅な動作だった。右左が合わさった広い掌に、小さな生き物が気配もなく横たわっていた。半眼はまどろむように爽やかだし、黒と茶色が混在した体毛もモコモコ毛羽立っていたが、死は歴然としていた。

「この前は空に帰っていったけど、きょうは土に還るんだ」

埋葬。小父さんの言葉によって親の心に湧出した死や子の穢れを忌避する思い。それを拭い祓うように、光子が言う。

「かわいいね」

「うん、猫の赤ちゃんなんだ」

康子は初産で生まれた、あの赤ちゃんなんだ、と思った。

「小父さん、この木はどんな花が咲くの」

子猫を撫でていた光子が、思いがけない問い掛けをした。

「ノナトナは、透き通るような黄色い花びらを何十枚も重ねて広げるんだよ。まるで小さな太陽がいくつもたくさん木にいっぱい咲いて、雨の日でも、ここだけが陽だまりみたいに見えるんだ」

思わず康子は、〔花の季節は？〕と口を挟みそうになった。

「そお。じゃあ、お墓はこの木の下がいいね」

もう子猫が冷たかったからだろうか。光子にも分かっていたのだ。小父さんも重荷を降ろしたふうだった。ノナトナの幹の蔭から魔法のようにひょいと小さな白いスコップを取り出した。

「手際がいいね」

光子のちょっと大人びた言葉が、沈んだ空気をすっかり引き立てた。あっというまに、赤ちゃん猫に相応しい小さな墓穴がノナトナの根本の芝生に穿たれた。

小父さんは心なしか軽快だ。サツキやフジの花を集め、サツキを墓穴の底に敷き、そっと横たえた子猫の上にフジの一房を掛けてやった。小父さんが土を還し、芝生を元通りにしている間に、康子が広場の植え込みから拳ほどの白い石を拾ってきて、そこだけ被った土でちょっぴり汚れた芝生の上に置いた。

「さあ、みなさんお別れを」

小父さんの声に、すっかりこの劇の登場人物になりきっている徹が穴の周りにしゃがみこんだ。康子も、光子もそれを真似て座る。

「安らかに」

徹が祈り、康子が合掌する。光子は、

「天国に行って下さい」

と言って、手を合わせた。

「ありがとう。これできょうの魔法は無事終わりました。ありがとうございました」

小父さんが幕を引く。

光子は供える花でも摘みにいったのだろうか。ベンチには、大人ばかり三人が並んで座り、話している。

赤ちゃん猫は、母親のドジが出奔したまま一日半帰らなかったために衰弱して死んだ。小父さんの奥さんが、赤ちゃん猫用の哺乳器も買ってきたが手遅れだった。わずか半日のことだった。あまりにあっけなかった。出産の十日ほど前にかなりの出血もあったし、普通は一週間ほどで歩き始めるはずの赤ちゃんが、まだよちよち這い擦るだけで、どうやら未熟児だった可能性もある。育たない。母親のドジは野性の本能でそれを見極め、放棄したのかもしれない。明らかに、ドジの出奔は次の発情期の到来によって引き起こされたものだった。別の雄の子供を育てている間、雌は発情しない。自分の子供を産ませるため、育っている子供を殺し雌の発情を促す。ドジもそんな自然の掟に従ったのかもしれない。だとしたら、ドジの出奔が自らの父親とおぼしい野良猫とのランデブーのためだったとしても、簡単にバカとかドジ、畜生めって言えることじゃない。ドジはその間、いつも出入りしている台所のすぐ近くまで来ても、雄猫にばかり気を取られてばっかり、餌さえ食べに寄ろうともしないし、呼んでもチラとも振り向きもしなかった。

「でも、本当は離乳食を取り上げたのがいけなかったのかもしれないんです。だって、まだ赤ちゃんは生きてたし、今も帰ってくると赤ちゃんを探してますから。けど、上さんの嘆きを見てると未熟児ってことにしといたほうが……。子殺しのことはその頃ちょうどテレビでやっていた。テレビも役立つことがあるんだって初めて思いましたよ。それにしても厳しいですね、自然は。一つの命を救ってやったといい気でいたら、今度はそいつが原因でもっと近しい命が一つなくなってしまう。

でも、そのように人間は浅墓だから生きていけるんでしょう。料理屋に生き物は厳禁ですよ。一匹がぎりぎりなんです。子猫が死んだのを心底から哀しいと感じながら、心のどこかで、私って奴は喜んでいるんですよ」

その飲食店の衛生に関わる言葉が、徹を現実に引き戻した。柝《き》が入り、幕が引かれ、徹も舞台から降りる時が来たのだ。

「お店、大森屋っていうそうですが、どの辺ですか。職業柄——衛研なんです——ほとんど飲食関係の店は知ってるつもりなんですが……」

「しがない小さな店ですから。だからともあれ行きずりも最初に店の名前で引きつけようって上さんと相談して、ご飯もおかずも大盛りですよって……」

「ああ、何だ、その大盛り！　大盛屋さんなら……、でも、行ったことないから。近いうちに仲間と行きますよ。それにしても、すっかり騙されてたなぁ……」

徹が小父さんの方を向いてそんな話をしているさ中、徹のすぐ前に、雀が錐揉《きりも》みしてバタバタ落ちてきた。嘴から薄茶色い十円玉ほどの大きさの蛾が逃げる。蛾を追って雀は石畳から脇の芝生へ地上をジグザグ三段飛び、空中でやっと捕らえ直し、近くの枝叢に飛び込んでいった。途中、二、三度、チラッと康子らを見たような目付きをしたが、夢中で人間など眼中になさそうだった。

〔雀も虫を食べるんだ。子育て……〕

雀に気を取られ、夫たちの会話をよそに、餌取りの一部始終に見入っていた康子は、そう思った。

ノナトナが凪にそよいだ。光子はまだ帰らない。

秋の日に

〈今まで、この人の笑顔なんて見たことがなかったのに〉

五年前まで豆腐屋をやっていた実家の前に車を横付けし、杉山が降りかけたちょうどその時、右手から菱屋米穀店の小父さん、熊沢正彦さんがこちらに向かって歩いてきた。高校の時から市外に通い、大学、就職とずっと都会暮らしで、小父さんとは三十年以上、まともに顔を合わせていない。頭はすっかり禿げ上がり、鼻眼鏡も掛けていたが、右足の銃瘡からくる軽い跛行もあって、すぐに正彦さんだと判った。

子供の頃、よく菱屋に父親が吸う煙草や、秤売りの胡麻油を買いに行かされた。そんな時、売る端から必ず、

「また、悪さしとんのやろ」

正彦さんは、頭ごなしにそう怒鳴る怖い存在だった。世知辛い世界でせわしなく生きる大人から見れば、戯れせんとや生まれけん子供とはいえ、みんな悪垂れに見えるに違いない。背筋がピンとして、大柄なせいもあるのだろうが、その頃もう今の杉山よりずっと年上だった気がする。としたら、杉山が来月で四十三歳だから、正彦さんは優に八十を過ぎていてもおかしくないが、艶やかでどう見ても七十前にしか見えない。

「ご無沙汰しています」

そう挨拶すると、正彦さんは笑顔をクシャクシャにして、

「ちっとも歳とらんな」

朗々と、そう応じた。

「いや、小父さんこそ。お元気そうで、声にも力あるし」

「なんの。お互いさまやが、歳相応に歳とらんのは、何ぞ悪さしとるでやて言うんな。それにしてもあんた、お父さんによう似てきたなあ」

親に似る。それが善いのか悪いのか。形ある顔付き一つにしても分からない。ともあれ魚心あれば水心というのか、正彦さんは冗談めかし、悠々と話を紡いでくれた。そして、〈なんぞ悪さしとる〉、その言葉が俄に時を巻き戻し始めた。そういえば、〈正彦さんはいつも、不機嫌だったような気がする〉、杉山は改めてそう思った。

杉山にとって正彦さんは、思い出というフィルムの中に紛れ込んだ目立たない齣《こま》のようなもので、印象深くて折々思い出すといった類の被写体ではなかった。でも、こうして頭の内でフィルムを巻き戻し、ゆっくり吟味してみると、正彦さんも結構映っている。

正彦さんは、杉山が物心ついたころには確かもう、杉山の実家の三軒南にある菱屋にいた。杉山より二歳年下の義幸ちゃんという正彦さんの実子もいて、杉山は菱屋によく遊びにも行っていた。

菱屋や杉山の実家は、城跡公園の東側を南北に走る、巡見街道と呼ばれる古くからの往還に軒を並べている。町は、利休十哲に列した数奇大名が移封されてから開けた。

先の大戦では空襲に見舞われたが、風で爆弾が流され市街地は殆どが遺存された。町場のほぼ中

央に位置している城跡も、城郭こそ残っていないが、苔むした野面積みの石垣に囲われ、昔日の居住まいを今に伝える。西に連なるなだらかな山々を借景に、深い緑に包まれ際立つ花鳥風月、雪や雨は、折々風情に溢れ、市民や観光客を魅きつけてやまない。

町場の古くからの商家はどこも、武家に遠慮した名残で、切妻で間口は狭いが、代わりに鰻の寝床と言われるくらい奥が深い。七、八十メートルほども奥先の裏の道まで、踏み固めた細かい土たたきの通路が抜けている。

新参の杉山豆腐店などは、そうした旧家から街道沿いの表半分を分けてもらうのがせいぜいで、よくても泥鰌の寝床止まりだ。

菱屋はそんな老舗の中でも一番古格があったが、格式も遠慮もない子供には、その奥床しい中庭も格好の遊び場でしかなかった。

「義幸ちゃん、遊ぼ。お邪魔します」

米櫃や秤升、食用油の樽などに取り囲まれた番台辺りに一声掛けながら、店を足早に抜ける。暖簾を突っ切ると、細い通路がずっと奥まで続いていて、闇の先に、方形に切り取られた明るい庭の一郭が、小さく見える。時に、そこでこちらを見て待ち受ける義幸ちゃんの黯《あおぐろ》いシルエットが浮かんでいた。糠や藺草や油、乾物、煮物、それに黴《かび》なんかがごちゃ混ぜになった匂いが、鼻を撞く薄暗い通路を一目散に走り抜ける。左手に続く部屋部屋は板の引き戸できっちり閉ざされ、右手にお竈《くど》さん、日用品を仕舞い込んでおく什器戸棚や茶箪笥など、最後に厠が並んでいた。

パッと明るく開ける長広い中庭は、高い黒塀に囲われていて、誰にも邪魔されずに遊べる格別の空間だった。高床の離れ間、大きな築山、二曲がりも三曲がりもする遣り水、周到に刈り込まれた立派な植え込み。そんな懐深く秘められた商家の贅も、時代が移り、社会の成り立ちが変わると、贅を味わう主役も余裕をなくした大人から子供へと移行していた。チャンバラ、動物ごっこ、隠れんぼ、鬼ごっこ、独楽廻し。時には女の子たちの主張に従って、ままごとや人形遊びもした。

夢中になると庭木も畑も床下も男も女もない。枝を折ったり、踏み荒らしたりはしょっちゅうで、時には満開の桜も、滴る新緑も、匂いやかな金木犀も、錦繍色なす紅葉も、すべてをまろやかに覆う雪明りも、みんな血祭りだった。

「生きもんを大事にせい、ものをだだくさにすんなて言うとるやろが。閻魔さんに舌抜いてもらうぞ！」

たまさかに奥まで用足しに来る正彦さんに見つかって、ど叱られ、逃げ帰った。

それだけに正彦さんには最初から気後れしている。通学の行き帰りなど普段から、店前で掃除や商品出しをしている正彦さんを見掛けるとそれだけでつい鯱こばってしまった。喉はカラカラに乾き、返ってくる言葉を聞き取る余裕はない。

「おはようございます」

などと言葉少なな、早足に通り過ぎるのが精一杯だったが、懲りずに訪《おと》なわせる魅力が菱屋の屋敷にはあった。子供だけではない。それが老舗というものの家格なのだろう。今みたいに各家に車があったわけでなし、品揃え豊な大きなスーパーもない頃で、近所は何処も米や油、ちょっとした身の周り品の買い物は菱屋で済ませていた。商品や値段に嘘のない時代だったし、元から菱屋の品には米一粒でも安心して買わせる力が籠もっていた。

杉山は東京の大学に行ってからも帰省すると習い性で必ず、菱屋で煙草を買っていた。だから、正彦さんと顔を合わす機会は多かったはずだが、憶えがない。しっかり者のおきん婆さんがよく店番をしていたし、正彦さんは冬でも注文取りや届け物を配ったりする外回りに忙しく、本当はあまり顔を合わしていなかったのかもしれない。

どちらにしても、正彦さんの笑顔については全く憶えがない。まして会話や世間話など思いもよらなかった。

それがきょう、生まれて初めて明るい顔の正彦さんに遭遇して、しかもぶっつけ本番なのに、思いもかけず上手く話し合えた。何ということもないその場限りの四方山話。ただそれだけ。言えばそうも言えるが、杉山は最近になく爽快な気分になった。

共有する話題も朧で用件もないのに、とりとめもなく気持ち良く話し続けるには、経験と知恵の積み重ねがいる。杉山はその刹那、子供返りして、畏怖する正彦さんに、初めて大人として認められたような気になっていたのだった。

「あんたとこが豆腐屋止めたんで、そこのスーパーまで行かんならん。豆腐は歳取るほど味が分かってくるもんや。スーパーのは薬臭いで、よけかなわんが、時代やでしかたないわ。こんな時代作ったんもわしらやでな。何ごとも授かりもんやと思わな滋養にならん、苦労も病いも痛みもみんな自分持ちやでな。病いといや、お母さん大変やそやが、どうやな？　商い上手だけの人やのうて、言葉は悪いけど、惚けたように優しい大きな人で、うちの子供らもよう可愛がってもろたでな。ん……？、まあ、肉親にしか見えんもんもあれば、他人にしか見えんもんもあるでな。しかと大事にしたって」

そう言うと正彦さんは、答えも聞かず、そのくせ何の澱みも感じさせずに、すうっと杉山の脇を擦り抜け、先に歩を進めた。

素っ気ないというのではない。母の様子は毎日のように父から聞いて充分知っているだろう。その上で、久し振りに見掛けた杉山を直接慰撫し、励ます気持ちになって言及したのだろうし、多分、正彦さんは用事もあってこの先の太田薬局へ行く途中だったのだ。歳も歳だ。

後ろ姿は繕いようもなく本領を晒す。前からみているのと違い、正彦さんは肉のない肩がストンと落ちた感じで、何とも言えない寂寥感を覚えさせた。不意に、あの細いたたきの通路脇に蹲る、覗いてはならない深い闇があったことを思い浮かべた。


小さな天窓から射し込む斜光の帯。そこに浮かび舞う埃。脇にうずくまる闇。闇底に伸びる細い通路。仄かに浮かび上がる調度品。通路を中庭に向かって、楽しげに駆け抜けていく幼い義幸ちゃんや杉山たち。

直後に、通路沿いの四枚仕立ての引き戸の真ん中が音もなくわずかに開く。その細い、戸と戸の隙間に、下から三つ、ぬっ、ぬっ、ぬっと白い顔が積み重なる。一番後ろの杉山が垣間見た三つの顔は、いずれも薄笑う能面のようだった。夢か誠か、それは義幸ちゃんの義兄、妹、母親だった……。


陽光に照り返る禿頭を、右掌で撫でながら正彦さんが遠ざかっていく。

急に、金木犀の香りが強くなって、

――実も結ばんのに、よう匂て

おきん婆さんのつぶやきが蘇った。菱屋の中庭から、有るか無しかの微風が運んできたに違いない。比類なく大きな金木犀の樹影が想い浮かぶ。

「じゃ、失礼します」

杉山は遠くなった正彦さんの背中に、自分でも思い掛けない大きな声で、別れを告げてから踵を返した。

「こんにちは。父さんおるかん」

この前来てからもう四か月ほどが経つが、付近の穏やかさは少しも変わっていない。折から、観光マップを手にした、いずれも初老の男女の五人連れが、古風な家並みを楽しみながら歩き過ぎていく。みんな健やかそうで、温かい陽光を浴び、金木犀の香りに祝福されているかに見える。この一角でそんな遊山客を見るようになったのは、実家前に、鰻の寝床の奥まで見せる市立の「商人の館」ができ、散策コースに入ってからだ。新聞が町全体を小京都と宣伝して以降、年々観光客が増え、この辺りまで足を延ばす人も多くなったが、暮らし向きもあまり変わらない。

返事がない。いつものことだ。何の躊躇もなく杉山は、「杉山豆腐店」と書かれたガラス戸を引き開ける。独特の書体で、書をよくする父、登志夫が、ガラス戸のすぐ上の壁板に懸かっている表札の〈杉山登志夫　民子〉という字とともに、同じときに書き上げたものだ。もっとも店名の方は黒いエナメルで書かれ艶やかに仕上がっていたから、閉店の日に黒いスプレーで塗り潰されたが、少し気を付けて見れば、今でも何が書いてあるかぐらいは判読できた。

新参だが、負けず嫌いで、商い上手の妻と時節にも恵まれた登志夫は、運好く小金を掴んだ。そして、よく遊んだ。いつもの伝で、「商いのための付き合いや」と称し、芸事にも多く手を染めた。

目端の利く貧乏育ちの常で、気位が高く、喧嘩早いときている。おっとりした旦那衆に混じっての習い事に馴染むはずがない。どれもこれもすぐに棒を折ったが、唯一そこそこ身に付いたのが書だった。

「この、あわあわしたような字こそ人気一番の良寛さんの書です」と言って、そればかりを見せる先生と馬が合ったのと、登志夫天性の拘りのなさが幸いした。だが、裏腹に、気まぐれはそのままで、傑作も意に添わないとなると、手元にあるスプレーでやにわに塗り潰してしまう。そんな見境のなさが八十を過ぎた今も登志夫には残っていて、杉山の足をついつい遠ざけさせている。

登志夫は、老人保健施設に入所中の民子に持っていくため、ホットミルクセーキを作っていた。ほとんど呆けて、夫の顔も、思い出も憶えがないのだが、それでも、登志夫の言い分で言えば、登志夫が作るミルクセーキだけは、口に入れてやると、顔をかすかに綻ばせるように見えるというのだ。もっとも、民子が忌み嫌っていた姑譲りの手慰みだから、本当のところどうなのだろう。

「これ小夜子から」

「なんや?」

「いつもの、信州のリンゴで作ったアップルパイやて。ちょっと時期早いそやけど」

「ああ、あれな。美味しいやつや。小夜子さんも子供らも、元気なんやな。このアップルパイだけは、和菓子党の母さんも大好きやったやつや。母さん、いつかこのお礼もあるで、小夜子さんに、ええもんプレゼントしたいて言うとったのになぁ……。ま、大事にいただくわ」

小夜子は両親が教員で、ずっと質素な暮らしに馴染んで生きてきた。大学の同窓の杉山と一緒になったのも、地味で人の好いところに惹かれてのことで、夫の実家とはいえ、商家の金銭面で派手になりがちな生活ぶりと、それに根ざした雑駁《ざっぱく》に見える心情になかなか気持ちを添わすことが出来ない。折々、それが顔にまで出る。そのことが夫の心に陰を落とし、夫を実家から遠ざけているのではないかと普段から苦にしている。その免罪符というのでもないが、だから、夫が実家に行くというと、手作りのお菓子か御数をことづけるようにしている。とくに、頓着のない義母がアップルパイを持っていくと、義父ともども、お続きの抹茶まで点ててお代わりすると聞いてからは、信州のリンゴが手に入る季節には必ず持って行って貰っている。今も。

登志夫は手渡されたパイを乗せたアルミ皿を冷蔵庫にしまうと、瓦斯コンロから手鍋を持ち上げ、暖めていたミルクセーキを注ぎ、杉山にも勧めた。器は土蔵から出してきた伊万里の網目紋の蕎麦猪口で、母がよく向付として使っていたやつだ。

「味はどや」

「うん、おいしい」

ダイニングキッチンの机に差し向かい、熱いミルクセーキを啜りながら、最近、母が小康を保っているのを喜び合い、いつもどおり母が元気だった頃の、といっても、必ずしも母のことばかりではないのだが、懐旧談に移行していった。掛け売りや商店同士の貸し借りは当たり前の時代だったが、母はそれを嫌っていた。売るのはともかく買う段にはほとんど即金で片をつけていたが、菱屋だけは唯一の例外で、子供の杉山でもツケが効いた。それを知ってから、黒砂糖や氷砂糖を母に無断で買って、怒られたこともあった。

杉山は菱屋のことを尋ねてみた。それまで菱屋のことが二人の主題になるということなど殆どなかった。

小父さんは、もともと中川正彦といって、菱屋や杉山の実家があるM市の南境に広がるT町の豪農、中川家の五男として生まれた。T町は一級河川の櫛名田川の中流域にある、昔から舟輸送で栄えた木綿の集散地で、M市との繋がりは深い。菱屋のしっかり者、おきん婆さんの故郷でもあり、おきん婆さんの実家、小林家と中川家は縁戚関係にあった。

おきん婆さんは、夫が吐血死してから、女手一つで菱屋を切り盛りし、一人娘の君子を育てた。君子は妖艶な美人だった。が、父親の酒毒が廻ったとかで心身に障碍があった。気丈なおきん婆さんは自らに因果を含め、親戚に無理を言って婿を迎えることにした。

「江戸の初めから続いたこの店を、儂らで潰すわけにはいかん」

いつも夫が言っていたそんなことも少しは気に懸かってのことだったが、何より姑への意地があった。姑は折々、憎々しげに、

「まあ、ほんまに立派なお嫁さんのお陰やわ。由緒正しいこの熊沢の家も、おぞましい血もろて、えらい血筋になってしもた。君子に罪はないが、えらいこっちゃ。なまんだぶつ、なまんだぶつ」

と皮肉を言い続け、死んでいった。

君子の夫として、最初は正彦さんの次兄が迎えられ、男の子を成したが、肺結核で若死にした。健太郎と名付けられた男の子はいつまでも首が座らず、三つになっても一人で立つこともできなかった。おきん婆さんは懲りなかった。それどころか、意地を執念にまで燃え上がらせて、改めて正彦さんを婿養子に迎え、後を継がせた。戦後間もなくのことで、豪農とはいえ農地改革のあおりを受けていたし、戦争帰りで右足に後遺を残す五男の正彦さんに選択の余地はなかったのだろうか。執念が人生を切り開き、運がそれを狂わせる。君子は再婚後七年目の春、妊娠。やがて健やかな

男の子を出産する。それが義幸ちゃんで、幼いころから抜きん出て利発で、おきん婆さんや正彦さんを安堵させ、時には、あの気丈なおきん婆さんを小躍りさせた。しかし、それもほんの二年ほどの間だった。正彦さん夫婦が次に授かった美智子は母や父親違いの長兄同様に、常にあらざる心を授かって生まれてきた。世間はひがみっぽく口さがない。三人は菱屋の奥深い、それこそ蚕部屋のような薄闇の中に囲われ、繭さながら真綿にくるまれ育てられた。

「それやと言うて、いつまでも羽化せんケムシもイモムシもないでな」

菱屋は伊勢商人と呼ばれる豪商とは違う。町場の裕福な老舗というぐらいのところで、それだけに、しがない世間の標的に成りやすいところがあった。美智子が走り歩くようになると、君子は気分の高揚に任せ、艶やかな着物をしどけなく身に纏い、健太郎と美智子を連れて外に出たがるようになった。三人とも色白で目鼻立ちのくっきりした顔立ちから、清絶で真に芝居じみ、幸と不幸のこもごもを楽しみたがる残酷な衆目を喜ばせた。

それだけに、おきん婆さんと正彦さんの気苦労は並大抵ではなかったが、しばらく三人の姿が見られないと、楽しみを奪われた世間近郷は、

「座敷牢にいれたんや」

と吹聴した。今どき、そんな時代づいた話はあるまいとおもいながらも、

「ひょっとして」

聞く者にふとそう思わせるだけの奥の深い家作と数百年の営みと闇が菱屋にはある。それだけに町衆も自分が知らないうちに酷い言葉を口走っていたことがあったらしい。

「金と色に目が眩んだ報いや」

時に正彦さんを揶揄する声も聞こえてきたそうだが、利発で優しい義幸ちゃんに触れるものは、一番微妙な立場、年頃を慮ってだろう、さすがに一つとしてなかったという。

そうではあっても、義幸ちゃんが、物事がわかるに連れて、明るさを失くしていったのも仕方のないことだった。だんだんと引き籠もりがちになり、自然遊びの輪から離れ杉山とも疎遠になっていった。

諦め切れない杉山は、その後も折々誘いに行ったが、義幸ちゃんはいつか顔も出さなくなった。その都度、「勉強しとるで、またにしたって」、あの気丈なおきん婆さんが、さも忙しそうに目を伏せたまま断り、正彦さんは無言で首を横に振るばかりだった。

それが方便ばかりでなく、確かに勉強に打ち込むこともあったであろうことは、義幸ちゃんが中学卒業と同時に東京の公立校に進み、やがて国立大学の医学部に入学したことで知れた。それでも、義幸ちゃんは、夏休みや冬休みになっても一度も帰郷せず、そのことが却って、杉山が子供心にぼんやりと感じていた、義幸ちゃんに憑きまとう不幸の陰のようなものをはっきりさせた気がする。

「おきん婆さんは五年ほど前に亡くなったって聞いたけど、君子さんや家の他の子供さんらはどうしとんの」

杉山は漠然と、母を預けている施設のようなものに収容されている姿を思い浮かべながら聞いた。登志夫はそれまでと変わりなく淡然と話し続ける。

「おきん婆さんも、君子さんも、健太郎ちゃんや美智子ちゃんも、お前が東京に行って間無《まな》しから、ここ十年ぐらいの間につぎつぎ皆死んでしもた」

「そうやったん」

「おきん婆さんの時もそうやったが、みなそれぞれ最後まで正彦さんが菱屋の奥の間でしっかり見取ってな。健太郎ちゃんの時も、美智子ちゃんの時もそやったが、あの子ら、うちにはちょこちょこ遊びに来よったでやろ。いよいよという時には、近所でも儂だけがいつも呼ばれたんや」

「うちも、少しは菱屋のためになったというわけや」

「その都度、正彦さん、側で見とっても、これ以上はできんと思うぐらいそれは情の籠もった濃やかな世話してやったわ。おきん婆さんは〔ありがとう〕って言うてから儂にも頭下げて逝ったし、嘘みたいやが、君子さんも健太郎ちゃんも美智子ちゃんも皆、今わの際に、〔あんた〕〔父ちゃん〕て、さも愛しそうに呼び掛けてな。正彦さん、そのたんび大泣きして、安らかな顔の新仏を抱きしめてござったわ」

思わず声を詰まらす杉山に気付かぬ風に登志夫は、

「出来んことやな」

「あんだけ尽くしたんやから、何の悔いもなかろう。こんなこと言うと道楽一つせんと苦労し詰めでここまで来た正彦さんに叱られるかもしれんが、正彦さんのような生き方もあるんやと思うと、人というもんは、つくづく大したもんやと思うわ。最近は義幸ちゃんも綺麗なお嫁さん連れて帰ってくるようになったしな。笑顔で挨拶してくれるそんな義幸ちゃん見るたび、あの子のお母さんや兄妹の不幸が嘘みたいに思えたり、いや、あの人らがそれぞれ重い役割を受け持ったからこそ、義幸ちゃんの今の輝きがあるんやろ、そう思えるんや。お孫さんはおらんけど、正彦さんも最近はえらい穏やかな顔をしてござる。無論三百年のうえ続いた菱屋も、今さら医者の義幸ちゃんが継ぐというもんでもないし、正彦さんの代で仕舞いやろが、それでええんやろ。正彦さん以上のええ幕引きはないわさ」

冷えたミルクセーキで一息入れた登志夫が言葉を継ぐ。

「この前も、〔小父さん、お互い一人やで死んどってもわからへん。わかるように、お互い、店の前に札下げといて、朝になって起きれたら自分で引っ込めて、元気やぞというサインにしましょか〕て、この札持って来てくれたんや」

登志夫が抽斗から出してきた札は、蒲鉾の板に、細い墨筆で、〔天地無用○○無○○人○○〕と、したためたものだった。ちょっと崩して、澱みなく、流れるように一気に書かれている。

「天地無用のあと、なんて書いてあるんやろ」

「〔智者無為、愚者自縛〕というそうや。そっちは何のことかよう分からんけど、正彦さんに、〔なんや、瀬戸物みたいやな〕て言うたら〔そうなんですわ。わしら割れ物みたい儚いもんですけど、今日はまだピシッとしてますんで天国も地獄も無用です、ということですわ。後ろは自分への慰め。賢いもんは何にもせん、そやないもんは自分で自分をがんじがらめにする。土蔵から出してきた古い本片手に、お義母さんがそんなこと言うてましたわ。何が賢いんかそやないんか、よお分かりませんが〕と、大笑いしとったな」

杉山は、父と正彦さんとの、思い掛けず、太くて堅固な絆に驚きながら、拘りのない父親をしみじみ見直している自分に気付き、苦笑した。

「やっぱり、父さん、正彦さんの力になっとるんや。喧嘩もせんと」

「いや喧嘩どころか、助けてもろとんのは儂の方さ。儂は今もボケの来た母さんを施設に預けて逃げとるぐらいやが、あの辛酸嘗め尽くした正彦さんが儂の顔見ると、〔おばさんのことは、苦しまんようにという、はからいですに。君子や子供らのことも、はからいやと思えるようになって初めて、愛しいというか、何かこう、自分の女房や子供やというのに、うやうやしいというか、人離れして神々しいというか、そんなふうに感じられるようになって……」と、それこそ照れも隠しもせんと言うてくれるからこそ投げ出さずにおれんのや。正彦さんも、おきん婆さんも、君子さんも、子供さんらも皆、あの家のお人は、儂らとは違ごて、分に応じてきちんと、精一杯、真面目に、生きるということ、自分というものに向きおて暮らしてござった。本当やったら儂らみたいな浮ついたもんは、側にも寄れんわさ。人の質が違うんやで」

自ら何度も小さく頷きながら、そう話す父を見て、杉山は思っていた。

〈来月も来よう、子供達を連れて。小夜子も勧めてくれるだろう〉

また金木犀の香りが強くなった。

「そう言や、菱屋の金木犀も、実、成らんだなぁ」

「うん。また何でや」

「いや、昔、おきん婆さんが、〔実も結ばんのに、よう匂て〕て、あの菱屋の大きな木に向こて、よう言うとったんを、この匂いで思い出したんや」

「そうやったかなぁ。おきん婆さんがな。憶えがないな」

「後で聞いたんやけど、金木犀もイチョウと一緒で、実の成る木と成らん木があるんやて」

「そんな質やったんか、金木犀て。何にも知らんでも生きてこれんのやな、人間て」

呟くように話す父の髪が真っ白なのに、杉山は初めて気付いた。

同乗者

烏、鴉、カラス、からす。四十羽はいるだろう。線路から五十メートルほど離れた西空低く、雑木林の頂き辺りに群がっている。まるで無音の黒いジェット機が乱れ飛び、交戦しているみたいだ。

――首吊りの家

妻の妙子も、愛鳥家なのに烏と鷺にはまったく無関心だ。

本当はどちらも凄い鳥なのに身近すぎる。鷺なんか、文字通り朱鷺と同じくらいか、もっと大きいはずだ。

三谷に鷺を見直させたのは、東京育ちの母方の叔母だった。車窓から、線路脇の青田を白く点綴する鷺たちに目を瞠ったのだ。

――麗子

「まあ、なんて優雅な鳥だこと。それもこんなに一杯近くに居て、もったいない」

その童女のような驚きぶりが、三谷を根っこから揺さぶった。

三谷が中学生でまだ世間全体にひもじさが色濃く残っていた頃で、空気銃で射止める野鳥は最高の御馳走だった。

スズメ、ヒヨドリ、ツグミ、ヒワ。弾の当たり所が良ければ時にヤマバト。

父も喜んで食べた。その時だけは店に出て行って、主に眼鏡の蔓を曲げるために燠火を絶やさないようにしてあった店の火鉢を使っても怒らなかった。醤油を垂らしながら火鉢で焼いた野鳥の味は、醤油の焦げる匂いと共に今も脳裏に焼きついている。

——目散るアルコール

「鷺と烏は臭うて食えんでな」

禁鳥かどうかより、美味しいか不味いかが決め手だった。

唯一狩猟にだけ秀でた義理の伯父の言葉を鵜呑みにして、自ら試すこともなく、鷺と烏は目に入らなくなっていた。

あの叔母も、もういない。

——親の因果

三谷は近ごろ通勤時によく、そうして車窓から外の景色をぼんやり見ながら、いろんな思いに耽っている自分に気付く。歳のせいなのか、日々目に付くところも違えば、四季折々、それぞれ風合いがあり、庭先や窓の中に垣間見える人間模様も面白く、心惹かれるようになっている。

行き交う車の色とりどり。小枝でたわぶれるスズメ。乱れ散る桜。滴る緑。雨に塗り込められた家。何もない遥かな青い空。魚の遊ぶ川。原色の広告板。大きな積乱雲。暗雲切り裂く稲妻。雪にけぶる疎林。闇に滲むビルの四角い窓の仄明り。

——虚空よく物を容る

外を見ていれば、連想も湧き、思いは内に向きにくい。乗車している約一時間、まるまる仕事も好きな読書も忘れ、外を見、折々の想いに身を任せ過ごすことさえある。

——遠くを見ている犬

百年も前に漱石は「汽車程個性を軽蔑したものはない」と嘆いている。「何百という人間を同じ箱に詰めて、皆同程度の速力で、同一の停車場にとまって」という訳だ。

でも今では、電車に乗ることは歩くこと以上に普通になっている。しかも煤煙は消え、揺れも小さい。明るいうえに夏涼しく、冬は温かい。所要時間も短縮されて行動範囲が広がっている。

無論、漱石のことだ。引き返せないことなど百も承知で、便利の裏にへばり着いた見えない病いに注意を喚起したのだろう。

——世をいとふ心薊を愛しけり

そう言えば、汽車や電車どころの話ではない。今や、居ながらにして同一の体験をさせる、映像を伴う情報機器が普及しているのだ。それらが齎すのは、虚実皮膜を抉り実体を浮き上がらせる術ではなく、実体をうやむやにする技ばかりだ。被写体の大きさ一つ取ってみても、映像を見ている生身の自分と比べて、どれほど大きいのか小さいのか、それさえ虚ろだ。

——小さかった赤の広場

本当の経験がないから想像力も働かない。そのくせ始末が悪いことに、それらしい克明さを伴っているから、錯覚が実際の体験記憶に紛れてしまう。死と生。善と悪。虚と実。美と醜。個と個。そういったものの区別がつかなくなるのも当然だ。「こんなはずではなかった」。事を起こしてみて初めて、現実との違いを思い知らされる。今では、不幸ばかりか幸福さえ皆、金品の臭気を帯びよく似てきた。

漱石が生きていたら、きっと胃をキリキリさせ、病を高じさせたに違いない。

――猫の旅

車窓から外を見ている時はもちろん、本を読んでいても余程のことがない限り、三谷が忘れず見るようにしている一隅が沿線の左側にある。どんな農政の思惑が絡んでいるのか、開発が進む大都市圏の南端に、二十ヘクタールほどの烏帽子形の稲地が残っている。

稲地の底辺、東の外れを真っ直ぐに走る私鉄の高架上から眺めると、その大きな地表の広がりに、つい慰められる。

一番遠方の烏帽子の頂辺りには団地やマンションが建ち並んでいる。左辺、南側は自動車部品工場やスーパーマーケットが弓状に稲地に迫り出し、右辺は私立高校の運動場とテニスコートや疎水が矩折を繋いだように縁取っている。

――鉄腕アトム

無論、古風な烏帽子ふうだといって減反政策を免れるはずもない。稲地の中に、麦畑や野菜畑、資材置き場、背高い莜がびっしり生えた休耕地、花畑といった挟雑物も点在している。そこへ地表の僅かなうねりが加わるから、折に大きなパッチワークのように見えたりする。稲の収穫を前にした晴れた日などは、稲の黄色、青い麦、野菜の緑や赤といった個々のそれぞれが織り合い、パウル・クレーを想わせ三谷の目を洗う。

しかし、慰め、幸せは移ろい易い。あっと言う間に電車は通り過ぎ、次の六道駅に滑り込む。その日も定めのように、六道駅のプラットホームを人工の風が吹き抜けた。

――モンロー主義

風に煽られ、燻っていた欲望に火が点く。人々は急にざわめき立ち、電車の入口に押し寄せる。後に続く人々。降車の終わりは逐に待たれることがない。

敗戦直後、孤高の宗教哲学者が幸福論の中で、「満員の電車に強いてわりこめば、自他ともに苦しむのであるから、一台か二台待つが良い」と書いた。直後に訪れた敗戦後の混乱は、そんな切望を根底から吹き飛ばし、却って我勝ちに乗り込み、人の上に座して勝ち誇る利己主義をはびこらせてしまった。

——がめつい奴

見るがいい。縺《もつ》れ糸のようになった年寄りと躰の不自由な人が、車両と乗客が残していった唾棄にも似た無慈悲と後塵にまみれ、辛うじて大地に両足を着け、今やっと安堵の息をついているのではないか。

一方、押し入った乗客たちは活気を帯び、居丈高に目に険を浮かべている者さえいる。まさに飽食に倦み、心の飢えに自ら駆り立てられ猛り狂っているとしか思えない。

——労働は自由への道

窓際、車両中程、進行方向向き、隣は痩せていて、出来れば若い女がいい……。粗末で雑多な欲望が、瞬く間に雑多な折り合いをつけられ、空いていた席がほぼ埋まる。

だと思えば、奇妙なことに、時折、歯が抜けたように、ずっと最後まで空いたままで過ぎてしまう席がある。

——マローズ

三谷が乗るのはずっと手前の、降客の多い県庁最寄りの基幹駅で、ほぼいつも、好みの決まった席が取れる。最後尾か後ろから二両目、進行方向に向かって左側、二人掛けの窓寄りで、だいたいいつも六道駅まで一人掛けで過ごすことが出来る。

——行きはよいよい

しかしこの日は、普段なら少し乗車時刻が食い違う電車通学の傍若無人な高校生たちと一緒になり、素早く定席を奪われてしまい、止むなく三谷も横掛けの席に座らされるはめになった。その席も六道駅で満席になり、窮屈になった。

〈きょうはひょうたん池の亀も、烏帽子田もしっかりは見れそうにないな〉

三谷は軽く苛立って、大きな溜め息をついた。

「ドアが閉まります。ご注意下さい」

車内放送が確かにそう告げた。なのに、電車はなかなか動かない。その街の中心地から来て、この電車に際どく連絡する列車が遅れるのはいつものことだ。利用客でも先刻承知のそんなことさえ確認せず、怠惰な駅員がマニュアル通り迂闊に放送したに違いない。〈もっと神経を使えないのか。それが命を預かるあんたたちの仕事だろう〉

苛立ちが膨らむ。三谷は、「ジブンヲカンヂヤウニ入レズ」、読んでいた仏教解説書から目を上げた。

その目に、畑の中を、小豆色の小振りの列車が三両連結の車体を左右に揺すりながら、駅に向かってくるのが映えた。

——トーマス

到着し、ドアが開くと、再び繰り返される席獲り競争。ホームを横切り、こぞって早足にこちらへ向かってくる。特急が停まらないこの駅で、貧富の差は関係ない。身体能力と要領の良さだけが試される。席はほとんど埋まっていたはずなのに、三谷の周辺で立ち残ったのは四人だけだった。うち一人は、いつも最初からさっさとドアの所に進み、ガラス越しに外を見て佇む若い娘だから、実際の競争倍率は概して低い。

——マグダラ

娘はいつも通り、半透明の緑が薄ピンク色を帯びた、丸い大きなレンズの眼鏡を掛けている。目は細く、唇の両端が少し吊り上がり気味で、その日も白く茹で上がったシャコを連想させた。白い肌に際立つ薄紅色の唇やまなじりが妙になまめかしい。彼女が乗り合わすようになって、もう半年以上になる。三谷は出会うたびに鼠蹊の奥で何かが、「きゅうっ」と窄《すぼ》まるのを覚え、自分が情欲を覚えているのを知らされ、ちょっと慌て、ちょっと満更でもない気分になる。

——かまきり

やっと列車が動き出した。するといつも通り、ものの百メートルも走らないうちに、先程まで車内に溢れ返っていた醜い剥き出しの欲望という欲望が、ガタンゴトン、車両のゆるやかな振動に揺すり均されてしまい、たわいもない、緩やかな平常心に戻され、鎮まり返ってしまうのだ。

——テネシー・ウィリアムス

それもそうだろう。四季の変化に富むこの国では全てが移ろい易い。不実が横溢するから実や忠義の大切さが叫ばれたのであって、本当のところ、恒常不変の心情や真実はあり得ない。しかも四海に閉ざされ狭い国だ。個人を追及し責任を取らしていたら、あっと言う間に先頭に立つ人がいなくなってしまう。責任を最後まで追及せず、何事も水に流しうやむやにする。それこそが狭い国土でみなが生きていくための最善のやり方だった。

——天皇制下、万歳

〈せいぜい一分の遅れだろう。何とか間に合いそうだ〉

三谷の苛立ちも、席を得た人の満足感も、座り損ねた人の不満も、全てがもう虚ろ。求めるものの軽さ、果敢なさ。些細な欲望に煽られ剥き出しなる醜さ。この国のいたるところで、毎日、時々刻々、刹那刹那、湧き上がっては消えていく膨大な数の人間の膨大無比な思い。

青鷺が一羽、入江で餌を漁っている。遠目にも嘴の玉子色が異様だ。川面の風紋は毛羽立ち、絶えず繊細に変化している。

——海からの贈り物

携帯電話で声高に話す若い女性。音漏れさせて平気でCDカセットに聞き入るダブダブ服の若者。床に車座になって気勢を挙げる高校生。まんまと隣合せに座り、話し続けるブランド満艦おばさん二人。舐めた赤鉛筆で競輪新聞に書き込みを入れる中年男。しゃれた柄、色、仕立てのブルゾンを羽織って中空を見つめる年寄り。今風のゆったりとした背広を渋く着こなしたサラリーマン……。彼らが読みふけるのは、陰毛まで露わにした若い女性の写真を大扱いしたスポーツ新聞か週刊誌、漫画、はたまた経済新聞。そして居眠るその他大勢。皇紀二千何百年か知らないが、戦後わずか六十年足らずでこの新世相。

——青ざめた薔薇

日系ブラジル人たちが交わすポルトガル語会話の甲高さが、そんな日本人たちの弛緩ぶりを告発しているかのようだ。

読書の気を削がれた三谷は、ドア脇に立っているあのピンク眼鏡の娘に視線を注いでいる。しばらくすると、横向きの彼女の目の中で目玉が微かに三谷の方に動きかけ、瞬時に戻った。

――カメレオン

三谷は慌てて彼女のすぐ後ろの席に座る男に視線を転じたが、そこも安息の地ではなかった。すぐその男や、左隣の席の年甲斐もなく毛羽立てたおばさんの視線が煩わしくなって、今度は彼らの頭越しに車外を見た。

色づくクヌギ、クリ、ナラ、カエデにサクラ・トチにシイ。緑を深めたクス、マツ、ヒノキ、スギ。庭先を彩るサザンカ、キンモクセイ・ナンテン、サンゴジュ、ヒナギク。目に映える秋色。休眠を前に最も綺麗に色づく木々の在り方。

――カシフヲ

電車は線路を跨ぐ道路に差し掛かった。直前、三谷は頭上の立体交差から下ってくる土手と線路が造る内懐に広がる農地の畦を男が一人、電車の方に向かって歩いているのを見た。冴えた青色のジャンパーを着ていて、野良仕事とは思えなかった。

何か忘れ物でもして取りにきたのか。そう思うそばから、男はつと、左手の田んぼに向かって立ち止まり、ごく自然に、両手でズボンの前を掻き分け、ジッパーをおろすような仕種を見せた。〈立ち用便だ。下劣な奴〉。でも、自分の田んぼみたいだし、肥やしにもなる。だれにも文句はつけられない。それに遠くて小さすぎて、性器どころか放物線を描いて迸っただろう小便も見えなかった。

――青銅のバルザック

と思うと同時に、三谷の視界はグングン後退し、俯瞰的に広がり続け、景観の中、男は胡麻粒ほどになって、やがて自然に紛れてしまった。

――ジャックと豆の木

その刹那、電車が立体交差に突入、橋脚のコンクリート壁が視界全体を灰色一色で被ってしまったからだろうか。

立体交差を抜けてからも、三谷はずっと、先程目にした小便男の残像が呼び起こす思いに身を委ねている。

刈り取りを終えた広大な農地の西の果てに青い山並みが幾重にも連なっている。

〈自然の大きさに比べたら、人間なんか目じゃない。まして垂れ流す屎尿なんか屁でもない。都会では立ち小便どころか、小用後手を拭かないだけで嫌な顔もされる。中には自分の小便なのに、いかにも汚いもので汚されたとばかりに、その都度、石鹸まで使って執拗に手を洗う奴もいる。名は体を表わすのだ。御手洗部長、清川課長……。指先につく小便の量など微々たるものだろう。飲尿族の医者までいるじゃないか。人間は元来、自然の中で糞を垂れ、小便を放ちながら許され、生かされてきた〉

――糞溜になった地球

簡易アパートの白いモルタル壁が、晩秋の光を受けて伸びやかに広がっている。

飛行機雲が白い軌跡を引いてぐんぐん西の空に昇っていく。

〈才気と運気、金と物と暇。あそこでは席獲り競争はないだろうな〉

――甘い生活

目に映るものに触発され次々湧き上がる思い。心に移りゆくよしなし事。三谷の左目の隅をラクダ色のコートの端がよぎる。途端、関心は移り、それにまつわる思いが次々頭に浮かびくる。

――親父の肌着

三谷の死角、左脇の後ろ側、ドアの戸袋脇に立った、あの席獲り競争に負けた爺さんの外套だろう。連絡列車からの乗り換えの際、こちらの電車へ押し寄せてくる人波の中、視線は会わなかったが、三谷の方を一瞥した七十五、六に見える男がいた。日焼けした、のっぺりした細面に虎班鼈甲の眼鏡を掛け、背高い痩身をやや前屈みにして急いでいた。顔つきから身のこなし方まで、三谷を忌み嫌った大学の哲学教授に似ていた。

――ヘーゲル

あの外套も裾長だったが、仕立てから見ても最近はやりの安カシミヤとは違う。そのさも裕福、健やかそうな爺さんが、車窓のガラス越しに空席を探す。三谷は反射的に〈嫌なやつ〉と思った。嫌悪を感じた時に限って、相手はかなり高い確率で三谷の脇に腰掛ける。三谷はそう思い込んでいる。加えてその爺さんは傲岸そうでもあった。確率はさらに高い。

――鬱病草紙

謂われなく三谷は、〈うまく立ち回り、まんまと悠々自適の老後を掌中に収めた大会社の元役員といったところだろう。近所に出掛ける服装ではない。きっと俺が通う同じ都会に出向くのに違いない〉と感じ、不快さを増幅させた。

でも、どんなに嫌いな奴でも、どんな理不尽でも、譲るべきは譲らなくてはならない。気が小さく、周りを人一倍気にする三谷のいつも行き着く結論だ。

――親鸞と道元

「このエゴイストめ」

「なんだと、己知らずの唐変木が」

気が小さい。自らを形容するのにその言葉は、気の小さい三谷にとってずっと禁句だった。だから息子の翔一のことを表する際にも気をつけて、生まれてこのかた一度も使ったことがない。

――エンドウマメ

優劣と左右。差別と区別。優劣を包括する多様性。五十代半ばになってやっと少しは自分が見え、先が見えたからだろうか、最近になって少しはそれを受け入れることが出来るようになった。

今も現に、〈俺はなんて気が小さいというか気が弱いんだろう〉と思って、三谷は自分ながら呆れ、ろりめきながらも、もう半分、席を譲る気になっていた。

――回転寿司

三谷が小さい時、何かあると母親が「この子は気が小さい優しい子ですから、そんな悪い事できるわけがありません」と三谷を庇った。代わりに弁明してくれるのだから、本人が口出しして割引することはない。

――小人五円、洗髪料別

反省もなく、きっとそれが身に附いてしまったのだろう。それとも潔癖で疳性だった父親の悪影響なのか、大人になっても、小さなことに気が付いて、つい気にしてしまう。

そのくせズボラだから、当然失敗を招き、あたふたする。

始末に負えないというか、周りはうんざり、あほらしくてやってられない。
——阿弥陀如来
案の定、その朝も、三谷は出掛けに妻の妙子と敵対した。日頃から口喧しく言っているのに、またベーコン・エッグを作る際に塩を振り掛けるのを忘れた。そのうえ、半熟どころか完全に黄身の芯まで堅茹で、ひっくり返したら裏は焦げて真っ黒だった。もう結婚してから二十五年余。その間、ずっと言い続けてきたのに、またこの態たらく。「すみません」。しかも、それだけなら妙子の毎度の台詞で、醤油でもかけて目玉焼きという全く別物の献立として、不愉快とともに呑み込み、済ませもしただろう。だが、ちょっと間を置いてから妙子が、「いつも」と付け加えたのがいけなかった。聞いた途端、〈いつも、いつも、いつも。要するに気がないんだ〉と無性に腹が立って、気がついたら食事を投げ出してしまっていた。ブスっとして黙ったままの妙子。気拙い空気に耐え兼ねた翔一が、「塩ぐらい自分で掛けたらええやんか。こっちまでまずなるやろ」と口をはさんだから、火に油だった。
「この岩塩はな、焼いている時に振り掛けないと旨みが出ないんだよ。しょっちゅう言ってるだろう。それだけならまだいい。硬い目玉焼きは大嫌いなんだ」と、つい声を荒げてしまった。辟易したように翔一が呟く。
「そんなちっちゃなこと、どうでもええやんか」
——子供より親が大事
〈小っちゃなことを気にするだと。気が小さいということか〉。あれだけ気をつけて使ってきた禁句を、他ならぬ当の翔一が無神経に、斬り返すように言い放ったと感じ、三谷の気持ちはますますこじれてしまった。

——イスカの声
行きずりの、たかだか電車の座席に座るだけのことでさえ、そんな気の小ささが出てしまう。譲るべきときに譲らなかったり、譲る必要がない時に譲ってもいけない。相客たちは一斉に、非難がましく、嘲り、刺すような視線を三谷に集中させる。

隣席の男の額を本の背で叩いてしまったあの時のように。

〈あの消え入ってしまいたいほどの自己嫌悪。あんな経験は二度としたくない〉、三谷はそれを肝に銘じてきた。

——地の塩
家庭や仕事のことに比べたら、一過性の電車の座席にまつわる不如意など取るに足らないとは分かっていても、出勤前に仕事以外のことで疲れたくない。もう三谷も五十五。

エゴが耳に囁く。〈お前の死角になっているということは、他の客から見れば、お前が隣に立っている爺さんに本当に気付いていないというふうに見えなくもないんだ〉いや、実際のところは、ほとんどの人は無関心で、何を見るでなく、宙に視線を浮かせているだけだ。

〈それなら、爺さんが今のまま、今の場所に立ち続けるのなら、知らんふりして、譲らずに済ませてやろう。なにしろ今日は精神的にも疲れている〉

——リポビタン
三谷がそう思ったのが祟った？　何ということだろう、次の駅に近づいたわけでもないのに、何を感じたのか爺さんが突如、ぐるっと廻って、こともあろうに三谷の前、ちょっと左手に外れた所に佇んだ。右手でしっかり銀メッキ色に光る支え棒を掴んでいる。そんなところに目指す席はない。後ろ側だ。

〈そんなことしている時か。こっちを見ていてもしようがないだろう。もっとあちこち見回して、空きそうな席を探さないと席なんか手に入らないぞ。ほら、言わんこっちゃない。目敏いライバルたちはもう空きそうな後ろの席の横に陣取ったろう〉

――情無しのダニー

手持ち無沙汰な相客がみな、三谷の方を見ているみたいに見える。いざ自分が当事者になったら、寝ているふりをしたり、本や新聞に読み耽っているふりをして、譲る気配が微塵だに流れ出さないようにするくせに、他人の不幸を楽しんでいる。目を逸らしたいような醜い不幸ではない。ちょうど楽しむのに適した程度の不幸。見返せば付近のだれもが目を逸らすくせに、視線を外せば、すぐ見直す。本当に質が悪い。

――不細工な見合い

爺さんも爺さんだ。座りたくてうずうずしているくせに、全く知恵がない。こんな世知辛い世の中では、席を獲るにも、降りる人間の気配をなるべく早く察知し行動しなくてはならない。それでも外れはあるんだから。

そして、それとなく、他の競争相手の立ちんぼ人間がその席に近づけないように体を防御壁のようにして阻止しなければいけない。気配はいくらでも察知できる。たとえば、膝の上に置いた手が持っている定期券の表示を覗いて、行き先を確認する。

また、つい居眠りしてしまった乗客なら、気付くと同時に乗り過ごしたのではないかと、隠しようもなく慌てて、体を捩るようにして外を見る。本や新聞を読んでいる連中は、必ず片付け始める。さらに、それらを片付ける際に響く鞄の止め金やポリ袋の音は、直接見えない後ろや周りで鳴っても、絶好のシグナルになる。

――座頭市

やがてまた駅だ。ほら、もう要領のいい奴はみんな気配を察して、空く席の前や横に移動しはじめ出した。降りる人らが、本を鞄にしまったり、着づくろいをしたりして、降りる気配を見せてくれているのに、爺さんは全く気付こうとしない。そう多くが降りるわけじゃない。望むのなら、それくらいの努力や機転は不可欠だ。なんて要領の悪い。

よくそんなのであの戦争を生き残れたものだ。

電車の速度が落ちる。

前に立った爺さん、奥田映三は、自らの過去を自らの俎上に上げたことがなかった。何の取り柄もない奥田が、敗戦後の混乱を生き伸びることができたのは兵隊時代の伝や引きがあってのことだ。その後もそうして引き立て合って生きた者同士の、実利を産む強靭な横の連帯に縋って生きてきた。中でも、今から出向く戦友会で顔を会わす、杉野上等兵には随分かわいがられ、戦後も世話になった。奥田は今も、戦争地獄を生き伸びたのも、自らの運が開けたのも杉野と出会えたからだと信じている。

〈反省したい奴はすればいい。俺にはそんな暇も酔狂もない〉。奥田は幸運の女神である杉野に縋り、快適な生活を追い求めるのに必死だった。

――軍旗去り亡馬地平に吹かれ佇つ

〈次に駅を出たら、あと四つで終着駅だ。初年兵の頃の延々と続いた炎天下での整列、行軍に比べたら、こんなもの屁でもない。優先席も屁ったくれも、敬老のかけらもないこんな馬鹿者たちに腹を立てたら、こっちが馬鹿を見る。バカヤローと思って諦めるのが一番だ〉

奥田がそう思っていると、突如、前に座っていた男が席を立った。三谷だった。

〈やっぱり俺は運がいい。杉野さんに会いに行くんだもの、当然かもしれん〉

奥田の内心を覗えていたら、三谷は席を譲らなかったかもしれない。しかし三谷は三谷で、自らの望むところに従っただけだ。

〈安っぽく、纏わり着くような感謝はされたくない〉

そんな気持ちに駆られ、同時にそんな心の動きも知られたくない。だから、さりげなくわざわざ下車を装い一旦車両を出て、爺さんの視線から逃れるような道筋を選び、先の車両に乗り移った。

――小人、不善をなす
〈そんな小っちゃなこと苦にして……〉

移った先で吊り革に掴まりながら外を見る三谷の頭を憐れむような翔一の顔が一瞬過った。

でも、情けは人のためならず、もう次の駅で、今度は三谷に運が廻ってくる。横座りのすぐ前の席が、思いがけず空いたのだ。見回しても今度は競合する同乗者は居そうにもないし、さっきみたいにぐじゅぐじゅ考えなくて済みそうだ。

不意に三谷の携帯電話が鳴った。

「きょうの会議、頼むよ」

御手洗部長の余裕のない声だ。大様に構えていればいいものを、もう出勤して、この前と更に昨日もやった議事の予行演習を又おさらいしているらしい。トイレで執拗に手を洗う後ろ姿が思い浮かぶ。

「ちょっと祓川くんに代わるから」

祓川課長に代わって、さらに質問は細部に入ってきた。それもすでに何度かチェックを済ませた架空の質疑応答を、繰り返し仔細に聞いてくるのだ。

味もそっけもない事務的な内容だが、私語は聞き耳を立てさせる。ちょうど晒された恥部が、否応なく他人の目を惹き、自制心を喪失させるように。そら言わんことではない。辺りの殆どの同乗者が、三谷を見ている。

早く電話を切りたかったが相手はしつこかった。冷汗が額と首筋をべっとり濡らす。思わず立ち上がり、ドアの所に行くと、高層の終着駅が見えた。ほっとすると同時に、「何と間の悪い」と部長らに腹を立てた。

電車は辻褄を合わせ一分の遅れもなく到着した。三谷や奥田、そして客全員に何の違和感も感じさせず、全くいつも通り、それぞれの生活空間に滑り込ませた。

——グッド・ラック

五日前、三谷の家の庭の蠟梅《ろうばい》が一輪黄色い花を咲かせた。それまで日中でも底冷えのする日が続き、三谷は春の兆しを素直に受け容れられずにいたが、それを合図にしたように翌日から寒さが急に緩んだ。

——臥薪嘗胆

三谷が奥田に逢った日から、もう三か月がたった。その後も二人は幾たびか乗り合わせたのだが、その都度、お互いが相客に紛れていて、この前のように二人だけでのっぴきならない状況におかれるといったこともなく、それと気付くことは一度もなかった。要は、あれほど気持ちを砕いたのに、お互いほとんど記憶に痕跡を残していなかった。

——楕円形

日射しが春めき、やっと人々の気分もほぐれてきている。

朝からの雪も、ぼったり大きく仕舞雪といった風合いがある。

定席も確保し、すっかり寛いだ気分になって本を読んでいた三谷の席に向かって、草色のレインコートを羽織った若者が、長い金茶の髪を靡かせながら、挑みかかるように近づいてきた。背丈は普通だが、がっしりしたからだつきで、三白眼が居座った浅黒い顎の張った顔は威圧感を漂わせている。

——ゲシュタポ

無言のまま隣にドスンと座る。有無を言わせずとはこのことだ。すぐに鞄から大判のハードカバーの冊子を出し、遠慮も何もない、太い左腕を三谷の右腕に乗せんばかりに広げた。英文のパソコン手引書らしい。左膝の辺りに感じる不規則な違和感。見ると、上組みした若者の長い右足の先が、電車の揺れに連動して折々当たるのだった。

それとなく注意したら、いかつい顔をさも胡散臭そうに顰めながらも、少し脚を引っ込めた。それはよかったが、今度は収まりが悪くなったのか、固太りの体を窮屈そうに動かし、三谷の方にはみ出し気味になって、三谷が窓側に押しつけられる事態となった。横顔を伺ったら、そんなことは全く意に介していない態で、ゲジゲジの濃い眉、大きな目を手引書に集中させ、見入っていた。

――チャップリン
傍若無人さは三谷の理解を超えている。でも三谷に、それ以上事を荒立てる気持ちは端からなかった。

――こうもり
外に目を向けると、朝からの遅雪がほとんど横殴りになって降りしきっている。その辺りだけがいつも、半島を貫く大きな脊梁山脈の北端の切れ目に当たっていて、もろに大陸の気流が流れ込むため、沿線中いつも一番積雪が多い。変化に乏しく凡庸でいつもは見過ごしがちな野山も町並みも普段の無関心をあざ笑うかのように、えも言われない景観を呈している。木々の幹は一斉に黒ずんで、色という色は汚れのない雪の白さに敬意を払うように、すべて抑え気味の奥深い色合いになっている。

駅に近づきスピードが落ちるのに連れて、それまでほとんど真横に白い線を引くように後ろ向きに飛び去っていた雪が、プレストからアレグロ、モデラート、アンダンテ、アダージョと徐々に落ち着き出し、ラルゴの雪はゆっくり豊かに、時には逆に舞い上がったりして目を慰める。折りに幾重にも連なった白い水玉模様の紗幕が、こもごも風に靡き、時に視界を遮り、時にいつもは秘し隠している深遠を垣間見させるといった風情もある。鮮やかゆえに紛れ、渋いがために目立つ。散り始めたサザンカの仄かな赤さ。畦をぽっと彩る夏ミカンの黄色。

〈勉強もいいが若い衆、これを見逃す手はないぞ〉

――ソクラテス・アリストテレス・オナ……

右側から体重がかかる。見ると、隣の若者は座ってから五分とたたないのにもう眠っていた。あの食い入るふうに見えた読書は何だったのだろう。手にしていたパソコン手引書が膝から地に落ちそうになっている。

見る間に、しどけなく、こだわりなく、三谷の右肩になだれかかり、眠り出した。

——横倒しの砂時計

ずっと昔、三谷が大学二年のことだからもう三十五年も前になる。登校途中、ちょうど今の三谷ぐらいの歳格好のうらぶれたサラリーマン風のおじさんが隣に座り合わせ、居眠りながら三谷に凭れかかってきた。顔つきも、服装も、持っている鞄も、靴もすべてに冴えがなかった。今もそうだが、まだもっと虚飾に憑かれていた三谷は、おじさんに凭れ掛かられている自分が、余所目にだんだん無様さを増していくような思いに捉われ、思わず読んでいた文庫本を閉じ、その背でおじさんの額をしたたか打った。

——檸檬エロウ

額を叩く音が響くと同時に、大方が寝ていたはずの相客たちが、座っている者も立っている者も、老若男女の別なく、一斉に三谷を見た。車両全体が横掛けで向かい側と相対している席だったし、立っている人も疎らで、相客の視線は全て三谷に集まった。畳み掛けて、三谷のすぐ前に立っていた若い美しい女性が、三谷を睨みつけながら詰った。

「なんてひどいことを！　あなたって、なに考えてるの」

身の置き場がなかった。ゼミに遅れるけど、仕方ない。次の駅で降りよう。三谷の余りの不甲斐なさが、意地悪な衆目を落胆させ弛緩させた。惨めだった。そんな中、いかにも人の好さそうな顔つきになった当のおじさんが、気の毒そうに、

「却って悪かったね」
と言ってくれたのが余計いけなかった。降りてからも、自分を弁解する術がなかった。自己嫌悪が募った。なんという非人情、奢り、卑劣さ。
——砕かれた宝石
今も折につけ、あの人の好さそうなおじさんの顔つきと共に、取り返しのつかないことをしてしまったという思いが、三谷を竦ませる。
——犬と狐
〈不躾で迷惑な奴だが、こうして眠ってしまうと、あどけないところもある。心の底から裸になってしまえば、そんな人間にも可愛いところがある。……そうだ、人間だれにでも一つや二ついいところがあるんだ。それなのに、他人の短所や嫌なところばかりに目がいって、それで自分の気分を害して、しょっちゅうイライラしてしまう。何と世知辛い。いいところに目を向けるようにしたほうが、気分もいいに決まっているのに……〉
「チイちゃん、おしっこ洩らさないようにね」
中央通路の向こうの座席から身を乗り出した若い母親が、通路を後に向かって歩いていく幼い女の子の背中に声を掛けた。母親の右向きの横顔が若い頃の妙子に似ている。
——孫と大福は三つまで
〈欠点を持ち合った、一見なんでもない、どこにでもいるような一組の男女が、その相手だけが持つ、よそ目にはつまらない、ひょっとしたらほかのだれもが一度も気付かないかもしれないほどの些細な、その人らしさに気付き、惹かれてしまう。そして、その相手が持つ短所ゆえに起きる様々な

不首尾や齟齬や失敗を乗り越え、相手を思い遣り、二人だけに通じる心の交流を大切にしあう〉
——機嫌良しの女房は旦那の宝物
〈大きな短所より、小さな長所に自然に目が向く。そうした目はきっとほかの人に接する時にも生きる。たった一度切り、ひと言言葉を交わす、席が隣合わせになる、それだけの人にも、一人ひとり必ずその人がいなかったら決して他の人には宿らず、人間性として形にならない、その人だけが表現できる、その人だけの長所があるに違いない〉
——イスカリオテ
〈それにしても重いな、こいつ、固太り。翔一もこんな感じなんだろうな〉
若者の眠りはますます深い。
雲間から斜めに射す一条の光の帯が、枯野の一角に、柔らかい恩恵を授けている。北へ向かうにつれて、雲は切れ、いつしか青空が広がり、明るい日差しが全野に溢れていた。
高架を走る電車の影が、地表や家並の凸凹を隈なくなぞり、まるで克明に楽譜を追いながら音楽を奏でていくようだ。
——アイネ・クライネ
この前、奥田が乗り込んだ郊外線連絡駅よりもう一つ終着駅に近い駅に着いた。海岸沿いに三つある石油コンビナートの中で一番南にある最も古い第一コンビナートの真ん中にある。辺り一帯は、かって三百人以上を排気性喘息で死に至らしめた大気汚染公害にストップがかかるまでは、密閉式の特急電車で通過するだけでも嫌な臭気が鼻を衝いた。企業敗訴後改善したと言うが、今も臭気は残っている。雨やどんより曇った日、夜間には臭気が強まるふうで、普通では体の弱い人らは住めないに決まっている。

――岡目八目
そんなこともあるだろう。この駅での乗降客のほとんどは、最近増えたラテン系の人たちも含めて、壮健そうな五十歳がらみかそれより若い工場労働者、その家族らで占められている。普段は老人が乗り込んでくることは滅多にない。

――黒いマリア
その駅から、七十五歳か少し上と思われる小太りの老婦が一人で乗り込んできた。老婦は、有るか無しかの微かな頬笑みを絶やさず浮かべていて、三谷の目を惹きつけた。

そうした頬笑みは誰もが好もしく感じ、心和ませるものなのに、最近ではごく稀にしか見ることが出来なくなっている。

――ジャパニーズ・スマイル
老婦は三谷の座席の少し左前にあるドアから乗車した。ホームと車両の間にできた隙間を跨ぐ際、脚の不自由なのが分かった。

〈こちらへ寄って来たら絶対に席を譲らなくてはいけない〉

そうしたはっきり障礙者と分かる人が乗り合わせた場合だけは、すぐに席を譲る人が名乗り出るという社会通念がまだ辛うじて生きている。誰の目にも譲る理由がはっきりしていて、誰もが譲らなくてはならないという気持ちになるし、譲った者への冷やかしさえ示す余地がどこにもないからだろう。それでいて尚、その際、席を譲るのはほとんど、若い、一人で通勤する女性に限られている。

――カフカのハラス

その日は若いそうした女性が付近に乗り合わせていなかった。ほかに誰も譲りそうにないし、そんな気配さえ漂わす者がいない。女学生は仲間とのおしゃべりにかまけている。その駅からまだ目的の終着駅までまだ三十分以上もある。座っていきたいのはやまやまだが、譲るべきケースだ。

――意地悪ばあさん

三谷は間をはかって譲る機会を探りながら老婦を見ていたのだが、老婦は三谷が座っている席とは反対側の、入ってきたドアに近い、向かいの座席の方に歩いて行き、その前にたった。席には三、四十代のサラリーマンが三人座っていたが、揃って経済紙に目を落としていて、老婦が脚の不自由を無言裡にかこっているのに気付かない。

――居眠り上手

けっこう混んでいて、老婦と三谷の間に何人かの客が立ちはだかり、三谷の目に直接、老婦の後ろ姿が入るということもなかった。座席の脇に設置されている銀色のパイプ製の支え棒を握るぷっくらとした左手の甲が垣間見えた。

三谷は心安らかな気分になって、読書に戻った。

電車が揺れる。立っている客はそのたび、右に左によろめく。人と人の間から、支えの棒にしがみつきながら、前に後ろに、右に左に大きく揺れ動く老婦が垣間見えた。

――気にいらぬ風もあろうに柳哉

一度挫けた心はなかなか戻らない。三谷はまだ、人を押し分けてまで近づき、周りに聞こえるのを苦にせず申し出るまでの決心はつかない。その間、空けた座席に鞄か傘か本か何かを置いて確保しておかなくてはならないし、年寄りだから小さい声では聞こえないかもしれない。そうすれば怪訝に思われ、あちらでもこちらでも衆目を集めるに決まっている。

〈やっぱり止めよう〉

――廓然無聖
その時、隣で眠りこけていた若者が目を覚まし、つと顔を上げ、老婦の方に目をやったかと思うと、一瞬のためらいもなく立ち上がった。床に落ちていた本を拾い、それを空けた席に置いた。そして、つつと人と人の間を抜け、老婦に近づき、声を掛けた。

「気が付かなくてすみません。あそこへ座ってください」

何の拘りもない、朗々とした声だった。

「いやいや、私、次の駅で降りますんで。却ってこっちこそ気を遣わして」

「いや僕も次の駅で降りますから」

「ほんなら、あまり苦労かけませんな。遠慮しすぎても却って煩わしますやろで、遠慮のう座らして貰いますわ。

ほんに長生きさせてもらいます」

――わがはからひなるべからず
老婦は痛そうな足を引きずりながら、若者に先導されるように席の方に来て、脚を庇うように若者が座ったときと同様、腰からドスンと席に落ちた。伝わってくる振動は小さかった。よほど痛かったに違いない。

「やっぱり座らして貰うと極楽ですな。ほんとにありがとう。また一つ、あの世へ、ええ土産話ができました」

二人の挙動、会話がごく自然に感じられたこともあって、周りの人たちが波立つことは少しもなかった。

――大直如屈

若者の笑顔が眩しい。三谷は長くは見ていられずに、車窓に目を逸らした。出掛けの雪が嘘みたいに、温かい日差しが野に満ちている。

――天《あま》のノイハトーブ

〈自分の側で息づく生き物の肌の温もりや匂いが、よそのそれと微妙に違うのを知るにはよく接してみなければ判らない。猫を飼ったことのない人間は、どの猫もみな一緒だと思いこんでいる〉

――ロボット犬パピ

いつも列車がスピードを上げて通り過ぎるひょうたん池の内ぶところに、湖面から三角錐のように突き出すコンクリートブロックの一陵が見える。その辺りは雪も少なかったようだ。その日も日向になったなだらかな三角錐の東向きの斜面に、大小の亀が三匹、炭団のようにくっついて、甲羅干しをしていた。乾いて白っぽいやつ、直前に辿り着いたのだろう、黝々濡れそぼったやつ、様々だ。長い冬を土に還り死んだように過ごすのだろう、冬場には見ることができない情景だ。亀は深い土の中で待ちわびた春のシグナルをしっかり受け止め、這い上がる。今年は、まだ寒中の十日前が初見参だった。雨や陽差しのない日、晴れていても風が冷たい日なんかには姿をみせないが、前々日が二匹、前日も一匹。最盛期には連日五、六匹が甲羅を晒す。そこでも毎朝、運のいい奴、悪い奴、苛烈な場所獲り競争が繰り返されているのだろう。

――浦島太郎

甲羅干しをしている亀の数を当てる。数年前から、三谷独りの密やかで軽やかな楽しみになっていて、席にこだわる契機の一つになった。当たれば自然に「きょうは何かいいことがありそうだ」という思いが湧いてきて、つい宝くじを買って夢の種にしたりする。外れた時はそれはそれ、実害ないし、すぐ他の思いに紛れ苦にならない。

前日は外れたが、その日は四匹、ピッタリ合って、気分がいい。

〈たわいもない。でも、こんなたわいないことを思うところが人間らしいことなんだろう。人間以外にどんなものが、亀を見ていろんな物語を考え着くだろう。小っちゃな人間の、もっと小っちゃな頭の中でだけ、突拍子もないことが存在する〉

西空に白い月が浮かんでいる。

〈月のウサギも、宇宙の地平線も、生滅を繰り返す宇宙の混沌も、荒ぶる神も……。そんなものを想像する人間。

その人間を生んだ宇宙。人間を生むことで、宇宙は初めて意味を持ち、意志を持った……〉

——背負うた子に道を教えられ

〈そういえばいつだったか妙子が言っていた。DNAやゲノムという言葉で「人間は」って言われると、つい「人間はみな一緒、だから代わりはいくらでもある」と言われているように感じる。でもそれは一般的に言う「みんな平等、一緒だよ」っていう時の一緒と違って気持ち悪い。

だって、だったら顔がみな一人ずつ違うのをそれで説明できますか。一人ひとり違う心を説明できますか〉

——メエルシュトレイム

「おじいさんも公害出しとった会社にずっと世話になってましてさな、ずっと前、喘息で亡くなりましたんやが、孫の清嗣が瓜二つ、そっくりですんさ。おじいさんはあれでも憎たらしいことの一つも言わんしたが、孫はかわいいばっかりで」

席を譲ってくれた若者と話しているのだろう。背後で老婦の声がする。

——二匹のモンクマバチ

ホーム南端の薄っぺらいコンクリートの断面が、光に照り映えている。電車はもう停まっていた。出口は前方。ホームをそぞろに歩いていく降客の後ろ姿の中に、老婦がいる。彼女に着かず離れず、庇うよう遠慮するよう、ゆっくり歩調を合わせるあの若者がいる。発車のベルが鳴る。電車は動き出し、スピードを挙げ、二人をあっという間に抜き去る。三谷はとっさにガラス越しに後ろを見たが、すべては遠ざかり見えなくなっていた。

——生きながら一つに氷る海鼠かな

翌朝、三谷が駅へ向かって軽快に歩いている。朝食に出たベーコンエッグのうまさが体を弾ませているのだ。

破れた繭

蚕は蛾となり繭《まゆ》を破る。蛾は飛び去り、繭殻はやがて朽ちる。往々、希望は絶望の種子となり、喜びは哀しみを深める。

山木がその映画「去年マリエンバートで」を見たのは一九六四年の秋だったはずだ。利己に繋がることにしか関心が向かず、学生運動や東京オリンピックをずっと冷やかに見ていたような気がする。

――豪華なバロック風の陰気なホテル

当時、庶民の手元にビデオはまだない。見たのは確か新宿名画座だった。新宿大映にほど近い、道路脇にぽっかり空いた奈落、コンクリートの急階段を降りて行くと、地底に深い矩形の箱をすぽっと沈めたような仄暗い空間があった。降り立つと、左手の長い方の壁に映画館の入口が二つ並んでいる。向かって右が名画座、左がピンク映画の常設館。真ん中に、風呂屋の番台みたいに、切符売場が一つだけあった。

――沈黙と無人のこれらの廊下

切符と料金は共通なのに、極端に趣向が違う二つの映画。それが一つ窓口で捌かれていたせいで、訪れる若者は不意を衝かれ、つい羞恥、強がり、不貞腐れやらを露わにする。それを瞬時に見極め判断したのだろう。閻魔顔のいつも同じ小母さんが小手先をほんのちょいと動かして、「はい、あんたはピンク極楽」「次は名画地獄」とばかり、けれんなく左右に振り分けた。今も昔も、何が地獄で何が極楽かわからないが。

――廊下に続く廊下は涯しなく

名画座は客席の只中に太く四角い打ちっぱなしのコンクリート柱が立っていたうえ、便所の臭気が鼻を衝いた。それが時に、若者のラスコリニコフ的自負心を刺激して、犯罪はいつ起きてもおかしくなかった。事実、新宿の闇に葬られた事件はいくらでもあった。

山木はアヴァンギャルドやヌーヴェルバーグという言葉に憑かれていた。ゴダール、フェリーニ、ブニュエル、コクトー、レネ……。新宿アートシアターにもよく行った。「薔薇の葬列」「飛べない沈黙」……。松本俊夫や土本典昭らの渋い邦画も見たし、見れば楽しい社長シリーズ、やくざ映画、座頭市、黒沢明ものなんかも見逃さなかった。

――人けのない客間や回廊を抜けて

「去年マリエンバートで」は、奇妙な映像ばかりが残像となり、筋道を霧に包む。モノクロ、マネキンのような人間の白い顔、静止画面、宮殿ふうのホテル、幾何学的庭園、重なる過去と現在、繰り返されるたびに様相を変える過去……。何が言いたいのかさっぱり分からなかった。今まで見た映画の中でも最も難解で歯が立たない。当時も現在もそんな印象しかない。しかし、そんな印象が却ってどの作品よりも強烈な刻印を捺したのだ。

――又しても別世界を歩むように

その「マリエンバート」のビデオが近所のビデオ屋にあった。先週木曜日の夜、今から駒ケ根へスキーに行くという文彦に、「急いでるんで、悪いけど返しといて。今晩中に」と、テープを押しつけられた。その店に行くのは久しぶりだった。夫婦で行って、小夜子が「かくも長き不在」を借りた時以来だからちょうど三年になる。色褪せたケースばかりが並ぶ名画コーナー。何も変わっていない。「嘆きの天使」「レベッカ」「街の灯」「天井桟敷の人々」「第三の男」「アンダルシアの犬」「ローマの休日」「太陽がいっぱい」「幸福」……。「マリエンバート」もそこにあった。あの時もそこにあったのだろうか。そして、「かくも長き不在」、あの男は夫だったのか。

——部厚い絨毯が足音を吸い込む

一週間借りても二百円。明日から会社は三連休だし、さおりも友達と泊まりがけで昼神へ行くと言っていた。小夜子はずっと居ないから、三日間ビデオを独りで使える。いつもの邪魔もない。味わいは深まるだろう。

若い頃に比べれば少しは経験も増えたし、物事の理解力も深まったに違いない。今度こそ、二人のアラン、レネと原作者ロブ＝グリエのメッセージを理解してみせる。そんな気負いも少なからず湧いた。

——いま自分のいる所とは別世界で

その夜の内に一度、通しで見ておこうと思い着いた。ビデオが廻り始めると、〈人生を巻き戻す〉、そんな言葉が頭を過った。

「あぁ、これか」。ずっと昔、映画好きのNに教えてもらった〈ヒッチコックが登場する〉という取っときの情報が、ストップ・モーションでやっと確認できた。右左横向きのシルエットで二個所。テレビのヒッチコック劇場を彷彿させ、テーマ音楽、独特の吹き替えの声が蘇った。四十年ぶりの黴臭いカタルシス。でも結局、それが本当にヒッチコックかどうか判らない。少し痩せ気味で、そうだと言えばそうだし、それらしい別人だとも考えられる。でもここは是非、ヒッチコックにこだわったほうが面白い。そうでなかったら立ち止まることもなく、「あっ」という間に見過ごしてしまうだけだ。

——化粧漆喰、大理石、黒ガラス

Nとはあれ以来ずっと音信が途絶えているから、すぐにその根拠、例えばロブ＝グリエがどの本のどこに、どう書いているといったことを教えてくれる朋輩は他にもういない。山木の心か頭のどこかで、〈Nに連絡を取ってみよう。いろいろあったが、あれほど親しかったんだ、きっと取れる〉という思いが浮かび上がり、消えた。

——来てもまた割かれるのに

同じフレーズを思わせぶりに繰り返すナレーション。動きの少ない人物。

始まって十五分過ぎ、卓上ゲームが映画の中で始まった。唖然！とした。山木が今も酔うと良くやるゲームだった。一方、山木にとっては特別の存在で、青春の記念碑として容認してきた「マリエンバート」。山木の中で全く別個に厳然孤絶に息づいてきた二つが、実は一つだった。

——砂を踏む僕の足音

呆然とするなか、テープは最後まで滞りなく廻った。ゲームは何度も登場した。映画が終わっても、山木は暫く動かない。〈ゲームをどこで覚えたんだ〉。それまでは自明のことで検証することもなかった。ゲームを事前に知っていて、映画で偶然唐突に出会えば、今日と同様の衝撃があり、それだけで忘れがたい印象が残る筈なのに、跡片もない。

――賭をもう一つ。僕のいつも勝つ賭を

それに、映画を一度見たぐらいでは、ルールはともかく、勝つ術を身に付けることは不可能だという事実がある。

このゲームは実はいんちきゲームで、勝つ術があって、事情を知らない相手とならほぼ百％勝てる。その禁断の快感。映画内で一度ルール説明はあるが、勝つ術は示されない。「先手が負けです」「先手が勝ち」。正反対の台詞が交互に出て、もっともらしい解説もなされるが、すべて脈絡なく不正確だ。

〈百％勝てる〉。山木自身もそこに引かれて覚え、酔狂の足しにしてきたのだ。だけどその勝つ術は複雑で、幾通りかパターンがあり、その全てのケースを全部呑み込む必要がある。マンツーマンで教わったにしても、かなりの時間を要したはずだ。映画を一度見ただけ、しかも解説のないままその術を身に付けるのは、絶対に不可能。としたら、現在も山木が覚えている勝つ術は、いつどこで誰に教わったのだろう。

――最後に一枚残した方が負けだ

最後に一枚残された方が負けだ

翌朝、寝床に寝たまま障子を開けると、澄んだ青い空がいっぱいに広がっていた。満開の老白梅が映える。花蜜を吸いにヒヨドリや番いのメジロが代わる代わる訪れた。蝶々や蜜蜂がいないこの時期、受粉は小鳥たちが担う。いつも食べる自家製梅干も小鳥たちあっての物種だ。そうだ、小夜子が漬けた梅干がもうすぐ底をつくんだった。

――すでに一年、あるいはそれ以上か

たて続けに花びらが四、五片落ちた。またメジロがペアで来ている。地表でも大きな山鳩の番いがきょときょと歩き、地面から何かを啄んでいる。小夜子が目をかけていた黒の勝った虎縞の猫も顔を出す。クー。山木の家の飼い猫チー子と連れ合いになった野良で、チー子と居る間は息継ぐ間もなく啼きづめ。それもオペラ歌手さながら、アリア風に。それがチー子が白血病で死んだら途端にすっかり寡黙になって、そのアリアがチー子のためだけだったのが分かった。今日もしばらくは無言のまま家の中を伺っていたが、舞い落ちる梅の花びらに気を取られたのをしおに、枝のメジロの番いを眇めで一瞥、立ち去って行く。連れ合いが忘れられないのだろう。

〈チー子は生きている!〉

侘しげな後ろ姿を見送っていたら、クーの寡黙を支配しているチー子の存在を鮮烈に感じた。死んで空しくなったのに。

——傍らにいて少しも近づけない僕たち

陽がかなり高くなった。きのうまでの寒さはなさそうだ。スキーには善いのか悪いのか。ま、どうでもいいことだ。以前はその場に小夜子が布団を敷いていた。出ていって暫くしてから、山木は何となくそこへ寝床を移してみた。布団幅一つ分左。それだけのことなのに、物の見え方が違った。何かハッとするものがあった。以来ずっとそこへ布団を敷いている。出ていって二か月。冬も過ぎようとしているが、信州飯田はまだ寒いに違いない。

——一九二九年の夏は一週間も氷が張った

「ニャニャ」。クーが餌をもらいに戻って来た。すぐ寝床から抜け出し、牛乳とキャットフードを、庭に置いたままにしてある専用の小鉢と皿に入れてやる。いずれも小夜子が陶芸教室で作って、カップルのために下ろしてやったものだ。牛乳の白さが無表情に冷たさだけを浮かべている。

コーヒーは沸かした。灰皿、朝昼兼用の餡ドーナツとクリームパンとメロンパン、鞘付きピーナッツも炬燵の上に用意した。それからビデオをスタートさせた。

山木はストーリーやメッセージよりも、ゲームが始まるのを待っている自分に気付き、独り笑った。最初のゲームが始まる。

使っているのはカード。昨夜の続きが始まった。どこでこのゲームを……。

〈映画を見る前から知っていたとはどうしても思えない。でも、だったら映画を見た後で、誰かに教わったのか…〉

——私ではないと思います
映画を見ながら、しつこく記憶を探った。漠然と時期を想定しては、頭の中に浮かび上がる「その頃の記憶の塊」に向けて、「探索意識」を発射。気体風のその塊の中を、宇宙船さながら縦横に、繰り返し探査したが何も見つからなかった。勿論、Nではない。

でもやっぱり、このゲームが山木の持ち技の一つとなったのと、「マリエンバート」を最初に見たのが同じ頃のような気がして仕方がない。そしてその頃、このゲームをきっかけにして、小夜子との仲が深まったという思いが強い。

——同じ微笑、同じ突然の高笑い
小夜子は北海道小樽の生まれで、スナックでアルバイトをしながら、女子大に通っていた。そのアルバイト先が山木の住んでいたアパート近くだった。見つけたのは酒好きのNだった。山手線の大塚駅近く。白山に向かう都電通りを少し登った左手にあった。小夜子は著名な教授が主宰するゼミナールで国文学を学んでいた。当時、山木はまだ小説家になるつもりだったし、クリスチャンで文芸評論家のその教授が書いた太宰治論もそれ以前に読んでいた。当然、言葉の端々に滲み出るものがあり、小夜子の関心を引いた。評論家風を吹かすN以上に。

小夜子は華奢で小さかった。酔うと白い肌が桜色に綺麗に染まった。歌が好きだった。カラオケはなかったが、流しのギター弾きが来て、リクエストに応えたり、客の伴奏もした。熱唱すると小夜子の子供っぽい顔が大人びて、ハッとさせた。でも殆ど山木の前では歌わなかった。替わりに、山木が遠ざけていた太宰治をよく読んでいて、駈込み訴へ、息急き切るように議論を吹っ掛けた。

——純然たる暗号で

このゲームを初めて小夜子に披瀝したのもそのスナックだった。カウンターの内と外。小夜子はすぐ勘の良さと利発さで、媚薬の匂いを嗅ぎ当てた。行くたびに二人でやるようになって、何度目かにその時がきた。意図した訳ではないが、若い男女が向き合っているのだから、未必の故意ってもんだろう。

賭の常套手段で、相手に勝てると思わせ、大事なものを賭けさせる。「お互い、一番大切なものを賭けよう」。まんまとそう言い合うように仕向けたくせに、山木は小夜子に勝ちを譲った。勝っても「約束通りに」と迫まる器量は元々山木にはない。自分が責められたくない。だから相手を追い詰め、責めたくない。そんな気持ちがいつもあって、山木を挫く。でも、その時だけは負けても答えは同じだった。いんちき臭いと知りながら敢えて賭に乗り、勝ってしまった小夜子の答えも、山木が勝って求めようとしていたデートへの誘いだった。嬉しかったが、Nの顔が浮かび、少し自己嫌悪にかられた。

——力づくではなかった

場末のスナックでも一回で千円はかかったし、人目も煩わしくなって、外で逢うことが多くなった。映画をよく見た。当時、大塚駅近くに大塚キネマという芝居小屋兼映画館があった。まだ旅芝居の一座が来て、ちり紙に小銭を包んだおひねりを、舞台に投げて貰うような時代だった。隔週に上映される制作会社の別無くごちゃ混ぜにした邦画三本立て百八十円。それも恰好だった。それやこれの日々があったのだから、「マリエンバート」にそのゲームが登場するのが分かったら、二人の間で話題になったはずだが、そんなことはない。結婚してからも一度も。

——僕は好きだ、あの時から。あなたの笑顔が

「マリエンバート」はストーリーが入り組んでいる。そう思い込んでいた。今回、何度も見ているうち、いろんな人の心象風景が折々挿入されているだけで、筋道は端然としているのが分かった。

男Aが、ホテルに泊まりあわせた人妻Bに繰り返し語りかける。「去年マリエンバートかどこかでお逢いし、愛し合いましたね」。Bは「私ではありません」と答える。でも、繰り返し、Aの細部に至るまで具体的な思い出話を聞いているうち、いつしかそんなことがあったかも知れないと思うようになる。さらにAは、去年その時に自らが撮ったというBの写真を見せる。Bは「写真は誰でもいつでもどこでも撮れる」と言いながらも不安を募らせ、夫Cに「私を発たせないで」と訴える。Cは夢想の中ではBを射殺するが、実際には見守るだけ。結局、AとBはCを置き去りにして立ち去る、「アベク・モア」。

それだけだった。

——なぜ私でなければいけませんの?

ただ、粗筋は分かっても、腑に落ちということはなかった。例えば、あれがヒッチコックとして、それは「今から始まるのはヒッチコック劇場同様ミステリーです」とでもいうのか。それともサルヴァドール・ダリに依拠する映画も作ったアヴァンギャルドの同士ヒッチコックへのエールなのか。よく分からない。何より、Aが人妻に夫との豊かな生活を棄てさせるほど魅惑的だと思えないし、Cが妻から愛想を尽かされるほど駄目な夫とも見えない。

——フレデリクスバートへは行ったことありませんわ

——ではほかだったのでしょう。カルルスタットかマリエンバートかバーデン・サルサか、あるいはこの広間か

映画内のあの台詞のように繰り返される「マリエンバート」。色褪せる部分もあるが、ゲームの場面は鮮明さを増してくる。ゲームのルールを知っていて手筋が読めると、ストーリーやメッセージを意に介さずにいても、勝負の綾はなぞれて、それだけで楽しめるから……。いつかゲームの一部始終を書き残すためノートを持ち出し、記録し出していた。対戦相手、先手・後手、指し手の全て、勝ち負け、ゲームに使われた用具……。

ゲームは全編にばら撒かれるような具合で四回行われる。使用される用具は最初がトランプ。次がマッチ棒で続けて二度。最後が麻雀のパイに似た形の何かのゲームのチップ。山木が酔狂でやる時は、いつも手短なマッチ棒を使う。やり方、ルールは簡単で、マッチ棒を四列、上から1、3、5、7本とピラミッド状に並べる。そこから、列を跨いではいけないが、好きな本数だけ交互に取り合い、最後の一本を取らされた方が負け。映画内の説明も全く同じだった。

——あの賭はインチキです。奇数の枚数を取ればいいんです。先手が負けです

チェスでも将棋でもトランプでも、映画の中で行われるゲームや賭は当然、いつも結果は決まっていて、脚本通りの結果がモノをいう。主人公を大金持ちにしたり、破産させることで、人生の欺瞞と真実、人間の思慮深さや愚かさ、友情や愛の素晴らしさや限界を、鮮明に目に物見せるのだ。ハスラーがファッツにいつまでも負けていてはいけない。シンシナティキッドが勝ち続けていても映画は成立しない。だから、指し手がどれだけ神がかっていても絶対不動。観客はそれを受け容れ、頷かなくてはならない。だから、「マリエンバート」も、夫Cが四度ともゲームに勝つことに一切、観客は異議申し立て出来ない。それが映画的常識というものだ。〈Cが一度も負けない〉ことを受け容れ、そこに何らかのメッセージが託されていると考えるべきなのだろう。

だが、やはり、「マリエンバート」は特別だった。映画的常識が通じない。

テープを何度も巻き戻し、時に画面をスローにしたりストップさせたりして見ているうちに、山木はそのことに気付いた。筋立ては簡単でも、一筋縄ではいかない。

——加えて七になる数を取る

どの列の？

Cが勝ち続けるのは、それがいんちきゲームで、いんちき勝ちするためのパターンを知っているからだ。ちなみにCは先手・後手に関係なく（後、後、先、先）全部勝つ。

ところが、Cの指し手、四ゲームで計二十手（総指し手は三十九手）のうち一手だけ、「実は、Cはいんちき勝ちのパターンを知らない」と思わすシーンが出てくる。

場面は二度目のゲームの六手目。後手必勝のいんちきゲームだから後手のCは、相手の動きに合わせて相手の自滅を待てばいいだけなのに、間違う。交互に一本ずつ数回取り合った後の局面で、三列しか残っていない。2本、3本、6本。そこで手番のCが六本の列から一本だけ取り2本、3本、5本を残す。この際、Cは絶対に六本の列から五本取り2本、3本、1本にしないといけない。なぜなら相手が次に、残った2本、3本、5本のうち、五本の列から四本取れば残りは2本、3本、1本となって、今先程Cが打つべき手を打ったのと同じになる。残り「2本、3本、1本」からは後手必勝パターン（やってみればすぐに分かる）に嵌まり、Cの負けが決まってしまうからだ。だが続けて相手も悪手を打って、結局、Cが勝つ。

——偶数の枚数を取ればいい。奇数の一番少ない数です。一連の対数なんです。

問題は、画面では瞬く間に過ぎてしまうこの緩手・悪手の交換場面が意図的か否かにある。レネとロブ＝グリエのことだ。意図がないはずがない。だが、意図的であっても意図が伝わらなければ空しい。事実これまで誰も気付かず指摘したこともないのだから、ないに等しかった。ところが今日、今ここで山木が気付いた。では、その結果、意図はあるということになるのだろうか？

相手が弱く勝負が一方的すぎて面白くないと感じた時、ゲームや試合で、時には人生においても、わざと失敗して相手にわずかなチャンスを与え、場を盛り上げる。そのくせ勝ちが戻ってくるかどうかハラハラドキドキ、その場の緊張を楽しむといったことがある。気付かれては元も子もない。だから勝っても負けても独り善がりに終始するのだが。

そんな心の綾を、Cを借りてここでわざと緩手を打たせて見せた？　否、この時の相手は三回続けて最善の手、即ち一本ずつしか取らずにCの失着を誘う、相当の手練である設定になっていて、Cがわざと緩手を打つ余裕はない。

——他人の思惑などそう心配なさるな

〈Cの他の十九手には一点の緩みもない〉〈連戦連勝するCが唯一、後に妻Bをさらっていく男A以外の相手とやる〉〈唯一勝ちパターンを外して勝つ〉

考えるほど何らかの意図があるとしか思えない。でもそれなら何故もっと分かり易く、観客が気付くようにしなかったのか。

——こんな役割はもう我慢できない

ルルル、ルルル。間の悪い電話だ。

「はい、山木です」

………。息を殺している。小鳥を銜えたクーが庭を横切っていく。滴る血……。

「小夜子？」

何となくそう思えて、聞いた。………。暫く間があって、そっと切れた。

台所から居間に帰り、ビデオを見直そうとするが集中できない。まだ先程の受話器の向こうの気配が耳に残っている。

急に思い出が広がる。新宿。夜陰。神社境内。絡み合う男女のシルエット。大道芸。

酔っ払った山木が大道将棋に興じている。一緒にいるのは小夜子？　一手三十円。詰めれば二千円くれる。詰め将棋は先手必勝。だがいつも玉がするりと逃げていくのが相場。詰まないのは、詰めが複雑だからで、中には六百、八百、多いと二万手がかりの詰め将棋もある。その間ずっと唯一最善の手を指し続けるのは無理なのだ。——男女の嬌声、哄笑。

「マリエンバート」のいんちきゲームも、比較にはならないが、手順は複雑だ。だから先手必敗であっても、後手が手順を踏み外すのを待ち、逆転勝ち出来る、Cのように。考えがそこまで行き着いた時、俄に腑に落ちるものがあった。〈勝ちも負けも、いんちきも本物も、何もかもすべては相手次第〉。やがて、その思いが山木を根底から激しく揺さぶりだした。〈もう充分だ〉。土曜日、山木はテープを返しにいった。

――みんな贋物です

「父さん、ビデオ、返してくれた?」

連休三日目。子供たちが帰ってきた。また月曜日から家族全員一緒に務めが始まる。一人欠けたままだが。

「お父さん、はい、お土産。天然繭よ」

さゆりが手渡したのは、養蚕ものより少し小振りの、薄っすらと黄緑色を帯びた繭だった。紡錘形の両先から、縒りの緩やかなぼわっとした紐が伸びて、細い枝に絡み着いている。小さな白茶けた枯れ葉も、幾重にも綿糸にくるまれ、折り畳まれている。蛾が喰い破った穴もあった。

「森の中では、梢の先で青く煌めいて見えることがあるんですって」

「随分ロマンチックだな。青い繭なんて。山繭か。昔、母さんと軽井沢に行った時、ホテルの庭で、やっぱりこうやって枝についているのを見たことがある。あの時の繭は金色に見えたけど、これは若草色。どこで手に入れたの? 土産物屋じゃないだろう? 駒ヶ根もそこから近いの?」

「信州よ。それでいいじゃない。それに繭って蛾が出て穴が開くと糸が紡げなくなる。だから、中の蛹が眠っているうちに煮え湯で殺すんだとも言っていたわ。どこがロマンチック? グロテスクよ」

さおりの後ろ姿を見ながら山木は、先程、さおりの背後に重なって見えた気がした人の気配のようなものを思い返していた。山繭を光に透かしたり、重さを量るように掌で軽く弾ませながら、その気配のようなものを反芻し思いを広げた。近づけると純白なのに、離すと色づく。一本一本には色がないのに、繭として固まると色が着く。繭は、蛹が生きていれば、いつか必ず喰い破られる。蛾はイプセンのノラのように飛び出し、残された繭は朽ち果てるのだろうか。

――なぜまだ逃げようとするのです?

妻Bの場合は、自分が夫Cの元を去ることになるのを怖がっていた。Cには勝ち負けが分からない真剣勝負でも勝ち続けそうな異様な雰囲気があり、冷静に殺人をやりそうな威圧感もある。実際、Bを射殺するシーンも出てくる。Bが言い寄る男Aに言う。「私をどうなさる気?」「どの様な生活に導かれる気?」。夫との生活は変化に乏しく、今後も最初から勝ちが決まっているゲームのように味気ないだろう。でも、それが深く馴染んでいて今まで通り平穏に過ごせる暮らしだ。一方、Aとの生活は新鮮でエキサイティングかもしれない。が、初めてのことばかりで、ずっと嫌なこと、負けが続くかもしれず、不安がずっと付き纏う。それでもBはCを捨て、Aと共に去っていった。

――消えて下さい。私を愛しているなら

Aにあって、Cになかったもの。それは相手を見つめ記憶することだろう。

〈人はちょうど標本針で刺し止められた昆虫のように、他人の記憶という針によって初めて固定される。自惚れと自己嫌悪は表裏一体だし、孤独は他人の存在を前提にしている。他人が居なくなれば、人はすぐ取り止めがなくなり、霧散し、自己喪失に陥る。人として出来ること、それは他人を記憶すること。風貌、癖、所作、言葉……。その記憶の針が相手を固定する。特別な印象などでなく、ありふれたものだからこそ、自然と広く、厚く積み重なり、醗酵し昇華する。それを時に人は

愛と呼ぶのかもしれない〉

小夜子はいつも山木に言っていた。「そうね、それがいいわ。あなたらしいもの」「最近のあなた、しょっちゅう手をこんなふうに動かしますね。以前にはなかったわ」「台所のあの邪魔な釘、あなたが打ち込んでくれたのね」。そんな言葉に後押しされ、山木は気ままに自分を育ててきた。そんな言葉が現在の山木を形作っている。

取り返しがつかない過去を、取り返すことは可能なのだろうか？　絶望は希望の種子となり、哀しみは喜びを深めるのだろうか？

――最初は、そこで迷うことはないと思った。最初は……

数日後、Nから返事が届いた。

〈驚いた。こんなに近いなんて。学生時代もなかったな。いつ帰った？　こっちはもう十年になる。親父が死んで寺を継いだ。親父は仏事で痛飲、菱川に車ごと落ちて溺死。大往生だった。が、お袋はかわいそうだった。俺も四十七、会社も潮時だった。以来、お袋と同行二人。ぼそぼそ読経と同人誌の日々ってところだ。手紙読んで嬉しかった、変わらないなって。時間って凄い。嫌なことは忘れさすもの。こだわりは消えていたよ。

さて本件。「マリエンバート」。懐かしかった。今度見直して、神の不在、神が全く出てこないことに驚いた。もっとも神も仏もないけどね、へへ。子細面談。

まず、ヒッチコック。確かにそう言われると本人かどうか分からんね。ただ、トリュフォーなんかとも仲良しだったんだよね、彼。

緩手トリック、多分、世界初。すごい。無論、レネらのことだ、故意だろう。俺流の解釈だと、ゲームについては「変わり映えしない淀んだ生活（後手必勝のゲーム）。そこに綻びが生まれ（夫の緩手）、逆転への好機が来る。でも、だれも（相手も観客も）気付かない。勝機を逃がして（相手の緩手）、何事もなかったように元の淀み（夫の勝利）が続く」の象徴。映画全体としては「でも、男は愛のない日常の欺瞞性を暴き、女を愛の生活へ導く。愛によって欺瞞を暴けば人生は変わる」、そんなところ？　観客がゲームの茶番を見逃すのは、映像と客席、架空と現実を一つにするスリリングな虚実皮膜？

レネとロブ＝グリエは、「人妻と男は去年逢っていたのか」と聞かれ、「ウイ」と「ノン」、正反対の答えをしたそうだ。

映画が大好きだった作曲家の武満徹が「マリエンバート」について書いている。「映画の中で繰り返し競われたゲームのように、ゲームの局面は毎回新しい。次の差し手は多分、作者自身ですら知らないだろう。そうした未知の現在を（作者と観衆が）共有することが映画的理解なのであり、映画的時間はいつでも永遠の現在を装った時間として顕われる」

難しいけど、見るたびに新しい映画、過去の真実よりも現在の事実の方が重いってことかな。太宰じゃないが、「昔より今が大事と思いたい」？　太宰といえば、小夜子さん、元気なんだろ？　子供さんは？　以上・謹言〉

すいかずら

〈夜明け〉

その日も暗いうちに目が醒めた。岸部浩二は外を見て、〈四時ごろだな〉と思った。日の出にはまだ早い。この時季、岸部の病床は旭光をほぼ真正面から浴びる。こっそり携帯電話の電源を入れると、やはり四時四分だった。トイレに向かう。誰もいない。誘導灯がぽつんぽつんと点っているだけの仄暗い廊下。トイレ域に入ると照明が自動的に点いた。手持ちの軽さ、柔らかな手触り。いつまでも違和感を覚えさせるビニール製の溲瓶に零さないように尿をする。尿量計が喋る。「番号を確認してください」。若い女の声音に従い尿量計に尿を移す。【氏名確認ボタンはツメ先など尖った物で押さないで下さい】。蓋に書いてある注意書をその時初めて読んだ。爪の長い、女の細くて白い人差し指が思い浮かんだ。帰途、病室と病室の間に設けた非常扉の大ガラスを透かし、まどろむ街が垣間見えた。十二階から俯瞰するネオンサイン、窓の灯、防犯灯、高速道路や一般道路の街路灯。一つ一つは光り輝いているのに、街はどんよりと暗い。

後方で「ピンポーン　ピンポーン　ピンポ、」、急を告げるチャイムが鳴って、途切れた。「痛い、痛いよ看護婦さん、痛い」、男のよく通る野太い声が絡む。老いてなお力強い。というか、どこか駄々をこねているようにも聞こえる。ほかの患者は息を潜め、耳をそばだて、厄災が通り過ぎるのを待っている……。看護婦の駆けつける足音が反響を伴いながら廊下を駆けていく。岸部は、頭に浮かんだ背後の光景の中に、駆けていく音の形がはっきり見えた気がして、つい振り返った。

ベッドに還り、横になる。雑多な思いが浮かんでは消えていく。重いもの、軽いもの。〈心に浮かぶよしなし事をそこはかとなく思えば物狂おしい、か〉

いつの間にか墨色の空が朝の気色を孕み幽かに白みを帯びている。山のすぐ上に棚引く二層の筋雲が茜色になり、やがて暗い空全体が下方から灰、赤、黄、青、四色を帯びる。〈四色の虹。虹に灰色はないだろう。赤、橙、黄、緑、青、藍、紫だ〉。五時十五分、太陽が山稜から顔を覗かせた。穏やかな韓紅の陽は見る間に燿き出し、燦めく緋色に変わる。溶けた鉄の陽。神信心のない岸部が思わず掌を合わせ、祈った。

〈どうか私の方が光子を看取れるようにして下さい。それまで生かしておいて下さい。何もしてやってないのです。仕事で飛び回りづめでした。一年後の私の定年、そのあとやっと二人で気儘にドライブ旅行ができる、そんなささやかな楽しみだけを願って、あいつ苦労してきたんです。私にも最近、あいつのいうささやかな楽しみがやっと分かってきました。ですから、『お前の命はあと二年』、そんな冷たいこと言わず、もう少し生かしておいて下さい〉

昨夜、光子と一緒に、主治医から現状と見通しを聞いた。悪性リンパ腫は悪性度が強まっているし、新たに血液癌の一種である骨髄異形成症候群も見つかった。今の抗ガン剤による治療だけだと二年後に生きている可能性は少ない。でも、運良く骨髄移植が出来て、第一関門の移植後百日、第二関門の二年をめどに要注意期間を乗り越えれば、長期の展望も拓けてくる。もっとも移植に伴い、重い副作用や拒絶反応、合併症が起きることが多いし、移植後二年間の死亡率は約五〇％、六十歳近い岸部の場合はさらに率が高まるだろう。主治医はマスク越しににこやかに、だが心の置き所を少しも見せないままそう話した。普段は明るく、くったくのない光子が、二人になるとすぐ涙をこぼした。その姿が心に焼き付いていたからだ、祈ったのは。

朝陽は三分余りかけて山稜を離れた。

ふと、「朝、目覚めるのが怖かった」、やはり入院生活が長かった上役の佐伯文雄がそう言ったのを思い出した。「何かと気を紛らせてきたのに、ある朝起きたら突然、入院生活に倦み疲れた自分に気付いてしまう。投げ遣りになる。そうなるのが怖かった。それでなくても真夜中に目が冴え、『おい、お前、寝ている暇なんかあるのか』、そう自分を鞭打ってるってことが時折あってね」。佐伯は長年のよしみで、入院を目前にした岸部を役員室に招き、死地から生還した人特有の優異性を見せながらそう話した。先達はあらまほしだ。

あれから三か月。岸部の入院生活は佐伯のそれを越えた。その間ずっと会社や世間から切り離されたままで、露呈はしていないが日増しに倦怠感が募っている。しかも、昨夜の主治医の話だと先はまだまだ長い。月給よりも高い月々の医療費は、光子の稼ぎと会社の健康保険のお陰で何とか凌げるが、精神の収支バランスは赤字続き。佐伯が恐れたような心の破綻にいつ陥るとも限らない。そうならないのは偏に、光子、子供たち、それに親戚や知人、同僚ら、驚くほど多くの人が岸部の完治を祈り、支えてくれているからだろう。

陽は緋色から黄金色、そして白色へと移ろいながら燿きを増していく。もう目が焼ける。直視できない。岸部は、突然、旭光が体の芯まで射し込むのを感じた。血は清められ、全身を巡り、体の隅隅まで浄化していく、そう思った。

〈鼾〉

自分の鼾一つ、自分では聞けない。それだけのことがなかなか判らない。

まだ午前四時半過ぎ。空もあるかなしかに光を帯び出したばかりだというのに、向かいのベッドで物音がする。やがてポットを持って、主の深山昌男が病室を出て行った。お茶でも淹れに食堂脇の簡易炊事場へ行ったのだろう。深山が消えるやいなや、右隣の梅田忠夫が無遠慮に遮蔽カーテンを二枚、自分の分、岸部の分と立て続けに「シャーン」「シャーン」と引き開け、岸部に声をかけた。斜め前の田辺秀太郎もその騒音で起きたようだ。

「まいったよ、きのうは。鼾で一晩中眠れなかったわ」

「えっ、僕ですか。すみません。無呼吸で、僕のはひどいそうですから」

「いやいや、あんたじゃない。あんたや田辺さんのは大したことない。最初の夜から眠れたもの。新入りさんの、話しにならんよ。物凄いわ」

岸部にはよく分かっていた。梅田が午前三時過ぎに小用に行き、それ以後、その夜から一緒になった深山が放つ切れ目のない大鼾に閉口していたのを。隣床の梅田と斜床の田辺は六十代後半、向床の深山が四十そこそこ。梅田、深山は糖尿病で、二人とも過食で急上昇した血糖値を下げるために三週間の予定で入院している。田辺のことはまだ良く解からないが、主治医とのやりとりから、どうやら静脈瘤らしい。内科に来る前は、やはり七階の外科に一か月ほどいたと漏れ聞いた。

〈迷惑な鼾だ。若いんだから少しは遠慮しろ。眠れないじゃないか〉

岸部には、梅田がいかにも寝苦しいと言わんばかりに繰り返す寝返りの音が、そう聞こえる。とというのも、他人事ではなかったからだ。岸部自身、子供のころから大鼾をかくと文句を言われ続けてきた。自宅でも一人で寝かされてきたし、社員旅行で気付いたら蒲団ごと廊下に放り出されていたということもあった。眠りに就き無意識になってから犯す過失。どうにもならず、身を竦めるしかない。その夜も、深山の鼾より梅田の鼾被害過敏症のほうが苦になって、朝まで眠れなかった。

岸部が収容されているのは大学病院の十二階にある内科病棟の四人部屋で、ベッド四台が「田」の字に置かれている。四台それぞれがカーテンによって遮絶でき、個々四畳半ほどの広さがある。ベッド脇には専用のテレビ台、縦長の簡易整理ダンスも置かれている。左右二組が足を向け合って寝る。間の通路はベッドごと出入りできるよう広くしてある。それに比べ、隣り合ったベッドの間は、テレビとタンスの皺寄せで、人一人がやっと通れるだけの幅しかない。つまり、隣同士だと、二枚のカーテン越しとはいえ、頭の位置が一メートルちょっとしか離れておらず、溜息さえケータイの私語ように耳に憑く。一人が小豆ほどの錠剤を机上に落としたら、他の三人が飛び起きた、そんなことが実際にありえる。

だから、深山の鼾が大迷惑な騒音であることは間違いない。声楽家と自己紹介していたから、きっとそのビヤ樽のように立派な胸郭を共鳴体として、バリトンの響きを奏でるのだ。しかも、それが眠っているあいだ中、少しも休まず「ぐぉー、ぐぉー」、規則正しく延々と続くのだから。

しかし、世の中すべて時と場合で、錠剤が跳ねる小さな音をうるさいと感じる時もあれば、大鼾が子守歌に思えることもある。事実、岸部はただちに深山の大鼾に聞き惚れた。その規則正しさを謹厳実直だと思い、〈世界四大バリバリバリトン鼾〉とでも名付けて賞讃したい気持ちになったほどだ。それだけではない。「人間は進化する動物だ。規則正しいものは予測可能だから、事前に織り込み、聞く者はすぐに慣れ親しみ、安眠を得られるようになる」と、まるで深山が弟か百年の知己のように好意的な推論を思い浮かべた。

それが独り合点でなかった証拠に、翌朝になって拒絶反応を示すことになる当の梅田も、実は、一晩中寝なかった訳ではなかった。寝苦しそうにしていたのは十分足らずで、すぐ眠りに落ち、負けず劣らず豪快な鼾をかき、時には共鳴するかのようだった。

事の真相を目の当たりにした岸部は、〈人は自分のことは見えないというが本当だ。ひょっとしたら、俺自身、いつの間にか半睡半醒になり、得意の無呼吸症候群由来の不規則音鼾をかいて、合奏したかもしれない〉、そう思った。

数日後、病棟のエレベーターで乗り合わせたバリトン鼾の深山は、岸部を認めるやいなや衆目の中、唐突に頭を下げ、「すみません、うるさくて。ここの耳鼻科で診てもらうんですが、日がまだなもので……」と謝った。爽やかだった。岸部も軽やかに応じた。「いやいや。僕も大鼾をかくから他人事じゃないんですよ。それどころか、僕のは無呼吸で不規則だから五月蠅《うるさ》いばっかり。かえって迷惑でしょう。それに比べると深山さんのは実に規則正しい。苦にするどころじゃないですよ」。

〈語らい〉

斜床の田辺は静かな人だ。余禄として共同生活の達人でもある。小柄で痩身蓬髪。それかといって枯れた感じはしない。海容度が深いのか浅いのか底知れず、他人から侮りを受けることもないし、他人に嫌な思いを抱かすこともない。

患者同士、誰も身分を詮索したりしないが、放漫な暮らしから立ちのぼる腐臭は拭えないし、見舞客のごまかしようのない品位もあって、そのうち、おおよその見当はついてくる。田辺はそうした点でも手掛かりが希薄で、岸部も当初、狷介なのかと思い違いしていた。そのうち、誰に対しても田辺の方から取り立てて話すことなど何もない、ということが判ってきた。テレビを見ているか、寝ているか、ベッドに胡座をかいて何するとなく柔和な顔つきで空を見ている。そうしてたまに「退屈だなぁ」と呟く。時に「タバコでも吸ってくるか」とひょいと立ち上がり、わざわざ別棟一階玄関脇の喫煙所まで出掛けていく。

妻子はいそうもなく、見舞客も、職場が一緒らしい六十がらみで世話好きの小母さん一人だけ。それも、来ては田辺のアパートの電話が料金未納で止められたこと、飼い猫がいなくなったこと、何とか仏具店の閉店時間が遅くなったことなど、仕事とは関係のない身辺雑事を淡然と報告、三十分ほどで切り上げていく。

そんな田辺は時に、看護婦の気持ちを楽にさせるように「どうせ行き先長くないんだから」と言ったりするが、落魄、頽廃、虚無といったものには無縁で、いつも体全体に清廉閑素な知足感を湛えている。

その田辺を尋ねて客が来た。田辺よりちょっと年上だろうか。やはり小柄で、いい意味で村夫子然としている。入院患者が私物かそれか選択できる空色の賃借病衣を上下ともつけていたが、初めて見る顔だった。二人の組み合わせが何となく寒山・拾得を彷彿させて、岸部はつい語らいに耳を傾けた。

「田辺さん、いかがです。見舞いにサクランボを貰ったので、これお裾分け。冷たいうちに食べてください」

「これは大塚さん、わざわざすみませんな」

「こんなものでも、人さんの気持ちが籠もっていると思うと、よけい体にいいような気がしますな」

「ええ、ええ」

「食べ物だけじゃありませんな。どこかで誰かが治るよう祈ってくれていると思うと、それだけで力が湧きますな。何とかいう運動選手は、ほかの選手が萎縮してしまうような場面でも素晴らしい成績を残す。聞いたら、『誰よりもこの僕のために祈ってくれる、誰よりも多くのファンや障碍者や貧しい人がいる。負けるはずがない、そう思えてきて、一段と力が湧くんだ』、そう答えたそうですな」

「平生往生、情けは人のためならず、ですか」

「実際、だれよりもたくさん、恵まれない人やハンデを背負った子供たちのためのボランティア活動に長年ずっと携わってきているそうですな」

「そうありたいですな。そうすりゃ病気もきっと良くなりますよ」

「相手を思い遣る。そんな心の医者を育ててないから、患者がしっかりしなくちゃいけません。知に優れた医者は、体は見えても心が見えず、患者を優しく受け止められません。昔は、医者は慰める者、慰者でもあったんですな」

「惻隠の情、ですか。反省ですが、それがなくなりました」

「先日、X市の癌封じ寺へ行ってきました。癌の先輩だからと見込まれましてね、乳癌の術後が思わしくないというご仁の介添えで。世の中、何が人様の役に立つか判ったもんやないですな。行って見て、それは驚きました。裏山の広い西斜面を、真っ赤な前垂れをしたかわいい癌封じ地蔵がびっしり埋め尽してましてな」

「以前、テレビで見ました」

「癌は治るようになった、最近の医学はそう言い募りますが、世間じゃ今も癌はまだまだ、それだけ難しい病気なんですな。なんか哀しく侘びしい光景でした、あれは」

「水子供養も感じがよく似てますね」

「癌封じも水子供養も医者の在り方も含めて、世の中全体が殺伐として根暗ですな。立派な住まいがあって、高級車を乗り回し、海外旅行だ、グルメだ、ブランド品だ、コンピューターだと、面白おかしく過ごしているようですが、どこか地に足が着いてない。どこか儚く、冥《くら》い。それもこれも、結婚式も葬式も、癌封じも水子供養も、みな一緒。どこにもその人らしさのない既製品ばかりで、本当は不安でしようがないんじゃないですか」

「喜怒哀楽みな既製品、ですか」

「確かに、誰もが持っている既製品じゃ個人の支えの足しにもなりません。でも、本物の自分らしさは簡単には手に入らない。他人を立て、自分を立て、切磋琢磨していかないと出来てこない。その点、凝った既製品はそれらしいいし、なによりその気になればすぐ手に入りますから、はやるはずですな」

「人付き合いは煩わしいが、ありがたいもんです」

「この前、一番仲良しの看護婦さんと気まずいことになりましてね」

「ほほーっ、大塚さんが、ですか」

「『痛みはどうですか』。夜の回診で彼女、十日前にやった胃癌手術のあとを心配して、そう聞いてくれたんですな。それなのに私は、いつまでも無くならない術後の痛みに苛立っていて、曖昧模糊と『相変わらずかなぁ、どうなんだろう』と答えてしまった。それが彼女の『どうなんだろうと言われても、それは患者さんにしか……』という呟きを引きだしてしまった。そこで〈しまった〉と思えばいいのに、懲りずに、『それは違うだろう。患者より手術した医者が一番知っているはずだ。腹の中がどうなっているか、どれぐらいの痛みがいつまで続くか、それを知っているのは医者だけだ』と声を荒らげてしまったんですな」

「それはそれは」

「彼女のその時の白眼が今も忘れられません。以来、一見今まで通り表面は穏やかですが、もう決して以前みたいには心は通じません。自分が嫌になります」

「まあまあ。人より自分、医者より患者、子供より親がだいじ、ですから……。サクランボ、温かくなる前にいただきます。大塚さんは小豆が大好きでしたね。この前もらった京都の甘納豆、これがなかなかいけましてね。いかがですか。お茶もありますし。一服したら、前々からお聞きしたいと思っていたことが他にもありますので……」

つい聞き入ってしまった。岸部は後ろ髪をひかれながら、いつも通り一階の売店に新聞を買いに行った。

〈喜〉

十四階建てのこの国立大学附属病院ビルは、上から見ると、鶴が羽根を広げて舞う姿に見える。鶴舞という地名にこだわったからで、両翼が東・西病棟、胴部分の円形ホールには、患者用の展望食堂と簡易炊事場、待合ロビー、二つのエレベーターホールが収まっている。

岸部はその朝も炊事場へドリップ・コーヒーを淹れに行った。廊下の灯りが点く六時まで待った。起きれば我知らず大きな音を立ててしまう。六時までは共有の睡眠時間で、静かにするのが常識だ。炊事場は東西いずれの病棟からも同等かなり離れていて、その時間だと人気はほとんどない。水道のハンドル・コックは上下左右に少し操作するだけで、水量の多寡、水から九十度近い湯まで好みに応じて出せるようになっている。カップ一杯分よりかなり多めの湯を電磁用ケトルに容れ、電磁調理器にかける。もとが湯だからすぐに沸く。湯通しして暖めたマグカップを拭う間もないぐらいだ。カップの上に櫓ふうに乗せるドリップ・キットを急いで組み立て、湯を注いだ。コーヒーをどれだけ淹れ出し、白湯をどれだけ注ぎ足せば好みの濃さになるか、最近やっと分かってきた。

帰りがけ、ロビーでも、コーヒーの香りが鼻を衝いた。せっかくのドリップ・コーヒーだ。零さないように、三十メートルほど先の自室までゆっくりと運ぶ。途中でナースセンターに廻り、そばの体重計と血圧計で測定するのが決まりだ。出てきた記録紙を見たら、血圧はいいが、体重がいけない。百グラムでも減れば禁欲的な自虐心を満足させて爽やかになるが、前日より三百グラムも増えている。肥えるのは怠惰な生活を反映しているようでいけない。きのうは三度の食事の他に、みんなほんの少しずつだが、甘納豆、黒砂糖、飴、燻製さきいか、あられを食べた。ほとんど動かないでいて、それだけ食べたのだから増えるのは当たり前。でも情けない。

ベッドに戻り、一口だけブラックで啜る。こんな簡易ドリップでもモカにこだわっている。少し前まではペットボトルの天然水を使っていた。天然水が途絶えた折りに、水道水を使った。水道水だからと、沸騰してもしばらくそのままにしておいたら、カルキが飛んだのか、天然水と同様の甘みが出て、フレッシュ・ミルクもいらなかった。以降、無料の水道水ばかり使っている。きょうも上々の味だ。でも気取るのは一口だけ。夜明けのコーヒーは薄めでマイルドなのがいい。整理ダンスから常温タイプのフレッシュ・ミルクを一つ出し、注ぐ。ミルクが描く白い模様がすっかり消えるのを待って、二口目を口にする。やはりそれが好みだ。

ふと見ると、マグカップの外側にいっぱい付いていた水滴が、カップの内側を満たすコーヒーの熱で全て蒸発、すっかり無くなり、カップの地肌が白く冴えかっていた。内と外の連繋の妙。内側の熱情が外側を元通り綺麗にする。なんだかみんなが見逃してきた凄い真理を発見したみたいだし、すごく験の善い予兆にも思え、うきうきした。

〈怒〉

「痛い、痛いよぉ、痛いっ」。夜毎、よく通る野太い痛哭が廊下を駆け巡っていた。看護婦が痛み止めに走るが、ほとんど効いたためしはない。たまに効いても、ものの一時間ほどしか持たず、また泣訴を繰り返す。その声の主・小山内猛夫が岸部の部屋、しかも隣のベッドに移ってきた。

深山のバリトン鼾に音を上げていた梅田が、「今夜からよく眠れるわね」と言い残し退院していった、その日のことだった。

個室から相部屋へ替わるからには、当然、病状は改善され、痛みも慟哭もなくなっているはずだ。岸部はそうタカをくくっていたが、静かなのは最初の二時間だけだった。同室者三人の痩せ我慢が始まった。

「痛いな、痛い。どうなっとるんだこれは」。それを皮切りに叫びづめで、強い鎮痛剤に切り替えても、らちがあかない。外来診療の合間を縫って駆けつけた主治医が「どこが痛いの」、そう訊ねても、「そう言われると、申し訳ないが答えようがない。強いて答えるなら全身が痛い。頭のてっぺんから爪先まで痛い。いや、申し訳ないがそう答えるしかない。痛い、ほんとうに痛い」と答えるばかり。業を煮やした主治医の語気が荒くなる。「痛いのは分かったから、痛い痛いと言わないでください。言っても痛みはなくならないから」。医者が引き上げてからもしばらくは静かにしていた小山内だが、やがて愁訴を再開した。「情けないなぁ、ああ情けない。……苦しい、苦しいよ看護婦さん、苦しい」。以来「痛い」は断絶、「苦しい」に変わった。

その素直さ、柔軟さ。岸部はついカーテンに隠れて黙笑した。そして、〈医者なら痛みをとってやれよ。できないのなら、痛い時はお互い様、叫べば少しは楽になるんだから、叫びたいだけ叫ばせてやればいい〉、そう思った。

おかしなことに、そう思ってから小山内の痛哭があまり苦にならなくなった。〈痛い時はお互い様〉。自らの言葉が岸部を律したのだろう。

しかし、小山内の騒がしさはそんな生やさしいものではなかった。鎮痛剤がたまたま適合、痛みが治まるとしばらく眠りに落ちる。それで周りが一息つけるかと言うと、そうではない。鼾がまた、すさまじい。同室、深山のバリトン鼾の規則正しいさがいかに人に優しくありがたいか。それを思い知らすように、部屋全体を揺るがす怒号にも似た不規則、不調和、不安定な鼾音。それだけではない。目覚めるやいなや今度はやたらに話しかける。「いやぁ申し訳ない。この歳、天皇陛下と同じ七十一歳ですがのぉ、こんな痛い思いは初めてで、こらえようがないんじゃ。ほんとうに我慢出来ん自分が情けないが、勘弁してやってくだされ」。それを枕に、例の野太い、耳に響く声で、延々と自己紹介、人生観、現代時評、社交術、金儲け術、盆栽と孫の面倒……と、岸部らが相槌を打ち切ったのも気付かず、しゃべりまくる。〈痛くない時ぐらい勘弁して。静かにしてほしいな〉。

駄目を押したのが小山内の見舞客だった。

見舞客はありがたい。単調で平坦な入院生活の素晴らしいアクセントになる。一つアクセントがあれば、一日が新鮮になる。新鮮な一日は一週間の退屈を払拭する。でも、いついかなる見舞客も、当事者には喜びだが、同室者には迷惑でしかない。車内でのケータイ通話やワイセツな写真のように、嫌でも他人の関心を惹きつけるうえに、嫌悪、蔑視、嫉妬、煩悶……そういった人間の卑しさ、悪意を引きだしてしまう。だからこそ、歩ける病人は見舞客をロビーか食堂へいざない、点滴台を引きずる患者や歩けない病人らだけがベッドで応対する。それでも病室での面談は、声音を落とし、長くても半時間ほどで切り上げるのが不文律だ。

小山内の見舞客は違った。娘夫婦と息子だろう、いずれも分別盛りの四十代後半から五十代前半に見えた。岸部は、三人が小山内の痛哭のひどさを肌で感じ、同室者の迷惑を慮り、個室に戻す契機になるのではないかと期待した。それどころか、三人は昼過ぎからたむろし、しゃべりたくり、飲み食いし続けた。呆れたことに、その間、小山内は一度も例の「痛い」「苦しい」を発することなく、上機嫌で談笑に加わり続けた。とうとう堪忍袋の緒が切れた。「いいかげんにしろ。いつまでやるつもりだ」。岸部が声を荒立てたのは午後九時前。さすがに小山内からも異論はなかった。岸部の言挙げはすぐにナースセンターにも伝わった。とっくに勤務を終えたはずの看護師長が飛んできて、善処すると告げた。それでも騒擾は少しも沈静化せず、娘たちも懲りずにやって来て、岸部はその都度腹を立てた。

その小山内が慌ただしく別の階へ移って行った。婦長の意向というより診療科の変更だった。岸部はほっとした。これで騒音から逃れられたと喜んだが、好事魔多し、すぐに心の棘が疼くようになった。普段から大切なのは謙譲、情け深さ、寛容だと言い募ってきたのに、小山内との確執で、まるで逆の独善、無慈悲、狭狷を暴き出され、鼻先へ突き付けられたからだ。不満をことさら乱暴に言い立てるだけではない。スリッパを引きずる音、点滴台をぶつける金属音、ポットの蓋を開ける音……、たかがそんなもので人をさげすむ。なんたる不寛容。疵は深まる一方だった。

しかし自分を打つ鞭はすぐに緩む。心の寛解は突然やってきた。救い主は小山内が出た直後、隣床に入った須藤公夫だった。小山内と同じ年格好で、慟哭こそしないものの、配慮のなさは同じだった。立てる音に一つとして遠慮はなかった。戦後の経済成長期に青年・壮年期を迎えた世代の傍若無人ぶりは、人間修養なしに全員がそこそこ豊かになったことに起因する。岸部は自らの来し方も勘案した上で、そう確信している。

ところが、そんな傲岸で気丈なはずの須藤が、年老いた姉が見舞いにきた途端、ベッドに頭を埋め、衆目もはばからず泣き出したのだ。その子供じみた感情表現が、かえって耐えてきたものの重さを顕していた。痛み、恐れ、挫折感、疎外感、哀しみ、侘びしさ……。身につまされる思いがあって、岸部は思わず一粒、涙を零した。涙はすべてを洗い流す。小山内や須藤への怨恨、不満……すべては払拭され、自らの罪も贖われた気がした。

〈哀〉

「五十七号室の患者が亡くなったの。純白の布で覆ったストレッチャーが出ていくのを、お医者さんと看護婦さんがそろって頭を下げて見送っていたわ」

「ああ、わたし、その人知ってる。顔の角張った、がっしりした体つきの、ここで一番元気そうな人やったね」

「ハンサムで、いつもあそこで独りで食べていた人でしょ」

「肝臓癌やて」

「まだお若いでしょう、四十半ば？　奥さんが言ってたわ、もっと生きたい生きたいって云って、お医者さんにこっそり、はやりのアガリスクを取り寄せ、飲んでるんですよ、って。最高級の品で五日分で三万円もするんだけど、お腹が軟らかくてみんな排泄してしまう、もったいないと悔しそうにしていたそうよ」

「それいつ？　そうでしょう。それでやわ、三日前からあの部屋の前を通ると変な霊気が寄ってくるのよ」

「ひゃー、嘘でしょお」

「本当よ。前から言ってるでしょ、私には見えるし、感じられるのよ。あの人、この世に残す思いが強すぎるわ、成仏するには」

「夏でもないのに怪談。やめて」

ハハハ……。

食堂での噂ばなし。いつもの女性四人組だ。わざわざ聞き耳を立てることはないが、聞くは法楽、聞こえれば結構楽しい見知るまじき人たちの四方山話。子育てを終えた年頃の小母さん三人と、年齢の判然としない美人。折りに付け小耳にはさんできた四人の会話から推測すると、四人とも差し当たり死や合併症には縁遠い中程度の糖尿病患者らしい。退屈な入院生活のつれづれ、同病相憐れむ、食堂での三度の会食は憂さばらしの絶好の機会だ。いつもいつも深刻に考えていたら身が持たない。ここでの団欒は生きる知恵であり、それを見つけられない人は長続きしない。そうは分かっていても、治療の見通しがない岸部には、〈死の談笑〉はやるせなかった。

四人も岸部も同じ空気を纏っている。死や病や老いを忘れて活動している世間とは裏腹に、ここでは老・病・死が主役だ。最先端の医療現場というと現代的、科学的で明るいイメージが強いが、実は占い師が跋扈跳梁してもおかしくない深い闇を抱えている。それは、患者はすべて、一人ひとりが別個の肉体と精神を有する特殊ケースで、電算処理された医療データに完璧な治療マニュアルがあるわけではないからだ。つまり、完治するかどうかは患者が持つ運と体力に帰着するともいえる。あろうことか、執刀医が手術に際して好物の豆腐を断つといった極めて非科学的な験かつぎもあるほどだ。民間療法や御利益宗教が幅を利かすのも仕方がない。

岸部も取り憑かれたことがあった。外科病棟から内科病棟に移ってまず驚いたのは、きつい消毒臭だった。〈伝染病〉。ふと嫌なイメージを抱いたほどだった。病院内では気にならないが、一歩外に出ると途端にすごく臭う。体や衣服、持ち歩く紙袋、タオル……。日記帳でさえページを繰るごとに臭いが強烈に鼻を衝く。風に晒しても、洗濯しても、弱くは成るが決して無くならない。顔を横向けたり何かの拍子に鼻を撲つ。人前に出ると、その臭気が相手の顔を顰めさせる気がする。ところが、病院に帰り、自分のベッドに戻ってみると、それまで強い消毒臭しかしなかったシャツ、カバン、ノートからすっかり消毒臭が消えている。手にとって鼻に擦りつけてみても、それまで全く匂わなかった体臭、垢の匂い、バタークリームの香り、紙や乾いたインクの匂いがして、消毒臭はしない。岸部に染みついた消毒臭と病棟全体に充満する消毒臭はすぐに溶け合い共通基盤となり、それ以外の臭いだけを異臭として浮き上がらせる。臭いにはそんな作用があるのだろうか。在るはずの臭いが無い。無いはずの臭いがある。それを不思議だと思っているうちはいいが、心が弱ってくると、体の芯までその臭いが染みついているような気がしてくる。肌色、性別、人種、宗教、貧困、障碍、病気……、差別は「くさい」臭いが加わると二倍にも三倍にも膨らむ。消毒臭に対する自らの偏見にしっぺ返しされて、岸部は自らに沁みついた消毒臭によって蔑視されていると思い込み、苦しんだ。

呪縛を解いたのは、見舞いにきた会社の同僚が忌憚無く応じた「この匂い、病院らしくて、すごく清潔な感じがするな」、その一言だった。

〈楽〉

午前八時三十分。朝食に食堂へ行く。八時十五分ごろまでは混んで、顔を突き合わせたり、袖触れ合わせて食べる。それが、ほんの少し待つだけで、潮が引いたように疎らになる。腹は余分に減るが、空腹は最高の香辛料だ。それに、ゆるやかに湾曲した幅二十メートル余りの大パノラマをほぼ独り占めできる。

この日の献立は、薄めの食パン一枚、ミニ・マーガリン（十グラム）、パイナップル小片一つ、赤大根とレタスのサラダ、紫蘇《しそ》味ドレッシング、パック牛乳（二百cc）、一口チーズ（二十グラム）。それにママレード、林檎ジャム、苺ジャム（各十五グラム）は好きなだけ。

マーガリンを塗ったパンがオーブンでこんがり焼き上がるまで三分余。岸部は湾曲した眺望ガラスに顔がくっつくほどまで近づき、眼下に広がる十二階下のパノラマを見渡した。

全視界の下半分をそっくり緑豊かな大きな公園が占め、その外縁を高層ビル街が円弧を描くように分厚く取り囲んでいる。公園中ほどには四つの池を巡る回遊式のフランス庭園や華麗なバラ園、八本の石柱に支えられたドームを戴く円形の演奏舞台もあって、花見に続いて新緑と爽やかな風光を求め訪れる人が絶えない。公園に遊ぶ人が、背丈の小さい待ち針かモヤシのように見える。いつも際立つヒットラーとアインシュタインが一緒にいても、ここからはそれとは判らない。足下の道路を行く大型トラックは消しゴム、乗用車が金時豆のように見える。ちょうど、公園の中にある石造りの古い公民館から一台、白い乗用車が走り去っていく。車の動きが想像力を刺激する。おもちゃみたいなその車の中にも複雑で濃厚な人間関係が間違いなく息づいている。「ようけ車が行くなあ」、居残った女性らが離れたところで、そう話している。

苺ジャムの小さい四角の透明パックの一角を引き破り、焼けたパンの上にジャムを絞り出す。一口ごと、ストローで吸い込んだ牛乳を加えてから何度も噛み、じっくり味わいながら、鳥瞰の続きを楽しむ。

まるで大鷲になって睥睨《へいげい》するような視線だ。はるか下を蚊ほどに見えるカラスが飛び交い、回遊路にバラ撒いた黒い芥子粒のようなものはハトの群れ。左手前の胡蝶池辺りの入り組んだ緑の中を、身を躱《かわ》しながら縫うように飛ぶ純白のサギは、別世界の鳥類のように大きく優雅だ。クスノキはカリフラワー、ケヤキはブロッコリー、メタセコイアは三角帽そっくりで、おかしい。サクラは青海苔のように平坦だし、イチョウは枝を四方八方に伸ばし、まるで散切り頭だ。みんな瑞々しいのに、常緑のはずのスギやヒノキが、新緑たちに遠慮するように、黒く煤《すす》けたままの緑で我慢している。風が木々を渡っていく。クスノキから隣のケヤキ、さらにその先のメタセコイアへ。風に吹かれた木々の梢は、時に深く浅く、時に激しく優しく、寄せる波そっくりのうねりを見せる。同種、異種の区別なんかない。ここから見ると、枝という枝、梢という梢、葉という葉は、邪魔し合うことなく上手に譲り合い、すべてが太陽を浴びられるよう空間に広がっているのが解る。自然の繊細さ、優しさ。

パック牛乳が本当にうまい。たとえそれが混ぜ物や添加物の多い加工牛乳でも、口内の味わいを引き立てるのに欠かせない。

先行きが見えない病。危険と背中合わせの過酷な治療。万能でなく、過誤の多い医療。それらを克服する最後の決め手は運と体力だ。治療運も体力しだい。体力を養うには食べるに如かず。岸部は何を食べる時でも、一口一口、味を、養分を、託された人々の思いを味わい尽くさずにはおかないとばかりに何度も噛んで噛んで、噛みつくしてから嚥下する。

この日岸部が最後に残したのは一口タイプのクリームチーズ。スーパーなら四個百五円で山積みしているごくありきたりの廉売品だ。銀紙を剥がし、半分に割って、片方ずつ口に含む。柔らかく噛み崩してから舌にからめ、唾液に溶かし、ほぼ液状になってから味わう。その美味しさは、今この時、世界のいかなる御馳走とも差し替えがたい、いつもそう思わせて余りある。

転移したリンパ腫が小腸を塞ぎ、手術前の二か月近く点滴だけで過ごした。その際、食べることの喜びが身に沁みた。ちょっと元気になった最近は馴れてしまい、気付くと次々口へ放り込み重ね食べてはさっさと飲み下してしまっている。日々折々、一口一口、味と養分と人情をしっかり吸収し、一日も早く退院しなくてはいけない。食べることをおろそかにしている自分に気付くたびに岸部は、自分にそう言い聞かしている。

〈信念〉

勤め帰りに車を飛ばしてきた光子が長さ三十センチほどの一茎の野草を携えてきた。小さな白色と黄色の花が五、六個、爽やかに混在している。駐車場から病棟へ来る際に通る小公園で見つけ、手折ってきたらしく、沐雨の余滴がまだ少し残っている。岸部は〈もう暗いのに目敏いな。よっぽど好きなんだ〉と改めて思った。

「忍ぶ冬って書くのよ、このすいかずら。大好きなの、芳しいけど控え目だし。うれしくて、つい失敬しちゃった。花泥棒にお咎めなし」と言って、ちょっと肩をすぼめた。すぐに病室の向かいの洗面場に行き、空になったプリンのガラス容器に半分ほど水を入れてきた。先週ここで、二人で食べ、コップ替わりに使えるからと光子が取り置いたものだ。〈そんなもの、器の内側にある部分より、縁を越え外に垂れる方がずっと重くなるから、すぐ落ちるよ〉。そう岸部が思うはなから、光子がぽっちゃりとした指先で細い茎を器の縁に押しつけながら、もう一つ同じガラス容器を上から襲ね、蓋するように茎を挟み止めた。〈なるほど。それなら落ちない〉。しかも、上の器の底が下の器の水面に届かない、ちょうどいい水量だ。光子は仕上がったインスタント生け花を、整理ダンスから張り出した細棚の上に置いては眺め、眺めては置き直し、やっと据え置いた。

花生けから垂れ下がる黒っぽい茎が柔らかい曲線を描く。長細いスペード状の緑葉がそこここにからまる。白と黄の色合いが絶妙な花々も、よく見ると白花には薄紅色も挿していて一段と匂いやかだ。開く花唇が面白い。せっかく均等五裂したのに、左右はガラ空き、真上に四枚、真下に一枚と反り返り、中央に突き出た雄蘂と雌蘂の荒々しさもあって、まるで下顎を精一杯垂れ伸ばした蘭陵王の仮面もどき。岸部は動物か昆虫みたいだと思う。

そういえば、この巨大なコンクリート病棟のどこにも植物も、動物も、虫も、魚も、何一つ自然の生き物はいない。蠅や蚊が飛び交いゴキブリが走り回っていては困るけど、思いがけず目にする野辺の小花やちっぽけな虫がもたらす感動がない。この前も窓の手摺りに初めてスズメが来て部屋を覗いたが、脅えたようにすぐ飛び去った。餌をやるなどとんでもない。窓一つ開けられず、互いが拒絶している、と思った。

ナースセンター前の壁には「生花の取り扱いについてのお願い」と見出し書きした注意書も貼り出してある。

【生花および花瓶の水は緑膿菌等の増殖の温床になるので、毎日水を替え、花瓶の洗浄も忘れないで。病室に生花を飾る時は、花瓶外側の水滴を拭き、乾燥させ、患者から一メートル以上離すようにする。好ましくないのは、花粉が多い、香りが強い、鉢植え。感染症対策上、持ち込みを断っている病棟もあります。】

〈注意事項には叶っているし、まして一晩のことだ。ま、いいだろう〉。そう都合良く判断してから、岸部と光子は食堂へ移った。誰もいなかった。雨粒をびっしり着けた、湾曲する展望ガラスが巨大な抽象絵画のようだ。その中ほどの窓際に席をとり、向かい合って座る。外の闇で鏡のようになったガラスを雨粒が流れ落ちる。景色はかき消され、街の灯だけが鏡面の奥で滲んでいる。ドリップコーヒーが手に熱い。茶菓子は光子が持ってきた、氷砂糖製の半透明の匣に赤い小豆を詰め込んだような美しい和菓子だった。

「文彦や武彦からも、たまに『どう？』って、素っ気ないメールが入るよ」

「あれでも凄く気にしているのよ。仕事で忙しい中、ああして骨髄移植の検査にも来てくれたんだもの、二人とも」

「そうそう、そのドナー適合だけど、さっき主治医がやっとやって来て、『二人ともダメでした』と言っていったよ。もともと確率は低いと解ってはいたけど……」

「そう、ダメだったの……。でもまだ一番確率の高い姉さんの結果が残っているし、バンクにも適合した候補の方がいてくれるんでしょ、移植できるわよ。私はね、義姉さんのが合うって信じてるの。だってあなたと義姉さん、後ろ姿も瓜二つ、そっくりだもの。それと、あなた、いつも口癖のように、『俺の人生って、ついてないようだけど、いつも最後の最後に救われるから、やっぱり幸せなんだ』って言うでしょ」

「確かに主治医も、きょうだいは四人に一人の割合で一致しますって言ってたから可能性は高そうだけど、四人に一人だろ。ダメな時がっかりするから、余り期待しないようにしているんだ。文彦や武彦もダメだったし、つきもなぁ……」

「大丈夫よ、絶対。信じてるわ」

いつもそのように励ましてくれる。けさもメールをやりとりしていて自信をもらった。

〈大変ですが、何があっても頑張りましょう〉

〈助けてもらってばかりだけど、頑張るから、また助けてほしい〉

〈夫婦ですもの、支え合わないと〉

〈そう言われると、何もしてきてない、迷惑ばかりかけてきて恥ずかしいよ〉

〈当たり前のことよ〉

〈本当にありがとう。頼りにしてまっせ！〉

〈どーんとまかしとき、です〉

途切れていた会話を光子が紡いだ。

「すいかずらって、花が二つくっついて咲くから、〈献身的な愛〉が花言葉なの」

〈『冬を忍んで春を待つ、よ。がんばって、あなた』。それが今のお前の気持ちなんだろう〉。岸部は光子の眸を見ながら、心の中でそう語りかけた。

二日後、主治医が奇蹟の始まりを告げにきた。「姉さんの血液、合致しました」。

「よかった」。斜床で安座していた田辺が独りごちた。

牛《ゴ》黄《オウ》

一日半の絶食、剃毛、下剤、浣腸。腹を内と外からすっかりきれいにした。T字帯、手早く素っ裸に出来る両脇結びの手術着、エコノミー症候群対応ストッキング。それらを着装すれば、いよいよ手術の始まりだ。

看護婦に押されベッドごと別棟の手術室に向かう。恐れはなにもない。なんのかのと言っても現代西洋医学への信頼は普遍化している。日本の西洋崇拝は、漢方薬の緩慢な効き目しか知らなかった庶民が、西洋医薬の目覚ましい薬効を目の当たりにしたことが基盤になっているに違いない。

走るベッドから仰ぎ見る廊下やエレベーターの光が滲んで見えた。近眼鏡を外しているし、全身麻酔も徐々に効いてきている。そのせいだと解っている。なのに、この世の光とも思えない。「しっかりね、あなた」。脇に添う鞠子の声もオブラートに包まれている。まるでボブスレーだ、すごいスピードで角を曲がり、細い通路に入る。これじゃ鞠子は従いてくるのが辛いだろう。肥え気味でもあるし。

〈おれ独り、どこまで連れて行く気だ〉。煌々としたステンレス製の大きな箱が両側に次々現れ、流れ去っていく。そのいずれにも灰緑のビニール着をつけた男女が整列、お揃いの乾いた笑顔をこちらに向けている。それが入り口から「ハ」の字に二列、口を開けて、アリ地獄もどきに西岡洋介を待ち受けている。どん詰まりで、とうとう左手の部屋に入った。そこにも十人ほどの緑人間がいた。医者の卵、青虫？　女が前屈みになって西岡の顔を覗き込む。黒目勝ち、アイシャドウ、シロスジカミキリ……。「ここ古いでしょう。新しい治療棟はまだ建設中なの。二年後に出来上がるわ」と囁いた。胸に下げた聴診器はカミキリムシの擬装触角だ……。

その時点で意識を無くした。

西岡が胆石の開腹手術を受けたのは一月末だった。秋から十日と開けず襲ってくる激しい痛みと嘔吐に苦しめられてきた。胃壁をナイフの尖《さき》で縦に斬り下げるような痛み。臍の両脇がそんな痛みを伴って収縮し、追って腹全体が蠕動《ぜんどう》を繰り返す。吐くものはもう何もない。そう思うところまで吐きに吐いて吐き尽くし、やっと収まる。そのひどい痛みの度合いに心当たりがあった。ずっと前に苦しめられた胆石の発作時の痛みに似ている。三年前は悪性リンパ腫で長患いもしたが、そちらは露ほども痛みはなかった。経験から、胆石なら脂っこいものや消化に悪いものは避けた方がいいと思った。何でもよく噛み、冷たいものや熱いものは避けた。それでも発作は起きた。起きたらおしまい、動くことも考えることも出来なくなる。仕事どころではない。喉奥に指を突っ込み、むりやり吐くという術も覚えたが、焼け石に水。自然に訪れる終末的な嘔吐を待つしかなかった。二か月足らずで十五キロ痩せた。「肥えていたからちょうどいいよ」。そんな痩せ我慢も限界だった。四度目か五度目の発作が起きた時、たまらず会社近くの国立病院に飛び込んだ。過去に悪性リンパ腫で入院・治療したことが分かり、検査は慎重になった。絶食、点滴。一か月後、医師が写真を見せながら説明した。内視鏡に内蔵した小さなカメラが写し出した内臓内壁は生々しく、ずっぷり血塗られたように赤くヒリヒリしていた。見た途端、無神経な人の掌がその辺りをズルッと撫でたみたいに悪寒を覚えた。

――胃や腸に痛みを引き起こすような異変個所はない。胆嚢に胆石が六つある。胆嚢機能はほぼ失われているだろう。胆嚢炎と胆石症が原因らしい。胆嚢が肝管の陰になっていて、胆管を傷つける懼れがある。開腹手術を選択、胆嚢を摘出する――。

「いたのか」

気が付いたらベッドの脇に鞠子が座っていた。声をかけると、笑みを浮かべ、両掌で涙を頬の外へ押しやるように拭った。生還したのだ。手術は三時間かかったそうだ。右腹を斜めに三十センチほど斬り下げ、臍の左横から麻酔カテーテルを入れたという。なのに、間歇的に疼痛が襲う。以前やった悪性リンパ腫のサンプル摘出手術の時はどうだったろう。あの時も鳩尾から臍上まで斬っているが、痛みがどうだったか思い出せない。

疼痛の合間を見計らって、鞠子が右手を掛け布団の脇から滑りこませ、西岡の右手に何かを手渡した。「はい、これ。お医者さんがくれたのよ」。確か、そう言った。麻酔がまだ残っている。緩やかに持ち上げる手。見ると、掌中に半透明、乳白色の円筒の容器があった。鞠子がよく小物入れにもしている写真のフィルムケースだ。画鋲、ボタン、花の種、眼鏡の蔓の止めネジ、貝殻、星の砂、猫の爪、狼の歯、鮫の胃袋……。混濁する思いの渦に巻き込まれるように西岡は眠りに落ちた。

翌朝、早々に執刀医がやってきて導尿カテーテルを引き抜いた。「今日から歩くようにしてください。癒着や腸閉塞が恐い。トイレも今からチャレンジするように」と言った。起き伏し、笑ったり、くしゃみをするごとに、傷口が引きつるように痛んだ。点滴台と鞠子を杖代わりにやっと二十メートル先のトイレまで行った。尿道の内側が乾き切ったような感じで、尿が流れるのをためらっている。干涸らびた砂漠のワジが一瞬思い浮かんだ。何度も力んだ末、やっとちょろちょろ流れ始めた。途端に焼け付くような痛みがして、腰が引けた。痛みは水が砂にしみ込むようにじわりと薄まっていったが、何たる不届き、二度とカテーテルなんか挿入させない。

「きのう斬ったばかりなのに……。こんな目にあうのなら、切らなきゃよかった。この前の時の痛さをすっかり忘れていたよ」

「今すぐ斬ってくれ、と言っていたのはだれ？　痛さもだし、何でも悪いことは忘れるのよ、人間って。でなきゃ、子供を何人も生む人なんかいなくなって、とっくの昔に人間は滅びていますよ」

男に出産の痛みなんか解るはずがない。それに人類滅亡なんて話がでかすぎる。滅んでいたら西岡もいないし、今の痛さもないはずだ。話がどこか変だ。西岡が話す言葉を探しているあいだに、鞠子が話題を変えた。

「きのう見せたこれ、憶えてます？　これ見たら痛いはずだって、すぐ納得したわ。こんなに大きいのが六つもあったんですもの。まるであなたの子供ね、フフフ」

珍しくおどけた様子で鞠子は、ベッド脇の簡易整理ダンスの抽出からフィルムケースを取り出した。それからベッドを跨ぐ細い患者専用テーブルの上、上半身を起こした西岡の前に置いたのだった。何だって？　手に取った西岡はケースごと振った。「ケタケタ、カタカタ」。軽い音だった。ケースを持つ右手の親指の腹で蓋の片側を持ち上げて外し、そのままケースを寝かせ、中身をテーブルの上にばら撒いた。

「エッ」

西岡は声を呑んだ。

「胆嚢って、ラ・フランスかお茄子みたいな形で、八センチ×四センチ、ちょうどカラスウリぐらいの大きさですって」

鞠子の説明を耳にしながら、机上に撒らかった胆石から目が離れない。そのなんと石コロらしく当たり前にそこにころがっていることか。それが本当に西岡の体内で何十年もかけて作られたものなのか。どこにでもある変わり映えのしない小さな石コロとちっとも変わりがない。

〈お袋のは違った。こんなにカチッとしておらず、土の塊みたいにグチャとしていた。容器ごと振ったら、浸された液体の中で見る間に崩れていった。あの時はどんな容器に入っていたのだろう〉

それがこうして空気にさらされ、それそのもの、あるがままにカチッと存在している。

やがて奇妙な、しかしカチッとした手応えが西岡を捉えた。

〈茶一色のトンボ玉みたいだ〉

改めて目を凝らす。どれも角の磨り減った歪な多面サイコロふうで、表面は黒みもある赤茶斑だ。一番大きいものは最大径が二センチ以上あるし、最小のものでも一センチの余ある。一番小さな一個だけは二つに割られている。断面は、中央の小さな洞から外へ向かい放射状に、金茶メタリック色の石針がびっしり埋め尽くしている。その鉱物然とした物が、動物の体内で育ったとはとても思えない。でも、手取りは鉱物のそれとは違い、かなり軽い。

「子供のころ大黒さん弁天さんと言っていたカラスウリの黒い種はもっとずっと小さかったわ。こんなに大きなものがこれだけ詰まってちゃ痛いはずですよ」

〈カラスウリのダイコクサン、ベンテンサン？　関係ないだろう？？　ともかく、こいつが体に入っていたんだ。エッ、でもやっぱり待てよ。これが、この大きな石が、それもこれだけたくさん俺の体の中に在ったたって……。いや、間違いない。俺の体にメスを入れ、斬り開いた体の奥からこいつを取り出した医者が直接、鞠子に渡したんだから〉

にわかにベッドの下手から春声が上がった。

「ええっ！　これってもしかしたら胆石？　そうですよね、やっぱり。看護師でも本物見た人って少ないんじゃないかしら。北岸さん、見たことある？　私、初めて。西岡さん、奥さん、触っていいですか？」

朝の検温と体調確認のための定時回診にきた看護婦の渡瀬春海だった。いつも付き従っている控え目な看護研修生の北岸雪子も渡瀬の背中越しに首を伸ばしている。いつ見ても、この長身コンビは煌めいている。色白のふっくらとした体つきで弥勒顔の渡瀬。艶やかな褐色の肌が、引き締まった体によく似合う北岸。二人揃うと相乗的に、美しさが、優しさが、若さが倍加する。

でも、西岡が眩しそうに瞬いたのは、そうした優美さに魅せられたからではない。二人には手術前日、まだ一昨日のことだが、陰毛を剃ってもらっている。その時、それが歳を取るということなのだろう、まず二人の気持ちを思い遣ってしまった。加虐的な気分や被虐的な気分どこの話ではない、西岡のエロティシズムは無いも同然だった。若い女性として本来なら居たたまれないであろうその場を、さりげなくやり過ごせるようにと、当たり障りのない話をし続け、終始恬淡と過ごした。その男としての淡泊さ、分別臭さ、ずるさ。哀年の悲哀が今になって西岡を萎縮させるのだ。

「わっ、軽いですよ、これでも石なんですか」

渡瀬はくったくがなく、北岸も穏雅に笑みを浮かべている。鞠子は二人を和やかに受け容れている。

救われたように西岡が答える。

「朝一番で様子を見に来た執刀医の江藤さんに『胆石って有機物、それとも無機物？』って聞いたんだけど、首捻って、返事しなかったな」

「私でよかったら調べさせて下さい。これを機会に、今のうちに胆嚢炎と胆石症のことを知っておきたいんです」

北岸が渡瀬から手渡された胆石に目を落としながら申し出た。

二人は恥じらう娘である前に看護師だった。

向かいのベッドに廻った二人は、骨髄腫の患者・大野の様子を、会話を通じて慎重に探る。

「大野さん、起きて。お昼に寝ると、夜また寝られなくなりますよ」

「違う。昼寝るから、夜眠れないんじゃない。夜眠れないから、昼間寝るんだ」

「そうか。じゃ、昼間も眠れなくなったら、昼寝専用の睡眠薬がいるね」

「夜用だけでも先生に叱られるのに……、ハハハ、冗談か、ハハハ」

サリドマイド剤がもたらす副作用、だるさなどはかなり重篤なケースが多いが、楽観論者・大野は明るさを絶やさない。それだけに見極めは難しい。

西岡はそんなやりとりも耳に入らず、胆石を手に取り、眺めていた。

いってみれば滓だ。石でもない。キャッツアイや虎目石に似たところもあるが、違う。くすんで艶がなく、脆そうで、重々しさにも欠ける。六十年かけて育てた滓。役立たず。〈俺に似ている〉。

西岡はふとそう思った。そう思うと同時に手にした胆石が急にいとおしくなった。六十年の人生で「モノになった」西岡自身のオリジナルといえばそれだけではないか。価値あるものは使われ消えるが、滓は残る。西岡は消えるが、胆石は残る。何だか可笑しい。張りつめ、担ってきた人生の重荷を下ろした気分だった。

渡瀬が一人で引き返してきた。さっきとは纏う気配が違っていた。

「山本さんが亡くなられました」

「えっ」

病院と死。近しく在りふれたことのようだが、病人にとって病院は希望であり、死は対極の絶望だ。平生、入院患者の意識の中で死は最も遠く、それを思い出させる病院仲間の死は動揺と憂懼をもたらさずにおかない。退院からまだ二週間も経っていない。漏らしてはならない患者の個人情報だったが、優秀な渡瀬に禁を犯させるほど、西岡と山本聖仁は仲がよかった。西岡と同じ終戦の年の生まれ。子供はなく、一つ年上の奥さんと二人でずっと小さな喫茶店を営んでいる。六十年代、七十年代に未青年期、青年期を過ごし、夢と挫折を知っていた。同室になったその日から、二人は肝胆相照らした。すぐに、山本は重い肺癌だと語り、西岡もリンパ腫による死への恐怖を明かした。同病相憐れむ、ではない。夢を、喜怒哀楽を、すべてを語り合えた。互いが、相手の夢に身を潤し、相手を先に立て我が身を後にして、慈しみ合えた。そうして支え合い、互いの身に奇蹟が起きるように祈り合った無二の同志が死に組み敷かれたのだ。哀しみではない、涯しない喪失感に西岡は打ちひしがれた。

数日後、北岸が小冊子『退院のしおり』を持ってきてくれた。手作りだった。

いつだったたか、彼女から〈患者から見た、いい看護婦とは〉、そう聞かれたことがあった。薹の立った看護婦がそんなことを聞くはずがない。初々しさが答えを誘った。「看護技術も大切だが、思い遣りがなければ、心身疲弊した患者は慰さめえない。疲れている、面倒くさい、難しい、時間切れ……、自分で志願した崇高な道なのだから、そんなことを理由にしてほしくない」。そんな患者勝手の気儘な答えを、北岸はメモを取りながら懸命に聞いていた。いかにも心に沁みていく。思えば、そんなふうがあった。

栞は普通の単行本と同じB6判の大きさで、十ページあった。表紙は空色の太い囲み線の中に、数多くの小さな紫色の桔梗花を周りに鏤めた空色の題字『退院のしおり』と、胆嚢の形をなぞったような熱気球が黄色と薄緑で描かれていた。裏表紙は同じ囲み線の中を、西岡を象徴する分厚い近視用眼鏡と古風な万年筆のシンプルで的確なカラー・カットが、洒脱に彩っていた。患者との個人的なやりとりは堅く禁じられているはずだが、北岸はその栞の中で、西岡への呼びかけも率直に書いていた。

◇

〈胆石症〉　胆嚢は六腑の一つ。肝臓で出来る胆汁を貯え、十倍ほどに濃縮。脂肪性食物が十二指腸にさしかかると、濃縮胆汁を分泌、消化・吸収を促進させる。この胆汁の成分（コレステロールやビリルビン、カルシウムなど）から、しばしば石（胆石）が造られ、これを排出しようとして胆道に蠕動が起こると激しい痛み（胆石疝痛）が起きる。コレステロール胆石、ビリルビン・カルシウム胆石がある。

〈胆嚢がないと…?〉　西岡さんは今回の手術で胆嚢を取ってしまったので、胆汁を濃縮して溜めておく場所がなくなっています。つまり今は肝臓から濃縮されていない胆汁が常に流れ出ている状態です。〈砂時計のカラー・カット〉胆汁が腸に入る量が増えたりすることで下痢が起こることがありますが、この下痢は手術後の経過とともに改善していくと言われています。

〈西岡さんへ〉手術の後、順調に回復されて、私も嬉しく思っています。お体の大変なときに質問に答えていただいたり、周りのことをさせて頂いたり、また、温かい励ましの言葉までくださって、本当にありがとうございました。お話を伺う中で看護のことや、人間としてどうあろうかということまでも勉強させてもらえました。まだまだ未熟な私ですが、経験を重ね、知識を蓄えて、思いやりと自信を持った看護ができることを目標に努力を続けたいと思います。西岡さんと出会えたことに感謝します。

◇

この栞を山本に見せたら、どう言っただろう。

研修を終え北岸が学校へ帰っていった翌日、西岡と同期入社の国枝和生が会社で集めたカンパを持って見舞いに来た。鞠子は買い物からまだ帰っていない。国枝が来たと帰ってから知ったら残念がるだろう。いや、それとも少し肥えたからと嫌がるだろうか。

「忙しいだろうに、よく来てくれたな」

「思っていたよりずっと元気そうで何より、です。なかなか来れずにご免。みんなも、すごく心配してるわ、入院前がひどかったから。苦しそうに脂汗を垂らして、痩せこけ、そばから見ていても、これはあかん、そう思ったほどだった。入院後もどうなっているのやら思い遣られ、見舞いに来るのが恐かったほどだもの。ほっとしたよ」

国枝は謹厳実直、三十年来、職場でも飲み屋でも端正な立ち居振る舞いを崩したことがない。長身痩躯で、顔も痩せ彫りが深い。何より目を惹くのは、広い額の中央からやや左寄り、上から下へ太々と走る一条の青筋。職場の女性たちが囁き合うニックネーム〈青ナイル〉がぴったりだ。よく動く三白眼もあって、笑顔さえ苦み走る。付き合いにくいという声も聞くが、手堅さを至上とする今の仕事には打ってつけだ。博覧強記ぶりは比類ないし、多様な価値観に精通しているから物事に偏りがなく寛容で、広く頼り甲斐を覚えさせる。三年前、西岡が最初の病気、悪性リンパ腫に倒れたあと、後任に抜擢され、以降、社内の一部にあった危惧を払拭し、存在感を示している。

その日も抜かりはなかった。見舞いを兼ねて、西岡が得意としていた仕事について、意見を聞きにきたのだ。西岡も、「入院中だから仕方がない」、そんな同情や侮りは受けたくなかったから、国枝の周到な配慮はまさに渡りに舟、心の底から感謝、感服した。

それなのに、頭の片隅で、〈かなわんな、隙がないもの〉、そんな冷ややかな声がしたのも本当だった。もともと、社会全体の右肩上がりの成長に乗って、偏頗《へんぱ》な情報をたよりにハッタリだけで過ごしてきた西岡と、着実地道な国枝とでは反りが合わない。

そこへ西岡の固有の思いも絡んでいる。こんなに豊かで平和な時代に、そこそこの可能性を与えられ生まれ合わせたというのに、〈上手に立ち回れなかった〉、そんな悔いを覚えることが多くなっていた。それというのも、情けないほど現実的だが、間近に迫った定年後の収入見通しが暗いからだ。ツケが回ってきたのだ。「寄らば大樹の陰さ」。旧友たちは若いころから将来を見据え、進学先や仕事を選び、資産運用も周到に行い、きっちりと今、豊かな生活と展望を手に入れている。でも西岡には、だからといって、いや、だからこそ、若いころから信奉してきたロマンチックな理想主義は捨てられない。負けを承知で、自らと友人や同僚を秤に掛けることはできない。掛けるなら、裕福さ、肩書、名誉、そういった秤錘は避けて、西岡に馴染みの観念的で理想主義的なものにする。そうすれば、世間がどれだけ西岡の軽薄を言い立てても、〈重さが違う。もっとヒューマンな価値観で比較しろ。人間、結局は、自己犠牲を厭わず、困っている他人のためにどれだけ尽くせるか、だよ〉などと嘯いておれる。西岡自身が現実に他人のためにどれだけ尽くしているかどうかは抜きにして。

実務を離れ、病院で巡りあった山本はそういう意味でも格好のパートナーだった。だから、西岡の多分に偏執的で冷ややかな目は、そのとき特別に国枝にだけ向けられたのではなく、恒常的に社内や世間の誰に対しても向けられているのだ。西岡は社内のだれとも友好的で、同時に誰にも心を開かなかった。西岡はそれを巧みにカムフラージュしているつもりだが、みんなちゃんと知っていた。

三十分足らずで用件は済んだ。会話が途切れた。西岡は感謝を忘れ、国枝が腰を上げるのを心待ちにしている。共通の話題がない。でも、国枝のほうは、やつれた西岡を目の当たりにして、いつまでも立ち去りがたい心情に囚われていたのだ。

そうとは知らず、西岡は焦れた。早く一人になりたい。鞠子も遅れてきて、間に合わないでほしい。間に合えば滞在時間がまた延びる。でも、やっぱり国枝のような男には会社への手土産は必要なのだ。

突如、西岡は普段の擬装をかなぐり捨て、傷口の痛みも忘れ、裸になった。

「ほらっ」。ベッドに半身を起こしパジャマをたぐり上げた。話の接ぎ穂に三十センチに及ぶ右腹の手術痕を露わに晒したのだった。

いつも冷静な国枝が目を剥いた。それが西岡には掛け値なしにおかしかった。気持ちが勢いづいた。整理ダンスの抽出からフィルムケースを取り出し、中の胆石を左の掌にばらまいて見せた。

それが変わり目だった。それまで夢にも思わず、露にも考えなかったこと起きたのだ。あの冷静な国枝が突然、まるでおもちゃを前にした幼児か、マタタビをもらった猫のようになった。目をキラキラさせ、はしゃぎ、しゃべりまくり、冗談まで交えて、西岡の冷笑・韜晦《とうかい》・拗強を吹っ飛ばし、腹の底から笑わせたのだ。

「え! あっそう、これが胆石! でっかいなぁ。生まれて初めて見たよ。貰ったんだ、手術した医者に。てっきり御飯粒ぐらいだと思いこんでた。いやーぁ、ほんとはこんなにでかいんだ、すごいわ、これは。でも最初、癌って言ってなかった? 転移して十二指腸の。あっそうか、そっちは良性だったんだ。ほんと、よかった、胆石だけで。胆石なら尾を引くこともないしね。胆石って言やぁ、胆石って薬なんだってね。テレビでやる漢方薬の宣伝なんかでもゴオウってよく聞くじゃん、牛に黄と書くんだけど、あれが牛の胆石なんだって。午前午後の午は『ご』と読むけど、午は馬のことだろ。牛も『ご』と読むのかなぁ。ともあれ何万頭に一頭しかなくて、目方売りでも金の五倍、今だとグラム、たった一グラムで五千円以上するって。ちょっと前、たまたまテレビでやってたんだよ。だから、人間の胆石ならもっとするんじゃない。ひと財産だよ、これだけで。ほんと、でかいわ。痛い目しただけのこと、あったんじゃないの。相変わらず、ころんでもタダじゃ起きませんな、西やんは。いやいや冗談ですよ、冗談。ハッハッハ。でもよかった、ほんと。うん、今度来る時はきちんとデータそろえてくるわ。そうかこれがねぇ、でかいなぁ、ほんと、素晴らしいわ」

「ハハハ、おいおいグニさん、見舞いに来て牛と一緒にするなよ。それに手術で痛い目にあいながら摘出してもらった病根を、薬だなんて、冗談だろ。手術でハハハ、フー。痛ったったた。痛いんだぜ、ほんとに、笑うと。笑わすなって。傷口、開いたんじゃないか。ハハハ」

胆石が人を変えた。効能があった。あの国枝が変わった。西岡も変わった。西岡が生み出した同じ実績なのに、仕事の実績とか経歴とかいったものと違い、飾りも衒《てら》いも何もないただの石ころだ。そのあるがままにある何でもない貧相な石ころだからこそ、身構えを霧散させ、虚飾や思惑を取り除き、純真にするのだ。西岡はそう思った。

国枝は当初の目的も忘れ、「余り長居しても……」と、上機嫌で帰っていった。入れ違いに戻った鞠子が、国枝が置いていったみんなのカンパを見て、絶句した。思いも掛けない大勢の、思いも掛けない多額の心遣いが集まっていたからだ。西岡は自らの狭量狷介を恥じる前に、みんなの思い遣りに感動した。

見送りにエレベーター・ホールまで歩いた。エレベーターが閉まる。扉の隙間に消えた国枝のにこやかな残像がいつまでも頭から消えない。〈牛黄か〉。ふと、北岸の栞の終章に、牛黄のことが書いてあったような気がした。「蛇足ですが」とあったし、現在は世話になる気がない漢方のことだと思い、よく見みもしなかった。

鞠子が抽出に、国枝が持参したカンパを仕舞おうとしているのを見て、換わりに栞を出してもらった。やはり詳細な記述があった。「生薬専門商社のホームページから転載しました」。見覚えのある、几帳面でしかも柔らかさもある筆跡で、そう附記されていた。

◇

〈牛黄＝ゴオウ〉

牛の胆石。陰乾し粉末化、漢方薬にする。径五センチ〜三センチの十数面体で、表面は金黄色〜褐黄色のまだら。軽くて肌理粗く、脆く砕け易い。断面は濃淡のない黄褐色〜赤褐色か金黄色で、放射状・環状にびっしり針状層紋が並んでいる。成分は胆汁色素（ビリルビン、ビリベルジン）が主。現在では、末梢の赤血球を著しく増加させ、脳血管障害に有効であることが確認され、ビリルビンの抗ウイルス作用やビタミンEなみの強力な抗酸化作用も認められている。現代の医薬品公定書『日本薬局方』は滋養強壮剤、強心薬、小児用薬、風邪薬、胃腸薬などへの使用例を挙げている。

中国最古の薬物書『神皇本草経』は「上薬。副作用なし。邪を除き、鬼を逐い、人をして忘れざらしめ、老化を遅らせ、寿命を延ばす」などと記し、肝硬変の特効薬として著名な中国の名薬・片仔廣の主剤。西洋へもペルシャ経由でもたらされた。

七世紀の日本最古の法典『律令』がすでに言及。江戸の百科事典『和漢三才図絵』にも紹介されている。ポルトガル人がもたらしたペドロ・ベゾアルは牛黄のことだが、牛黄と別物だと考えていた。日本人は「ヘイサラバサラ（ヘイタラバサル）」と聞きなした。ヘイサラバサラは獣類の胆石の総称〈鮓荅＝サトウ〉で、牛黄のほか、馬の〈馬墨＝バボク〉、犬の〈狗宝＝コウホウ〉、鹿の

〈鹿玉＝ロクギョク〉なども含む。

最近は牧畜の衛生飼育が行き渡り、胆石が見つかるのは三千頭とか千頭に一例といわれる。天津や北京を主に牛や豚の胆汁を原料に人造胆石が造られている。日本では中国産以外にも漢方用にオーストラリア、ニュージーランド、北米、南米、インドなどから輸入している。ビリルビン含有率世界一のオーストラリア産を上物とする。

◇

国枝はやはり正しかった。北岸が調べてくれたデータから推察すれば、人の胆石も牛の胆石も、よく似ている。本物の牛の胆石と見比べるわけにはいかないが、大きさ、外面、内面、色、形状、成分、みんなそっくりに思える。人間の胆石と言わずに飲ませれば、多分、牛の胆石同様の効能を顕すに違いない。国枝がいうように、人間の胆石も裏ルートで取り引きされているかもしれない、ずっと高額で。胆石にうなされ高い費用を出して摘出してもらう人。逆に、高い金を出して胆石を買い求めて服用する者。ほんとうに人間は多種多様、厄介な生き物だ。

国枝が見舞いに来てから十日後、西岡は退院した。白い晴雲が凍てつくような寒い日だった。鞠子が運転する軽乗用車の助手席で、西岡は胆石を容れたフィルムケースを左手でに持ち、カタカタいわせ続けている。

信号で停車すると、鞠子が左手をそっと伸ばし、膝上の西岡の右手に重ねた。洗剤荒れだろう。それとも火宅にまみれてのことか。ザラっとした掌が、長い入院生活で柔くなった西岡の手甲を愛撫する。

「どこかでお寿司でも食べていく」

「いや、熱い蕎麦ぐらいがいいな」

そう答えながら西岡は、〈腹の調子が良くないな〉、先ほどから繰り返しそう思っていた。〈いま思えば、胆石の発作は胃が膨張し破裂するような痛みだった。痛み度合いが同じぐらいで、場所も似ている。それで心当たりがあると錯覚して胆石だと思ったけど、違う。この痛みの正体は何なのだろう。まさか悪性リンパ腫じゃないだろう。病根はこうして取り除かれたはずだ〉。

無意識に鞠子の左手をきつく握り返していた。鞠子の眉がかすかに曇った。

猫がいなくなった日

花火が黝い川面に揺れ映えている。

「遅れちゃって」

「お待ちかねですよ、お初ねえさん」

両国橋の陰になっている大川端の乗船場。浴衣姿の船頭猫に手を取られ、着物を纏った粋な芸者猫が、屋台船に繰り込もうとしている。

「遅いじゃないか」

船の奥から猫撫で声を掛けながら身なりのいい旦那猫が障子を開け、やに下がった顔を覗かせる。待ちかね、もう酒で顔が真っ赤。

歌川国芳のうちわ絵『猫のすずみ』そのままだが、どうやら坂崎たちも舳の一隅に同乗しているらしい。乗り込む際にこちらを見る芸者猫の徒《いたずら》な流し目が男たちの欲望に火を付ける。川中へ漕ぎ出す暇もあらばこそ、酒杯を酌み交わし、たちまち酔い、多弁になる。

「猫と男女の出逢いの妙といえば、代表はやっぱり源氏物語の女三宮でしょう。だから、今ここのこの場、猫好きの国芳が源氏に見立てたんじゃありませんかね」

「見立てというのは見た途端に、ああこれはあれの見立てだとすぐに思いつけ楽しめる、というのが中村幸彦先生のお説です。この場が源氏の見立てだとしたら、簾中にいる三宮の姿を、簾を引き上げ外に曝す猫がじゃれる毬がどこかになくちゃいけないのに、毬がない。これは見立てじゃありません」

「でも、優れた芸術は作者の意図を超えるものでしょう。どう新たな解釈や物語を見いだして埋もれた本物を発見していくかも大切です。猫好き国芳の単なるなぐさみにしちゃ絵が凝っている。江戸庶民の楽しみ方の一つ、見立てにちなんで源氏を盛り込んだ、そう思った方が面白いよ」

そんな外の無粋なやりとりをからかうように屋台船の障子が、内に繰り広げられる芸者と旦那の狂態をなまめかしく映し出す。坂崎らは談論を忘れ、しばし大らかな江戸の性風俗に見惚れるのだった。

ノラが死んだ。これが猫の終わり。これで地球から猫が一匹残らず消えたのだ。坂崎が一人で見守るなか、ノラは「最後の猫」としてではなく、薄汚い野良あがりの一駄猫としてあっ気なく死んでいった。最期は猫エイズと白血病に侵され、痩せこけ、鼻や口や目や耳から汚い汁を垂れ流し、屎尿まみれになって息絶えた。この侘びしさはなんだろう。六十にもなる大のおとなが、慰みにするだけで愛さなかった飼い猫が一匹死んだだけだというのに。最後の猫だったからか。いや違う。でも、本当に、どこにも、一匹も、もういないのだろうか、精一杯生きたノラは仕方がないとして、ノラの仲間は。ノラの、あんな惨めったらしい死が、あれほど魅惑的で、そのくせどこにでもいて在りふれ、だれでも気軽に飼えて可愛がっていた、あの猫たちの最期なのだろうか。潮騒神島で日向ぼっこしていた野良猫たちも、イリオモテヤマネコやツシマヤマネコみたいな未知の野生猫も、全部死んだのだろうか。猫は折りに人間に殺されたり食べられたりするくせにずっと人間にくっついてきた。でもたまに離れて思いがけないところにもいた。だから今も思いがけないどこかにひょっこりいそうなものだが、ダメなのだろうか。この引き籠もり猫のノラが、もう何年も「世界最後の猫」と言われてきた。目敏い連中が何度も繰り返し世界の隅々まで探し回ったが、「最後の猫ノラ」の地位を脅かすようなやつは一匹も見つからなかった。そのノラが死んだのだから、きっとお終《しま》いなのだ。地球温暖化でシベリアの猫風土病が世界中に広がったとも聞いた。だからこれが本当に猫の終わりなのだ。でもやっぱり信じられない、猫が全滅したなんて。本当だとしたらとんでもない、むちゃくちゃだ。絶滅したトキや、パンダみたいな絶滅危惧種とは違う。どこにでもいたから一大事なんだ。見たことがない、触れたことがない、ニャーという鳴き声を知らないなんて人間は、よほどのことが無いかぎり、世界中に一人もいなかったろう。だれもが親密だったろう。極悪人でも親密な肉親なら死ねば涙の一粒も流すが、愛らしく純真無垢な子供でも赤の他人なら餓死しても箸を休めることもない。猫は親密なうえに愛らしく邪気もない。世界中が嘆き悲しむ声に包まれてもいいはずなのに、何でこんなに静かなんだろう。悲しむ声、泣き声一つ聞こえない。ぎゅっと抱き締められるまま目をつむってじっと抱かれている。あの従順さ、暖かさ、抱き心地、体つき、仕草、しなやかさ、妖しさ、鳴き声……。ああノラ……。そのどれ一つも、これからもう絶対、誰一人例外なく二度と味わえないのに、誰も寂しくないのだろうか。みんな、貪ぼるだけ貪ったら、あとは知らぬ存ぜぬ関係なし、とでも言うのだろうか。情け無くないのだろうか。悔しくないのだろうか。アメリカがまた戦争を始めた――。中国が共産党独裁に終止符をうった――。ロシアが共産主義国に戻った――。イスラム圏が一つになった――。日本が核武装した――。そんな［大事］に比べたら重みが違う。「たかが猫じゃないか」「犬もいるだろう」「クローン猫を作ればいい」「ロボット技術があるさ」「代わりはいくらでも出来る」「社会生活が向上することや経済が発展することに比べたら猫絶滅ぐらい仕方がない」……。そんなふうに割り切れるのだろうか。何かが歪だと思わないのだろうか。どれだけ科学や経済や政治が発達し文化や思想が盛んになって裕福になったとしても、猫のいない豊かな世界や社会なんてあるのだろうか。猫と交換できる幸せって何なのだろう。

《猫のいない世界》といえば、一九九九年八月の北京がそうだった。繰り越しになっていた勤続三十年の特別休暇と賞与を使って、真佐子と出掛けた。滞在十日間。定番の名所・美味いもの巡り、ショッピングに加えて二人は、自由行動の三日間に東アジア古美術探訪を組み込んだ。故宮や著名な古美術街・瑠璃廠散策に、ずっと前から胸をときめかせていた。朝一番に寛街板廠胡同奥の四合院ホテルから瑠璃廠までタクシーを飛ばした。「瑠璃廠は贋物が多いよ」。そんな忠告を日本で何度も聞いたが、耳に止まるはずがない。「俺だけは」。自意識過剰、自惚れは人の性。瑠璃廠と聞いて坂崎の胸中に居座ったのは、大好きな梅原龍三郎が描いた大壺の油彩画だった。その大壺は梅原が瑠璃廠で買ったもので、知人で目利きの志賀直哉には贋物を掴まされてと言わんばかりに揶揄されたが、今では万暦赤絵を代表する名品に列挙されている。梅原が必死の努力で独創的な絵画世界を切り開いたのに伴い、壺も信用を得て出世したのだ。しかし坂崎は梅原の必死の努力を顧みることなく、瑠璃廠では掘り出しが出来る、そう取ったのだ。結果、坂崎は、あろうはずのない桃花紅の口広小壺を買うことになった。本物の百分の一、それでも一万元もしたが、坂崎は大喜びだった。欲望を満たした坂崎は真佐子に、瑠璃廠から故宮経由、四合院ホテルまで歩こう、と言った。かつてパリの知らない街を歩いた時の楽しさを、にわかに思い出したのだ。パリと北京では街のスケールが違うし、地図の縮尺も違った。おまけに片言の英語でもそれなりに通じるパリとは違い、中国語は全くお手上げだ。でもそんなことにはおかまいなし。その長い散策の道すがら、真佐子が街に猫や犬がいないことに気付いた。憑き物も落ちていて、翌日から求める愛玩物が古美術品から犬猫に変更された。まず寛街板廠胡同奥の四合院の中にはじまって、いかにも野良の犬や猫がいそうな地安門西の胡同、郊外の盧溝橋や万里の長城の幕田峪、北京一の繁華街・王府井とその裏道、観光スポットの故宮や頤和園、天壇公園とその周辺……。真佐子と二人でまる二日、観光も兼ねて探し回ったが、猫は一匹もいなかった。犬は都合二匹を見た。頤和園の露店の小母さんが抱いていたのと盧溝橋の町中を歩いていた。

〈猫のいない街〉北京の街並と、ホテルを通じて頼んだ通訳の毛丹喜さんの顔が思い浮かぶ。「毛さん、北京には犬や猫はいないんじゃないですか？　あなたが北京育ちだというからお聞きするんだが、犬猫特別措置法みたいなものがあって排除されているんじゃありませんか？　いや、そんな北京郊外の邸宅で二百匹も一緒に飼っている金持ちの話じゃなくて、ごく普通に飼われていたり、野良をほっつき歩いていたりするやつです」。どんな質問にも答えてみせますよと自信いっぱいだった大秀才の毛さんだが、「モンゴルは宗教上の理由から猫はいませんね」と、答えははっきりしなかった。あの時ほんとうに北京に猫が一匹もいなかったとしても、今回のように絶滅したからいなかったのではなくて、人間側にとって不都合だから排除されていただけだろう。

それでも北京の街は、折からの夏の熱気だけではなくて、活気と熱気に満ちていた。早朝物凄い数の自転車が広い道路に溢れ、同じ方向を目指し陸続と進んでいく。その一人ひとりみんなが生気を漲らせ、目を輝かせ、脇目も振らず前方を見つめ、街を駆け抜けていくのだった。〈国全体が目指す目的をしっかりと把握し、国民がこぞって目指している〉。坂崎はそう思い、中国の底知れない未来の繁栄に嘆息したのを憶えている。猫がいないことに違和感を覚えながら。

［世界中から猫がいなくなる日］。この日が来ることは、みんな知っていた。テレビや新聞がその都度、繰り返し何回も放送したし、実際に、みんなの身辺から徐々に姿を消し、目に触れることが少なくなっていた。でも、猫は余りにもありふれていて身近過ぎた。みんなまさかと思っていた。坂崎がテレビで、マスメディアでは初めて、XYZテレビが世界的な猫減少現象に触れたニュースを流したのを、たまたま見てからでも、もう六年になる。にわかに春めいた土曜日の午後だった。なぜ曜日まで覚えているかというと、真佐子が出ていったのが、ちょうど一年前の同じ日だったからだ。あの時ならまだ手遅れじゃなかった、手を打てば何とかなったろうに。いや、真佐子のことじゃなくて、猫のことだ。あの時なぜ、世界中のみんなが、「猫のいない世界なんてイヤ！」「ニャンたってイヤ」「ネコ絶滅、絶対反対！」、いや愛猫家だけでもいい、一人ひとりが何故そう叫ばなかったのだろうか。

そして今ももう、みんな猫がいないことに馴れてしまったのだろうか。

猫が消えた
あの筍皮そっくりの産毛だらけの耳に
忍び寄った《死》が囁いたのだ
愛を捨てろ
未練を断て
お前がどれだけ可愛いくても

死ねばそこまで
死臭が鼻をひん曲げるだけ
お前はお前の腐れ屍体を
ブルドーザーで手際よく
ぺちゃんこにして始末する
のっぺり顔にちょび髭を置いた
そんな有り難い友だち一人いないだろう
死臭を嗅ぎあうのが愛の掟
でも猫は死ぬ時消えるのが分相応
猫の愛など人間は
知らずにずっと生きてきた
化かすというが伝説だ
この世で抵抗しないから
あの世から怨みを果たさせてやるという
身勝手な人間さまが作った
痛くも痒くもない懺悔物語
死ぬとき猫は姿を隠す
それも都合のいい
死を看取らぬ奴の嘘話

真佐子が出ていく一年ほど前、なんということだろう、息子の文彦が、年始回りしていた酒酔い運転の車に跳ねられ即死した。まだ二十五歳だった。直後に娘の紀子も父親の分からない子を身ごもって身を隠した。大好きなお兄ちゃんの唐突な死が紀子を追いつめたんだわ。真佐子は頑なにそう言い張った。「一人にしてください」。そう言い残して、その真佐子もいなくなった。

あの土曜日の午後、坂崎は所在なくパーソナル・コンピューターで久しぶりに詩を書いた。一人になって一年も経つのに折りにつけて三人のことが代わり万古にばんこ、万華鏡のように思い浮かでは消える。時として、そいつを何かに紛らすことが必要だった。ほったらかしにしておいた依頼原稿に手を染めた。

その頃にはもう、坂崎が書斎でパソコンに向かうとノラは往々そばにやってきて、パソコンの脇に寝そべるようになっていた。最初は水気に弱いパソコンを気遣い、ノラがキーボードに向かってくしゃみするのを恐れたが、それを知ってか知らずか、ノラはくしゃみを催すとなぜか決まってキーボードから顔をそむけた。キーボードから立ち上る、人間には感じ取れない何かの気配が在るのだと思う。

ノラは時折キーボードの上を歩き、自動筆記さながら印字して坂崎を楽しませた。「mんっっっhsz……」「sd・jくい9……」。最新の科学技術の成果であるパソコンが書く全く意味のない字の羅列。ノラの言葉にも思え、面白かった。

猫専門誌がどこかで聞きつけ、依頼してきた。

「坂崎さん愛猫家だそうですね。最近のペットブームを当て込んだ企画なんですが、ブームの裏にあるペット残酷物語、それなんかも見すえた、詩人の鋭い感覚と風刺に富んだ詩をお願いできませんか？　四百字詰め原稿用紙二枚で二万四千円。字数、行数は問いません。税込みです」
手取り二万円ちょっと。それでもノラの好物がどっさり買える。締め切りも二か月先。のんびり構えていたら、いつのまにか携帯電話にメールが入っていた。「お約束の三月十日、あとちょうど二週間ですが、それまでに必ず、先日お渡しした名刺にも書いてある私のメールアドレス宛に送信してください。坂崎さんの写真とノラちゃんのスナップも必ず添付して下さい」。

ノラが消えた
死神が忍び寄って囁いたのだ
愛を捨てろ……

ペット誌なのに猫の死でもないだろう。しなやかで、ぎゅっと抱かれるままになっている、そんな猫らしさこそ必要なんだ。でも、ま、いいか。注文でも、ペット残酷物語を、と言っていたからな。詩より死なんてね。でもやっぱり、作ってはみたけどひどいもんだ。まるで戯れ歌で、すごく場違いな気がする。

坂崎はすぐ投げ出した。手持ち無沙汰になって、つい、キーボードの脇に置いておいた棘無しヒイラギの小枝を手に取り、小さな白い花の匂いを嗅いだ。かすかに爽やかな匂いが残っている。寝起きに、荒れた庭の片隅に咲いているのに気付き、手折ってきた。真佐子が好きで、こまやかに世話して育てていた木に初めて咲いたのだ。明け方、ほかに寄る辺もなくなったノラが寄ってきて、坂崎の耳元で聞こえるか聞こえないかの小さな声で囁いた。「にゃ」。坂崎は寝たまま頭越しに右手を伸ばし、ノラを探り当て、脇腹辺りを軽く叩いてやった。すると蒲団に潜り込んできて、坂崎の左腕の付け根を枕に向こう向きにドタッと倒れ込んだ。すぐ喉をゴロゴロ鳴らし、後ろ向きのまま、反らせた頭を坂崎の顎先に擦りつけた。真佐子の役割がそっくり廻ってきたのだ。これだけは思いがけない贈り物だった。真佐子と違うこともしてやらなくてはいけない。そんなとき坂崎はノラの脇に右手を挿し込み、V字様に細くなった肋骨を繰り返し幾度も揉みしだく。同時に、ノラの後頭部から背中、脇などに所々に息を吹き込んでやるのだ。いつも通りノラはすぐ寝入った。

そんなこともあって、その日は気分が好かった。頭の調子も良かった。それでパソコンに向かったのに、浅学非才、集中力のなさは隠しようがなかった。

キーボードの右上隅に投げ出されたノラの左前脚が乗っている。その脚の裏を枚でこそぐる。ノラはかすかに頭を上げ坂崎を一瞥、うるさそうに「にゃう」と一声応え、また寝そべった。上向きの左脇をそっと撫で下ろす。温かい。柔らかい。何という気持ちいい手触りだろう。

でも、ふと鼻をノラの口に近づけると、やっぱりひどい口臭だった。ヒイラギの小さく白い花の小さい蘂にも、もう茶色い死の翳が浮いている。鼻白む思いもあったし、手詰まりでもあった。つれづれリモコンでテレビのスイッチを入れた。天下太平。落ち着きのない中年タレントが司会する助平心丸出しの人気番組だった。始終しゃべりまくる司会者の笑顔。

それが次の瞬間、ぼわっと、ニュース専門のアナウンサーの生真面目な顔にそっくり入れ代わった。落差が傑作だった。

「臨時ニュースを申し上げます。日本がきょう午前零時をもって核武装を終えました。曾根巻総理大臣がさきほど緊急会見、内外向け発表しました。限定十発、可動式の水素爆弾搭載型弾道弾を配備したと表明しました。三年前の平和核自衛配置法に基づくもので、あくまで自衛・報復に限定、我が国からの先制核攻撃は絶対にないと言明。現実的、実効的、経済的にベストと補足説明しました。これに対して直ちにアメリカはじめ、欧州各国、アジア周辺諸国から厳しい反対声明が寄せられています。繰り返します。日本がきょう……」

「どれもこれも……」

坂崎にとっては先ほどの助平番組とさして変わりはなかった。どちらも魂胆がすべて見え透いていて、企みがなく、ちっともエロティックでも面白くもない。台所へコーヒーを淹れに行った。モカ。熱湯の冷まし加減、湯の注ぎかたで味が変わる。酸っぱさが問題だ。真佐子が消えたのだからほかに人がいない。温水器で暖めた湯を改めてガスコンロで二分間沸騰させたものを使う。

湯が沸くわずかな間もずっと核武装のニュースが書斎から聞こえていた。廊下を響き流れる音声が見えるようだ。いつもしたり顔でしゃべる女性アナウンサーも、物知り顔の論説委員も、突然舞い込んだ大ニュースに全く対応できていない。顔を見ないで聞くと、ニュースの内容がよく分かる。データや整理されたニュースをそれらしく読み上げるのは得意だが、事実の底に潜んだ真実を読みとり、言葉に紡ぐ力、本物の知性は元からない。どれだけ深刻ぶっても、次から次に飛び込んでくる大ニュースの断片情報を、自分たちだけで整理することができない。ゲストの専門家はまだ来ないらしい。言葉が滞る。間が抜ける。

「核武装関係のニュースは続報が入り次第放送いたします。そのほかにニュースデスクに入っているニュースをお伝えします……」

明らかに時間稼ぎだ。一息つこうという魂胆が見え透いている。アナウンサーが一瞬言葉を飲んだ。そのかすかなためらい、破綻が坂崎の気を惹いた。急いで書斎に還った。ノラは相変わらず伸びきって寝ている。

「世界各地で、…………猫、が激減しています。ロシア・シベリアの小さな村に端を発した伝染病が原因とする見方が有力です。すでに日本にも波及、かなりの影響が出ている模様です」

猫と核武装。その落差の大きさに躓いたのだ。坂崎の耳がにわかにそばだった。思わず飲み込んだコーヒーが喉を焼いたが、目は画面に貼りついたままだった。

「新たに入った核配備関連の続報をお伝えします」

「猫はどうした、猫は！」

坂崎が怒鳴る。ノラの目が怯える。坂崎やノラの価値観など問題外だ。

「発表によりますと、配備された核の威力は十基とも広島型の約千倍で、射程距離は地球全域をカバーしています。完璧なレーダーカムフラージュ仕様で最速、攻撃目標は随時変更でき、早期に世界中どこにでも核報復できます。発射台は車両搭載型で一か所に留まらず、居場所を割り出すには衛星探査でもかなりな困難を伴うとのことで、報復に失敗はないそうです。あくまで自衛のため、自衛に厳格限定。攻撃を受けない限り、永久に使われることのない、在っても無いに等しい報復ミサイルで、一部被爆者団体の事前了承も得ていると強調しました。この日本の突然の核装備に対してアメリカが最も衝撃を受けており、ホワイトハウスは未明にもかかわらず、プア大統領自身が会見、日米安保条約の破棄をも示唆する強硬な反対声明を発表、『日本はただちに核を撤去、破棄すべきだ』と述べました。これについて曾根巻首相は記者団に、核装備・核による自衛は独立国・日本固有の権限だとしたうえで、日本の世界平和達成への積極協力方針に何ら変わりない、そうした日本の世界平和への熱い思いを証拠立てるために、来年度の軍備予算は今年度比三五％削減、核装備の替わりに自衛隊も三分の一程度に縮小すると明言しました」

大仰で曖昧な言葉の羅列。ごまかし、はぐらかし、すり替え。

〈猫、猫はどうした〉

坂崎のノラに配慮した無言の抗議をよそに、アナウンサーは精気を取り戻し、ノラも元通り安らかそうだ。やっと評論家、政治家、識者らが駆けつけ、自ら話す度合いが減ったからだ。派手なニュースだからだろうか、解説やゲストが十人以上いる。

「戦後六十年、やっと真の意味での独立国家へ一歩歩み出したと言っていいのではないか。戦後の荒廃はアメリカの統治政策に売国奴が迎合した結果だ。大歓迎だ」

「いつもちょっと古くなったアメリカの兵器を高い値で買わされている自衛隊に、万に一つ、アメリカと戦う事態が起きたとき、アメリカと事を構えることができるのか。昔からずっとそう思ってきた」

「そうそう、北朝鮮がノドンを打ち上げた時、着水地点が日本海か太平洋か、それさえ確認できず、結局、アメリカに教えてもらった。戦後、他を犠牲にどれだけ膨大な防衛費を注ぎ込んできたか恐ろしいほどだが、その結果が、そんな子供だましの自衛力しか持たしてもらっていない。そんな自衛隊なんかもういらない」

「あの時、自衛隊は設備調達汚職が発覚、大騒動。自衛隊はノドンなんか知らぬ存ぜぬだった」

「経済的にも限界だ」

「この核拡散、核散乱時代に小国が取るべき唯一の賢明な手段だろう」

「唯一の被爆国だから悲惨な被爆体験を二度と味わいたくない。そんな思いも込められているのでしょうか」

「核の規模を表す時、いつも広島型の何倍という言い方をしますが、無神経というか嫌ですね」

「アメリカが反対しているようだが、一瞬のうちに何十万人という無辜の日本人を殺した原爆を思い出し、どうなんだ、不公平、身勝手じゃないかと叫びたかった」

「反対というのならアメリカがまず核の大幅削減をやってみせるべきです。自分だけは何十丁ものピストルで武装しながら、相手には素手でいろ、気違いに刃物と言うだろう、持たすとお前は何をやらかすかわからないから、と言っているのと同じでしょう」

「アメリカのやり方を冷静に見たら、被爆国の核アレルギーなんてセンチメンタルなだけですよ。いざという時、アメリカは自らが核戦争に巻き込まれる危険まで侵して、日本を核の傘で守ってくれると思えませんよ」

〈この調子だと放送は核一辺倒でますますエスカレートしていくだろう。猫はあれ一回きり。はかないものだ。うたかた。しょせん話し言葉とはそんなものなのだ〉

普段からいっぱしの文筆家のつもりでいる坂崎には抜きがたい話し言葉への軽蔑がわだかまっている。駄洒落や外来語の氾濫に加担し、日本語の格調を損なったと、メディアへの反発が根強い。文章を置き去りにしたようなテレビや映像、写真の隆盛が苦々しくて仕方がない。だから、機会があるとここぞとばかりに毒づくのだ。

〈録画しておけばよかったなあ〉

一度で内容のほとんどすべてが自然と頭に残ってしまう程度のコンパクトなニュースだった。だから録画するまでもないようなものだが、それだけに部分、言葉がぼやけ、聞いてもいない言葉を聞いたような気になるのが早いのだ。先ほど確かに見た坂崎でさえ、年も年だが、猫がどこでどれだけ減ったと言ったのか、何という伝染病だったのか、ひいてはそのニュース自体が本当に放送されたのかどうか。もう、言ったのか言わなかったのか、聞いたのか聞かなかったのか、自信が揺らいできているのを認めざるを得なくなっている。刻々、記憶の縁が蝕まれ不安が広がっている。ましてや放送を見逃し安直に人に、「あの核装備完了のニュースが流れた日、核装備のニュースの合間に放送されたんだよ、猫が危ないって。だから根拠のない話じゃないんだ」と力んで話しても人は信じるだろうか。坂崎が見ている受像器には録画・再生装置がついている。それで、〈録画しておけばよかった〉と思ったのだが、実は坂崎には録画する手順が分かっていない。真佐子や文彦、紀子らが家に居る時は誰かに頼めば良かった。今は猫、ノラは手を貸してくれないし、まさに猫に小判なのだ。

そんなことノラは知ったことではない。ニュースの前も後も変わりなく、キーボードの片隅に掛かるか掛からないか、前脚を投げ出したままだ。でも急に、何か坂崎には感じられない異変が起きたのか、知らず知らず坂崎の気持ちが流れるのを感じたのだろうか。ひょいと頭を捻るように持ち上げて、坂崎の方をちらっと見た。注意を払うだけの異常はない。そう見て取ると、左前脚を挙手するように直角に上げて前脚の付け根を舐めだした。伸びた手先がしなやかに丸まっている。

〈猫が慰めになるのは、この肉体と精神が相まったしなやかさだ。ノラが死んでしまったら、家からすっかり生き物の温もりが消え、慰めになるものがなくなってしまう〉

そう思ったのが、坂崎が感じた猫絶滅への危惧の始まりだった。

ノラは駄猫の標本のような牝の三毛で、そのままちょっと太らせた奴ならそこいらじゅうにゴロゴロいる。実の兄や妹、異母・異父姉弟、いとこやはとこも少なくないはずだ。でもノラだけは特異だった。猫だというのに最初まったくじゃれなかったし、かなり後で判ったことだが、ウイルス性鼻炎、白血病、猫エイズ、口内炎、歯槽膿漏を患っていた。しょっちゅうクシャミをし、鼻汁を撒き散らし、人のそれそっくりのひどい口臭がいつもしていた。おまけに、兎唇だった。猫も兎や犬と一緒で上唇が鼻の下で二つに分かれていてもともと兎唇なのだが、ノラは右の上唇が引き吊り、口を閉じても、いつも着物の裾のように縦長三角形の隙が空いたままだ。

ノラがうちへ縁づいたのは七年前の冬。朝から冷たい風雨がすさぶ暗い日曜日だった。陽も傾き夕闇が迫っていた。子供を挟んで川の字というのかどうか、三匹の猫が台所の外にうずくまっているのを、夜ご飯のおかずを摘み食いに降りてきていた、そのころ高校二年生だった文彦がガラスの引き戸越しに見つけた。真ん中の子猫の毛並みを見れば、両側の猫が両親であるのははっきりしていた。ノラが三毛、旦那は真っ黒、子が黒勝ちの黒と茶色のぶち。三匹とも雨に濡れそぼり、しょぼ垂れていた。猫に気付いてガラス戸に近づき露曇りを拭う文彦を見上げて一番かわいい子猫が一声、「にゃー」と啼いた。文彦は日ごろの清潔好きもどこへやら、すぐ、音をたてないようガラス戸を引き開け、物静かにしゃがみ、そうっと右手を差し伸べて、三匹の気配を察し、まず旦那、続いて子猫、最後にノラの頭をそれぞれそーっと撫で、落ち着かせ、その場でもう手ずから餌を食べさせてしまった。優しい子だった。

それ以来、毎日夕方になるとそろって顔を出すようになった。最初のころは台所の外に敷いてあるサナ板の上に大きな皿を置き、三匹分餌を盛ってやっていた。十日もたつと、文彦が皿を台所の床上まで引き上げて、優しい、それこそ猫撫で声で招き入れた。

旦那と子供はそれなりにきめの細かい冬毛をびっしり生やしているのに、ノラだけはザラッとした毛脚の長い粗い毛のままで、それもあちこちが束にからまり、いつも濡れて震えているように見えた。毛を生え代わらせる体力がなかったに違いない。寒さが余計身に応えるのだろうか、いつも五センチほど薄茶色の涎を垂らしていた。くしゃみをしては涎や鼻汁を撒き散らし、壁や冷蔵庫、テーブルの脚、床に置いた梅干しの瓶、買ってきたばかりの野菜などを汚した。乾くとそれらは拭いがたい白い飛沫跡となって浮かび上がり、まるではね泥を浴びた道沿いの塀のような有り様になるのだった。さらにノラは、餌でも水でも口にすると沁みたり挟まったりするのかすぐ、後ろ脚二本で立ち上がり、前脚を交互に口の端から鼻先に向かって拭うように動かし、まるで踊るかのようだった。焼き魚や煮魚、ちょっとでも大きい肉の塊は覿面、踊りが激しくなる。そんな時はびくつくノラをなだめながら真佐子や文彦、紀子なりが小分けしたり噛み砕いてやっていた。とても生餌や骨どころではなかった。坂崎は哀しくもおかしい猫踊りを冷ややかに見ていた。

〈なぜ、選りにも選ってこんなに汚い奴を〉。坂崎は初めその不潔さに身震いした。高額の借金までして買った家が汚されていくのがたまらなかった。普段はそろって清潔好きの真佐子や子供たちが、猫たちによる汚れだけは、まるで魔法にかかったように見えなくなって、意に介さなくなることにも不満が募った。でも、自らのいかなる望みえさえも顕わにするのを一番恥ずべきこと思いこんで育ってきた坂崎にそれを言う気はなかった。中でも一番潔癖性の文彦がある日ある時ふとノラの汚さに気付き、自らの本来の性向を思い起こし排斥心をわき上がらせるのを辛抱強く待っていた。なのに、事態は意外な方向に進んでいった。不潔さが必ずしも嫌悪だけを覚えさせるのではなく、相手次第、はたまた何とも説明しがたい気まぐれから、哀惜や同情、ときには愛情さえ醸し出すという不可解な人間の一面を学ばさせる羽目に至ったのだった。

「どこで寝とるんやろ。かわいそうやでいっぺん戸開けといたろか。居間の戸も開けといたったら、カーペットの上で暖ったこう寝られるんと違うか。そうしたったほうがええやろ。このままやと死ぬぞ」

そう言い出したのも文彦だった。

〈おい待てよ。そのカーペット、いったい幾らしたと思っているんだ。おれが訪問販売の口車の乗ったとはいえ、おれの月給の一か月分近くしたんだぞ〉

そう思うはなから真佐子がここがチャンスとばかりに言い募った。真佐子はそのころには毎日、代わる代わる親子三匹に、ふくらはぎ辺りに体を擦りつけられ餌をねだられ、家中で一番最初に子猫を抱かせてもらって、すっかり犬派から猫贔屓に鞍替えしていた。

「この痩せ猫きっと病気やわ。（見りゃ判るだろう）。口がものすごく臭いもん。（みんな辟易しているじゃないか）。このままやったら文彦さんが言うみたいに、この冬よう越さんのと違うかしら。可哀想やわ。どうせやったら炬燵も点けといたったらどやろ」

「いっそのことならそれがええわよ。乗りかかった舟、いや毒食わば皿まで、かな」

涙まで浮かべて訴える真佐子に、紀子が加わった。坂崎が、家具を汚すからダメ、と言い出せる空気は皆無だった。

以来、坂崎家は冬中、庭に通じる台所のガラス戸どころか居間と台所の間の引き戸も開けて、おまけに終日、炬燵も点けたまま。泥棒も火の用心も、光熱費も、高価なカーペットや家具の汚れも考慮せず、ひたすら野良猫を取り込もうとした。しかも相手はそろって汚い猫三匹。ちょっとでも大きな音を立てたり、素早い動きを安直にすると、瞬時に、これまで長い間の信頼関係はどうしたんだ、とつい不満をぶつけたくなるような、すごい不信感を顕わにし、「フーッ」と威嚇したり、時には鋭い爪を立てて引っ掻いた。それでも、忍耐強い家人たちの慈愛と、募る冬の寒さに後押しされたのだろう。門戸を開いて十日後、ついに猫たちは孤高の野良生活を捨て、眼前の暖衣飽食に惹かれ、炬燵生活に切り替えたのだった。それでも当初は夜中、家人らが用足しに起きるごとに庭まで飛び出していたが、体力のないノラがまずその無益さを悟り居着くようになり、やがて旦那も子供も坂崎家の寄生者となった。

春が来て、旦那と子供が恋狂いで出奔した後も、ノラはそのまま居残った。以後、恋の季節が過ぎて憑き物が落ちて尾羽打ち枯らして旦那が戻って来ようと、子供が甘えに来ようと、死ぬまで二度と坂崎の家から一歩も出ず、庭先にさえ降りることもなかった。完全な引き籠もりになったのだ。猫は家に付くと言うが、引き籠もりのほうが異常で、結構発展家であちこちの家を渡り歩いているのだ。将棋を指しにいった近所の家で、自分とこの猫だと思っていた猫がすっかりくつろいで寝惚けているのに出くわし鼻白んだ思いにさせられたことがある。

猫一般はそうなのに、ノラといったら旦那や子供に対しても、見ず知らずの野良に処するがごとく、ガラス戸越しに「フーッ」と威嚇して追い払うのだった。ノラは病弱で奇形もあり、どちらかといえば不幸な星の下に生まれたといえる。しかし、与えられた身命を精一杯永らえて子を成し、一匹は確実、ほかにもいるかもしれない、〈命〉を次世代にバトンタッチ、生き物としての最低限の役目を果たした。坂崎は思ったことがある。

〈人は世を貪る前、四十歳前に死ぬのがいい、配偶者は持たないのがいいなどと言い募る兼好も

言っている。子ゆえにすべての世のあわれを知ることができる、と〉

そうして晩年にさしかかった今、巡りあった食と住が保証されるこの安住の地に籠もり、本能が命ずるまま、命を最後まで全うする。精魂すべてを注ぎ、擦り減った命には、夫婦の情愛も親子の絆も煩わしく、静かな生活を脅かす邪魔者でしかないのだろうか。

ノラという名前はズバリ野良猫の野良だ。坂崎の思いつきだ。いつまでたっても敵の目を掠めるかのような不信の目を坂崎に注ぎながら餌をあさる。汚く無愛想な闖入者にはぴったりだ。敵意を籠めて、しかも冗談めかして提言した。採用されるとは思っていなかったが、真佐子が「イプセンのノラでしょう。自立して、プイと家を出ていく奥さんの名前よね、お父さん」と早とちり、それで決まった。

家に居着いてからもノラはなかなか精気を取り戻さなかった。いつまでも病っ気が抜けず、いつもよだれとたわ汁が混じったような茶色く濁った液体を口から垂らし、家中汚し廻った。口の周囲はもちろん、それを拭う両前脚も茶黒く汚れていた。右目頭からも黒一筋に目やにを流していたし、坂崎にだけはいつまでも猜疑心を顕わにした視線を注ぐのを止めなかった。

夏になっても、爽やかな秋晴れの日も、一歩も家を出なかった。よほど寄る辺なく、寂しい気持ちになった時だったのだろうか。時折、真佐子の胸にすがりつき、「にゃにゃ」と啼きながら胸を攀じ登り、赤ちゃんのように両前脚を真佐子の両肩に掛ける。そして幾度も懸垂するように体を上下に動かし、よだれや目やにで汚れた顔を真佐子の顎先に擦りつける。初めは右側、次は左、交互に何度もやる。色白で皮膚が荒れやすい真佐子は、それをやられるとたちまち顎から頬にかけて赤く腫れ上がるが、「よっぽど人恋しいんやわ。子供の時に無理矢理きっと母親から引き離されたに違いないわ。甘えるってことがなかったんや」と涙声になって、なすがままさせていた。

本当に崖っ縁に立たされたら猫も人も、親も子も夫も兄妹もないのかもしれない。猫同士、同種の旦那や子供でさえ恬淡、いや冷淡に追放したノラのことだ。異種である人間の真佐子や文彦、紀子が次々いなくなったところで何と言うこともなく、変わるはずもなかったのだろうか。何事もなく、ずっと家に留まり、倦むこともなくじっと静かに暮らしていた。そしてやがて、坂崎が手ずから与える餌も食べるようになった。細々と。ノラと二人切りになって坂崎は初めて、〈犬とは違い、猫は決して人を殺せない。だから恐れることはない〉ということを身をもって知った。そう自らが誤解を解いたころ、ノラも坂崎に対する猜疑心をなくしたような気がする。そう言えば、随分むかし、坂崎の友人が、「飼い猫は人間に抱かれる、その大きさを目標に進化してきたんだよ。魔物だよ」と、胡座にすっぽり収まった飼い猫を撫でながら言ったのを思い出した。

坂崎が身辺些事にかまけている間にことは進んでいた。核も猫も。核の方はあれ以来ことあるごとにかまびすしいが、猫の方は静かなものだった。たまに暇ダネってやつだろう、思い出したように各メディアが「猫がいなくなったらあなたは?」「愛猫家１００人に聞きました」なんて番組を組んで大騒ぎして見せるがいずれも一過性で、線香花火のように後は余計に闇が深まり見通しが立たなくなっていくようだった。

それでもその都度いろんなことが解ってきた。世界的な猫激減傾向は間違いない。原因は空気感染力の強いウイルスによる感染症で、罹患すると脳幹が溶け、狂奔乱舞、やがて全身が硬直し二週間以内に百%死に至る。治癒例や寛解例は一つもない。極寒のシベリア西北部、ロシアの国内地図にも載っていない、人口二百人足らずの「猫にゃいい村」（ロシア名不明、未入電）とその周辺の同じような六つの村にだけ昔からある猫の風土病で、地元の名獣医ニャンゴロフ博士（本名はゴンチャロフだが、外電はすべて博士が生前好んで用いた通称ニャンゴロフで統一している）がすでに一九六七年にロシア中央の学会誌に報告、哀惜を込めて「猫舞踏病」と名付け、日本の水俣での猫の症状との類似にも言及している。

ロイターが流したニャンゴロフ報告のその他の要旨は次のようなものだった。

『猫にゃい村』など猫舞踏病ウイルス汚染該当七か村は、周辺集落と隔絶（一番近い村でも約二百キロ離れている）している。しかも七か村だけが火山帯の上に帯状に連なっており、温泉湧出があちこちで認められる。さらに当該当地域内では、核開発施策の初期に一度ごく小規模な核実験が行われたことがある。それらとの関連があるかどうか明確ではないが、今回注目すべきは、当該当地域の年平均気温が周辺集落に比べ〇・九度高い点だ。猫舞踏病が隔絶されていたのは、いわばウイルス絶滅ゾーンとも呼ぶべき周辺の低温集落が、七か村の周りをぐるりと包囲し取り囲んでいたからだろう。というのも猫舞踏病ウイルスの生存最低温度がちょうど該当七か村と周辺集落の年平均気温の中間値にあるからだ。憂慮される地域外感染は、おそらく周辺集落の年平均気温の上昇が原因であろう。周辺集落の年平均気温が、自動車や改良型暖房装置の普及によるものと考えられる（七か村は暖房に温泉を恒常的に使っている）が、ここ七年連続〇・一度ずつ上昇しているからだ。ウイルス絶滅ゾーンを持たないそれ以外への感染は、温度条件を除かれたときのウイルスの感染力の強さを考えると、考える以上に早く広く波及すると憂慮される。

近年『猫にゃい村』はじめ七か村以外でもごく少数、私自身に限っても二例、地域外感染を確認している。ワクチン等の開発が急がれるが、これまでの研究を踏まえた上での私見を述べると、猫属と豹属を区別する最大のポイントである吠えることの有無が、『猫舞踏病』の発症メカニズム究明、ワクチン開発におそらく重大なヒントをもたらすと思われる。というのも『猫舞踏病』は奇妙なことに猫属だけに特有の病気で、猫科のほかの、例えば猫属に最も近い豹属においても発症例はないからだ。もっとも該当七か村には豹属はいない。繰り返し行われたわれわれスタッフによる実験の結果それを究明した」。

きわめて予見性に富んだ重要な論文だが、ずっと顧みられることがなかった。同じ猫科でも猫属以外に感染しない、つまりそれなら犬や小鳥、魚、ましてや人間には絶対に感染しない、そうした政治的判断がまず働いたからだ。クロイツフェルト・ヤコブ病の場合はまだ食用としての牛肉の取り扱い方が問題になったが、猫を食べる習慣は世界のごく限られた一部にしかなく、軽視されたのだ。

ちょうどその頃、坂崎は一冊の本を読んで触発された。不治の病だ、伝染病だ、天刑病だ、と謂われのない隔離を強制されたハンセン病の患者たちが特効薬として猫を煮て食べたという記述が、ハンセン病だった仮名作家・北条民雄の『いのちの初夜』に出ていたからだ。中学生の小学生頭部切断事件が起きた。いつも人間に好きなように扱われ、なすがままにされる猫ににわかに同情した。〈猫が世界中で激減しているらしいが、本当に絶滅したらどうなるのだろう〉。坂崎は自らの心配がどんどん膨らんでいくのを感じながら、同時にそれがどうしても飲み込めない、そのアンビバレンツに悩んでいた。しかし、あの日以来、事が急速に進んでいることは、ニュースを見聞きしていても明らかだ。「ニャウ」。でも、目に前のノラをジッと観察しても何の変化もないし、病状も悪いなりに安定している。

突如、いたたまれなくなった。どうしても身辺だけでも確かめなくなって、やにわに街へ出た。何か月ぶりだろう。真っ直ぐに駅の西に出て、駅舎を抜け、魚富鮮魚・仕出し店のある駅東の商店街に行こう。魚富は、地元の高校で同級だった吉本竜一が、猫好きなのになぜか婿養子に入り、跡を継いでもう三十年になる。ずっと女房に家計を、最近は仕入れや魚の捌き、仕出しまで長男に任せ、気楽に店を手伝っている。暇はあるし、元来の猫好き、仕事柄もあって、きっと界隈の猫事情に詳しい、そう狙いがついた。

平日の昼日中だというのに駅周辺は結構な人出だ。駅のコンコースを通り抜ける際には行き交う人が多くて、すぐにぶつかりそうになる。老若男女、だれもが周りに気を配らず自分勝手、好き勝手、ダラダラ歩き、行く手を邪魔してもおかまいなし。早い人は早い人で周りとの兼ね合いも関係無しに突っ切るから、前や横から来る人とついぶつかる。マイペースといわれる猫だって、もっとずっと周りを気にして歩く。

「らっしゃい、らっしゃい！　トレトレの前もの、天然のブリ、鯛、イカ、どれも安いよ。はい、そこのお母さん、旦那サザエて家支えってね、どうこの家持ちサザエさん、買わなきゃ損だよ」

吉本が得意の駄洒落で店頭で威勢良く声を挙げていた。客足が途切れるのを見計らって、奥へ連れ込み、早速聞いた。

「猫？　曲がりなりにも物書きだろ、お前さん。まさか猫イコール魚なんて古臭い考えで聞きに来たんじゃないだろうな。あのね、今時の猫ときたひにゃ、生の魚なんか見向きもしない、嘘みたいだけど猫跨ぎだよ。生臭いのはイヤにゃの、なんてね。まるで娘っこみたいな軟弱な猫ばっか、なに？　猫は軟弱がいいって、黙ってろい、で、魚屋なんか、すっと素通りお茶の水だよ。いる時きゃ魚も盗られて腹も立てたけど、こうなると淋しいったらありゃしない。生臭いのがイヤなら坊主はどうだって八つ当たりもしたくなるね。葬式寺ばっかし増えやがって、親鸞さまが草葉の陰で泣いてらっしゃいますよ。鵜の目魚の目でっかきゃ痛い、魚の切れ目が縁の切れ目、ってね。最近とんとご無沙汰だね、猫さまにゃ、ほんと淋しいよ。で、宅のノラちゃんはお変わりない？　いいね、なら、ブリのアラでも持ってってもらおうか。おい、これ坂崎さんのノラ様に」

変に騒ぎを大きくしてもいけない。その配慮が徒になって、ごく慎重な言い回しで聞いたからでもあるけど、界隈一の地獄耳、事情通、吉本がそんな脳天気な答えだったから後は知るべし。以前は猫を飼っていた英語塾「倫敦塔」の夏目登も、古美術たまゆらの川端秀雄も、痔けつ肛門科の三島毅も、ノーベル古書店の大江賢三も、だれも不景気でそれどころじゃない、という風で、猫減少に気付いていなかった。以前は猫の溜まり場になっていた森医院裏の南向き縁側日溜まりや、あげ染めパーマ島崎と谷崎葛店の間の露地も、アクタガワ合羽や志賀なわ屋の庭先なんかも覗いて見たが、一匹もいなかった。

「ちわー、美河屋でーす。たじ、貰いに来ました、はい」

事情が変わったのは美河屋の住み込み見習い・さぶちゃんが坂崎の家に来たのがきかけだった。昼夕三日分の仕出し、山と溜まった天丼、うな丼、日替わり弁当、B定食などの器を容れる大きな岡持が四つも、勝手場の出入り口に置いてある。「たじ」というのは、さぶちゃんの郷里の方言で岡持のことだ。カラオケで鍛えているというだけあって、用向きを伝える声はリズミカルで良く響き、不幸の欠けらも陰もなく、聞く身も晴れ晴れする。

「これノラですよね。猫かぁ、久しぶりだなぁ。これ猫ですよね、猫だな、うん猫だ、確かに、うん、猫だ」

相手の返事なんか関係ないというか、すぐには誰も同調してくれないからか、近年若者によく見られる、坂崎流に言う〈自問自肯症候群〉、自分で言ったことに自分でうなずくという顕著な症状を示しながら独りごちるさぶちゃん。ノラはノラで、匂いでも嗅ぎつけたのかもしれないし、記憶に刻みつけてあるのかもしれない、坂崎に従ってきて、さぶちゃんを出迎えたのだ。

さぶちゃんは坂崎の足元に纏わるノラを撫でたり、頭を軽くペンペンと叩く。そのうち嫌がるノラを抱き上げて、いつまでも離そうとせず、愛おしげに頬を擦りつけたりしているうちに、「ガリッ」、とうとう頬を引っ掻かれてしまった。さぶちゃんの懐から跳び降りたノラはどっかにすっ飛んで居なくなった。頬に二本の血筋が付いているが、さぶちゃんは人の好さ丸出しに、ぎこちなく作り笑いを浮かべて、慌てて帰っていった。だから言ったじゃないの。もともと猫って奴は、純粋で人の好い生真面目な人間には向かない生き物だ。役に立つかといえば、全くダメだし、屎尿の耐え難い悪臭、交尾期のしつこい呻り声。それに爪研ぎもたまらない。高級家具も見境無く木工品は全て引っ掻き疵でズタズタになる。気性が複雑怪奇、全く無防備にしどけない格好でじゃれついていたかと思うと、直後に怯えたように身を竦ませ、人殺しか強姦魔を見るような目つきで見る。

〈気の毒したな〉。そう思って坂崎は主人の吉本に電話したが、「さぶのことだ。あっという間にひろがるぞ」。

案の定、それから一月もたたない内に、吉本が息咳切って、本屋の大江賢三を伴って尋ねてきた。さぶちゃんが引っ掻かれた。誰在ろう当の本人のさぶちゃんが街中、出前、たじ回収ついでに触れ回ったから、「元気で人を引っ掻く猫らしい猫がいる」と、あっという間に広がった。噂を嗅ぎつけたマスコミが取材。

「WANTED　DEAD　OR　ALIVE」。猫騒動に火が点いたのは、アメリカの業者がインターネットで、莫大な懸賞金を付きの「求猫広告」を掲載してからだ。太公望もいつの間にか足場を浸す満ち潮に気付かないように、猫激減もいつの間にか世界の隅々にまで満ち寄せていたのだ。異常が充満、発火点に達していたのだから、火種があれば一気に大爆発を起こす。

猫を求め狂奔する人の群れが世界中いたるところ、どんな片田舎にも押し寄せ、猫の墓暴きまで出現したという。真実は知らず昔から仇敵とされる犬どもがその嗅覚と怨念をあてにされたのは当然、とっくの昔に姿を消していた各国固有の猫文化を反映した種種雑多な猫獲り具も各地で復活、新手の酷い器具も開発された。

吉本と大江の話によると、坂崎の街でも、それまで〈犬殺し〉と陰口を浴びせていた元市役所衛生課の野良犬猫捕獲係だった犬飼士郎を相談役兼リーダーに祭り上げ、大々的な猫捕獲作戦が展開されているという。すでに昨年末から実施された計三回に及ぶ作戦で、二匹の猫を散弾で仕留め、死亡の場合の賞金四千万円を獲得、区内の社会福祉資金に組み入れた。

いいことばかりではない。街にたった一件残っていた三味線屋「三味尚」が夜陰に紛れて急襲され、三味線用に買い置いてあった皮四枚が略奪されたのも最近のことだ。

「生死を問わず」「生体一匹二億円、死体同二千万円」という広告のコピーが頭にこびりついていた。そう供述したのは、捜査が身辺に及び逮捕された「三味尚」のある町の区長だった。区長が町内商店街仲間の「三味尚」襲撃の張本人だったことは、手先の馬鹿が金に目が眩み、こともあろうにテレビで公言してしまい、芋蔓式に発覚したのだった。テレビの人気番組「一攫千金鑑定団」に臆面もなく出品されたのが「三昧尚」の贓品で、しかもその皮が犬のものだと鑑定され、衆目の中、出品者が思わず、「あの三昧尚の化け猫野郎、騙しやがって、世も末だ」と呻き声を上げたのだった。

吉本の報告が一段落するのを待ちかねていた大江賢三が口を開き、いつものちょっと先を急ぐような口調で語り始めた。

「も、もうちょっと詳しく根元的に話しますと……」

いつも通り、本件とは全く関係のない大風呂敷を広げ始めた。坂崎が聞きたいのは街の猫事情なのに、大江が語り始めたのは日本の平和核武装の「平和」という言葉についての講釈からだった。坂崎はあの時の放映を想い出していた。やっぱり核武装と猫は関係があったのだ。平和核武装を推進した政権党〈二世・三世のちぎり党〉党首・御祓正介は東京オリンピックが開催された一九六四年生まれの被爆三世で、「広島・長崎の被爆の悲劇を二度と繰り返させないために」をスローガンに同党を結成、首相にまで上り詰めた。

大江は世間知らず・苦労知らず・政治知らずの二世・三世議員らのアホらしさと核廃絶をひとしきり訴えたあと、やっと本題、最近の町内猫事情を話し出した。

坂崎は本来、こだわりのない穏やかな性格、いや、意志のないといったほうがいい。もの心がついてから、意志を持って物事に当たるということがなく、意志といったらささいなものさえ宿ることがなかった。それで由とする、自分なりに思い当たることがあった。

それから一年半後、WHOがとうとうノラを最後の猫と公式認定した。途端にノラはすっかりインタビュー、ドキュメント、問い合わせやノラ紹介番組への出演依頼、ノラとともに執筆依頼などが殺到した。あのギネスさえ、「どうかうちのギネスブックに掲載させてください」と向こうから頼んできたほどだ。

アジアの

曰く、核武装を密かにひそかに支持した

坂崎は夢を見た。『七人の侍』によく似た吉野に近い紀州・白狼村。白狼神社前で村人が総出で、孝行息子・弥助の無事を祈っている。時は猫公方・織田秀吉の御代で、生類哀れみ、中でも猫をないがしろにしないよう厳格な法令がしかれている。織田秀吉は、おはなはんの主人そっくり。〈小林桂樹的〉弥吉の視線と心は坂崎のそれと重なる部分が多い。弥吉は天刑病といわれた癩で苦しむ〈田中絹代的〉老母に猫を食わせたかどで代官所にしょっぴかれ、その日〈片岡千恵蔵的〉代官の詮議を受ける。弥吉が、村を通りかかった熊野詣での〈三船敏郎的〉修験者に飯を与えた礼に、「猫が癩《らい》の秘薬」と教えてもらったのが四日前。確か北条民雄の『いのちの初夜』にそんな下りがある。弥吉はその夜、熊野川に出掛け、火ぶりで獲った鮎とアマゴを生焼けにし、狸こぼちに餌として仕掛けた。朝一番に見に行くと、案の定、梅吉とこの寅に似た猫がかかっていた。「まさか寅ではあるまい」、「ニャ」、「いや、そうかもしれん。寅はお袋さまにかわいがられていた。それで恩返しに来たのじゃろ。かわいそうだが、お袋さまのためじゃ、成仏してくれろ、なまんだぶ、なまんだぶ」。その場で、雨合羽で押さえつけ、鎌で首を落とした。時に寅とノラが重なって見えた。同じ牝は牝だが寅はグレーの縞、ノラは三毛なのにいつの間にか一緒になり、また別になったりした。無我夢中、たいまつの火の下、皮を剥ぎ、ぶつ切りにし、用意した鍋に放り込んだ。母親が好きな味噌味にして、村には姥捨てに行くといってこっそり隠居させた南山の掘立小屋へ運んだ。一方、梅吉は昼前、河原に組まれた川石のくど脇に捨てられている寅の生皮を見つけ、仲良しの弥吉のしわざとも知らず、訴えた。そばにあった血だらけの鎌が弥吉のものと分かり、その日のうちに捕まった。母親が癩病みと知った捕り方たちは、獣同様、網篭に追い立て、山奥の隔離場へ連れて行き、弥吉の家も掘立小屋もたちまち焼かれてしまった。村人こぞっての願いも空しく、弥吉は猫殺しで打ち首と決まり、弥吉は熊野川の河原に引き出され、斬られることになった。弥吉がいよいよ河原で首を押さえつけられ斬られる。刀が振り下ろされ、見守る村人の間から悲鳴があがる。その時、「ミャーウ」、毛が抜け、血膿でどろどろになったノラがどこからともなく現れ、弥吉ににじり寄り体を擦りつけて鳴いた。途端に、弥吉は坂崎となり、坂崎はベッドで飛び起きた。

坂崎は、猫絶滅は避けられないと感じ、暗然とした。ノラの代わりになる猫がいるとも思えないし、欲しいとも思わないけど、

ノラはノラだけでは生きていけなかった。ノラが猫のノラであるには集い、喧嘩し、交尾し、じゃれ合う仲間の猫たちが必要だったのだ。

真佐子も紀子も間に合わなかった。「虚空を見て、ニャウと啼いたよ。お前たちに逢いたい、一

緒に暮らしたい、なぜ戻ってこないの、そう思っていたみたいだよ」と怨みがましく呟いた。ノラは他人を恨んだのではない。そこまで待てなかった自分を淋しいと思う気持ちからその言葉が流れ出たのだ。

日が昇る。その日も坂崎はベッドに胡座をかいてずっと日の出に見入った。ノラはもういない。もう何十回見たろう。何度見てもその都度ちがい、いつも神々しく、見飽きることがない。その日は雲一つ無く、窓の外左手に建つビルの側線と遠くの山稜が描くL字の角隅から赤い太陽の頂がちょっと顔を出した。輝きはまだまだ柔らかく、見詰めていると、太陽は三、四分間で太陽一個分ずつ斜め上、角度五十度見当で昇っていく。そのうち、今度は見ている自分がゆっくりと動いているのが分かってくる。自分を乗せた地球が左前方へ前のめりに頭から落ち込んでいくのだ。自分が地球の目となり、大きな貨物船の舳先に立って、それとも鯨か象の背に乗っているように思えてくる。宇宙の中で与えられた役割をきっちりこなしているか否かを見守っている、そんな気分だった。

そのように陽はまた昇り、沈む。でも猫はもういない。

解説　岡本隆明の仕事——同乗者としての文学

清水　信

岡本隆明（成山じん）の小説は、ほぼその制作順に従って、三つの領域に分けることが可能である。

前期は、この作品集で言えば、「石売る店」から「黄昏」に至る作品群で、リアリズムの小説と言えよう。

しかし、その主人公や登場人物に、新聞記者やカメラマンや市史編纂委員が登用されているにしても、ほとんど私小説的な体験や視角が生かされているわけではない。

むしろ、事件が先行しており、その内容の大小やインパクトの強弱さえ問われてはいない。出てくる小道具が光っているのは、そのリアリティの証左なのである。「石売る店」の喜望峰の石とか、「心なき屍」の玲子の心臓とか、「光り輝くもの」の子猫とか、「蠱惑」の龍舌蘭とか、「バトル・ピッチャー」のワイングラスとか、「川辺」のバレーボールとか、「黄昏」の古いカメラなどの存在感は、驚嘆に足る重さがある。

これらの客観的小説群に対して、後期の文学世界は、病気がモチーフとなっている。勿論私小説的体験の生かされた作品が主になるけれども、前期の異色作「イエズ降誕前夜」がエイズを扱って、いわば人類最後の病魔との闘いを、あきらめではなく、未来的な熱い課題として描いているように、これら後期の作品群も、病気の質はどうあれ、生命を賭けて闘うべき敵の問題として扱っている。「夢のかげ」「夏の日に」「破れた繭」から「牛黄」「猫がいなくなった日」に至るまでの作品世界の明るさが、それを証明している。

「落魄、頽廃、虚無といったものには無縁で、いつも体全体に清廉閑素な知足感を湛えている」(「すいかずら」より)のは、ひとり田辺という人物に固有のものではないはずだ。岡本（成山）自身の姿勢も示しているだろう。

しかし、私が特にこの作者の個性的冒険として、その成果を讃えたいのは、中期に屈する力作「一九九七年五月」と「同乗者」である。

前者は「二十一日　望み」「二十二日　悔い」「二十三日　畏れ」「二十五日　痛み」「二十五日　喜び」「二十六日　友情」「二十九日　癒す」「二十九日　信頼」「三十日　悪意」「三十日　狂気」「その後　梅の実」と、全く意表を衝く十一章の構成と小見出しが凄い。

同時進行形の創作として、二足のわらじをはく会社員作家や、時間がぶち切れる主婦作家にすすめたい小説作法が利用されていると考えられる。一日の日付のある文章の量はかなりのものだから、それに耐えられない人には「同乗者」をすすめたい。これは実に八十余篇に章別されている。こまぎれの時間を利用して、こういう小篇を重ねて書き続けることは、実はプロットの確かな長編小説を書き続けることよりも難しいのである。

小説に於ける抽象性やモダニズムを信じないと、できない仕事である。アフォリズムのような短い章もある。一見バラバラに見える断片を統一した宇宙にしているのは、彼の批評精神に他ならない。

前期と後期の全く趣きを異にした小説世界を、こういうアブストラクトの作品が繋いでいる所に、岡本隆明の果した文学的役割があったと、自分は思っている。

新聞記者の具備しなければならぬ客観性や正義感を、こういう未来形の中で掴まえたのは、彼の才能であり、それが遺作によって我々にもたらされる元気の源になることを信じたい。実験作に挑戦した果敢な努力が、同乗者としての読者を、永く鼓舞し続けるだろう。

岡本隆明のこと

鵜崎　博

私は二十二歳年下の岡本隆明さんの偲ぶ文を書くとは思わなかった。隆明さんは、成山じんさんは、そのことを許してくれると思う。悲しいこと、残念なことである。

隆明さんは、すでに深く才能を内蔵していた。彼は私を知っていた。読売という大新聞社の四日市支社の若き記者として、地域内の隠れた男女のこともよく知っていた。自分の目でたしかめた。私は八年間、菰野町長として彼の名前は知っていても、その本質には迫らなかった。それが政治とマスコミとの社会正義である。しかし彼はもっと深く、私について、清水信氏から、あの男に注目せよと言われていたし、私の母が老齢で三重県展、最高年齢の受賞者であることを知っていて、その取材に私の家を訪れていたようだ。

しかも私が菰野・御在所嶽頂上の日本カモシカ館で美術展をしたのを見に行って、初めて私の絵がただものでないことを知って記事にしたという（近く三重交通のカモシカ動物園も廃館になる。彼はなんと言うだろうか）。

ところが、私が昭和六十二年の選挙で、二百票の僅差で落選したとき、私に会って話したいと考えた。それは取材の故ではない。伊勢新聞・大橋健二氏、ＮＨＫ・青木氏と共に、私を呼んで慰労してやろうと考えた。私はそのとき、出版されたばかりの、『高橋新吉論』（河出書房新社刊）ほか、既出版の二冊を持って、四日市・松半におもむき、御礼にかえた。

私はその後、私の文学行為を支持する鈴鹿市の内山太郎氏と共に、元の四日市都ホテルで岡本隆明氏に会った。我々の始めようとする『桟』という同人誌に参加してほしいということである。彼は「石売る店」という題の、童話みたいなものがあるだけだが、参加しましょう。これからも書きますが、名前は成山じん。三重県菰野町・鵜崎博宅気付にしてほしいと、おもむろに考えた上で判断した。彼は新聞記者としての考えであったのか。こちらは入会してくれて助かった。

小説のない同人誌はない。成山じんと、加藤幾子さんと、及ばずながら、私が小説をのせて、他は友人の三木正之氏、吉田彌寿夫氏、先輩の鵜川義之助とで、とにかく出発できるだろう。私の後半生もこれでなんとかなる。雇われた大学教授もした。出征したことのある中国へも二十回も行った。

岡本隆明氏は、その時すでに円熟していたのだ。名古屋で何回となく会って、打ち合わせしたというより、話をした。名鉄百貨店前の裸人形の股の下が、私達二人の集合地であった。地下街が私達二人の話し合いの場所であった。情報不足の私は、現役バリバリの彼の話を聞くのが楽しみであった。

その間に、若い彼はぐんぐん記者としての才能を発揮していった。四日市から一宮へ、愛知県庁詰めの記者に、中部本社へ、私の知らないうちに中部本社をになう地位を得ていたのではないか。まえまえから、背中が痛いと言っていた。単なる胆石と考え、いつかは取らねばならないと思っているると言った。しかし、それでも、三度、四度、私の中国行きに参加してくれたのである。

私の中国三回展の打ち合わせのときである。私は一人で南京玄武湖にある書画院長の朱道平氏と渡り合った。日中友好——周年記念展という名称についてである。中国人屠殺——周年と、朱先生が言い出し、それだけはといってなだめてくれたのも彼である。奥様の和子さんと一緒に北京四合院の安宿に泊まり、骨董市場へ行ったことがある。彼はその点では私の先達であった。

彼の親友・小川保生氏と一緒に、軽トラック一杯に私の絵を積み込み、四日市近鉄百貨店で、大展覧会を開いてくれた。また熊野古道が世界遺産になるまえに、海べりの古道を、老人の私を案内してくれて、「中国人除福はどこへ上陸したか」という奇妙な討論会に出席した。それより、除福村は中国の何処にあるのかという疑問を提示して、中国人をなやましたことである。これも新聞記事にしてくれた。近くは長良川流域文化に熱中していたが、病に倒れた。

結局、彼が手紙でよこした「非ホジキン性リンパ腫という悪性ガンということですが、奇蹟的に早期にみつかったそうで、希望に一点の翳りもありません。この経験が今後の作品にどう反映してくるのか、書き継ぎながら、客観的に見てやろうと思っています。——」というのが最初で、その頃、もう、読売新聞医学部門にも関わっていた。その葉書のスタンプには96・8・1・12とある。

あとがき

平成十八年二月十日に夫は肝不全で他界しました。

十年前に悪性リンパ腫が見つかり、二年前に骨髄移植も成功したのですが、長年の投薬治療で肝臓がボロボロになっていました。退職後の夢を語りながら、六十歳での旅立ちでした。

そんな夫の夢の一つが小説を出すことでした。

子供の頃の夢は世界一の金持ちになることだったそうです。しかし、浪人時代に一冊の本（小林秀雄『考えるヒント』）との出会いをきっかけに、人生観が大きく変わりました。人の心をガラッと変えてしまうような、そんな物書きになりたいと思うようになったのです。

新聞記者になったのも、文章を通して訴えたいと願ったからでした。

入院する前に、三十年の記者生活を振り返って「心残りなことが一つある。二十年前に鈴鹿であった火事の原因が湯沸かし器なのに、証明できずにうやむやになってしまったことなんだ」としみじみ話していました。どことなく死期が迫っているような言い方でドキッとしましたが、「調子が良くなったら取り組んだらいいじゃない」と言って不安を打ち消していました。パロマが非を認めたことを知ったらどんなに喜んだことでしょう。

新聞記者をしながら、清水信先生の「土曜会」に通って文学の事を学んでいました。そんな時、鵜崎博先生と巡り会い、同人誌を作るので原稿を載せてみないかと誘われ、『桟』に参加させていただくことになりました。

これまで温めていたテーマを『桟』に掲載させていただくことで、小説が一作ずつ作られていきました。

学生時代の友人とつい最近まで「小説は何を書くかが大事なのだ」「いや、どう書くかが大事なんだ」と会うたびに議論していました。そして「同乗者」からは文体も変わり、自分の文章スタイルはこれでいきたいと書き方にもこだわりを持ち始めていました。


定年退職後は、「古本と骨董品の店（名前も『玩物喪志堂』と決めていました）を信州の田舎に開いて、お客さんのいない時や冬に小説を書いて、一本でいいから人から認められる作品を残したい」といつも言っていました。そんな夢を叶えてあげたくて本を出すことにしました。

同人誌『桟』に掲載された作品を一冊にまとめました。

最初の作品「石売る店」は、何処かへ行くといつもその土地の石を拾ってポケットに忍ばせていた趣味から生まれた作品です。「富士山の石」「フィヨルドの石」「父島の石」「七里美浜の石」などと言って様々な石を眺めていました。

「同乗者」の中の目玉焼きにこだわる場面は日常生活そのままで、苦笑しました。

最後の「猫がいなくなった日」は桟には掲載せず、雑誌に応募するつもりで残していた作品です。中国へ行った時、北京の街で犬や猫を全く見かけず、万里の長城の土産物店でようやく犬を一匹見かけただけで、猫はとうとう目にしませんでした。そのことが気になっていて、世界中から猫がいなくなったら、どんな世界になるのだろうという思いから書いたようでした。

子供の頃のこと、家族のこと、骨董品、映画、スポーツ、電車の中の様子、自分の病気のこと等々、目にするものすべてを通して、自分の感じたこと、思ったことを書いてきました。

本人の勝手な思い込みもあると思いますが、一人の人間がこの世に生きた証しで、こんな風に感じる人もいるのだと思っていただけたら幸いです。


多くの方々に支えていただいて、本にすることができました。

鵜崎先生、清水先生、編集を手伝ってくださった夫の友人の小川さん、大橋さん、衣斐さん、藤田さん、ほかにも助けてくださった友人の方々に感謝の気持ちでいっぱいです。

ありがとうございました。

岡本和子

岡本隆明（おかもと たかあき）

1945（昭和20）年11月10日、三重県松坂市に生まれる。

1964年、伊勢高校卒業。

1970年、国際商科大学卒業。

1972年、伊勢新聞社入社。

1973年、インドを経てヨーロッパ旅行。

1977年、中部読売新聞社入社、三重県鈴鹿通信部を振り出しに四日市、愛知県一宮の通信部を経て91年、本社県政担当、93年社会部デスクを務める。

また、77年に文芸評論家・清水信氏主宰の「土曜会」に参加、学生時代から傾倒していた文学活動を再開。

1989年、鵜崎博氏主宰の同人誌『桟』の創刊に参加、小説を発表。以後、最期まで作品を書き続ける。

1995年７月、非ホジキン性濾胞性リン腫と宣告を受け、癌との闘病始まる。

社会部デスクから文芸担当に異動。

2003年12月、悪性リンパ腫再発。

2004年6月、骨髄移植。

2006年2月10日、肝不全により永眠、享年60歳。

記者としての主な仕事に、「伊勢湾の奇形魚の問題」「美術館散歩」「彩遊記」「名作の風景」「熊野古道」「清流長良川」等のほか、自らの闘病を連載した「中部の医療」などがある。

すいかずら

発行日　二〇〇七年二月十日　初版第一刷
著者　岡本 隆明
発行人　仙道 弘生
発行所　株式会社 水曜社
〒160-0022 東京都新宿区新宿一—一四—一二
電話　〇三—三三五一—八七六八
ファクス　〇三—五三六二—七二七九
www.bookdom.net/suiyosha/
印刷　中央精版印刷
制作　青丹社
編集協力　企画編集室フジタ
装幀　西口雄太郎

ISBN 978-4-88065-185-9 C0093